独自呢喃的树

舒敏 著

图书在版编目(CIP)数据

独自呢喃的树／舒敏著.—北京：人民文学出版社,2016
ISBN 978 – 7 – 02 – 011610 – 2

Ⅰ.①独… Ⅱ.①舒… Ⅲ.①散文集–中国–当代 Ⅳ.①I267

中国版本图书馆 CIP 数据核字(2016)第 095702 号

责任编辑　仝保民　陈　黎
装帧设计　徐　婕
责任印制　芃　屹

出版发行　人民文学出版社
社　　址　北京市朝内大街 166 号
邮政编码　100705
网　　址　http://www.rw-cn.com

印　　刷　北京天正元印务有限公司
经　　销　全国新华书店等

字　　数　280 千字
开　　本　710 毫米×1000 毫米　1/16
印　　张　23
印　　数　1— 6000
版　　次　2016 年 8 月北京第 1 版
印　　次　2016 年 8 月第 1 次印刷

书　　号　978 – 7 – 02 – 011610 – 2
定　　价　39.00 元

如有印装质量问题,请与本社图书销售中心调换。电话:01065233595

序：垂髫花絮飞纸上

方英文

一个作家的最大幸运，是其拥有乡村的童年生活。因为作家也是一种植物，特殊的、会走动的植物。一个人渴望成为作家，那么来自土地的最初滋养，等于来自上天的偏爱眷顾。所以很多作家是由取材童年而踏上写作之路的。甚至一些伟大作家，比如普鲁斯特、沈从文等，一辈子只写童年记忆，为人类留下了不朽经典。鲁迅小说多半亦如此。道理说来倒挺简单。童年所感知的一切，都是新鲜的奇妙的，因此是印象强烈的、记忆深刻的、终生难忘的。成人历经世事，便麻木起来。只有一种情况，能让成人激动与好奇：拿火箭将他发射到金星上。

翻阅青年作家舒敏的这部书稿，有了以上的题外话。其实也不算题外话，因为她写了不少稚子垂髫记忆的篇章，以及成长时的花絮逸闻。读来淳朴真切，本色天然，不时一叹，或一笑。《耳朵的故事》这篇尤其好玩儿，写作者八岁时二叔父让她跑个路，她不乐意。因为二叔父一是老拿她"拔萝卜"，二是对她说话总用教训的口气。三叔父却会夸她、哄她，她便乐意跑腿了。可是母亲叫她干活，她却假装耳聋听不见，实际上是偷懒——却导致被父亲驮去医院看耳朵，竟发觉耳朵还真有问题：耳屎厚哈……短短一篇，写活了孩子（自个）的淘气，也写活了亲人们的呵护与个性。

《父亲节里忆父亲》也好,写父亲找人给自己做书柜当嫁妆,自己很不乐意,父亲没有吱声。毕竟作者年龄小,无法体味父亲那种对于女儿未来离去时的留恋与感伤。《核桃树下》又写了爷爷的沧桑。给孙女讲国民党是抗战的主力,孙女反驳,爷爷也不辩论,由孙女自个长大、自个去判断。此文有句形容老妪的话特别好:"残酷的生活,逼空了她的所有精致。"而《树都去哪儿了》《屁说》则是批评世相,感慨城市化(金钱)对于乡村的掠夺,讥讽空话、大话、没着落的话放屁不如,这两篇更像是杂文。至于《寿》,倒像是一篇结构完整的小说,是对于"子多福多"之说的形象化解构。

印象里的舒敏,皓齿明眸、苗条清爽,说话如同喜鹊般快捷,给朋友们带来吉祥愉快。但来灵感立马成文,网上一发布如同泼出去遍野的鲜花,于是群蜂趋采、蝴蝶点赞。她基本掌握了各种文体,就连一般人感觉不好弄的文学评论,她也写得有胳膊有腿儿,展示出良好的审美鉴赏力。如此综合材质,坚持精炼修辞、优选细节,将要写出怎样的杰作来?那是可堪期待的,也是不必惊奇的。

2016 年 4 月 22 日于采南台

自序：树都去哪儿了？

记忆中的乡村，虽然贫穷，也还有树。

或者是皂角树，或者是槐树，或者是柿子树，或者是香椿树。这些树木，有粗有细，有大有小，有美有丑，有老有少。但总归，在我贫瘠的记忆里，有着蓬勃的绿色。

遗憾的是，随着经济的发展、人们的富裕，拥有老树的村落，却愈来愈少。

一切都在向城市集中。是的，一切。

乡村的学校，已是彻底的没落了。但凡有一点点办法，农村人都不会让自己的孩子在农村上学。

于是，教育的金字塔，一层一层向上递进着。村里乡里的，将孩子送往县城；县城里有点能耐的，将孩子送往省城；省城的则挤破脑袋将孩子送往屈指可数的几所重点学校……在这个问题上，人们个个冲锋陷阵，谁也不愿意有那么一丁点儿的落后。

毕竟，没有家长想让自个的孩子输在起跑线上。所以人们哄抢着，焦灼着。有好多家长为了让孩子安心上学，辞掉工作专门伴读。

比起先前的不让孩子们上学，人们的观念似乎是进步了，可这样的进步，又似乎有些矫枉过正。

显然，向城市集中的资源，不光是教育，就连树木，也都纷纷涌进城市中来了。

于是新建的城区里有了古树。人们给这些移植来的古树身上挂着营养液，下半段再用金色银色的材料包裹起来。有一些古树，人们怕它站立不稳，四周还用支撑物将它"扶持"起来。

显然，古树享受的待遇，是优厚的；作为一棵树来讲，它也似乎该知足了。

然而我却疑惑着，这些古树究竟从何处来？自然，古树不可能从天上掉下来，它们来自广大而分散的农村。

当我在城市里，徜徉在各色"苑"中的时候，我好奇于这些古老的树木，如何能够在小小一隅里得以大团圆？当我去到已经没有古树的村落的时候，我知道一切的起因，无非都只为着"钱"。

城市里先富起来的人，觉出了古树的宝贵，他们想将这些古树都揽入他们的怀里。村落里的人，在树和钱之间，显然更热爱后者。于是彼此一击掌，一手交钱一手挖树；于是村落里的古树，住进了城市里的"别墅"。显然，能在"别墅"里存活下来的古树一定不是全部，毕竟："人挪活，树挪死。"

不管被挪走的树是否存活，对于乡村来说，它可是永远失去了那棵古树。而这失去了古树的村落，在我看来，犹如被阉割了的人；从此，不管它如何繁华，如何热闹，骨子里都有着残缺。尽管如此，人们还轰轰烈烈地说要搞城镇化。

我倒是希望，这种前行的脚步能够放慢一些。我还觉得，有着古树的村落比千篇一律的城镇化要好。

乡村是人类的精神家园，古树是人类最悠远的记忆。一个村落，一棵古树，往往承载着人类几十年甚至几百几千年的记忆。

写到这里，脑海里突然浮现出这样一幅画面：一群流着鼻涕的小孩围拢在一棵老树下，听白胡子爷爷讲着老几辈人的故事；尔后，孩子变成了爷爷，爷爷又在给一群孩子讲老几辈人的故事。

人一茬茬地换，而始终不变的，却是村头或者村中的那棵老树。

这样的意境美不美呢？我以为很美。所以我也就一直渴盼着，还有着古树的村落，能够将古树留下。古树里面，有着千丝万缕的过往和无法割舍的记忆，而这些，又岂是金钱能够买来的？

恍惚间，我觉得自己幻化成了一棵树，而作为一棵树的我，禁不住地想要独自呢喃。而我的呢喃，究竟又能唤起几多记忆，几多思索，究竟又能不能让挖掘和买卖的速度有所减缓？我不清楚。

自然，我渴盼能听到几声肯定的回应，即使这回应的声音，寥落稀少，也总比没有要好。

所谓聊胜于无，不外乎如此吧。

2015 年 12 月

目 录

没有年轮的乡愁树

核桃树下……………………………………………… 003
庄外那棵柿子树……………………………………… 010
芙蓉树下……………………………………………… 015
村中那棵大槐树……………………………………… 021
外婆的杏树…………………………………………… 026
门前那棵老榆树……………………………………… 033
院中那棵白杨………………………………………… 039
皂角树旁……………………………………………… 045
远去的梧桐树………………………………………… 054
消失的泡桐树………………………………………… 059

长满故事的亲情树

托　梦………………………………………………… 065
再见却是永别………………………………………… 068
母亲的手……………………………………………… 072
母亲节里说母亲……………………………………… 075

父亲节里忆父亲……………………………………… 077

再忆父亲……………………………………………… 080

蚊子的故事…………………………………………… 083

相见时难别亦难……………………………………… 085

是男是女……………………………………………… 090

麻　疹………………………………………………… 095

病　中………………………………………………… 098

声音的故事…………………………………………… 103

家　书………………………………………………… 108

父亲的爱、父亲的花………………………………… 111

饺子的故事…………………………………………… 117

耳朵的故事…………………………………………… 120

眼镜的故事…………………………………………… 124

头发的故事…………………………………………… 130

车的故事……………………………………………… 134

小店故事……………………………………………… 142

永不褪色的记忆树

老　屋………………………………………………… 149

灯……………………………………………………… 151

雨……………………………………………………… 154

人狗之间……………………………………………… 158

屁　说………………………………………………… 168

开会记………………………………………………… 170

游泳记………………………………………………… 173

开车记………………………………………………… 176

记我的一位老师……………………………………… 178

弥　留………………………………………………… 181

校园里，那株枯藤	184
寿	187
路	194
在那桃花盛开的地方	196
跟往事干杯	199
住校生涯	205
从手纸说开去	212
悠远的眷恋	217
文字缘	223
被文化遗忘的村落	227
相遇似水年华	235
长安塔	254

印象苗圃

兰州印象	261
成都印象	264
广州初印象	272
请到天涯海角来	279
细雨蒙蒙会胡亥	286
那些可爱的民国文人	290
月亮还是那个月亮	300
谁是"太太"	309
走下神坛的鲁迅	317
《黄金时代》的伟大友谊	324
那些为地坛而飞的泪	332
永远的萧红	341
悲欣交集话《落红》	346

没有年轮的乡愁树

核桃树下

当我学会和核桃树"耳鬓厮磨"的时候,它已经很高大了。核桃树几乎承载了我所有的童年记忆,但显然,它的记忆比我的要更久远、更辽阔。

核桃树就在我的大院里,那是我出生的地方,也是我童年生长的地方。

核桃树下的人虽然分成几个小家,但小家和小家之间却有着千丝万缕的关联。核桃树下有我的爷爷、奶奶、二爸、三爸,再后来,又有了二爸和三爸的媳妇儿;再后来,二爸和三爸,又给我带来好几个弟弟和妹妹。

爷爷有一个黄色的亮晶晶的铜质水烟锅,烟锅上挂着一个白布做的小烟袋。爷爷从小白布袋里捻出一小把烟叶,将它们放进水烟锅的烟槽里点燃,然后爷爷每吸一口烟,水烟锅就会发出"呼噜呼噜"的声响。爷爷有些爱抽烟,但我却没见他吸过纸烟,对爷爷来说,纸烟算是个洋玩意,而且显然,那玩意儿有些贵。

瘫痪在床的奶奶总爱头疼,而且常常整夜咳嗽。奶奶的土炕上放着一个黄褐色的大药瓶,药瓶里面装的多是去疼片。奶奶头疼厉害的时候总会吃些去疼片,到了后来,越吃越多。

记忆中的爷爷满嘴没有一颗牙,但是他吃饭的时候也会咀嚼。

爷爷说，他的牙龈就能当牙使。爷爷的饭很简单，一盘蒜泥，一个馒头。爷爷用馒头块蘸着蒜泥，然后上下牙龈一番咬合，就算是一顿正餐。

满嘴没有一颗牙的爷爷，双目炯炯，好看着呢。

爷爷算不得十分慈祥，话也不多。我跟爷爷之间印象深刻的对话也就三次。其中一次是上初中的时候，我学了历史，与他聊到中国的抗日战争，爷爷很是替那些国民党坏蛋说了几句好话。爷爷说抗日的时候，人家国民党也打过不少仗。但是当时我的白纸黑字的历史书上并没那样讲，所以我跟爷爷狠狠地争辩了几句，并且认为我的爷爷大抵有些反动。

不几年，我读了高中，为着高考再去重温那段历史的时候，发现国民党作战成了抗日战争的正面战场，于是也就知道，我的爷爷并没有信口雌黄。同样是在那个时段，我听别人说我的爷爷是个能人，懂麻衣相法，于是就缠着爷爷让他帮我看看未来。爷爷却淡淡一笑，死活不看，只对我说："好着呢，好着呢，咱家孩子都好着呢。"而爷爷的所谓好，又的确要求太不高。爷爷说啊，只要孩子们个个走正路，不搞歪门邪道，也就是好了。

爷爷病了的那一年我正在读大学。那时的爷爷吃饭时总是恶心、反胃，每天只能吃一点点的流食。父亲将爷爷接到我们家帮他治病。暑假回家的我，有一天跟母亲吵了嘴，于是去跟爷爷诉苦。我跟爷爷诉说母亲的不是，说她快要把我"气死了"。爷爷听后笑了，说哪有孩子跟自己的父母较劲的？又笑我说，多大点事啊怎么还就会给气死呢？爷爷轻描淡写的几句话，让我瞬间豁然开朗。这之后不久我就又去学校读书了，爷爷则在睡眠般的状态下，走了。

爷爷走得很安静。母亲早上起床到他的房间帮他倒尿盆，叫了他一声，爷爷没有答应，母亲再叫，爷爷还是没有搭声，母亲赶忙走到爷爷近前，这才发现，爷爷已经永远地睡着了。

爷爷患的是食道癌，去医院检查时已是晚期。父亲将爷爷接到我们家，每天让大夫帮他输液。尽管这样，吃不进食物的爷爷，还是越来越消瘦，最终，走了。

爷爷走的那一天，还在大学校园里的我，忽然间心急如焚地想回家，等我坐公交车颠簸到大哥家时，就见有人喊大哥去外面听电话，大哥回来后说："快，马上回家，爷爷没了。"

时间是秋天，正是收获的好季节。家里种的几十亩棉花，早已开成白花花一片。我和二哥时不时要去地里拉棉花，不然，一旦落下一场雨，一年的辛苦可就全部打了水漂。对于这一点，我想我的一生勤劳的爷爷，一定不会想不通。

爷爷有双巧手，会编筐、编坐垫、编草席，还会纳鞋底呢。小时候，家里的圆而好看的坐垫，都是爷爷用麦草编成的。爷爷编的坐垫不但坐上去舒服，而且还特别耐用，特别皮实；我上中学的时候，窑洞潮湿，爷爷帮我做了草毡子；我读小学的时候，学校有哑铃比赛，没见过哑铃的爷爷，单凭我不清不楚的一番述说，就做出一个活灵活现的哑铃来；我再小的时候，因为家穷没有灯笼，爷爷动手，将家里的一个旧马灯收拾收拾，给我做成了一个独一无二的玻璃灯笼……

爷爷是出了名的勤快人。他健康着的时候，跟二爸一家一起生活，几乎整天在二爸的地里忙活……

爷爷去世的那一年我正在读大二，葬礼上的我并没有肝肠寸断。我认为当时的我之所以那么冷静，是因为学了一个让人客观理性的专业——哲学。然而，不管你学了什么，也不管你多懂生与死的科学，那丝因为亲情连接起来的感情线，却永永远远也碾不断。所以，不管时间过去了多久，想起那些往日旧事，那些令人难忘的瞬间，我也一样会难过、哀怨。

爷爷走的时候，我已经在读大学，奶奶走的时候，我还只是一个初中生。

奶奶的长相并不精致，一张嘴儿，也绝不樱桃，跟同时代的女人们比起来,奶奶最不雅致的地方,还在于她有一双如船大脚。为此,奶奶没少被那些小脚女人们笑话,然而奶奶自己,却似乎浑然不觉。

年轻时的奶奶,是泼辣的,也是能干的。奶奶还天生有着非常爽朗的性格,跟同龄的女人们比起来,奶奶没有那么多的讲究、规矩,所以奶奶的朋友中,小字辈还真不少。

晚年的奶奶整日被病痛折磨,我却没听她老人家说过一句抱怨的话。也就是说,奶奶即使在病中,也如阳光般温暖。

母亲那时总是忙于听铃声上工,对待我的总是缠绕在一起的头发,态度粗暴。而瘫痪在床的奶奶,每次却会用手支撑着身子,和蔼亲切地打理我的一团乱发。

奶奶生过的孩子不少,最终存活下来的,却只有三个光葫芦。奶奶大抵是很想要一个女儿的,最终,奶奶有了干女儿。

核桃树下,奶奶的干女儿跟我们的来往还真密切。她常常来,常常和奶奶以及母亲妯娌们一起坐在核桃树下,聊着天做针线活。

干女儿每次来的时候,都会带上她的淘气小儿。有一回,小家伙从奶奶的炕上往地下翻跟头,不慎脑袋插在一根用来捅炉子的钢筋上,血立刻如开锅的粥,呼呼地往外涌。

多亏父亲懂医。"还好,"父亲说,"幸好没有伤着大脑。"父亲常常站在核桃树下,用酒精帮那孩子清洗伤口,然后撒上消炎粉,轻轻地放上裹着棉球的纱布,再用胶布将伤口包扎起来。

有一回我出外玩耍,不慎遭遇马蜂,我的手立刻肿得如发酵过度的面包。核桃树下的奶奶,一边给我抹清凉油,一边不停地帮我轻轻揉。

核桃树下的一家人虽然分成了几个小家,但大家的日子却也其乐融融。

父亲风尘仆仆的从外面回来了,二娘总是会及时端上一盆清水,说:"哥,你洗把脸吧。"家里来了客人,晚上大家更是会聚在大院里,半宿半宿地聊天。

外地的叔叔来了,大院里铺了好几张凉席。靠墙拉着一个昏黄的小灯,小灯的墙面上,有飞蛾,有蚊虫,更有壁虎,它们往来穿梭,走的走、飞的飞、扑的扑,让你即使在寂静的乡村夜里,也能感觉到一份属于夏日的火热。

做客的叔叔喜欢二胡。聊了半宿还不过瘾,梦中,索性拉起了二胡唱起了大戏。这不但惊动了邻近几张凉席上的梦中人,而且从此还成了叔叔和这群人之间的固定话题。几年后,再来做客的叔叔我已不认识,母亲为了提醒我,说:"你忘了吗?他就是那个睡梦中还在拉二胡唱大戏的叔叔呀。"于是立刻,所有的陌生感顿时消散,会心的笑容从心底蔓延开来。

核桃树下有位常客,那是位满头银发的老奶奶。

那位奶奶一定是有些疯癫,大冬天常会打着赤脚跑到我们家。听说她守寡多年,千辛万苦拉扯大了她的一个独生女儿,女儿长大后招了上门女婿,可惜,她的生活却没有因此而幸福起来。

老人常吃不饱,所以每次来到我们家,吃起饭来像个饿狼。然而据说,老人曾经是个挺精致的人呢,可惜,残酷的生活,逼空了她的所有精致。

老人在我们家每次一待就是十天半个月,有时甚至会超过一个月,却从没见她曾当作宝贝疙瘩一样抚养长大的女儿上门来找过。常常,都是爷爷用一个木制的单轮小推车将她送回去的。

多年前,我曾好奇着这个老女人跟我们家是怎样的一门亲戚?后来知道,没有任何血缘关系。只是,移民之前的她,和我们家曾在同一个村。

在食物异常紧缺,甚至连她的亲女儿都觉得她的老娘是累赘的困难年代,我的爷爷奶奶却能一次次地收留她,可见他们有着多么慈悲善良的两颗心。

隔壁的奶奶有双精致的小脚,人们都说,她是个"细详人"。

她也很喜欢来我们家,来的时候总是顺便带上她的针线活。

母亲有时会抱怨,说隔壁奶奶太聪明,总把"脏"活拿到我们家,弄的奶奶的房间到处都飞着棉絮。奶奶却只是高兴,毫不在意"细详"奶奶的活计会弄脏她的卧房。

姐姐长大了。母亲在核桃树下安置了一辆纺车。将姐姐"钉"在纺车上后,自己也就安心地下地干活。下工后却发现姐姐根本没有"画地为牢",早已跑到外面逍遥。那一次,姐姐被母亲狠狠地揍了一顿,甚至动用了"大棒"。

核桃树对面的苹果树挂果了,虽然还很小,却让我的馋筋着了魔,总想对着那些小苹果动点手脚。然而大院里人来人往,总不消停。不过终于有一天,大院里只剩两个人,一个是瘫痪后用手支撑着挪移到核桃树下的奶奶,另一个就是我。

奶奶下炕一趟,可真是不容易。当她挪移的时候,屁股底下总是垫着一块油布,奶奶一点一点地挪,油布也一点点地走。奶奶有气喘的毛病,从房间挪到核桃树下,常累得气喘吁吁……然而奶奶一旦在核桃树下坐定,神色立刻就变得愉悦。愉悦的奶奶,看出了我面对苹果树时眼里的贪婪,说:"去吧,实在想吃就摘一个吧。"于是我迅速拿来一张高板凳,高板凳上又摞了个矮板凳,不一会儿,两个透着酸涩的小小青苹果,就分头溜进了我和奶奶的肠胃。

"八月秋高风怒号"的时节,核桃树就会馈赠我们不少礼物。到了这时节,不光我们高兴,邻居也非常乐呵。因为胸怀宽广的核桃树,显然并不在意它身子底下的院墙,也就是说,一场秋风后,我的邻人,也能得到不少来自核桃树的礼物。

十岁以前,我的生活里一直有着核桃树,然而,并不仅仅只有核桃树。大院里还有枣树、苹果树、石榴树,如果给我一个描摹它们的机会,我想说:枣树像是一个农妇,粗犷、皮实;娇小玲珑的石榴树则像是小家碧玉的姑娘;苹果树是个假小子;而那棵俊美高大的核桃树，则像是一个出身高贵、教养良好而又心地善良、热情似火的翩翩公子哥，它虽然拥有傲人的资本，却谦逊含蓄，毫不张扬，所以，对于它，我如一个情窦初开的少女般，先是一见钟情，随后又日久生情。

我知道，纵然时间能改变一切，却无法改变我对它的爱；纵然核桃树如今已不存在，但它却早已永远地刻在了我的心里面。从此，我走到哪，那棵核桃树也就被我带到了哪儿。

有些爱，注定不能圆满，注定会如肥皂泡般消散，然而要爱的心，又怎能遏制？有些爱，注定不能厮守，然而爱过，总不会全是虚空。我是爱过核桃树的，很深很深地爱过。我将它存在我的心底，当然，还有曾经树下的那群人。

我的童年，在核桃树枝条的光影斑驳下蓬勃生长。当我将思绪拉扯到核桃树下时，我听到童年的光阴，如同一串串被点燃的爆竹般噼啪作响……

2015 年 8 月

庄外那棵柿子树

老屋有个后门，后门外的那片庄稼地，不但宽阔，而且几乎从来没闲着，有时种萝卜，有时种红薯，有时种小麦，有时种棉花。总而言之，那片地，永远忙碌，永远红火。

那片地的地势有些奇特，很像平地上凸起来的一个四方块，地形规整，高高在上。地的东面、北面、西面都有路，不过那些路却比那块地的地势要低矮很多。不管你站在地的东、北还是西的最边上，都能非常自如地俯视那些或宽阔或狭窄的土路以及土路上骑车或者步行的人。至于地的南边，则是我的村庄，比起那块地的身高来，村庄同样低矮许多。

那块地太大了，起码在我的印象中是这样。在最东边的地头上，立着几棵树，其中离村庄最近的，就是那棵柿子树。

孩子们总是贪玩，总是讨厌午觉。夏季的午后，村庄静谧得好像一切都睡着了，这时总会有几个孩子，逃出这睡眠的城堡，偷偷来到柿子树下。

柿子树的树冠很大，足够好几人在下面乘凉。几个孩子在柿树下很随性地玩耍。一只蚂蚁来到我的脚边，停留片刻后爬上我的脚面，不一会儿，又爬到了我的小腿肚子上。我一边拍打，一边说："讨厌，老往人身上爬。"

不知是谁说了一句："哎，咱们找个蚂蚁窝，然后挖开来看看如何？"

夏季午后的太阳，火辣辣的晃眼。几个百无聊赖的小孩，正自蔫蔫着无事可做，听到这个倡议，立马来了精神。于是，找工具的找工具，寻蚁窝的寻蚁窝。几分钟前还蔫头巴脑的一群人，立刻精神抖擞。

那一天，大家拿着小棍和小瓦片忙活了老半天，终究却并没有挖出什么宝贝来。

柿子树的皮肤，黝黑、粗糙，正如它身子底下的那群乡村孩子一样。

雨后初霁的土路上还有着几分泥泞，我们几个小孩却已踩着泥泞围着路旁的蜗牛们玩耍。蜗牛刚小心翼翼地伸出触角，我们就用手或者小木棍去轻轻碰一下，蜗牛快速地躲进壳后，我们则继续在外面等着它出来。

游戏的过程类似于猫咪把玩到手的小老鼠，不同之处在于，猫最终是会吃掉老鼠的，而我们则纯粹是跟蜗牛逗逗乐。

这个游戏很简单，如果你没有身陷其中，一定觉得趣味不大。然而我们却常常一玩就是一上午，至于游戏的地方，则多在柿子树东边的那条土路上。

那条土路虽然一下雨就泥泞不堪，但却是个交通要道。它是村庄通往县城的必经之道，也是村庄通往县城最近的一条道。

后门外那块"高高在上"的地里，总是田鼠猖獗。不知是谁想出来的主意，总之好多个下午，孩子们有了一个固定节目，叫作"灌田鼠"。

先是一个人发现了田鼠，随后又尾随田鼠发现了田鼠洞。于是，打水的打水，端盆的端盆，大家不停地给田鼠洞里灌水，直至最终捉住田鼠。

漆黑的乡间夜里，孩子们三个一群、五个一组，在柿子树旁边的土崖和树林里，捉蝎子、摸知了。有个泥土样的圆圆的小东西，据说叫作"崖娃娃"。如果你对着那个"崖娃娃"大声地喊一句话，它准会一字不落地重复着。

小时候的我非常惧怕那个"崖娃娃"，因为我不知怎的将它跟妖魔鬼怪联系在了一起。其实那时有这种想法的并不只是我一个。所以晚上捉蝎子的时候一旦摸到"崖娃娃"，胆大的小伙伴会把"崖娃娃"拿到手里，对着它大喊一声；胆小的，摸都不敢摸……而一旦听到"崖娃娃"的声音传出来，大家跑开的速度，个个都像是正在参加百米赛跑。

直到今天，我也不明白"崖娃娃"究竟是什么。问过不少人，大家比较一致的说法，是说那个圆圆的土疙瘩里，大概是一种虫子的卵。正如被母鸡孵过的鸡蛋里会有小鸡娃，正如蚕将自己裹进蚕茧，正如没有退壳之前的知了……有一种虫子，它将自己的卵排在崖畔内的黄土中，然后用泥土将自己的卵一层层地包裹起来，等我们"摸到"的时候，就是一个皮球样的黄土圆团。

至于这个圆团跟回音之间又是一种什么样的关联，实话说，我不是很明了。不过在我想来，原因大概有两方面：一是伙伴们摸到"崖娃娃"的地方，一般在沟里、崖畔，那样的地形，本来就容易产生回音；第二个可能，就是这圆圆的泥土裹就的虫卵，因为空隙的存在，可能会有些扩音与回音的效果。

小孩子总爱学说大人话，甚至小伙伴们打口水仗的时候，也总喜欢彼此模仿。比如，麦香、麦换两小姊妹开始吵架，年龄大点的麦香说："滚开，别跟我说话。"年龄小些的麦换就常常会梗着脖子将姐姐的话反攻回来，说："你滚开，你也别跟我说话。"再往下的争吵里，就时常会出现"崖娃娃"。只见麦香斜睨着麦换，冷冷地嘲笑道："真是个'崖娃娃'，就会学我说话。"

小时候的我，也常跟姐姐吵架，也常常学她说话，所以也不止一次的，被姐姐斥责为"崖娃娃"。然而几十年后的今天，我却恍然发现，小时候多次被斥责为"崖娃娃"的我，竟然不知道"崖娃娃"究竟是什么。

柿子树下的小伙伴们并非总是一团和气。有一天，在柿树下玩耍的我和粉儿起了战火，起因是无关紧要的一句话。那几天我跟粉儿再见面，就互相噘着嘴谁也不理对方。这样的日子持续了三天半，我就有种百爪挠心的不快乐，再见面，互相偷看一眼，都想跟对方说话，似乎又都不知如何开场。

小伙伴们总是聪明的，也是善解人意的，瞧瞧我们俩的神色，就准有人会"挺身而出"，说："走，去柿子树下玩吧。"等到了柿子树下，大家刚一屁股坐下，就有人狠劲拽着我和粉儿的手说："快，你们两人把手给我。"再往后，就见我和粉儿的小手指头被人拉扯着勾在了一起，同时一边使劲上下晃动一边摇头晃脑地说："拉钩上吊，一百年，不许变。"经过如此一番"仪式"，我跟粉儿就很自然地和好了，毕竟，手都拉啦，咋能不好呢？最初和好起来的我们，彼此会有些羞赧，然而不消一锅烟的工夫，可就好得像是一个人了。

柿子树下的我们，有时也会畅想未来。比如我们都很想知道，自己将来会做些什么。不知道是谁发明的那个游戏，总之那游戏一经推出，就大受小伙伴们的追捧。

游戏的过程是这样的：两人席地面对面而坐，一方捏紧另一方的一只手，然后先在对方的手心上使劲拍打几下，再用手指丈量一番。这之后，左右手就开始紧握着被丈量者的小臂交替前行。并且一边前行，一边嘴里念念有词："工人——农民——解放军——"等手行至对方大小臂的连接处，就见丈量的一方，干净利落地将被丈量者的小臂高高举起，同时提高音量，嘴里大声喊着"工人"，当然也可能是"解放军"。自然，这最终被拖着长腔喊出来的几个字，也就是被丈量者将来的职业。

某一天，我跟粉儿互相丈量，她丈量的结果，我是解放军，这自然让我很高兴。我丈量的结果，她是农民，这自然让粉儿很不快活。后来，粉儿又去找麦香丈量，终于如愿以偿，也量出了一个让她喜欢的解放军的结果。

在那时候的我们看来，世界上的职业总共有三种，一是工人，二是农民，三是解放军。奇怪的是，那时还小的我们，作为农民的儿女，就已经非常的不想做农民。

村里来了一个女孩，叫作臭臭。臭臭皮肤白白的，眼睛大大的。关键是，她还穿着一件美丽无比的碎花裙。臭臭说起话来婉转柔和，动听得如同百灵鸟，跟我们这些土得掉渣的乡村孩子比起来，可是大不相同。

听说啊，臭臭的爸妈，可都是工人呢。

臭臭来到我的村庄，瞬间就成了香饽饽。柿子树下，我们里三层外三层地围着她，只为能够多看她一眼，多听她说几句话。

西邻的大哥哥做了解放军，回家探亲的时候，带回来几块像冰一样透明的玩意儿。哥哥说，这可不是一般的冰，这叫冰糖，甜着呢。哥哥分给我一小块，我赶忙放进嘴里，知道他没说假话，那块冰，可真是透心的甜呢。

而村庄里的我们，没有碎花裙，没有冰糖，百无聊赖的时候，会有人从家里拿来一截绳子或者毛线，两人一组，用毛线翻出很多种花样；或者一个人，用一根细绳拴起一个苹果把，然后先将绳子搓在一起，再慢慢将绳子拽开，如此一张一合，只为欣赏绳下的苹果转动如快速的陀螺……

显然，柿子树下的我们，有过快乐，也有着淡淡的落寞。而这些落寞在无形中激励着我们，长大后一定要走出这小小的村庄，也去做工人、做解放军；也要穿碎花裙，吃冰糖……

如今的我，终于可以穿上漂亮的碎花裙，吃上像冰一样的糖了，然而我却开始思念庄外那棵早已不在的柿子树了。

2015 年 8 月

芙蓉树下

那天，大哥带我去学校的时候，校园里已是人声鼎沸。

学校在村子的东南角，整个校园只有两间教室，其中一间教室里带了个小套间，那个套间，是老师的办公室兼宿舍。

学校不大，除了两间校舍和校园西南角的一个小土厕外，就别无长物。然而，还是有样东西，让我满心喜悦。

那是一株并不高大的树，上面开满了绒线样的粉色花。九月的阳光和风，温柔地挥洒在它的枝头上，一时让我有些心动神摇。

树的名字别致优雅，叫作芙蓉。

学校总共两个老师，其中一个担任着校长的职责。这位校长就住在我们村；另外一位老师，晚上如果无处可住，则可以选择住在教室里的那间宿舍。

第一天坐在教室里的情景还历历在目。很奇怪我的老师为什么要在第一节课的时候长篇大论地嘱咐我们上课的时候一定要背起双手。不过虽不明白，却也照做了。

语文课上，老师很爱给我们讲故事，记得有个故事的名字叫作《吃水不忘挖井人》。是说啊，有一年，毛主席在某一处没水的地方挖了一口井，后来毛主席虽然离开了，但当地的人们只要吃水，就总会非常想念、无比感激我们的伟大领袖毛主席。

我觉得这是应该的。直到如今，我都觉得，人，首先要有感恩之心，只有当你学会感恩，你才能收获更多的满足和幸福。

数学课上，老师教我们写从 1 到 10 的阿拉伯数字。其他数字倒还罢了，可是学到 8，我却开始卡壳。

我急得脑门子直冒汗，可是却无论如何描不出来那个七扭八拐的数字 8。后来不知是有人提醒，还是自个突然灵感迸发，总之我的练习本上，也有了歪歪扭扭的一行数字 8。那是我用上下两个 0 垒起来的。这种垒 8 的写法，我用了很久。直到有一天，非常突然而又非常自然的，我居然一笔写出来了一个 8，自此，也就没有再垒过。

学校很小，容纳的学生也只限于我们一个村庄的小孩，所以大家也不算太陌生。不过一个村庄里，还是有着两个队，所以不是一个队的孩子，彼此也算不得太熟稔。

乡村的孩子，有些的确是野的，而且野得没有道理。

第一天去上学，双人课桌椅上的我的同桌，大概因为她比我先到的缘故，很霸道地认为这个双人的课桌椅，只能归她来坐。只见她将她的双腿，平平整整地摊在那把长椅上，以此来宣布她的"主权"。

当然，问题最后还是被解决了，只不过浪费了老师不少唾沫。

文章开头说了，当我去到学校的时候，校园已是人声鼎沸。那一天，如果不是我的哥哥注意到我，说不定我的已经很晚的入学时间，还会顺延。

我已经九虚岁了，然而在我的父母看来，我还小着呢。所以他们可并没有认为应该赶紧送我去上学。多亏我有大哥。我的大哥那时已高中毕业，正好在村里的那所乡村小学代课，近水楼台，大哥带我去了学校。

如果大哥不管，我想我也准会上学，只不过究竟要几岁才上，可就不得而知了。因为怎么说呢，大学二年级的寒假里，我跟父亲在房间聊天闲谈,突然,父亲像是想起什么似的,对着房门使劲喊他的大女儿,等他的大女儿也就是我的姐姐来到房间,父亲笑笑地说:"你去给爸爸拎一壶水。"我的姐姐颇有些生气,说:"你木儿就在你跟前,你干吗不让她去拎?"父亲说:"哎呀,娃还小嘛,你去吧。"举这个例子的意思是想说明,在父母亲的眼里,他们的老幺孩子——我,永远都很小,永远都还是个"娃娃"。所以,我也就不能断定,到了我多大的年纪,他们才会意识到我已经长大了,起码已经长大到足以去上学。

还好,我有大哥。而且显然,九虚岁的我,在大哥的眼里已经完全可以去上学。于是,大哥也就牵着我的手去了学校;于是,我也就成了学校里的一名小学员。

我的第一任老师姓梁,是个中年女人,也是学校的校长。她的声音有些尖细,衣着打扮跟村里的妇人们也有些不同。有一段时间,她居然还"偷偷"地戴了块手表,之所以说是"偷偷",是因为她的手表,并没有戴在手腕上,而是被她捋到了小臂之上。

有一回,梁老师上课写板书的时候,不知为何,手表从小臂上脱落下来。于是,梁老师戴手表的消息很快传遍了整个村庄。

梁老师跟一般的村妇们比起来,有些洋气,也可以说是更加清爽。然而这种洋气和清爽,却无形中拉远了她和我们这帮孩子们的距离,让我们觉得,她和我们不大一样。

梁老师也笑,但似乎并不慈眉善目。之所以我要这样想,是因为在我和这位老师之间,曾有着下面一个小插曲:

有一天,懵懵懂懂的我和同村的粉儿去校园里玩。发现教室和校园的外墙之间有一条窄巷,我和粉儿钻进巷子里,玩得忘记了时间。

那时的我还跟这个校园没有任何瓜葛,也就是说,我还没有上学呢。

眼看天色向晚，两个兴致勃勃的小女孩才预备打道回府。两人走到门口一看，完了，门从外面被死死锁上了。

眼见天色越来越暗，校园内的荒草黑压压直逼过来，两个被吓着的女孩立刻比赛似的开始号叫。这哭声很快便引来了一群正在附近场院玩耍的男孩，这其中，就有我那十来岁的"愣头青"二哥。

二哥听着声音熟悉，走近一看，果然有一个女孩正是我。二哥一边安慰我说："别哭，别哭，哥哥给你想办法。"一边赶紧开动大脑。

"能干"的二哥果然很快想到了办法，只见他找来一块半截砖，对着那把"死脑筋的铁将军"一阵猛锤，不一会儿，校门口果然就传来一群孩子们兴奋的"嗷嗷"声，而那一刻的我的二哥，也差不多像个振臂一呼应者云集的大英雄。

然而这边的英雄梦还没有做完，学校的那位洋气清爽的中年女教师，也就是学校的校长，就很有些"气势汹汹"地冲到我的家里，斥责了我二哥的"野蛮"行径。在老师眼里，我二哥的行为，很没有家教。显然，老师全盘否定了我二哥的这次行为中所包含的"正义"因素。

这当然令我有些不满意，同样对此不大满意的，还有我的父母。父亲给学校重新买了一把锁，赔偿了老师的损失，说了些道歉的话，却多少有些言不由衷。

老师走后，父亲并没有为此事而教训他的儿子。如果父亲要教训，我想我也断然不会答应。

二哥的行径，算是没有家教吗？女校长虽然那样说，我却坚决不愿认同。在我看来，小小的二哥的行为，应该算是"热血""果敢"才对。

孩子毕竟是孩子，不能要求他处处周全。女校长认为，我的二哥当时应该去找她要钥匙。但是二哥没想那么多，四周的孩子们也似乎觉得，砸掉这把锁，是当时的唯一选择。而那时待在漆黑校园内的我，自然也渴望我的二哥能用最快的时间"救"出我。

当然到了今天回头再看，我知道，老师的做法，实在没有任何不妥。

梁老师很辛苦，因为她要带好几个年级的功课，还教我们毛笔字和唱歌。那时候教室没有电灯，光线太暗的时候，会点起煤油灯。不能说老师教得不好，但总归有些枯燥，所以一学期下来，考零蛋的人常常会占绝大多数。有一回测验，老师出了两道数学题，十五个同学中，一个考了一百，一个考了五十，其余的十三个，统统交了白卷。

老师也教我们唱歌，歌名已经不记得了，至于词儿，有几句我还能唱得很熟络："无产阶级'文化大革命'就是好，就是好来就是好来就是好……"毛笔字我只练了一两次，之后就束之高阁。

有一天，来到讲台上的老师哭丧着脸，袖子上戴着个黑袖章。老师拿了一张报纸，坐在讲台上给我们念，念了不到二三行，老师自个儿就先扑倒在讲台上号啕大哭起来，与此同时，教室里立刻也就响起了一片"嘤嘤嗡嗡"……

那一天，我们的伟大领袖毛主席永远离我们而去了。

很快，学校里就搞起了轰轰烈烈的纪念活动。上课时间，我们都在忙着制作小白花，到了约定共同纪念的那一天，我们每个小学生胸前，也就都有了一朵洁白的小胸花。

每年的"六一"儿童节，学校也都会有活动。老师会让我们排好队，然后悉数将我们带到几里地之外的另一处大校园。大部分时候，我们都是看客，而对看客们的唯一要求，就是身穿白衬衣蓝裤子。

白衬衣蓝裤子，几乎是我们多年来一切重大活动的固定装束。初中的一场运动会上，我的那位年轻的男老师，不知道是因为口误,还是为了标新立异,要求我们在运动会上统一穿蓝裤子蓝上衣。那一次,可真是难坏了我。后来,我曾写过一篇《一件蓝色衣衫》,讲的正是这件事。

我在那所小学待了整整三年。三年里,我每天都要从芙蓉树下走过,不过令人奇怪的是,定格在我记忆里的,却是那报到第一天的第一眼。

芙蓉树下,也还有些惨痛的传说。

村里有位姑娘,大概是因为跟校长有些私交,晚上学校无人的时候,偶尔就借住在校舍,然而有一晚,却出了事……姑娘最终被送往县医院,因为送得及时,侥幸保住了性命,只是从此以后的她,就有些走不到人前了……

听说姑娘在县医院也被医生们很不待见,只因,太过思春的她,将一截电池塞进了她自己的身体。姑娘最后嫁得有些潦草,至于原因,说是名声不好。我那时还小,不明就里,有时走在路上,看见她都要远远地避开,因为显然,我把她跟电影里的大坏蛋联系在一起了。

如果不是要写这篇文章,这些往日旧事,我可能已经想不起来。然而此刻,它们的确是浮现在我的脑海里了,而这些记忆,将久远的谜底徐徐在我的眼前揭开。我知道,她不是坏人,也不是坏姑娘,而人们,也不该用有色眼镜去看她。性的欲望,其实正如吃喝拉撒,是人类的正常需求啊。姑娘的悲剧之所以发生,其实正是源于那个特殊的时代,源于人们的谈性色变,源于没有这方面的科学引导。所以,包容她,其实就是原谅那个落后闭塞的时代。

我的学业,从芙蓉树下起步,而我,却在不断地远离着它。虽然后来的我,又多次见过或高或低的各色芙蓉树,然而不管怎么看,我都觉得这后来遇到的芙蓉树上开的花,远没有记忆中的那么粉、那么艳、那么美丽、那么妖娆……

2015 年 8 月

村中那棵大槐树

大槐树只是一棵树，大槐树其实又不只是一棵树。

当我认识大槐树的时候，大槐树已经是棵很大的树了。魁梧挺拔的它，威武雄壮地挺立在村子中央。槐花沁鼻香的时节，也很少有人打它的"歪"主意。

我家门口也有棵槐树。那是棵身形很小的槐树。每逢槐花开放，家人轮番上去采摘，就连一向笨拙的我，也多次兴冲冲地爬上它的枝头。

生的槐花，味道清香，是可以直接吃的。有一回，我坐在家门口的小槐树枝上吃得正香，突然感觉味道有些怪，吐出来看时，发现在白生生的槐花之间，有一个黑黝黝的物件，那是一只被我嚼碎的昆虫，名叫"臭斑斑"。那次发现让我恶心了许久，以至于有好长时间，我不敢再轻易地将槐花捋一把直接塞进嘴里了。

显然，门前的这棵小槐树，跟村中的那棵大槐树有很大不同。如果用人来打比方，村中的那棵大槐树，至少已是爷爷辈，而门口的这棵，充其量只能算是小孙子。

大槐树不只粗壮，而且挺拔，又粗壮又挺拔的它，早已与小小的人类拉开距离，所以想要够着它身上的槐花，难度可是不小。

大部分人，望着高高在上的它，也就偃旗息鼓，放弃无谓的努力。一小撮不甘心的人,做了长长的钩子,又千辛万苦地爬到树干上。然而能够着的槐花,少之又少。所以他们的一番努力,不但收获有限,而且一不小心,还会让大槐树的枝丫给狠狠地"扎"上几下。于是最终,这一小撮想法多的人,也只好安宁下来。

自然,随着大槐树的不断长高,它获得的安宁也就愈来愈多,不过,并非完全安宁。大槐树在村子的正中央,它所处的环境决定了它其实不会太安宁。

大槐树的东边,是村中的广场。广场北边,有个白色的照壁,上面有红色的字和红色的人头画像。那幅画像,是伟大领袖毛主席;那些红色字,是大家最最崇敬的毛主席曾经讲过的话。

每天,人们都要上工、下工,上下工的依据,是铃声。而那铃声,正是从大槐树身上发出来的。

大槐树的高处,绑着一个很大的铜铃,上工的时候,队长一边使劲摇晃着铜铃下的绳索,一边用他那比锣鼓还要响亮的高嗓门,喊一声"出工了",于是就见各家的社员们,匆匆忙忙地走出各自的家门。

铃声的威力很大。

有一回,母亲正在庭院帮我梳头,铃声响了,母亲心里一着急,手上一给劲,就见那把梳子,硬生生断成两截,而被弄疼的我,自然是满眼泪花;晚上,我正腻歪在母亲的怀里,铃声响了,母亲立马撇下哭泣的我,去村里开会……

当然,铃声偶尔也有不威严的时候。

小子们总爱调皮,觉得没事摇铃非常好玩,于是趁铃下无人,自己也想做一回敲铃人。等大家匆忙来到槐树下,却发现并没有人在现场派活,很快话头传开,大家知道是小子们在调皮,也就骂骂咧咧几句后散开。

然而小子们的调皮却在绵延,毕竟,村中小子们的数量可不少。这无事生非的铃声,浪费了忙碌的大人们的不少时间,自然让人觉得很讨厌。最终,队长只能无奈地将敲铃的绳子悬得老高,让那些坏小子们无论如何都够不着。

那时总爱开会。开会的时间总是晚上。开会的地点,常选在紧靠大槐树的那个院落。

社员们要去上工了,上工前先要赶忙走到槐树东边的照壁前,说:"毛主席,我去上工呀,我会好好为社会主义干活的……"下工后,即使谁家里有再十万火急的活,也总是要先走到照壁前,说:"毛主席,我今天好好拔了一天的谷苗。"或者说:"毛主席,我今天好好锄了一天的地,我可一点都没有偷懒呢。"以上这些话语,都是以默念的形式出现的,这事想来大槐树最清楚。大槐树一定也知道,这叫作"早请示,晚汇报"。

大槐树下的院落灯光昏暗,时常连昏暗的灯光也没有。不用说,又停电啦。人们就着煤油灯的光,学习语录,批判坏分子,有时开会开到中途,还会有人莫名其妙地揪打在一起。

大槐树下的人们,看起来善良,然而也似乎很凶恶。

大部分的村民,都是"贼"。他们有男有女、有老有少,偷起村里的庄稼来,个个心狠手辣,个个凶猛如虎。

大槐树下的庄稼地是常年有人看护的,然而这被专人看护着的庄稼还是愈来愈少。大槐树对此其实心知肚明。因为有很多次,高高的大槐树在黑暗的夜里都看得很清楚。那些地里的庄稼,不但被村人偷,也被看护人偷,所以大槐树最是懂得,那些庄稼为什么会越来越少。

然而大槐树毕竟是棵树,有好多事情,它其实并不明白。比如头天黑夜的时候,它明明看到好多人都在偷庄稼,然而到了第二晚的会议上,它却看到那些偷庄稼的人,如何义正词严地批判那些被捉到的"贼"。

大槐树在世上活得时间太长了,所以它的思想显然有些僵化。在它想来,一个人只要去偷庄稼,就是贼。它不明白为什么被捉到的就是贼,就是被批斗者,而那些没有被捉到的,就摆出一副正人君子的假面来。

大槐树下的我,从来都不是主角,但我却自信能为大槐树解疑释惑。

大槐树,你愿意低下高昂的头,听我一句话吗?愿意的话,让我告诉你吧,是饥饿,活生生的饥饿啊,我的亲爱的大槐树。

大槐树,我知道你曾看见过对门的巧巧妈,面黄肌瘦、浑身浮肿地坐在她家门前的石头上,没有力气多说一句话;你曾听见病中的巧巧奶奶,一声接一声地喊着"我饿啊,我饿啊……"巧巧奶奶已经饿得不顾体面了。我上学顺路去叫巧巧,就见她冲着我直喊饿。巧巧妈一边有气无力,一边斥责她:"快别喊了,怎么跟个饿死鬼似的?刚吃完,咋又喊饿?"吃食太缺了,在"优胜劣汰"的自然原则下,苍老的巧巧奶奶,在一声紧过一声的"饿"的呼喊中,终于倒下。

大槐树知道,那一年倒下的人,远远不止巧巧奶一个。而至于巧巧的上学时间,短暂如开放的昙花。

巧巧妈病倒后,巧巧也成了夜游庄稼地里的一员,苜蓿、南瓜、红薯、玉米,地里有啥,她摸黑偷啥。

村里的俊生,偷的胆子越来越大,居然偷了邻村一辆自行车。那一天天上飘着鹅毛大雪,俊生冒着刺骨的北风,摸黑将几里地外的别人的自行车推回了家。第二天,人们顺着自行车车辙,顺理成章地破了案,于是俊生成了那一段时间的重点批判对象。

煤油灯照耀下的昏暗院落里,人们将俊生架上了主席台。主席台上,有架高高的"天梯"。那个"天梯",是由大的小的、高的矮的好几个凳子组成。人们逼俊生爬上"天梯",然后让俊生在"天梯"上低头认错。为了教训他,有人狠狠地在"天梯"中间蹬了几脚,于是俊生如一片秋天的黄叶,在"天梯"倒塌的轰鸣声中重重坠落。如果俊生是片树叶,是团棉花,哪怕是块生铁,倒还好些。可惜他不是。所以他折了腿，从此成了跛脚。

亲爱的读者啊，读到这里，你一定觉得大槐树下的岁月里，人们个个度日如年。其实，并不是。

前面说了，大槐树紧邻村子的广场，所以每逢年节，大槐树下，可是热闹着呢。

村中有架大鼓，很大很大的鼓。每年腊月，那面大鼓就开始零星被敲响，那是乡亲们在彩排呢。到了大年初一，早饭刚毕，大鼓的声音，铜锣的伴奏，就开始纷至沓来，不消一会，村中央的广场上，就挤满了里三层外三层的看客。

这时节的大槐树，虽然枝叶脱落，然而寒风中的它，心里一定是温暖的。

夏季里，孩子们总爱捉迷藏，这迷藏的发源地，正是村中那棵大槐树。孩子王石头站在大槐树下的那块大石头上，将他的右手伸平，其他游戏参与者每人伸出一个手指，用指尖触着石头的手心，等游戏人员全部到齐后，石头对着他手心下的那群指头尖，大喊一声："槐树底下歇凉哩，一、二、三，开始。"于是，跑的跑、藏的藏，整个村庄，瞬间成了孩子们捉迷藏的天堂。

那一刻，茂盛油绿的大槐树，内心一定也很愉悦吧。

货郎来了，卖醋的来了，磨刀的来了，爆玉米花的来了，几乎所有的走街串巷者，都最钟爱大槐树。因为大槐树下，可是村庄的天然集贸场啊。

然而大槐树最终还是倒下了。那一年，我还没有离开我的村庄。我不知道人们为什么容不下它，为什么一定要将它砍倒？莫非，是因为它知道的秘密太多了吧？！

2015 年 9 月

外婆的杏树

外婆的院子很大，屋子很小。屋子里的住客，常年只有外婆一个。

外婆的大院里有好多树，有一些，挺拔伟岸，堪称栋梁。有一年，舅舅单位来了辆大卡车，将外婆院子的一棵大树砍倒后拉走了。外婆说树儿被拉过去，是为了给她的一个孙儿做结婚用的家具。外婆为此很自豪，我听了也很雀跃。

但其实，这些大树，不管木质如何好如何棒，都并不是我的关注焦点，我最看重的，其实是外婆家的果树。

外婆家后院有棵枣树，结的枣儿倒是不少，可惜那些枣儿既不水灵，也不脆甜；外婆的院子中间有棵柿子树，身材娇小苗条，结起果来，却疯狂得像个假小子。到了秋天，柿子树的叶子，墨绿绿地放着光，而在这叶子中间，红彤彤的柿子如夜晚的满天繁星，挂得满满当当，煞是惹眼。

柿子成熟的季节，外婆会拿来一些柿子跟苹果放在一起。外婆说呀，这样柿子会熟得快；外婆还会把另外一些柿子放在温水中温起来，只需几天时间，涩涩的柿子，就变得甜滋滋起来。当然，那么多的柿子，外婆无论如何也吃不完，所以那时节，任谁去外婆家，走的时候，外婆准会给他装上一大兜。

熟透的柿子，不但颜色好看，而且口味也更加甜；但比起熟透的柿子，我还是更喜欢外婆的温柿子，至于原因，大概是不喜欢熟柿子的那份软塌塌吧。

当然看过文章的标题之后，你也就一定知道，今天我要介绍的主角，既不是被伐掉做了家具的那棵大树，也不是结着不甜的枣儿的枣树，更不是我吃了它不少果实的柿子树，而是，外婆家的那棵杏树。

杏树跟柿子树相距不远，可以说它们两个是邻居，然而杏树的树冠，茂密高大，比较起来，柿子树只能用"袖珍"来形容。杏树不但结的果实多，而且夏季里也是人们乘凉的最佳处所，所以杏树下面的故事，可是多着呢。

千里之外的舅舅回家探亲，最爱待在杏树下。舅舅搬两把凳子，一个高一些，一个低一些，然后坐在杏树下面，写日记。

我那时还小，对舅舅的行为很觉稀奇。暗想："老师又没给你布置，干吗要自讨苦吃呢？"然而舅舅却吭哧吭哧着，每天不知道拿个钢笔在他的日记本上写些什么。

回到老家来的舅舅，在我看来有些见外。因为他居然带回来一个用来喝水的玻璃杯。杯子的前身，一定是个罐头瓶，后来被舅舅改良后，成了他的专用水杯。水杯下面，有一圈用塑料做的隔热圈，所以即使杯子被倒进去开水，也不至于烫坏手指。而我们那时候喝水的器具，几乎全是公用的。也就是说，一个洋瓷杯，谁渴了谁用它喝水，而且不光我们自己喝，村里的孩子玩渴了，不管走到谁家里，拿起洋瓷杯，顺势在水缸里舀上半杯生水，咕嘟咕嘟一口气喝光，然后扔下水杯，就继续疯玩去了。一切，都那么自然而然，一切，也都那么顺理成章。

家里的洋瓷杯，大概是用的时间有些长，所以瓷杯的底下有个小洞，而这小洞，却给我带来了巨大的快乐。时常，想喝水的我，会用瓷杯从缸里舀些水，然后将杯子高高举起，仰着脑袋，让瓷杯里面的水,通过小洞滴落进我的嘴里。

外婆的眼睛,一定是因为有炎症,所以常年都红彤彤的。我去了外婆家念书后,整天跟外婆亲密无间地用着同一条毛巾、同一个脸盆,所以那两年里,我也成了颇为有名的"红眼"。然而却没有人会想到,我们的毛巾,可能分开使用会比较恰当。

条件就是那样一个条件,时代就是那样一个时代,然而当年的我们,也并不缺少快乐。

舅舅是大学教授,酷爱旅游。舅舅出差回来探亲的时候,时常会给我们各家带来几把漂亮的天堂伞,也或者带一些旅行时的照片。有一次,他还送给我一支笔,笔上有句英文,"made in Hong kong"。我那时已经读初中了,但也还是费了好大的劲,才知道那只金色的笔原来是"香港制造"的。我拿着那支笔,逢人就说这是我的舅舅从香港买回来的,当然,这绝对不是我的有意吹嘘,而是当年的我的真实想法。

多年以后,我才明白,一支香港制造的笔,并非一定要去趟香港才能拿到。而至于舅舅送我的那支笔,究竟是不是他去香港所得,随着舅舅的离去,可就再也找不到谜底了……

母亲姊妹们聚会的时候,也总喜欢相聚在杏树下。那一时刻的母亲,时常就有些嫌弃我。也就是说,只要她们姊妹在一起交谈,母亲就总是希望我远远地走开。

我的指甲太长的时候,母亲会拿起那把笨重的黑色大剪刀,咔嚓咔嚓帮我剪掉。当然常常,母亲由于太忙,并不及时修剪。舅舅回来了,看到我黑而长的指甲,说:"指甲都这么长了啊,来,快过来,舅舅帮你剪剪。"那一次,舅舅不光帮我剪了指甲,剪完之后,还认真地帮我打磨了一番。我依偎在舅舅的怀里,别提心里有多美多滋润。一旁的表弟表姐,看着各自那矬矬的指甲,不定心里有多后悔呢。哎,早知这样,早几天何必剪掉那长长的指甲啊。

这一幕场景发生的时间，距今已有将近四十年了，然而我却依然深深地记得，舅舅给我剪指甲的地方，正在杏树对面的外婆的房间。当时舅舅坐在地上的一个小板凳上，外婆和母亲三姊妹，或者坐在炕沿，或者倚在柜边，而我们几个孩子，则都站在房间的地面上。

有谁知道，这世上能有什么东西，可以把时间定格的吗？

有吗？

如果让我来作答，我想说，有一样东西，在某个时刻，的确是可以把时间定格的。它不是上帝，不是神仙，也不是鬼怪，而是记忆，那些沉淀在我们心灵深处的记忆啊。

大部分时候，杏树下的谈话是开心愉悦的，但是偶尔，也会有小摩擦。

大姨要退休了，六个孩子中，究竟该让谁来接班呢？接了班，可就成了正宗的城里人了呀。

表哥是儿子，又是老大，他很想接班，很想也去做做城里人。然而那时的表哥已经成家，做了孩子的爸爸，而且能干的他，还有着木匠的手艺。

大姨夫妇思前想后，左右为难，最终的那场谈话，正是舅舅和表哥在杏树下进行的。我放学回家，看到杏树下的舅舅，语气委婉慈祥，而杏树下的大表哥，眼泪则落了一箩筐。大表哥最终放弃了接班的机会，安心过他的"面朝黄土背朝天"的农人生活，而他的那场艰难抉择，与杏树不无关联。

杏树底下的院落里老鼠猖獗，舅舅回家后特意去县城买来了一只老鼠笼子，于是自然，有一天，一只硕鼠进了笼。

有趣的是，这已经入笼的一只老鼠，却难坏了外婆、舅舅和我三个人。因为老鼠虽然已经入笼，但它的精气神，却远远压倒我们三个活生生的人。

当然最终老鼠还是被"干"掉了，只不过没有亲身经历过的人不可能会猜到,这干掉老鼠的过程,对我们而言,有多么的艰难。

最终被灭掉的老鼠,舅舅将它掩埋在了杏树底下。它曾偷吃了外婆那么多的粮,如今做了杏树的肥料,也似乎很应当。

杏树底下,母亲姊妹们不只一起谈天,更多的时候,她们的主业是帮外婆缝被子、纳鞋底,同时有一搭没一搭地说着话。

外婆常年一个人,厨房的设施都很玲珑,然而外婆的厨艺却很了得。有一回,不知道外婆家有什么喜庆事,总之是院落里来了一群人。外婆熬了麦仁饭,那顿饭,小小的我居然吃了两大碗,以至吃完饭后根本无法蹲下来。

有将近两年的时间,我跟杏树亲密无间。那两年里,我在外婆家附近的学校上学,吃住都在外婆家。

不忙的话,母亲至少一周一趟,给我跟外婆送吃的。有一回农忙时节,母亲来的间隔时间有点长,我跟外婆,几乎吃尽了家里的余粮。

那时候的老师都是派饭。有一天,老师的饭被派在了我和外婆家,我立刻想法子通知母亲,母亲立刻蒸好了馒头,又亲自主厨,给老师做了香喷喷的一桌饭。那顿饭,宾主尽欢。

杏树底下的院落,大部分时候是冷清的,当然也有例外,尤其是每逢过年。

过年的时候,外婆会给我们这群孩子挨着个儿的发压岁钱,除了压岁钱,还必然有香喷喷的一顿大餐。吃饭的时候,母亲姊妹们多在厨房忙活,而各家的男人们,却都会很拽地坐在炕上面,炕的正中间,就摆着那一桌丰盛的大餐。

性格和善的二姨夫,是个热心人,过年的时候吃着饭,一准会鼻尖儿冒汗。那些细密的小汗珠,在灯光的照射下熠熠发光,可是令我印象深刻。

不是年节的时候,也总会有表哥表姐到外婆的家里来。有个从省城回来的表姐,很会讲故事,每次只要她来,我都会像个跟屁虫似的，跟前跟后缠着她给我讲故事。她脑袋里的故事，可真多；她讲故事的水平，可真是高啊。

小表哥来看外婆，带来几块腌制的洋姜，味道真棒，表哥见我喜欢，说："你也可以在外婆后院种一点，这个东西，好活着呢。"

我种了，但事实却明晃晃地告诉我，对我而言，它显然并不好活。

银川的大表哥回来了，晚上想要洗脚，然而耳背的外婆，死活弄不明白"脚"是什么。倒是我们这帮调皮的小孩，大概知道表哥嘴里的"脚"，其实就是我们嘴里的"角"，恍然大悟后的外婆，为此傻笑了好长时间。

外婆是精致的，头上的发髻从来都是一丝不乱。外婆的日子是艰辛的，那面用来梳头的镜子，已经满身伤痕，她却一直还在用。

地主外婆，三十二岁就守了寡。然而在"文革"中，她仅有的几件家具还是被没收，甚至被戴上高帽子游街。

外婆有一点点细软，其实也就几件银首饰。"文革"来了，外婆想把她的那几样"值钱"东西存放在二姨家，不承想二姨刚出外婆家门，就被逮个正着。于是，她被游街、批斗；于是，杏树下的那个院落，几乎被人们掘地三尺。可惜空空如也。多年以后，外婆被平反了，按照文件"精神"，没收的所有东西都应退还。然而，那些东西，却早已去了爪哇国，再也找不回来了。

外婆有个小黑匣，照我的理解，也就类似于今天的化妆盒。那个匣子，一定是外婆的钟爱之物，因为我跟外婆相处的两年间，外婆无数次地给我描述过它。所以我知道，那个匣子里，有着黄色的锦缎，还有一面漂亮的小镜子，而至于那个小黑匣最终落到了谁的手里，却已是永永远远的一个谜了。

一个小小的梳妆匣，能值多少钱？然而它却让我的外婆念叨了整整一辈子。这样的一个地主，你能指望在她的院落里挖出什么宝贝来呢？

茂密的杏树啊，我想问问你，我的被戴着高帽子游街的地主外婆，她可怜不可怜？她冤也不冤？

杏树底下的外婆，最爱忆旧，最爱怀念她的童年，最爱述说她的故乡。外婆说她的故乡很富饶，她的故乡花生多得人都吃不完。外婆一生的大多数时间几乎都是在回忆中度过的，而我与外婆小两年的相处时间，也让我无意之中成了外婆记忆的一个见证者。外婆的一生充满苦难，少年丧父、青年丧夫、中年丧子，可以说，对女人而言最难过的所有事情，几乎全都降临到了她的头上。然而温婉的外婆，外柔内刚的外婆，却仍然用她的身躯，尽可能地温暖着我们。

冬天的我放学回家了，外婆说："来，快把手给我，我给暖暖，一定快要冻成冰棍了啊。"晚上，我趴在炕上写作业，外婆用她的手不停地抚摸着我那一双冰凉的小脚。雪天的早上，外婆总要坚持着，陪着我一起去上学……

外婆的一生充满苦难，然而可敬的外婆却从苦难的土壤里开出了坚强的花。所以多年之后，当我想起外婆，想起杏树底下的那些往日时光，似乎还能听到外婆爽朗的笑声正清晰地在我的耳畔回响。然而母亲却说，外婆有笑病。笑病发作的时候，为着一件小事，外婆常常会莫名其妙地笑好久，而且一旦笑起来，好长时间都无法停下来。

不知你有没有听说过这种病？我是见过的。我也知道，外婆纵然是笑着，心里其实也充满苦涩。

杏树也知道。

2015 年 9 月

门前那棵老榆树

想起外婆门前的那棵老榆树，就想起了叽叽喳喳的灰喜鹊。

外婆的听力很差，是个聋子。然而对于喜鹊的叫声，外婆的耳朵却似乎有辆神奇的直通车。

母亲来看外婆，敲门敲了一个多钟头，屋内的外婆却稳稳当当地忙她的家务活，被逼无奈的母亲翻墙来到外婆面前，外婆却似乎并不惊讶。外婆说："今儿一大早，喜鹊就不停地在榆树枝头上叫唤呢，所以我知道今天家里要来人。"

外婆门外有棵粗大的榆树，我跟它朝夕相处了小两年时间。两年里，我的个头不断增高，胳膊不断长长，却始终不能用双臂将它合拢起来。

榆树很高。不但高过外婆的围墙好多，也超过了外婆家东邻那座高大的饲养室。所以，我从来没有爬上去过，进一步说，我也几乎从来没有产生过爬上它的枝头的想法。也就是说，榆树的高度，超过了我对于我的攀爬能力的最高奢望，所以我从来不做这方面的妄想。晴朗的早晨，霞光万丈的时刻，我跟外婆常做的事情，就是一起朝着榆树的方向，惊喜地喊着："瞧，喜鹊又叫了，今天一准又有喜事啦！"

外婆常年一个人生活，对她而言，所谓的喜事，其实非常简单。

喜鹊叫了，多数时候，外婆的女儿之一，准会来看望外婆。

榆树上，自然有榆钱。

外婆村庄的小孩子数量巨多。这些调皮的小子，看到外婆家来了小孩，一准会朝向外婆的庭院扔石头和土块，等外婆发现把门打开，他们立刻一阵风一样地跑开。刚关上门，他们又来捣乱，实在讨厌。

后来我才知道，其实有些时候，孩子们的石块或土疙瘩，是为了打榆钱，只不过榆钱没打着，反而砸向了外婆的院落。

毕竟，那棵老榆树，可就紧挨着外婆的院墙。

外婆家的大门常年是闭着的。不但闭着，外婆还会从屋子里面将门杠推上后再锁起来，即使在白天。这和几里地之外的我的家大不相同。我家的大门，白天里很少闭着，大部分时候都大大地敞开着。

我出门要上学了，外婆一定会将我送到大门口。我刚刚出门，就听见外婆在里面开始锁门；我放学回家，绝对没有推门而入的可能，而是每天，都要站在门前，摇动大门上的小铁环，用震动声唤来外婆。

我在外婆家待了小两年。两年里，我每天至少要拍两次门，不过在我看来，外婆的耳朵是"灵"的，因为每次几乎我刚一拍门，外婆很快地就在屋里面应着："来了，来了啊。"

其实谁都知道，外婆的耳朵并不灵，起码没有那么灵。那两年里，对于来去的我，外婆不是用耳朵在听门，而是用心。

每次，外婆将我刚送走，就返身进门开始忙着为我和她准备吃食。外婆一边做饭，一边瞧着日头。外婆知道，等日头到什么方位的时候，我，就该在外面打门了。有时，我回家晚个一时三刻，外婆甚至会打开大门，不停地出来张望一番，然后，正张望间，就见我瘦小的身影，撞入了她的眼帘。有好长好长时间，外婆叫我起床上学的时候，靠的是月亮；外婆给我开门的时候，靠的是太阳……如果天上没有月亮，没有太阳，外婆的生活，就会变得凌乱起来。

那一天，地上落了厚厚一层雪，外婆睡一阵，开窗看一下，再睡一阵，再看一下。后来，外婆觉得天的确是大亮了，就摇醒了热被窝中的我。小脚外婆，挂着拐杖，深一脚浅一脚地送我去上学，到了学校门口，发现校门前空无一人，就连大门，也还锁得紧紧的……

父亲听说这事后，不声不响去了趟县城，买回来一个小闹钟。那个闹钟不但能看时间，还知道在什么时间喊我起床，实在非常神奇。那个神奇玩意儿，我和外婆以前都没有见过，我和外婆都觉得非常稀罕。我学会了上闹钟，外婆学会了"数"闹钟上的时间。外婆是文盲，但是外婆知道，等闹钟上的针走到什么地方，我就该放学回家了；等闹钟上的针走到哪个点，我就该起床。

我学会了上闹钟，但有时"上"得不到火候，闹钟就不声不响；即使闹钟够火候，我也常常听不到闹钟铃声。所以有了闹钟后，我一样离不开外婆的人工叫醒。我似乎总是睡不够，似乎睡着了就总也不愿醒。外婆叫醒我的方式，不光有语言，还有动作。也就是说，外婆要摇我、推我，等我好不容易懒洋洋地起来了，外婆还会不住夸着，说："你看我娃，多勤快，一叫就起来了。"外婆一边说着，一边忙着给我找吃的，说："给，拿上块馍馍，边走边吃。"

外婆炕中间的房梁上，挂着一个黝黑发亮的小竹笼。那个竹笼不但外形雅致，里面还装满了各种"好"东西，当然最最多的"好"东西，就是干馍馍。

外婆将馍馍切成片，晒干，这样等冬季给我上学路上吃的时候，就不会太凉。表弟表妹来了，总爱跳到外婆的炕上，然后各自将手伸进外婆的竹笼，抓到什么吃什么。所以时常将外婆的竹笼弄得一塌糊涂，这是外婆所不喜欢的。我在外婆家待了近两年，没有一次自己将手伸到外婆的竹笼里。每天,都是外婆从里面给我拿吃的,我知道外婆喜欢整洁,我也不愿惹外婆不高兴。外婆说我"听话",我听了很高兴。高兴之余,我乐意更听她的话。

我跟外婆相处小两年,外婆几乎从未凶过我,只有一次例外。

那一天,我放学回家的时候,难得的看到外婆的大门是敞开的。这自然令我很开心,因为这样的时刻,多半意味着家里有来客。

然而家里却没有来客。

外婆的庭院里,有一堆粪土,粪土旁边,放着一个单轮小推车。外婆大门的西南边,有一堆隆起的新粪,显然,那一天的外婆,在做粪土的挪移工作。我回家看到外婆正在厨房忙活,就二话不说扔掉书包,给小推车上铲满一车土,然后就开始朝门外运送。

耳背的外婆很快发现了正在院落中忙活的我,赶紧用声音制止,不让我干活。我不听,继续乐此不疲地铲着、推着、倒着……外婆喊的声音,渐次大了起来,听起来很有些怒气。外婆说:"你咋这么不听话,让停下干吗不停下呢?"其实那时候的我,正干得兴起,然而看到外婆生气了,也就只好作罢。那堆粪土,最终被外婆愚公移山地搬运到了大门外的西南角,也就是老榆树的斜对面,后来究竟肥沃了谁的庄稼,我可是不记得了。

榆树下的那两年,母亲来得比较频繁。有时我放学了,母亲就会数落外婆的门多么难以叫开。姨妈、表哥、表姐来了,每次刚一坐下,大家的第一个话题,也必然先要数落外婆的门。他们有的是花费好长时间叫开的,有的是死活叫不开翻门进来的,而我作为外婆家的常住客,却似乎没有他们的那些纷扰。

我说:"外婆耳朵很好啊,我每次轻轻拍几下,她就开门了。"

我说:"我刚刚走到家门口,还没来得及叫呢,外婆可就把门打开了啊。"

大家就纷纷说,那是因为外婆为我操着心呢。

可不是吗?世界上能有几个外婆,能像我的耳背、小脚的外婆为我操过的心多呢？

外婆把父亲买来的闹钟抱在怀里，一边看一边说："你说啊，这人可真能，他怎么就能想到弄出来这么个神奇的东西呢？"外婆把我冰凉的小手握进她的大手里，说："赶紧让外婆帮你暖暖，都快冻成石头了啊。"

夏天里，我大汗淋漓地回家了，外婆已提前帮我拌好了凉饸饹；春天里，我满面红光的放学后，外婆已帮我烙好了菜盒子；秋天里，我哼着小曲回来了，外婆帮我煮好了玉米棒子、红苕；冬天里，外婆最爱做我和她都很爱吃的"疙瘩饭"……外婆的疙瘩饭养胖了我，等我再回到我的村庄，人们见到我，就冲我笑着说："啊呀，这一向没见这女子，咋脸吃成盆盆了？"

我回到自己的家，跟母亲说起外婆的疙瘩饭，母亲大概觉得这个不难，以为她也能做，然而分明，母亲做出来的疙瘩饭，味道不如外婆做的。也许，外婆的疙瘩饭，只有外婆，也只有在榆树旁的那个院落，才能做得出来吧。

跟外婆共处的我，只是一个小学生。文盲外婆，从没有在我的耳畔唠叨过学习。然而外婆默默无闻的行为时刻感动着我，让一天天慢慢长大的我觉得如果不好好学习会有愧于她。所以，夏季的酷热、冬天的酷寒，也都没有吓到我；所以，当我不得不离开外婆的时候，外婆面对着那份她看不懂的成绩单，说她为我而自豪。

多年后，听到我考上大学的消息后，外婆笑得合不拢嘴。然而笑着的她，却一遍遍地表示着她的惊讶，外婆说："想不到，真想不到，木儿那么笨，却考上了大学……"

外婆最终还是离开了那棵老榆树。因为晚年的外婆一个人生活困难太多，单只一个吃水问题就无法解决。于是母亲将外婆接到了我们家。而外婆，每天则忙着烧火、添柴、抱重孙，并没闲着……

多年以后，每当我想起长眠地下的外婆，就想起了外婆门前的那棵老榆树；想起那棵老榆树，就想起了树上那些叽叽喳喳的小喜鹊；想起那些小喜鹊，就想起了外婆眺望树梢上喜鹊时的惊喜神色；想起外婆的惊喜神色，就想起她帮我暖手、帮我在烟熏火燎的炉灶里做"疙瘩饭"的情景……于是我的心不由揪成一团，似乎一瞬间，品尝到了被浓缩过的人生的苦辣酸甜……

2015年9月

院中那棵白杨

我想,最初映入父亲眼中的那棵杨树苗,一定是娇小柔弱的,所以当父亲将它种在院子中央的时候,也一定没想那么多。然而那棵杨树,却发疯一样地长,很快,整个大院,都被它踩在脚下。

晾衣服的绳子拴在它身上,它保准应付得稳稳当当;洗过碗的脏水泼在它的脚下,它保准喝得不声不响。一棵白杨,一棵小小的白杨而已,没有人看重它,也没有人太过注意它,然而才没几年,它却将整个院子,收拢在它的麾下。它长得太疯了,附近的水泥地面,被它茁壮的根系撑破了脸面,变得四分五裂,十分难看。夏季的夜晚,风儿一吹,它身子不动,但叶子却哗啦啦作响。

母亲说:"这棵杨树要挖掉,你看它将地面都撑坏了。"

然而热辣辣的夏季里,大家却又贪恋着杨树带给全家人的那份阴凉,于是杨树也就继续安然无恙地在院子中央自由生长。那棵杨树曾无数次地替我遮挡太阳,所以照理,我应该对它心存感激。毕竟,夏季的时候,我常常在它的身子底下支起一张钢丝床,然后透过它的枝头,欣赏遥远的、或明或暗的星星和月亮。

如果,一切始终安然无恙,我想我后来不该对那棵给我带来那么多好处的白杨,射去那分明带着仇恨的嫌弃目光。

是的,如果一切安然无恙的话。

种下小白杨的那年，父亲只有五十岁。五十岁的父亲，作为移民后的第一任村长，雄心勃勃地想要大干一番事业。阔别三十多年后，父亲终于回到了他的故乡。虽然回来的方式，是"自拆、自迁、自建"；虽然回来的过程，充满劳累辛酸。但毕竟，父亲和母亲，甚至爷爷和外婆，总算回来了。

然而彼时他们的故乡，除了光秃秃毫无遮挡的太阳，就是遍地长成一人高的野草。好多人原本打算返回，然而看过一眼"故乡"的模样后，也就"败下阵来"。但是父亲没有，一旦决定返回，父亲从没想过退缩。

田地里没有庄稼，只有疯了一样往上长的野草。这草成了许多人返家的绊脚石，然而对于父亲，却成了施展拳脚的最佳战场。父亲和他的第一任村干部们，站在一人高的荒草丛中，规划如何打井，如何灌溉，如何迅速地让村庄移民们的生活恢复正常。

想起当初移民后的情形，我不得不对那些移民乡亲们表示敬佩。他们住在用泥土砌就的低矮的土房里，过着土拨鼠一样的生活，却依然神情愉悦。因为，他们的蒸蒸日上的庄稼，让他们看到了未来的希望，而这希望告诉他们，很快，他们就能盖起属于自己的新房。故乡是美好的，或者说，曾经的故乡是美好的，而当移民们最初返回的时候，故乡，其实已经变了样。

渭河发威了。

肆虐的洪水淹没了庄稼，冲上了村庄，于是作为村长的父亲又多了一项任务，早日动员村民们上村台。村台上，父亲规划着要建农贸大厦、影院、戏楼；至于坝外的土地，则绘制了千亩枣园的蓝图。

父母准备移民返回故乡的那一年，我正在为考大学而忙活。父亲放弃安逸的安村生活义无反顾地回到了他曾经的故乡。我呢，则考上了省城的一所重点大学。

那时的父亲总是忙，很忙。放假回家的我很少有跟父亲长谈的机会。晚上，全家人都睡了，乡人的窗户里也不再透出灯光，父亲房间的灯却依然亮着。父亲还在灯下，规划思考着他的村庄的远景。

父亲的村庄里能人不少，这些能人们来自五湖四海。父亲给他的村庄取名"会龙村"，可能也正是在宣示着，他的村庄其实藏龙卧虎。一个小小的村庄，却有来自不同地方的人，富平的、蒲城的、白水的、黄龙的、合阳的，即使来自同一个县城，也可能是一个县北，一个县南，也就是说，村人们彼此之间，感情基础薄弱。

全部由移民组成的新村庄里，大家彼此陌生，乡情淡漠，而其间，又专有一些没事两手捅在袖筒里的人，喜欢说风凉话，喜欢制造些矛盾和摩擦。

邻近老村庄的人，对于新返回来的移民乡亲，也并没有张开热烈欢迎的臂膀。毕竟，如果移民们不回来，没准儿，他们分到的地还会多些呢？

村庄里，总是不太平。

有一回县上领导来检查工作，会议室被村民们包围。面对"凶悍"的移民，大家一时没了主意。父亲让其他领导都先走，最终，会议室里，只留下了他一个人。至今回想那一幕，我还禁不住难过万分。我觉得我的父亲，移民初期的好多时候，像是一个寂寞的孤胆英雄。

父亲选择要返回故乡的那一年，在安村做着村长，比起新成立的移民村，那里的村长是安逸的。那时父亲的儿子们也都已经长大成人，就连年纪最小的我，也在忙着准备高考。也就是说，父亲如果不选择返回故乡，他在安村的生活，完全可以过得更舒服、更安逸。然而父亲似乎天生有着一种喜欢挑战的性格，而复杂的移民村，显然给了他不断面对挑战的机会。大无畏的父亲，面对村民的不理解，面对别有用心的少数人，没有退却，而是迎头而上。

邻村的农人因为庄稼纠纷，直接携带"武器"打到我的家里来。父亲神色冷峻,语言沉稳,最终,用严厉而不乏温情的一番话,一人击退了来闹事的几十个人。

作为移民村的第一任村长,父亲的村长经历在我看来,几乎是一部惊心动魄的战争大片。我也暗想,换作是我,大概早已撂挑子,你们爱咋的咋的。父亲却带领着他的村庄,取得了那么多的第一。乡上的表彰大会里,那个叫作"会龙村"的村庄,夺走了大部分的第一。父亲村庄的"第一"里,不光是有种棉花、种西瓜、种花生,还有学校的建设、水利的兴修。

移民村的第一所学校,是父亲一手建起来的。租场地、找老师,父亲忙前忙后,给那些快要"流离失所"的孩子们,弄好了属于他们的一间简陋而珍贵的精神乐园。

父亲一向认为,一定要让孩子们上学。父亲觉得爱读书的孩子才更加的心胸宽大,更加的通情达理。

当父亲站在一人高的荒草地里,张罗着要在地里打井的时候,多数移民并不理解,也不情愿交那份为打井而必须要掏的钱。然而打井的当年,老天爷就用它的大旱,为父亲高瞻远瞩的眼光做出了最客观的正面回答。

父亲是最务实的人。

作为一村村长,务实的父亲从来不想天上会掉馅饼,也从来没有"等、靠、要"的想法,面对困难,面对现实,他首先想到的,是村民们自己要奋发图强。人必自救而后天救之。所以父亲面对现实及困难的做法,真的值得赞赏。有一回,父亲用自行车载着我去地里干活,路过一户人家的门前,就见一中年汉子,静静地坐在自家的门槛上。父亲回头对我说:"你看看,村里人这几天都忙翻了天,他却安稳地坐在家门口,这样的人,你想想他的日子能过好吗?"

父亲读书不多,不会说"一分耕耘一分收获""先有付出后有回报"等文绉绉的话,然而从父亲朴实的话语里,我也就懂得:人,首先应该勤劳，不能像个懒汉一样生活。

杨树下的新屋，总共有两层。一楼是两个带着套间的大房间，楼上的房间总共有四个，父亲说："四个孩子一人一间。"

乡下人大多是重男轻女的。比如说到供孩子读书，对于儿子，还勉强可以供养；对于女儿，大多人可并不愿意。父亲不一样。日子再穷再苦，父亲都没有想过不让他的女儿们上学。如果我没有这样的一个父亲，今天的我，可能大字还都不识一个，更别说写什么文章了。为此，我实在该对我的父亲说声谢谢，可惜，父亲却连这样的机会都不给我。

我的女儿小时候，曾在杨树下的屋子里待过好长一段时间。那时候我的父亲，已经安静地在地下长眠，然而三岁多的女儿，却羡慕着这一院子房。女儿跟她的外婆商量："奶奶，你家房子这么多，能不能给我妈妈往西安搬一间呢？"母亲说她听到这话，心都要碎了，然而母亲却笑着说："愿意啊，奶奶当然愿意。只是孩子，房子它没法搬啊。"

夏季里，母亲常常在杨树下的院子中间，用家里的银色大盆晒上满满一盆水，到了晚上，女儿赤裸裸地坐在暖乎乎的银盆里，玩得不亦乐乎。

杨树下的院子里，也还有花，都不名贵，却也实用，比如指甲花能染指甲，芦荟能用来润肤。到了收获季节，院子里会时而堆满棉花，时而堆满玉米，时而堆满花生，时而堆满各色豆类植物。

上世纪九十年代初，通讯、交通都还很不发达。想买西瓜的单位会自发将车开到附近的村庄，而想要卖西瓜的人则会去村口等着拦车。家里的西瓜卖了几车，但还远远没有卖完。渭河却发了威，坝外的西瓜全部漂到了水里。地边的树木，有的全部被淹没，有些，只能看见一小截树梢。

原谅我吧。作为一个旱原长大的孩子，我从没有看见过这样一幅"惊心动魄"的画面。所以当我首次站在渭水边，不由喊出了一声似乎带着惊喜的"呀"的时候，姐姐悄悄地制止了我。四下里，都是乡亲们阴云密布的脸，我怎能为着这"壮观"，而不管不顾地呐喊呢？

杨树下的父亲，要操心的事太多了，与天斗、与水斗、与人斗，甚至他倒下之后的满嘴胡话里，也还是"快，快去坝上。"从晕倒到离开，只有短短三天时间。父亲的离开，震惊了好多人。因为任谁看来，那么精神、那么神采飞扬的一个人，怎么可能那么突然地离开呢？于是，就有人说到了院中的那棵白杨，说到了"前不栽桑后不栽柳中间不栽鬼拍手"。大家认定，那棵白杨，就是人们传说中的"鬼拍手"。

然而杨树却也并没有很快被挖掉。父亲走后，杨树在那个大院里又存活了差不多有十年时间。因为说实话，它太高大了，所以尽管母亲数次张罗着让人帮忙砍掉，却没有人有能力承揽这桩活。

不过最终，杨树还是被砍掉了。母亲把粗壮笔直的树干给了砍倒树木的那些人，以此作为对他们的酬劳。而我，在为父亲的早逝而难过的时候，就常常想要责骂杨树一番，尽管，它其实早已离我而去；尽管，它本身并没有什么错……

2015年9月

皂角树旁

当父亲在煤油灯下整夜忙着描图的时候,他的四个儿女已经分头长大,也就是说,眼瞅着,他的儿子就该找媳妇儿了。

农村人一辈子的头等大事是盖房,而盖房又实在是很累人的,甚至在农人嘴里被说成是会折寿的一件事儿。然而当父亲的孩子们个个如麦苗一样迅速长大,盖房,就成了压在父亲心头的一块巨石,不能不做,而且不能耽搁。

桩基地总算批下来了,位置在偏僻的村外。尽管桩基地前有一个深深的大坑,父亲依然兴高采烈。毕竟,父亲灯下描摹的图纸,有了变成现实的可能。有那么一段时间,哥哥、姐姐、父亲、母亲,一旦有空闲,就会拉着架子车去村北的崖畔下,先是挖,后是铲,然后再将一车车的土拉回来倾进大坑里。白天的光阴总是短暂。所以常常,一家人利用晚上时间一起劳作。不得不说,希望真的是个好东西,因为有了对美好新家的憧憬,一切的劳作,也都带着最深的愉悦。

坑总算是填平了,尽管我们细嫩的双手为此结了老茧、打了水泡,然而,比起将要拥有的新家来,这些,又有什么诉说的必要呢?

墙是土墙,需要大家喊着整齐的号子一起来"打"。这种热火朝天的劳作场面，几乎是那时候农村盖房中最惹人注目的一道风景，只可惜，我已记不得呼喊的内容了。

泥匠、瓦匠、小工、大工、和水泥的、揪麦草的、吊线的、扔砖的、撂泥的，到处都是人，到处都在忙活。厨房里，母亲的姐姐妹妹、各色相好，和面的和面、蒸馍的蒸馍，燃烧的火苗、蒸腾的雾气，同样铸就了一幅喜悦欢庆的忙碌画面。

新房子大致成型的那天，父亲和一帮朋友在屋内喝茶，照例在厨房的母亲嘱咐我和姐姐去拔些麦草。那个麦剁，好大好瓷实，我和姐姐在乌黑的麦场，提心吊胆地揪着麦草。突然，就见姐姐尖利地大喊一声后，撒腿就跑，我不明就里，拔腿相随，快到门口时，因为太过紧张，我一脚踏进了为盖房而和好的一池泥水中，于是瞬间，四下一片"鬼哭狼嚎"。

静悄悄的麦场，其实并没有骇人的玩意儿。我问姐姐，她说是看到了一团黑影。后来想想，一定是月亮或树影调皮，故意来吓吓这两个胆怯的小姑娘。

要去大院，首先映入眼帘的是个门房。门房两边，有两头石狮子。狮子不算大，但都很神气。进得门房，右手是一间小屋，小屋里充斥着各色药瓶、带刻度的烧杯以及天平等，看起来像是间化学实验室。那是父亲的工作室。父亲那时的主业是兽医，以前是大队兽医，包产到户后，父亲就将兽医站开在了我们的新家里。也就是说，有好长一段时间，父亲正是凭着他的兽医手艺，供他的孩子上中学、大学。

大哥大学毕业参加工作了，有个进修研究生的机会，回家跟父亲商量要不要上。父亲说："上，能上一定要上。"父亲说他自己还年轻，家里的事情也还能扛得起。父亲让大哥不要为家里的事情分心，他希望他的儿子，好好地奔自己的前程。

父亲跟大哥谈话的时候，我还小着呢，然而他们交谈的那幕场景，却永永远远地印在了我的脑海里，以至于当我忆起那个大院，就忆起了那父子交谈的一幕。

如今，父亲已经走了二十多年了，如果不是因为写这篇文字，这些深藏脑海的记忆，可能也就随风消散了吧。

好多时候，文字唤醒和激活了我的记忆，而我，为着这唤醒、这激活，也要深深地感谢它。

冬天的夜，北风正紧，外面却响起了急乎乎的敲门声。于是父亲一边答应着，一边快速穿衣起床，然后背上他的药箱，跨上家里唯一的那辆加重二八自行车，去给别人家的牲口看病。近一些的，两三里地；远一些的，几十里路。父亲呼哧呼哧地喘着粗气，冒着凛冽的寒风，几里、几十里地骑行着。有时候夜半睡得正香，这唤门的声音也会让父亲有些小小的恼火，不过到了开门的时候，那片刻的恼火，就多半早已被清醒后的责任感取代了。

世界本来是一样的，然而在不同人的眼里，世界其实又是不一样的。所以我的关于父亲去给别人家牲口看病的记忆，很多时候，也只是我的记忆。显然，这记忆可能会不周全，可能会有些片面。就比如父亲给牲口看病，在母亲嘴里，可就是另一番情形。

母亲说："可怜啊，把苦吃扎了。"

母亲说："早先哪里有自行车啊，都是走路。"

母亲说："早先你爸去给别人家的牲口看病，都是晚上，都是偷偷摸摸的，不然被发现，就是搞资本主义呢。"

母亲说父亲不得不冒险出诊，因为家里有那么多张嘴等着他来喂。显然，母亲的这些记忆，无法跟我的重合。在我的记忆里，父亲施展手艺的时候，已经用不着偷偷摸摸；父亲在我们新家的前院里，有了光明正大的一间药房；他还在那个被我们大家用汗水填起来的坑上，矗立起了一个用来拴牲口的看起来非常类似单双杠的铁架。那副铁架，几乎成了我和小伙伴们的一处乐园。

前院除了有个小药房外，院子的两边父亲都用来种花。前院和后院的两道门之间有个半圆形的花坛，花坛后面是面照壁。前院门房下有个破旧小方桌，方桌上是一副象棋。那时的父亲因为可以光明正大的给牲口看病，家里的经济就活泛了许多，满心愉悦的父亲喜欢上了象棋。村里人闲了，就来到我家前院，一边跟父亲聊天，一边顺手厮杀。有些半大小伙，年纪小小却喜欢下棋，也会来到我的家，父亲照例会笑呵呵地陪着他们厮杀，"杀"完总说，这个小子脑袋灵光，那个小子棋艺不错。

走进大门，绕过照壁，就进到了家里的二道门。二道门楼下同样有个四方小桌，那里是全家人的餐厅，也是父亲会客的场所，更是燕子的天堂。春天里，燕子忙着衔来春泥、麦草，然后在门楼的顶上给自己建一个小窝。每天，看到头顶的燕子忙活着生养，忙活着觅食，忙活着喂养刚刚出生身上没有一根毛的小燕子，总会让人的心底无端地感到温馨和快乐。

父亲的朋友很多，所以二道门楼下，时常会见父亲和他的朋友们一起喝茶。父亲有个表弟，皮肤黝黑，高大魁梧。虽然他家离我们家有三十里地，他却很爱来我们家跟父亲一起聊天。我不知道他大名叫什么，只记得每次见面，我都会叫他"黑叔"。每次一叫，他都会咧嘴一笑。父亲跟他的交谈似乎总是很愉快、很融洽。当我写这段文字的时候，父亲跟他聊天的场面似乎还历历在目，然而昨晚跟母亲通电话，知道就在十多天前，他走了。母亲说病床上的他想念着他的侄儿，于是他的孩子给我的哥哥们打了电话，哥哥们也分头去看望了他，这之后没几天，他就走了。

没有移民之前，每逢过年，我的两个哥哥都要分头去好多亲戚家拜年，黑叔的家，自然是他们必去的一个场所。而我，因为年纪小，又是女孩，所以这些出门的差事，也就从来没有轮到过我。弥留之际的黑叔，只是惦记着他的侄子，大概没有想起过我，然而，那些年里的他，却深深地留在了我的脑海。

我知道人生是一条不归路，也知道每个人最终都会站在死神面前，然而听到这个消息后，想起曾经高大帅气的他，还是莫名地难过了好久。

二道门进去，两边各有两间住房，父母一间，两个哥哥各一间，我和姐姐共用一间。接来外婆后，我和姐姐的房间就成了她老人家的了。

别说，父亲的房子还真是盖对了。因为房子建好以后，上门来为我哥哥提亲的人络绎不绝。用农人的话来说，就是"门槛都快被媒人踢断了"。

我的大哥很争气，是方圆百里少有的大学生之一。大哥去省城读大学了，至于他的媳妇儿的问题，则全权交由父母打理。

正值中年的母亲，瘦瘦的，梳着齐耳短发，很是利落。新院里的母亲，时常拎着一个小小的布包袱，眼镜片后的双眼熠熠发光。没错，那是父亲和母亲在媒人的牵引下，一起去给大哥相媳妇去了。

那时节的母亲，变得很有些挑剔。相亲回来后，今天说："姑娘啥都好，就是眼睛不够大。"明儿说："眉毛太淡，脚也太大。"后个说："长得蛮标致，就是牙太黄。"母亲的包袱里包着一截布头，也或者几块手帕，遇到中意的，就将手帕或者布头留给姑娘家。

父母千挑万选后，终于相中了一个长得很像是画中出来的天仙般的姑娘，"天仙"是个民办教师，性格温婉，话却不多。大哥生来话少，如今又找了一个不爱张嘴的姑娘，所以最终，两人也就并没有修成正果。然而媳妇儿却是有了，那是大哥自由恋爱的结果。

说到那位"天仙"，也还有着一段插曲。给那位姑娘和我大哥做媒的是母亲的一个舅舅。大哥后来的"变心"，让老人家很是不悦，到后来，竟致两家都不来往了。

在今天的我们看来，自由恋爱已经很普遍，然而时间倒退三十年，在我的家乡，人们的观念还是相当保守的。而母亲的舅舅之所以后来不愿意搭理我的父母，究其根本，是因为我父母的"开明"。在母亲的舅舅也就是我的老舅舅看来，儿子的事情，做父母的应该完全可以做主，怎能任小子由着自个儿的性子来？

谁都知道，我的父亲是个厉害人，然而他们不知道的是，我的厉害父亲，在孩子的婚姻问题上，其实非常开明，不愿强扭。关于大哥的婚姻，父亲曾经跟大哥郑重地谈过一回，父亲也表明了自己的态度，但是见大哥主意已定，父亲也就不再多说。

大哥结婚的那一年，我已开始读高中。时间是冬天，新娘子穿着一件粉红的衣衫，衣衫上有密密麻麻的小白点，离远了看，是粉柿子般的红色，很好看。

大哥的婚姻有了着落后，二哥找媳妇儿的事也就渐渐被提上议事日程。媒人照样很多。因为年轻的二哥，一米八四的个头，喜欢打篮球，帅着呢。一番挑拣后，父母将眼光锁定为邻村的一位姑娘。姑娘身材苗条，性格也好，来到我的家里后，就张罗着给我的父亲织毛衣。姑娘做饭水平不错，尤其擀面技术上佳，相处几天后，母亲就打心底喜欢她。后来这姑娘成了我的二嫂，他们结婚的地方，也正是在父亲一手盖起来的那院新房里。

这座大院，解决了父亲的两个儿子的婚姻，可谓功劳巨大。然而在我看来，大院也有它的遗憾，比如说，没有大树。不过还好，因为就在院子的旁边，紧邻右面院墙的地方，有一棵不知道生长了多少年的皂角树。

皂角树是空心的，然而枝叶却很茂密。每年树上结下的皂角着实不少。农妇们将皂角摘下来，这样，洗衣服的时候，可就用得着。

夏天时的我常躲在皂角树的空心里上下攀爬。皂角树虽在村外，却矗立在村人上地、买菜的必经之道上，所以村里有什么风吹草动，我一准早早能知道。

待嫁的麦香因为彩礼的问题跟父亲起了争执，就见她冲过皂角树向麦场狂奔，她的父亲则手持棍棒紧紧相随；喝醉酒的赵大爷从村巷里摇摆一圈后来到皂角树下，嘴里还在喋喋不休；新年的大鼓在村中央擂响，我也一定能早早赶赴现场……

有段时间，大概受伙伴们的影响，我也变得"女人"起来。至于这"女人"的表现，就是每天中午，我也会静静地坐在皂角树的浓荫里，穿针走线地纳鞋垫。

可惜脑海里设想的鞋垫很好看，实际纳出来的针脚却是长的长、短的短，说到效果，自然也就毫无美感。

有年暑假，皂角树下的我非常想赚钱。但是我既没有去搬砖的勇气，也没有去卖冰棍的决绝，听说知了壳可以做中药，于是也就很执着地捉了一段时间。最终却又不了了之。

皂角树下有时我会遇见我的同学，他们利用暑假，或者卖冰棍，或者卖瓜果，辛辛苦苦地赚着各自的学费钱。

天上飘着细雨的一个秋日，回家路上的我偶遇了我的老师，也就结伴而行。到了皂角树下，我扭捏了好半天，心里是想请老师去家里坐坐，邀请的话儿却始终没好意思吐出口。至于原因，说来可笑，因为那时还小的我，把基本的人情理解成了巴结。也就是说，如果我邀请老师进家喝杯茶，很怕被我的同学们说成我在"巴结"他。

父亲的一位朋友在县城工作，每次回家路过皂角树下，准会将车头一扭，先到我的家里来坐坐。

家里的小狗不慎吃了鼠药，疯了似的前院后院狂跑，终于颓然倒下。我伤心地哇哇大哭，母亲则默默地在皂角树下挖了个深坑，在狗儿的身边放了一个盘子一个碗，希望小狗到了那边，不会被饿着。

父亲难得地进了趟城，回家后赶忙呼唤皂角树下的我。那是父亲买了甘蔗、花生或者肉夹馍，命我送给瘫痪在床的奶奶的。

皂角树下的姐姐渐渐进入青春期，于是有了寄给她的信和上门来看望她的男女同学。有一些信，落在了母亲的手里，母亲看后如果不高兴，就会顺手将它丢进炕洞里，做了给我们暖炕的"柴火"。多年以后，听母亲这样说，我有些惊奇，又有些生气，再看姐姐，她却很淡定，姐姐说："妈都看不上，信一定写得很无聊。"

实话说，我有些佩服这对母女。一直以来，姐姐最爱跟母亲顶嘴，母亲在姐姐面前也最任性。这不前两天，姐姐给母亲买了个马甲，母亲说这样不合适，那样不如意，为着这个马甲，姐姐跑了三趟，最后，母亲才算点了头。侄子结婚的当天，母亲躺在病床上，将我们都赶去了婚礼现场，只留姐姐一人守在她身旁；母亲在外面需要解手，姐姐总会将我从厕所赶出来，然后自己帮母亲穿、脱衣裳……

母亲批评起姐姐来，犀利直接，然而母亲又不止一次地对我说，"我啊，其实心里最操心你姐，总怕她日子过得不如人。"姐姐涨工资了，一定第一时间告诉母亲，至于目的，自然是为了让她少操点"闲心"……

皂角树旁的二哥喜欢上了打篮球，于是父亲在那个被我们用一锨锨土填平的深坑上，矗立起两个高高的篮球架。夏季的夜晚，父亲还会给球场弄个又大又亮的电灯泡，于是，我家门前也就有了灯光球场。二哥和他的朋友们没少在我家的场院上打球，而那时节的父亲，坐在门前的小板凳上，是看客中最满脸喜色的那一个。

皂角树旁的院子里，村人一波波地出入着，那是大哥有了孩子，村人提着鸡蛋、瓜果或者毛巾、布头，前来道喜。皂角树下，大哥的儿子出生了；皂角树下，二哥也成了一个男孩的爹。外婆的到来，则让皂角树旁的那个家，成了四世同堂。

皂角树旁的家里，最老的是我的外婆，最小的是我的小侄儿，这一老一少，时常一个依偎在另一个的怀里，说着只有他们彼此才懂得的话。

耳背的我的小脚外婆，指着门前的一棵树，对她的重外孙儿说："你看，你看，树叶哗啦啦。"然后，就见小侄儿嘴里含混不清地一番哇啦，再之后，就见我的外婆斩钉截铁地做了总结："我这一生看了十多个娃，不用说，这个娃娃最聪明。"提起我的小侄儿，外婆的口头禅是:"这娃咋恁能?"再往后,外婆就要感叹说:"哎,我这一辈子,就没见过这样能的娃。"每次,外婆这样说的时候,总是将"恁"这个字的音调无限地拉长。

夏季里,我们常将凉席铺在皂角树旁那个我们亲手填平的坑上,然后以地为席、以天为被,将我们的梦境,托付给耳畔的阵阵凉风。

时间如水流过。很快,皂角树旁的我开始忙着准备高考,而皂角树旁的我的父母,则在忙着面对人生的另一场抉择。那时我的大哥已经毕业参加工作好几年,我的二哥也已能自食其力。我的父亲做着安村的村长,然而父母亲的故乡,在时隔三十年后,却对他们发出了一声声思念的呼喊。于是父亲母亲,没有经过太多的纠结,就义无反顾地相携回到了他们曾经的故乡。从此,我也就离开了生我养我的故乡,离开了屋畔那棵皂角树。

2015 年 10 月

远去的梧桐树

我和哥哥走在绿荫遮道的宽阔水泥路上。哥哥问:"知道路边这是什么树吗?"我摇头。哥哥说:"这是法国梧桐,能净化空气,好多大学校园都有。"

那天的我上身穿着一件粉色夹克,腿上是条蓝色裤子,脚蹬硬底旅游鞋。

那是为着我上大学,母亲和姐姐专程陪我去县城的市场里逛了老半天才淘来的。

报到点人头攒动,大家互相热情地打着招呼,只是我还没张口,便再次感觉到了自己和别人的不同。怎么人家说的话,都好听得像是从收音机的黑匣子里传出来的,而我的满口浓重乡音,让我羞怯得几乎不愿开口。

于是,沉默的我,变得更加沉默。

开学大概半个月光景,有同学组织外出游玩,我找了个理由一个人留在了宿舍。其实真正的原因是,我想做作业。我怕学不好功课,跟不上老师的进度,会被人笑话。

很明显,初进大学校园的我,自卑羞怯,而且缺乏基本的安全感。

然而慢慢的,还是适应了,功课,也似乎能跟得上。

班主任很年轻,比我们这些学生大不了几岁。他很有心,遇到同学们生日的时候,会买上一些吃食和礼物,跟大家一起庆祝。自然,这种庆祝,是小范围的。比如我有个舍友过生日,老师会买来一些吃食,跟我们宿舍的几个人一起庆祝一下。

第一个舍友的生日,老师记得;第二个,老师也专程登门庆贺;轮到我生日的时候,老师忘掉了,然而那一天,他却无意间来到了我的宿舍。

学生们很有意思,大学生尤其这样。我的一位舍友,当着大家的面,直端端地将问题抛了出来,她说:"老师,今天是舒锦的生日,你怎么不给她买礼物?"这话让我很难堪。因为当时的我,已经钻进了上铺的蚊帐里,而且实话说,从小到大,我的父母亲也都没给我过过生日,所以,我是真心不愿意劳动老师的大驾。然而老师还是知道了,并且很真诚地给我道了歉,又特意买来零食、汽水等,大家一起举"瓶"为我庆贺。

自然,当时我的脸上笑意盈盈,但其实我的心里,并没有生出多少快乐。因为,对于舍友的这种几乎算是强行"讨要"的行为,心底里还是觉得不妥。好多时候、好多东西,是不适合用讨要的方式获得的。有些东西,有就有,没有就没有,如果顺其自然,效果可能会更好。当然我也深深地知道,我的那位舍友为什么那么做,多半是因为我跟她的关系比较好,而她深层次的想法,大概是想为我"打抱不平"吧。

那位年轻的老师带了我们四年。他才华横溢,出口成章,我们跟着他收获了许多不可复制的快乐。

大学的第一个元旦,老师给我们策划了一场假面晚会。晚会的照片我现在还留着。虽然那时大家的道具有限,但晚会还是办得有模有样,床单、枕套,凡是宿舍里有的东西,我们几乎都用到了。至于那副假面,更是花费了同学们不少心血。

有位男生,很熟络地拍了拍我的肩膀,说:"你是×××吧?怎么样？我一下就猜出来了吧？"然而他嘴里说的却是一个男生的名字。如果我够镇静的话，完全可以跟他多玩一会猫捉老鼠，可我毕竟是有些羞怯的女生，所以他拍了我的肩膀后，我立刻像只胆小的猫，快速而悄无声息地躲开了。自然，单只这一个躲避的动作，就明显不像男生。

大家各自隐身假面，个个捏着嗓子说话，所以想要猜对一个人，并不那么容易。然而最终通过各种蛛丝马迹，卸下面具的人还是越来越多，而最后难猜的那几个，利用排除大法，也逐渐水落石出。

大学里最常去的地方有两个，一是教室，一是宿舍。不管是去教室，还是去宿舍，都一定会行走在梧桐树下。

梧桐树的叶子，绿了、黄了、落了；窗外的天空，明了、暗了；耳畔的风，热了、凉了；大学的光阴，也就一天天从身边滑过。

大二的一个课间，有个男孩急匆匆地塞给我一个厚厚的信封，又一言不发地转身离开。当然，正如不是所有的树都会开花一样，那封信，也并没有结出任何的果。

所谓爱者，首先应该有真情，有坦诚。如果缺了真情和坦诚，话说得再动听，也如一个长相虽然甜美漂亮却没有大脑的女子一样，难以真正地打动对方。

何况，还有心机。

男孩在长长的信就要结束的时候，似乎漫不经心地说了几句无关主题的话。意思大概是说，你别看那谁谁总去找你，其实我追你前问了人家，人家可是乐意的。末了，又画蛇添足地加了一句，听说，那个谁谁啊，其实有女朋友，在某某学院呢……

很显然，男孩的这一招，有些"置之死地"的味道。至于用意，无非是说，除了他，我别无选择。

可是，又何必选择呢？我才刚刚上大学二年级，何必急着去寻自己将来的另一半？而这样的心机，自然令我大为鄙夷。也许，没有这封信，我们还是朋友，有了这封信，连朋友也没法做。

一对男女之间，如果连基本的懂得都没有，要谈爱情，似乎没有理由。所以最终，我还是我，他还是他。

爱情的决定权，不是地域，不是动听的话语，而是各自的内心。

梧桐树下的风儿不住变换着，当雪花飞散转为吃冰淇淋的季节的时候，我就上大三了。

那时的我虽然普通话没有黑匣子传出来得那么动听，但基本的日常对话已大致可以应付。所以，那根曾经绷得很紧的自卑的弦，也就慢慢松弛下来。

得过好几次奖学金，偶尔也会有门功课考个第一。阳光灿烂的日子，也就学会了溜号，学会了把本该上课的时间，偷换为在草坪上懒懒地晒太阳。

终于，撞到了枪口上。

有天下午，已是该上课的时间，我却睡得正欢。那天的老师暴怒于上课人数的稀少，特意点了名，说等到考试的时候，要给这些不来上课的学生点颜色看看。

那门功课的考卷，我自认答得还凑合。成绩下来后，却发现自己几乎是班上倒数。似乎有个声音对我说，去找老师，去找找老师吧。然而再次自卑起来的我，总归是没有去。毕竟，成绩虽然不好，但好歹也算及格。

梧桐树旁，有假山、有教室、有喷泉、有图书馆、有草坪、有礼堂，还有美丽的紫藤园。夏季里，紫藤花架下，是浪漫爱情的天堂。

天上飘着蒙蒙细雨的一个晚上，我别别扭扭地跟一个男孩并肩走在雨中的梧桐树下，因为就在几分钟前，他邀我一起去看电影。

男孩还冒着傻气，不知道请女孩看电影应该提前买好票，所以当我们走到影院的时候，遇到了"票已卖完"的欢迎，而所谓的请看电影，自然也就和着风中的细雨，泯灭空中。

最终，也还是一起去看了电影，那一次的我，正在病中。

那一年我患了胸膜炎。按照医生的说法，病得不轻。然而在来探望我的朋友们看来，我压根不像有病，毕竟年轻。

当梧桐树叶再一次绿得茂密的时候，陪我看电影的男孩毕业了，而我，则还要继续吹着梧桐送来的风。

男孩毕业后去了一个小县城。周末有时会换乘好几次车来看我。上世纪九十年代初，还没有实行双休，所以更多的时间里我们的交流方式是写信。那些遥远的信件，虽然稚嫩，却也记录了彼此的心路历程。

好多对从校门走出的鸳鸯，大多离散了，毕竟现实残酷。然而也有那么几对，披荆斩棘穿透了现实的厚壁。从此，他们的回忆里，也就有了那么多的相同，那么多的重合，比如，那曾经一起沐浴过的梧桐树的风……

2015 年 10 月

消失的泡桐树

跟泡桐树的第一次见面，就写满心酸。

路远，还不通公车。

时间是如火的七月，泡桐树的凉荫下，稀稀拉拉地聚集着三五个人。泡桐树在工厂大门的最西边，距离大门，也就三五米远。

泡桐树下的人们，似乎很少见到陌生的脸，所以从小路上走来的我，远远就成了他们注目的焦点，等真正见了面，因为彼此陌生，似乎也无话可说。

先去了单位的人事部，又去了后勤部，最终，我有了一间教室一样的大宿舍。当然，宿舍里面的住客，并非只有我一个。

床铺排列非常随意，几张单人床，谁也不挨着谁，横七竖八地随意立在"教室"的地盘上。我的床铺，找了片空地，孤零零地立在教室一角。

教室总共两层，下面的一层，是单位的幼儿园和卫生室；上面的一层，是女工们的宿舍。

单位地方偏远，还好有辆班车。在宿舍立着床铺的员工，大多只为着午休，到了晚上，偌大的教室，就只剩下孤零零的一个我。

当然，也有邻居，邻居的宿舍里，时而也有住客。然而我却依然感到深深的孤单和落寞。

成了一名广播员,还有了师傅。师傅的声音很动听,百灵鸟儿一般,然而"百灵鸟"不愿再做广播员的工作,因为做这份工作,会耽误她坐单位那辆唯一通往城里的班车。

　　那辆班车,每天早上去接住在城里的员工;每天晚上,又将他们送进城里。羡慕着别人在城里有个家的我,却只能孤单地住在我的大宿舍。

　　有了男朋友,却远在外地,好不容易见一面,我还要操心着为他找住处,所以,相见的甜蜜,很快也就变成了甜蜜的负担。

　　那么,结婚吧。结婚后,就可以有个自己的窝,再狭小,那也是自己的。

　　平房,只有半间。费了一番周折,总算拿到了钥匙,两个人就张罗着糊顶棚,张罗着一起砌厨房。厨房只有门帘,没有门,回家办了场婚礼,发现淘气的孩子将我的厨房当成了他们的游乐场。终于,有了门,那是我"偷"来的。当然也可以叫它作挪移。因为厂里的门,还在厂里,并没被任何人拿了去。

　　借来三轮车去给新家买桌子、买煤气灶,买一切生活的必需品。

　　饭还没有完全学会做,却在一天早晨炒菜的时候感到了彻头彻尾的恶心,后来知道是怀孕了。

　　跟老公依然两地分居。两个没有经验的人,用面粉糊了顶棚,这显然很不科学。因为自此,我的顶棚就成了老鼠们的乐园。

　　平房的顶棚上面是互通的,不但隔音不好,而且老鼠时常结伴穿行。夜间,老鼠在我的头顶一边兴奋地吱吱叫着,一边高兴地往来穿梭,而我,只能紧紧蒙住我的头,希望无论如何老鼠不要掉下来。

　　早上醒来睁眼看时,顶棚被老鼠们撕出了好多小小的黑洞。踩着凳子二话不说,一手剪刀一手胶带,赶紧将小洞洞们堵起来。

　　顶棚是白色的,胶带是黄色的,然而哪里还顾得上管?过几天同事来访,仰头看我那低矮的小顶棚,说:"哎,白黄相间,这花色倒不错。"她哪里知道,这所谓的花色,是如何炮制出来的。

终于还是有一天，顶上掉下来一只小老鼠。

我讨厌老鼠、惧怕老鼠，然而那一刻哆嗦着的我，并没有大呼小叫，没有哭爹喊娘。找了张报纸，将小老鼠捏起来，远远地扔进垃圾堆，从头到尾，我不声不响，完全像是个沉稳的大英雄。

也就在那个老鼠猖獗的白天跟夜晚一样黑的半间平房里，经过十月怀胎，我成了一个孩子的母亲。

孩子一岁多的时候，房子做了调整。总算，在一个老旧的楼房上，也有了属于自己的一间房；总算，我的头顶上不再有顶棚，不再有老鼠们的嘶鸣。这让我时常悬着的心落了下来，不由有了种不可言说的如释重负的感觉。

房间里，也有厨房；至于厕所，却是三家公用。

搬完家后内急的我，却碰见了上着锁的油漆斑驳的绿色厕所门。问邻居要了钥匙，也给了。专程冒雨骑车三里地去配了钥匙后，厕所的门，却很少再锁起来了。

人们说，这叫欺生。我的柔弱的母亲来看我，感觉到我被欺负。于是一向懦弱的她，立刻变得像是一只护雏的老母鸡。母亲跟那人吵了一架，母亲说你凭啥欺负我女儿，母亲说你乱欺负人，将来不会有好下场。

我的婆婆来了，很快觉出隔壁的人的与众不同。婆婆悄悄跟我说，你最好少跟那个人来往，我看着她啊，跟一般人有些不一样。

厂里要好的几个人，说要帮我，要把厕所的门锁给砸个稀巴烂，当然这是气话，也不是成人处理事情的最佳方法。

老公去给厕所门配钥匙的那一天，秋雨淅沥，披着雨披的他，还是被淋成了"落汤鸡"，所以那一天的记忆，也就以雨季的形式，烙印在了我的心里。

自始至终，我没有跟她吵，我用沉默，捍卫着我所看重的尊严。

工作很轻松。上班的闲暇时间里，人们爱谈论的话题，多数不离吃喝。至于吃喝的主角，多数跟面有关。

单位也有食堂，但饭菜不但品种少，而且质量很一般。到了早上，大门口的泡桐树对面，有个卖馄饨的大娘，大家对她并不陌生，知道她是厂里员工的家属。这么偏远的地方，不是家属，也多半不会专程来此卖馄饨。大娘的馄饨味道不错，她待人也很热情，所以好多次，我就在她那里解决了我的吃饭问题。

早上的泡桐树，是断然不会寂寞的。因为除过卖馄饨的大娘，还有不少附近的菜民也会就地摆摊，卖自家的菜。有养牛的村民，直接将牛牵到泡桐树下，现场卖牛奶。这样的牛奶，自然绝对实诚，绝对没有掺水的可能。

工厂四周全是庄稼，最多的则是葡萄。施肥的季节，鼻子就有些遭殃，然而等到葡萄成熟，我也就成了最幸运的吃客。

多年以后城市兴起了"采摘"吃法，好多城里人去到杏园、桃园、葡萄园、樱桃园，专门体验采摘的乐趣。然而多年以前，我其实已是采摘中的一员了。

和几个朋友一起去葡萄园，园主说："你们自己去摘吧，看哪个好摘哪个，吃了的不算。"也就是说，随便吃，随便摘，至于价格，也并不高。

单位里人浮于事，大家的工作并不饱和。我虽然算是干活的，但实话说，活儿也并不多。

变得越来越慵懒了，越来越没有自个的想法了。然而"破三铁"的春风，经过好几年的时间，却终于吹到了那个偏僻的角落。

每个部门都有指标，我所在的部门几乎个个都是我的领导，自然不能被破掉，于是，我，成了被破掉的一员。

那一天，我没有喊，也没有叫，静静地收拾好我的东西后，离开了那间办公室、那个工厂，还有那棵泡桐树。

从此，那棵泡桐树也就消失在了我的生命里，同样消失不见的，还有那被我蹉跎掉的最美最好的五年青春年华……

2015 年 10 月

长满故事的亲情树

托 梦

就在昨晚,你到我的梦里来了!

梦里,在那座漂亮的新房子里,你,母亲,还有我,我们在一起说笑谈天,其乐融融。

终日忙于工作的你,居然难得的很闲适,笑意写在你的脸上,真真的,满满的!这笑意让我心儿温暖,让我突然间,对生活又多了一份勇气。

就在昨天,某一瞬间,我看着铺满桌面的活计,突然心生烦闷,突然觉得一切都了无乐趣,甚至突然间觉得自己的人生何其乏味!我的情绪陷入低谷、欲罢不能。

心心相印十多年的老友,跟我同病相怜着,于是我们相约,一起逛街,一起排解我们莫名的坏情绪。试衣间里,当我们穿上一件又一件的新衣,当我们被人夸身材好、新衣上身很漂亮时,各自的心结,几乎瞬间就无药自解。于是两个女人约定,以后但凡情绪不好,就一起上街买衣,毕竟,花一点点小钱,买回高兴来,太值得!然后我又跟好友去做护理,老公则一前一后电话跟着,计算着时间赶来接我,当我们两人最终几乎同一时间到达相同的目的地,又是一喜。晚上回到家,女儿前前后后跟着要跟我们网上视频聊天,听到女儿那标志性的周星驰似的无厘头的大笑,心内的一切阴霾立刻被抛往九霄。

而你,却还是不放心,用你的方式来对我表示关怀了。

梦里,你笑笑地对母亲说:"凡事都不要争、不要抢。"然后,又笑笑地对我说:"你也记住我给你妈说的这句话。"

还记得梦里的我思维清晰,因为你的话和你的处事方式太过悬殊,我有点纳罕,就用开玩笑的口气问你:"你的意思是不是说,只你一人去争就够了啊?"很明显,这句话一下子说到了你的心里面,因为你的笑意更浓了,而到了这里,梦却戛然而止。

早上醒来,梦依然在脑海里,清晰无比。

好多文学作品、坊间传说常谈到托梦,这么多年,我也多次梦过你,但总是朦朦胧胧,而昨晚,梦境写实逼真,我几乎可以确定,是你给我托梦了。

因为在我心绪最不好的时候,有时真的会纠结生与死的意义。而你,一定是看到了我内心最真实最可怕的想法,于是出面,只为告诉我,身外的一切都不重要,你告诫我和母亲,轻松的活着,不要费神去争。

你的一辈子,不离个"争"字;你的一辈子,都在力争上游;所有的事情,你都要做到完美,所有的事情,你都要争当第一。而你却告诫我:别争,什么都别争,放轻松,简单快乐的活着。这,是你用生命换来的领悟吗?当你看我焦头烂额,当你看我情绪欠佳,你,用你能用的唯一方式,托梦给我了。

一定的,是你来看我了,在我感到非常沮丧的某个瞬间!

前两天无意写了一段跟老屋有关的文字,昨晚的我们,就齐聚在当时还是新屋的老屋内,如此蹊跷,如此巧合,让我如何敢不相信,人即使真的逝去,灵魂也是一定存在的呢?

昨天,在我内心被深深的隐忧侵袭后,你的出现,可谓一场及时雨。也许,你想让我透过你看生活、看人生,你一定是想要告诉我:其实一切都可以放下,唯独生命例外。

如果当年的你不是那么拼命，到今天，享儿孙绕膝、四世同堂，该是多么惬意的一件事啊！可是，卖力工作的你，最终用自己的生命做了代价。而今，回顾往事，你明白了，却已无力回天，于是，梦中，我们相遇，你跟我分享你用生命对生活作出的参悟和注释。

看淡、放下，追逐生命的本真和快乐。工作，让我们活着；而活着，是为了收获更加光鲜亮丽的生活。

2013 年 6 月

再见却是永别

男孩发狠地扯着你的裤脚,你无法挪移,就扭过头,开心地笑出声来,说:"这个烂脏啊,可真调皮!"烂脏,是你的一个外甥。

我没事找事,只为蹭在你的身旁,你拉拉我的小手,说:"哎呦,指甲这么长了啊,来,舅舅帮你剪剪!"

你可知道,那时的我,第一次知道,世界上居然还有着专门剪指甲的玩意;你可知道,依偎在你怀里的我,被一旁的兄弟姐妹多么的艳羡着。

说起血缘,你是我们的亲舅舅,可以说是这世界上如父母一样亲密的人;说到我们的见面,次数却实在是太过稀少。以前的你,受经济所累,没有条件年年回家。到了后来,经济没有了问题,你却又为身体所累,照例不能年年回家。

有一年你回家探亲,来的时候我刚刚考完试,名次在班上排第二,这相当于运动员在场上夺了银牌,想想也很是了不起,于是我也就不免有些自鸣得意。你一眼看出我的自满,说:"为什么没能考第一?"实话说,你的话语对当年的我的确有些小小打击,只是不知为何,你的这一句话却从此深深地印进了我的脑海,让我看到自己的不足,从而更加发奋努力。

你有一个黄灿灿的看起来像金子般漂亮的钢笔,上面用英文写着"香港制造",你把它当作礼物送给了我。

对于文字,你像个患了洁癖的人,非常的"吹毛求疵"。

我给你写了一封信,你的回信中重点说了我书信格式中存在的问题。表姐给你写了封信,你把信上的错别字全部用红笔仔细改过后再返寄回来。那时的我们不明白也不理解你,因为我们无论如何想不通,几个错别字、几处格式上的随意,有什么要紧?

我们曾因此而误解你,这误解的结果,就是后来尽量少给你写信。然而当我真正人到中年,真的明白了你的一番苦心,你,却再也没有提笔纠正我的能力。

我怎能不后悔?怎能不痛心?

如今的人们倡导欣赏式教育,但我用自己的人生体味出的结论却是:真正促使你进步、促使你发愤的那些人,对待你的态度中一定不能少了严肃和严厉。而你,因为是我们的亲舅舅,把我们当作自己的儿女一样,也才能如此的直言不讳。

可惜当年的我们,不懂得你的心;可惜当年的我们,浪费掉了能够提升自己的好机会。

我怎能不难过?怎能不悲愁?

农村人重男轻女,你对自己的妹妹们说:"生儿生女不重要,能不能成才才是关键呢!"兄妹通信的过程中,你常常给她们讲一些为人处世的道理,直到今天,我还记得,说到邻里相处,你在信上说:"人敬我一尺,我敬人一丈!"

你有个堂弟,他因为身体、个性等原因终身未婚,这几乎成了你最大的一块心病。你给你的儿女们下了死命令,说:"这个表舅你们一定要帮,个个都要帮他。"母亲说,逢年过节、收时种时,你都一定会给他寄钱……

你一生都生活在书堆里,是一个真正的以读书为乐的读书人。上世纪七十年代,我还在读小学,就记得回家探亲的你每天到了下午,都会趴在凳子上写日记……

你爱读书,却不死读书。除过读书,你还有个一生不变的爱好,旅游。十年前已年近八旬的你,走路已很不利落,却对翠花山充满了神往之色,最终,你勇敢地站在了山顶之上,登顶归来你的那份发自肺腑的喜悦,到现在我还深深地记得。

多年以来,你们兄妹相距遥远、天各一方,然而通过你的信件与照片,我们却几乎能随时了解到你们全家人的新动态。谁谁在练健美,谁谁结了婚,谁谁生了子,你都准会第一时间给我们寄来照片和信件。多年以后,见到表哥,当我详尽地说出他们兄弟姊妹之间的小插曲,连插曲的原创者都着实有些惊奇。因为他们不知道,你早已默默地、主动地为我们兄弟姊妹间架起了一座桥。

大多数人之所以向往退休,是为着享受那份休闲。然而退休的你却更见忙碌。母亲和姨妈去看你,回来说:"你舅舅每天三四点就起床了呢!"

你在练字,可以说是闻鸡起舞,在长年累月的坚持下,你的书法获得了无数奖项,堪称大家。你不大会做饭,但多年以来,却坚持着饭后洗碗的习惯。退休的你,除了书法,还酷爱文字,于是,你出版了好几部著作,有的关乎书法,有的关乎生活。

以前的我心浮气躁,不愿意读在我看来无用的书。这两年随着年龄增长,开始慢慢地真正关注生命、关心生活,所以在我的枕边书里,也就有了你的著作。我想,这是你留给我们这些晚辈的精神遗产,这些遗产会把你的生命无限期地延长。

去年,我和母亲、大哥一起去看你。母亲见到你,只喊了一声哥,泪水瞬间模糊了双眼。我唤你舅舅,你只"哦"了一声,就进入了半睡眠状态。表哥表姐们都很孝顺,为你排了值班表。我的母亲反反复复地只会说一句话:"个个都是孝子,天下第一的大孝子啊!"

你有一篇随笔,名为《死有何惧》,你本身也曾是大学里的哲学教授,关于生与死的命题,我想你是了然的。最近你身体状况不好，我们也都知晓，然而当我接到最后的那个电话时，身子还是忍不住狠狠地痉挛了一下……

去年，我们在万物生发的春天里曾经见过你，而今，同样是春天，同样是万物生发的季节，再见面的我们，此生却再也不能说再见。

善良、勤奋、上进、严谨的你，一生酷爱文字，所以我愿意用这篇拙劣的文字来跟你道别。只是，有谁还能再为我纠正文法中的错误，又有谁还能再在我的错别字上用红笔画上圈并认真改正呢？

文此，泪盈。舅舅，安息！

2014年3月

母亲的手

母亲有一双神奇的手。

小时候，长了麻疹的我浑身奇痒，难以入眠，母亲会用她粗糙温暖的双手整夜整夜在我的身上交替摩挲，直到我舒服的沉沉睡去，母亲的手才能得到安歇。

在那时候的我的眼里，母亲的手是神奇的。甭管它什么药、什么针，止痒效果都断然没有母亲的那双手那么好。

母亲有一双不知疲倦的手。

我生女儿的时候，母亲整夜陪在我身边。常常，我睡了一大觉醒转，发现母亲依然坐在床边帮我揉肚子。母亲说，女人刚生完孩子，一定要多揉，要把肚子里的杂物都统统排干净，不然会落下病根。母亲为着我将来的健康，每天逼我喝下大量的红糖水，说是为了清空恶露。结婚后有一年的一天晚上，我突然肚子绞痛，正在帮我带孩子的母亲知道后半夜里立刻起床，坐在我的床边，用她有力的双手，整夜不停地在我的肚子上打着圈揉，后来竟硬生生地帮我揉好了。母亲边揉边说："你的肠子扭到一起了，揉顺了，也就好了。"

母亲有一双灵巧的手。

我们兄妹几个小时候的衣服都是母亲亲手缝制的。表姐表弟中有不少人也都穿过母亲一针一线缝制的新衣。

母亲到我的家里来,看到缺了扣子的衣衫,必然会将它缝起来;看到坏了腿的凳子,也必定会将它修复。我的水壶坏了,母亲将它重新收拾一番,也必能起死回生。对于这一点,母亲自己也很自得,常常不无得意地对我说,这是她勤于动脑的结果。

母亲有一双粗糙的手。

我常想,假设面前有一件高档的丝绸衣衫,如果被母亲的手轻轻抚摸一下,这高档的丝绸,必然会变得褴褛不堪。因为,实话说,母亲的手太粗糙了。我曾经看过母亲的手,那双常年劳作、常年为我们洗衣做饭的手,皮肤粗糙,关节肿大,看起来张牙舞爪,既没有纤纤可谈,也没有美感可说。母亲的手,打满死茧,粗硬不堪。

母亲有一双耐烫的手。

热气腾腾的菜或者馒头要出锅了,母亲总说:"让我来,你们娃娃家手嫩,我的手皮厚,经烫……"大过年的要趁热翻蒸碗,母亲也一定会冲在最前面。

母亲有一双勤劳的手。

母亲的重孙快满月了,趁着儿子儿媳妇不在,母亲忙着偷偷干活,结果手被油烫了,肿得老高。那被烫掉皮的手,龇牙咧嘴像个妖怪,实在瘆人。

择菜的工作琐碎麻烦,孩子们大多不乐意做,只要有母亲在,这样的事情就多半有了着落。母亲病了,腰疼得床都起不来,躺在床上的母亲却还在忙着择荠菜。

母亲有一双善良的手。

大嫂得了病,母亲伺候她整整一百天,端水递饭,委婉和悦。母亲的做法感动了病床上的大嫂,大嫂说:"妈,等我病好了,以后再也不气你了。"

我不能不爱母亲的这双手,因为母亲的这双手实在太实用、太耐劳;我不能不爱母亲的这双手,因为母亲的这双手实在太灵巧、太温暖。

近两年，母亲的手却明显不那么灵便了。两次脑梗后，母亲的手经常有些不听指挥，甚至穿起衣服来常常也很不利落。

母亲有时会看着自己的手说："哎，这双手不知怎么了，老是不听使唤。"母亲接个电话，常常分不清要摁哪个键，我聪明地对母亲说："哎呀，很简单，红灯停绿灯行嘛。你按红色，就是挂断；摁绿色，就是接听了啊。"然而母亲却说："哎，记不下记不下，你跟我说了我也记不住了呢！"

母亲的手，母亲的脑，似乎都有些懈怠有些老化了。我却突然间，想起了这双手曾经带给我的好处和温暖。

我想，十九岁时新婚的母亲，一定也是有着一双纤纤玉手的吧？母亲用她的这双纤细小手，侍奉老人；用她的这双纤细小手，养育她的四个孩儿，养育她的孙子外孙。如今，母亲有了重孙，母亲的这双手却再也不那么有力、那么强劲了，然而这双手曾经带给我的那些惬意、那些感动、那些温暖，我又怎么能忘记呢？

2014 年 5 月

母亲节里说母亲

我的母亲是个很普通的农村妇女。

母亲心地善良，憨厚朴实，缺点是性格太过直爽，有时说起话来不懂得拐弯和基本的语言技巧。我常想，如果《实话实说》里能将我的老娘招去做嘉宾，那一定名副其实。

大概因为遗传的缘故吧，我也是直性子，往往也很缺乏说话的技巧。不过尽管我是这样的人，在说话方面，我还是常常恨不能给母亲做师傅。

母亲行事不故意拿捏，没有某些"家长"那种所谓的架子。家里没有外人的时候，我就常常跟母亲分析她的好多话语里的不恰当。母亲见我说得有理，就哈哈大笑，有时候，笑得眼泪都出来了。笑完了，自我总结道："哎，没办法，我就是一辈子不会说话。"而我，也只能苦笑着摇摇脑袋。

比如家里来了几个人，这几个人里，可能有男有女，大家随便聊个天，无意中说起麻将来，母亲虽然自己也爱打牌，然而她却准会很自豪地对对方说："我的两个女儿啊，都不打牌。"这话虽是实情，直肠子的母亲也的确没撒谎。但母亲不知道的是，跟她谈话的那位女士可是出了名的爱打牌，如此一来，可不难免就会"说者无意，听者有心"了吗？母亲的这个性格，常常弄得人哭笑不得。

现在的人有事没事，都喜欢拿个手机把玩。我在母亲面前玩手机，母亲自然也会嘟哝，不过几个回合下来，母亲现在再也不为此事在我的耳畔絮叨了。

看了一个陕西话版的视频，叫作《老白点餐》，觉得很好玩，于是去看望母亲的时候，点开视频，把手机交到母亲手上，将音量调大，大家一起"观看"，一起乐呵。母亲边看边笑，将手机拿得紧紧的，于是我就趁机对母亲进行"洗脑"，让她明白现今的人们之所以爱玩手机，是因为这手机里面啊，的确能玩出来不少欢乐。

"五一"假期去看母亲，在手机上找出我的几篇文章给她看。就见母亲聚精会神，专注认真，玩起手机来的热乎劲儿并不比青年人逊色。母亲看完觉得还不够过瘾，说："你下次来，把这些东西给我打印出来，我要慢慢看。"

我抢白母亲："你以前不是不让我写吗？"的确，最初写字的时候，母亲恰好在姐姐家，姐姐给她读，母亲不"感冒"，说："整天说上班忙上班忙，有点闲时间，不好好歇着，弄这些没用的东西做什么？"我不为所动，继续做在大多数人眼里看来很是"没用"的工作，如今，连我的母亲都表示要细细地来读了。

母亲并不介意我的抢白，说："哎，我是怕你累着啊，其实我心里最喜爱看这些了！"话音刚落，母亲又很认真地补充说："妈跟你说啊，不管怎么着，身体才是最重要的，可不能因为写文章而毁坏了身体的健康啊。"

刚给母亲打电话，母亲还在回味"五一"读过的那篇文章，隔着电话对我说："写得真好、写得真好呢。"

今天是母亲节。祝福我的母亲笑口常开，幸福生活，也唯愿世间所有做儿女的，不论官做得有多高，事做得有多大，都不要忘记自己日益老去的母亲。

2014 年 5 月

父亲节里忆父亲

今天是父亲节。

无意之间看到哥哥发在微信上的一张父亲的相片,突然就没来由地红了双眼。

一直以来,我是个不爱流泪的人。然而我却不知道,为什么只是一张普通的父亲生前的照片,就能让我不自觉间泪流满面?

父亲一手盖起的老屋,经过二十多年的风吹雨打,实在有些破败不堪。然而偏就有浙江的商户看上了老屋的那块地盘,说要在那里建超市,如果主人同意,他们可以先签订合同二十年,并预付五年的租金。经济上来说,这租金大致也就够建超市,也就是说,老屋的现主人不用花费什么钱,就能在老屋的地盘上将一栋钢架结构的超市建起来,而且还可以是两层。并且据说,新屋建成后,一层做超市,而主人们如果愿意,依然可以住在二层上。

端午节我陪母亲和大哥回家,很大程度而言是去跟老屋作别。以前的我,一直不大愿意让老屋不存在,然而当我真正地走近它,我发现,多年没有主人居住的老屋,在租客们的"照管"下,的确有些破败了。而这样的一个新建方案,分析来分析去也都觉得确实挺划算。那么,当断不断反受其乱;那么,机不可失时不再来。那么,老屋,我只能跟你说声拜拜,至多,再不痛不痒地给你拍几张相片。

母亲也同意拆掉老屋的方案，然而从老屋返回后，她的心情还是有些灰暗。到了周末，哥哥们让我再带母亲回老屋一趟。电话里，我答应了，挂掉电话后，我又反悔了。

天气越来越热，七十六岁的母亲，在这样的天气里来回奔波，自然不利于她的身体健康。更重要的是，拄着拐杖的母亲，面对面看着她的老屋轰然倒下，心里一定不会太快乐吧？我才四十多岁，就已经严重的恋旧，更何况我的已经年逾七十的母亲？所以我说服了母亲，让她听话，不要再回去了。反反复复间，我对她说得最多的一句话是："一切都是身外物，只有身体，才是最重要的。"

时间拉回到二十多年前。我大学假期归来，住在父亲分配给我的老屋的房间里。老屋是楼房。二楼上盖了刚好四间房，而我们正好兄妹四个。父亲说："楼上的房子，你们一人一间。"

老屋里至今还有一个手工制作的书柜，父亲请来木匠，一模一样的柜子做了两个，因为他有两个女儿。身为农村人的父亲，给女儿的陪嫁却是一个书柜，而且这个书柜还兼带写字台的功能。我想，父亲自然不希望我们在书柜里只放些锅碗瓢盆，也一定不期望，我们会用那个长方形的小写字台，去打扑克或者麻将吧？然而毕竟这些话，父亲并没有说，因为他还那么精干，那么年轻。我从学校回家，木匠笑着说："女子，这是你爸给你准备的嫁妆。"我瞥一眼父亲，有些惊诧又有些不屑地说："嫁什么人？我可没有那个想法，他爱做是他的事，与我无关。"的确，那时候的我对象还都没有，我不明白父亲何苦就要忙着给我做嫁妆？

老屋里的父亲一直做着村主任，老屋里的父亲一直总是忙碌的，老屋里的父亲要给村里修建农贸大厦，老屋里的父亲忙于在坝外规划千亩枣园；老屋里的父亲预备给村里盖剧院，老屋里的父亲忙着给学生建学堂，老屋里的父亲惦记着老年人的重阳节，老屋里的父亲思忖着如何将他的村庄建设得美丽如画……

那个春天的二月,又一次熬夜的会议后,父亲躺在老屋的床上开始心绞痛。一九九三年,老屋没有直拨的电话,村子没有光洁的马路,我们没有舒服的小轿车。延误、颠簸,使得父亲躺下后就再也没有起来。前前后后,只有不到三天时间……

时间是最高明的医师啊,如今,这曾经刺在我胸口的尖利一刀,经过二十一年的发酵,悲伤,也该挥发得差不多了吧?然而我竟想不到的是,我只看了一眼哥哥发在微信上的照片,却就又泪溢双眼。看来,并非所有的记忆,都能被风吹散。有些记忆,它黏附在我们的心底,常常,你以为你已将它忘却,不承想,只需一句话,甚至一张照片,一切的一切,就会再次翻江倒海,再次重新出现在你眼前。

2014 年 6 月

再忆父亲

　　父亲如果还在，该有七十七岁了！可是，父亲却将他的生命永远定格在了二十一年前那个春寒料峭的二月。父亲走的时候只有五十五岁，所以，留在我脑海中的父亲，也就永远意气风发，永远年轻潇洒。父亲是个农民，但他却丝毫没有那种好多农民难以摆脱的褊狭。父亲是时髦的，甚至可以说是时尚的。八十年代末，有了电视，有了广告。我们家的日子也不似先前那么紧巴，于是，经常能看到在电视广告里出现过的东西摆上了我家的桌面。那时就已经有了染发的玩意，但就使用量来说，别说农村，就是城里用过的人也着实不多。父亲却堂而皇之地将染发剂买回了家。父亲长相本就年轻。有一次，父亲带着他的大孙子坐车，旁边的人看孩子可爱，禁不住问："你儿子几岁了啊？"父亲听了，呵呵直乐，说："嗨，这是我的孙儿呢。"父亲不但会自己染头发，在服装方面也颇有鉴赏眼光。我大学假期回家买了几件新衣裳，别人都觉得太老气了。父亲见到后却非常欣赏。父亲是个标准的大男人，说话做事干脆利落，从不拖泥带水。父亲又是一个很细腻的人，非常注意生活中的一些细节。我刚读初中的那一年，大哥去广州出差，给我和姐姐一人买回来一条短裙，短裙是格子的，挺洋气。当我战胜扭捏"终于"羞羞答答地穿上我的新裙子后，父亲很认真地叮嘱我说:"女孩子穿上裙装,一定要讲究坐相,不然,会不雅。"

多年以后,我去到城市里,看到我身边的一些人,穿上裙子后却不知道注意自己的坐相,样子的确粗俗难看,心里就很为她们少了亲人的教诲而感到暗暗遗憾。我读大二那年,父亲来省城办事,顺道来看我,先去了我先前的宿舍,知道我搬了家;不过毕竟学校不大,父亲费了些周折也就找到了我。那时的我虽然不懂化妆,但也学着别人那样给脸上胡乱涂抹。我想涂抹后的我一定不甚好看,父亲却并没有直接指责,只是笑笑地对我说:"我刚刚去你原来的宿舍,那些孩子说你们搬家了,现在住进去的孩子啊,都是研究生,真了不起呢。"说到这里,父亲却突然话锋一转,说:"不过呢,我看她们啊,一个个把眼睛抹得像熊猫,并不好看。"之后才又悠悠地说:"咱不抹啊,咱长得又不难看。"

父亲的教育格言是,"给好心别给好脸"。所以我们兄妹四个,没有人不怕他。大哥为长,父亲对他,最最严厉,及至到了我,因为是老幺,父亲的教育似乎宽容了许多。兄妹四人,也只有我敢当面"顶撞"他。当然,我的"顶撞"里面,有着一些艺术和幽默,如果父亲真的生气了,我也是大气不敢出的。

父亲一生勤奋,总是忙碌,而我,什么忙也没帮过他。很多时候,从心底里,我很愿意逗逗他,让他开心,让他快乐,让他的日子也能轻松一些。

父亲是有大智慧的人,更是幽默风趣的人。就在前几天,我们兄妹几人一起聊天,想起父亲当年信手拈来给我们每个孩子取过的形形色色的绰号,几个平均年龄已经大于五十岁的人,还忍不住的哈哈直乐。春天出门的父亲,披上风衣,戴着墨镜,怎么看怎么潇洒,怎么看都风度极佳。

父亲绝不是一个八面玲珑的人,但胸中有大爱的他,绝对是个值得尊敬的人。父亲只是一个农民,一个普通的农民。他走的时候,帮忙的人里三层外三层,将我家的院落挤得满满当当。村里的学校，从校长到老师学生都自制白花，默默来为他送行。

父亲，你知道吗？杨柳又绿了啊！父亲，你知道吗？迎春花、玉兰花、桃花、海棠花已经次第开放了呢！父亲，你把自己的最后一眼留在了春天，从此，你将永远活在花团锦簇的季节。父亲，你我虽然天上人间，但无论时光如何飞逝，不管岁月怎样流淌，都无人能剪断我对你绵延不绝的思念。父亲，想念你，尤其在这特殊的节日里！

2014 年 6 月

蚊子的故事

凌晨。四点二十八分。我的房间灯火通明。我手持蚊拍，脑袋一会与天花板平行，一会又与天花板呈四十五度角。我蓬头垢面睡眼惺忪，却不得不眯缝着眼强打精神，上蹿下跳地忙着与蚊子们拼命。一直以来，我讨厌蚊子不亚于我讨厌老鼠，你说它吸我的血倒也罢了，可恶的是，吸完血的它，还要在我的耳畔得意地直"嗡嗡"，在我的眼前自豪地炫耀它的胜利成果，这种行径，岂一句"恶劣"了得？

曾有几年，我住在一栋高楼的二十多层。夏天不用蚊帐，耳边也始终听不到"嗡嗡"声，现在想想，那时多么幸福！如今为了老人，无奈住到了一层。到了夏天，你若不用蚊帐，看蚊子不活吞了你。就是用了蚊帐，你也难免要出出进进，喝口水解个手之间，蚊子可就常常以迅雷不及掩耳的速度，招摇进你的帐子里，然后，找个让人难以发现的角落蛰伏起来。待你躺定，待你睡熟，蚊子们或结伴，或独行，狠狠地向你的肉身发起进攻。睡梦之中，你就已经脸上起包，皮肤发肿。你说起包就起包吧，发肿就发肿吧，关键这包这肿，它还让你痒痒得痛苦，痒痒得难熬。这简直再一次的，让人有些"是可忍孰不可忍"了。

小时候住在农村，到了夏天，蚊子自然比如今城市房子里的要多许多。傍晚时分，人们多半会在院子里点燃一堆蒿草，意欲用那浓浓的黑烟，熏跑那些可恶的蚊蝇。这样的做法，确实是赶跑了蚊虫中的大多数,然而,也还总会有那么一些,或者是没走,或者是去而复返,很快就聚集在院子里的灯光前。人们却多半并不去管它。因为每每到了这时,我们的好朋友壁虎就到了上班时间。于是,在我们面前,普通的农家大院的墙上,不用掏钱,你就能看到一场场的"壁虎捉蚊"的精彩表演。话说这壁虎行进在墙上,那种稳妥、那种切合,真真犹如脚掌被抹了"五〇二"强力胶,既稳如磐石,又灵活迅捷。壁虎看到蚊子,先是悄无声息地慢慢靠近,等到它认定这蚊子已进入它的捕捉范围,就会立即舌头一伸,然后转眼之间,蚊子就成了它的胃中之物。壁虎虽然身形不大,但却很有大将风度。它工作的时候,不管四周看客的数量有多少,都丝毫不会怯场,也丝毫不会因此而影响它发挥正常水平。不像人群中的大多数人,平时能说会道,一旦到了大场合,反而常常"怯场"。

所谓"怯场",比较专业的说法是心理素质不过关。想起我有位高中同学,平时考试总在前面,可惜每逢高考,就准会像是被针扎过的气球,早早就瘪了下来,从没取得过像样的成绩。哎,如果我的那位同学能够像墙上的壁虎们一样从容、淡定,区区一个高考,怎么会难住他呢?

可惜,人多思、多虑,又兼患得患失,因而在许多方面,也就无法企及壁虎。

夏夜里的乡村,乌黑如刚刚刷过三遍黑漆,于是哪怕是一丝昏暗的灯光,也成了蚊虫们眼里的人间天堂。它们成群结队,向着这亮光飞奔,然后一个不慎,就被壁虎们逮个正着。当然,忙于织网的蜘蛛,彼时彼刻,铁定也不会闲着。

乡村的夏夜既静谧又热闹,既吵嚷又安宁。孩子们三个一群、五个一组,忙着摸知了、捉蝎子,所以蚊子的问题,在生命的那个阶段,并非记忆中的主角。

但显然也并非空白。并非空白的记忆里,留给蚊子的注解简单明了,两个字:讨厌。

2015 年 6 月

相见时难别亦难

待在我娘肚子里的初期，我感觉是舒坦安详的。那时候的我，想吃吃想喝喝，偶尔还可以在宽敞的肚子里翻翻跟头游游泳，各方面都觉得不错。

我娘是个文人。她每次写东西的时候，开头一句总爱写"时如飞梭""光阴似箭""时光荏苒""白驹过隙"等文绉绉的词，一开始我不明白，直到有一天，俺听俺爹对着俺娘额头上的皱纹感叹道："哎，岁月真的是把杀猪刀啊。"我才渐渐琢磨出一些味儿来。

正如我娘所言，我感觉在她肚子里还没待几天，光阴就如箭一样地飞过了五个月。而那时的我不知为何，突然长得越来越快，我娘肚子里的地盘对我来说，就有些狭小和逼仄。

尽管常常听见外面的人对我娘说："哟，肚子都这么大了！"而且每天晚上我娘准备睡觉时，常常挺着个大大的肚皮不知道是该左侧卧还是右侧卧或者仰躺着，总是左右为难、不知所措。可对我来说，娘肚子里的场地，还是越来越小了啊。

七个月以后，待在娘肚子里那日渐狭小的空间里，我的腿脚常常施展不开。有时我随意打个哈欠，伸个懒腰，就会狠狠一脚直接踢得我娘的肚皮高高隆起。每逢这时候，我娘就喜悦地对我爹说："瞧瞧，他动了，看他踢得多有力啊。"而我爹，就常常会将脑袋贴到我娘的肚皮上,隔着我娘的肚皮对我说:"小调皮,你使哪门子坏呢?"我呢,觉得隔着肚皮说话这种游戏太过小儿科,于是往往就掉转方向,去肚子里的其他地方闲逛了。至于我爹,在"热脸贴了个冷屁股"后,也就悻悻走开。

我之所以不稀罕搭理我爹,一来觉得这种交流没什么趣味,另外一个原因,是因为我不喜欢我爹那满脸的络腮胡。那乱蓬蓬的胡子贴在我娘的肚皮上,让我感觉很不爽。一直以来,我都认为我娘的肚皮是我的,我的呀!

八个月的我,胃口变得有些大。有一天我娘睡到后半夜,小腿抽筋将她疼醒。第二天我娘带着我一起去了医院,医生听完我娘的陈述后笑笑地说:"没事,你这是因为缺钙。"我娘的表情立刻有些忧郁,闷闷不乐道:"那我的孩子也一定会缺钙的吧?"医生说:"那不一定,孩子会直接从母体吸取养分,你之所以会缺钙,很可能就是孩子把你体内的钙吸收走了,而他吸走你的钙后,就不见得会缺钙了呢!"我娘听医生这么说,脸上立马荡漾起一团喜色。

这阶段的我最爱逗我娘。喜欢趁她不注意的时候踢打几下,而我娘,则满脸幸福地轻轻揉揉刚刚被我踢过的肚皮,嘴里说:"这孩子,可真够闹腾。"而我,听娘这样说,就一个猛子,扎到娘的肚子深处,练习游泳去了。

预产期到了。我知道,我该跟我娘的肚皮说拜拜了。然而不知为啥,我却变得多愁善感起来,对我娘肚皮里的这个世外桃源开始万分留恋。所以,我也就慢悠悠地在我娘的肚子里继续多混了几天,而我娘,似乎也对我和她的这种亲密无间,有些恋恋不舍。

这还真是"相见时难别亦难"啊。

当然关于这个问题,我娘的想法只是我的猜测。因为有一天,我跟着我娘去她的一位朋友家,她的朋友刚刚分娩,我娘去看望,对那位产妇阿姨说:"生出来多好啊,走路睡觉的时候,就轻松了啊。"但那位阿姨却对我娘说："我跟你说啊，别盼着他早出来，出来以后，比怀孕的时候还要狼狈呢。"我娘听后，会心地笑了。她笑了后，我也就有些搞不明白，她到底是盼着我早些出来还是更希望我多在她的肚皮里逗留几天？

尽管我是一个善解人意的小孩，尽管我怕我出来后会累着我娘。但我娘的肚皮屋对我来说，确实越来越小，我待在里面也已经渐渐感到呼吸不畅。终于有一天，我们娘俩同时感到非常不爽，于是，我们就一同被送进了医院，我娘被分配的床位，叫作二床。

我们娘俩待的病房不算大，里面总共住了三个人。这三个女人，个个骄傲地挺着大肚皮，摇摇摆摆地在病房晃荡。

一号床的阿姨率先将孩子生了出来，是个男孩。那孩子身材瘦小，看起来有些弱不禁风。阿姨因为生了男孩，婆婆每天变着花样给她做好吃的，她呢，也吃得心安理得。不幸的是，那孩子生下来没几天，却被发现患有生理性黄疸，于是医生赶紧将他跟母亲分开，单独送往治疗的病房。

为着这个病，一床的那位阿姨没少掉眼泪，好像孩子患病责任全在她身上。自然，病房里的病友没少安慰她，大家说这是个小病，让她不要过分担心。

果然，小哥哥的病情一天天好转起来，阿姨的脸上也重新绽放出灿烂的笑容。

三床的阿姨是个话痨，不知为何，躺在病床上的她兴奋得紧。常常通宵达旦地说话，给大家讲她孕期的各种奇闻怪谈，讲她那时候的胃口有多大，食量有多惊人。她说起话来语速很快，讲的故事个个好玩，所以，病房里的几个人，夜半时间还常常笑作一团。她的孩子早产了一个月，出来一秤，切，八斤四两，我在我娘的肚子里多赖了半个月，也才六斤六两呢。

我从我娘的肚子里出来后，护士阿姨就把我抱走了，并将我带到一个陌生的房间里。我进去一看，天哪，四周全是跟我一样脸蛋通红、赤身裸体、浑身皱巴看起来像丑陋的小老头一样的各色小婴儿。

有个早产儿刚生下来后就呼吸紧张,护士赶紧将她放进一个单独的房间,而我们大部分的孩子,就被几个护士阿姨照看着,各自在婴儿床上睡觉或者玩耍。

话说那几天为了冲出我娘的肚皮,委实有些劳累,所以我被护士阿姨扔上床之后,就先不管不顾地昏睡了一程,然后就被护士抱起来送到我娘身旁,说是让她给我喂奶。我娘看起来很羞涩,抱我的动作也有些别扭,倒是我,一点也不懂害臊,先是一口擒住她的乳头,然后就美滋滋地开始咂吧起来。

俺娘乳头的第一滴奶水,不是乳白色,而是透明的浅黄色,姥姥说:"把这黄色的挤掉吧,挤掉后奶水就是白的了。"俺娘却大摇其头,说:"这是初乳,书上说了,初乳才最有营养呢,孩子吃了初乳增加抗体,以后就会少得病呢。"

我觉得我娘说得有道理,同时心里暗想,我以后也要多读书多增长知识,要跟书里的那些好老师多聊聊天。想到将来能有机会跟他们聊天,我不由心情振奋,于是在吃奶的时候顺势扬起了自己的小脚丫,对着我娘的另一个乳头狠狠地蹬了一脚,我娘"哎哟"一声后,带着笑说:"瞧这孩子,多淘气。"而我吃着吃着却开始犯困,于是就嘴里含着娘的乳头,睡着了。

护士阿姨将睡着了的我又抱回了婴儿房,我醒来一看娘不在身边,就伤心地干嚎了几声。护士阿姨象征性地轻轻拍了我几下,我也见好就收地停止了无意义的干嚎。然后转动着我的小脑袋,跟邻床的哥哥姐姐、弟弟妹妹们,咿咿呀呀地聊起了闲天。

一床小哥哥的生理性黄疸已经好转,如今的他就睡在我的床边,他见我眨巴着眼睛看他,就叹了一口气,愁眉苦脸地说:"哎,咋办呀,俺爹娘本来就没钱,如今再加上我患病的花费,真是难为他们了。"看我迷惑不解,他又说:"本来,我已经可以出院了,但因为我爹钱没筹够,所以医院不让走,但是待在这里时间越久,花费也会越大的呀。"

听了小哥哥这番话,我第二次被护士抱去吃我娘奶的时候就留心多看了一床的阿姨好几眼,果然,阿姨的脸阴云密布。

我娘也没有钱,但我娘是公家人,所以她住院的费用能够报销。三床阿姨有钱,整天好吃好喝的多得吃不完,俺娘呢,每天只从医院走廊买回一些简单的饭,毕竟,吃饭的钱没有人报销的呀。

三床那个早产的胖丫头,跟她娘一样是个小话痨。只要醒着,她就在我的耳边使劲唠叨,她说她娘太贪吃了,整天大鱼大肉;她说她娘吃的东西都快把她出来之前待的地方塞满了;她说本来她还不到出来的时间,但她娘的肚子实在让她憋闷的不行,于是她就像想要出壳的小鸡一样,整天在她娘的肚子里叨叨;她说外面的世界真精彩,她一点也不留恋她以前曾待过的旧宫殿。

过了几天,一床哥哥的爹凑够了钱,办了出院手续,于是他就被他娘抱着坐着他爹蹬着的人力三轮车回家了;又过了几天,三床的妹妹被她爸爸开来的小轿车接走了;而我,则坐着娘单位派来的小汽车,回到了我跟我娘已经住过十个月的窄小不透风而我却万分喜欢的那半间小平房。

2014 年 10 月

是男是女

我是个文静羞涩的女孩,不像俺娘,是个标准的粗线条。

话说当初,我在我娘的肚子里已经待了一个多月,我娘她居然一丁点都不知道。那时候的我娘还很年轻,不大会做饭。我常看见我娘做饭的时候会在窗台上放一个菜谱,所以那时的我就知道,文化这玩意真的是很重要,不然,俺们一家子,岂不是要喝西北风?

一天,我娘从电视上看了一道菜,叫作海米炒冬瓜。第二天一早,我娘就先风风火火地去商场买来一些海米,然后又去菜市场买来冬瓜以及葱姜等配料,打算做顿美味的海米冬瓜餐。那是一九九三年,我所在的城市还没有超市,我娘为了买这些菜,东奔西跑了好几趟。

大家知道,我是不吃生姜的,到现在也不吃,而油跟葱水乳交融的那个味道,更使我恶心。我娘热好油,兴冲冲地将葱花放进锅里的那一刻,我离奇愤怒,直接对着我娘的肠胃大声咆哮,可怜我娘踉踉跄跄冲到水房,对着水管使劲干呕。

我这人脾气一向不错,虽说我娘弄的油烟味道很使我恼火,然而一旦我娘离开了厨房这个"作案现场",我也就"小人不记大人过",没有过分为难她。所以我娘在干呕一阵后,最终也就毛发无损地恢复了正常。

那时候我娘住的是平房，水房是好多家公用的，所以我娘干呕的画面，就被邻居的奶奶逮了个正着。那个奶奶身材瘦削，精明能干，她看见我娘干呕，轻轻在我娘后背拍打了几下，等我娘恢复正常，就笑笑地伏在我娘的耳朵上说了几句悄悄话。奶奶说话的声音很小，所以我没有听见，只见我娘在听到奶奶的话后，脸"刷"地一下子变得通红，活像一个熟透了的红苹果。

后来我渐渐明白了老奶奶究竟都跟我娘耳语了些什么，要我说，还多亏了那位奶奶的提醒，因为从那天后，我娘开始注意起我的动静。我还看见，她进城的时候，特意去书店买来好几本有关怀孕以及宝宝的书籍，有空的时候就拿来翻一翻，然后，又对照着俺们娘俩的实际情形思索一番。最终，俺娘在确认她肚子里确实有一个我之后，才羞答答地告诉了我的老爹。

我老爹那时候跟俺娘不在一个城市，十天半月才能来看我们一次。他还年轻，并不懂得俺和俺娘的喜好。有一次他买来一只鸭子，可是俺跟俺娘，对肥肥的鸭子完全没有兴致，俺们最爱吃的，除了凉皮，就是白面。

我娘的肚子里面虽然冬暖夏凉如窑洞般舒服，但实话说，我也遭了不少罪。比如我想吃水果，而我娘却一直听不懂我的话，所以，每次看见别人吃水果的时候，我只能在我娘的肚子里使劲咽唾沫。

大概在我六个月大的时候，我娘的肚子明显地挺了起来。一次，我娘骄傲地挺着肚子，带着我一起去澡堂。大门口卖馄饨的老大娘也挺着肥硕的身躯来洗澡。我娘脱光衣衫走进澡堂后，大娘把我娘认认真真上上下下打量了好一阵后，说："女子，大娘看了，你怀的一定是个男娃，看你的肚子，多尖啊。"我娘听后，左手扶着腰，右手按着肚皮，笑得很灿烂。我娘是个农村娃，农村人一般都重男轻女。卖馄饨的大娘为了证实她所言不假，又一连举了好几个实例,以此来证明她的眼光独到老辣,断然不会出错。

这之后有段时间,我娘伙同另外几个孕妇阿姨,拿了一本掐算生男生女的小册子,热热闹闹地掐算了好几天。最终,因为我娘糊涂,说不清楚我来到世间的准确日期,所以他们算出来的结果,一会是男,一会是女,折腾了几天后,这伙人也就意兴阑珊。

我七个月大的时候,有天深夜,我娘突然高烧,身上一阵热一阵冷,体温将近四十度。我待在我娘的肚子里也感觉极不舒坦。第二天一早,我娘佝偻着腰,扶墙摸到邻居家,让邻居送她去医院。内科大夫让我娘躺在病床上,给我娘的头上敷了冰块,却不敢进行药物治疗,因为我娘是孕妇。后来妇科的大夫很快赶来了,会诊后说:"孩子没事,很健康,你们想办法给孕妇退烧吧。"内科大夫听说后,这才给我娘打上了点滴。那一次,我娘在医院住了整整五天,病好后,我娘因为害怕我的脑子被烧坏,很是郁闷了一段时间。

终于,预产期到了,但我和我娘都表现得很淡定。眼见预产期已过去十多天,奶奶姥姥们受不住了,吩咐俺爹带俺娘赶紧去医院瞧一瞧。

医生看了病历,吃惊道:"超过预产期这么久,怎么不早些来医院?"按照医生的叮嘱,废话少说,当天我们就必须住进医院。但我娘却非常马大哈地说:"哎呀,我现在肚子又不疼,急什么呢?明天再去也不迟。"实话说,我对我娘的态度有些不满,而且我在我娘肚子里多赖了半个月后,也有点腻歪了,所以当天晚上,我就在我娘的肚子里发起了脾气。

那一夜,我娘哼哼唧唧,一会在地上蹲着,一会在地上转圈,咬牙坚持到凌晨五点,吆喝正在打呼噜的我爹去叫车,我爹说:"这么早去打扰人家司机恐怕不好,你能不能再坚持一下,等到上班?"

一夜没有合眼的我娘听我爹这么说,立刻面露愠色,嚷嚷道:"疼死了,等不了啦。"我爹看我娘脸色不好,赶忙冲出去叫车。

不一会，司机和单位的妇科大夫都来了，妇科大夫长得清清爽爽，是位和蔼的五十多岁的年轻奶奶，她笑笑地嗔怪我爹说："真是瓜娃，生娃娃的事情，哪里是能等的事啊？"

很快的，我就被叔叔阿姨们送进了医院，医生检查后，说："宫口已经开了，就快生了。"于是我和我娘被即刻送进病房。

彼时的我，因为在我娘的肚子里已经折腾了一宿，所以很有些疲乏，就想顺势休息一阵。蒙蒙眬眬间，见有医生用B超照我，他们一边盯着我的裸体使劲看，一边小声讨论说："看到了吧，这个是男孩还是女孩？是不是一目了然啊！"但究竟是男是女，他们又不说。

也就是说，直到我出生前一小时，我究竟是男孩还是女孩，对俺娘来讲，还是个悬念。当然如果我娘去找找人，走走后门，也可以提早知道。但我娘说："男孩就男孩，女孩就女孩，我才不会像有些人，因为是女孩，就堕胎。"既然不打算堕胎，对我娘来说，提早知道我的性别，也就意义不大。

话说B超之后，医生大概觉得我有些懒散和不够配合，于是对护士说："给二床打催产针。"二床是俺娘的病床号。那些催产针就像调皮捣蛋的小孩，在我的耳边聒噪不休，而我，也就像吞服了兴奋剂，变得活跃起来。

至今想起来我还是有些遗憾，如果不是那些催产针，我出门的时候一定可以跟我待了十个月的宫殿做个情意绵绵地告别，没准还可以跟子宫附近的诸位一一握手辞行。然而，催产针驾到后，一切的告别，都打了水漂，而我，也只能稀里糊涂无可奈何地，被一股洪水样的水流，从俺娘的肚子里裹挟出来。

走到半道的时候，我拽住了一个树枝，本想打道回府道个别，就见外面的医生和护士，按的按、拽的拽、剪的剪，最终，我只能灰溜溜地败下阵来。

我刚出得宫殿门，护士阿姨立刻像老鹰捉小鸡一样将我捉拿起来。然后又恶作剧般地将我倒提起来，这姿势让我很不爽，于是我就"哇哇哇"地号啕大哭起来，俺娘听见了居然不怒还笑，护士阿姨将我递到我娘面前，问："看到了吗？"

俺娘说："看到了。"

护士又问"看到什么了？"

俺娘迷惑地看看她，说："看到孩子了啊！"

护士无奈，说："是男孩还是女孩？"

俺娘答："女孩。"声音里似乎透着些失望和不悦……

2014年10月

麻　疹

十岁那年的初冬,我发烧、浑身发痒,后来知道,是在出麻疹。时间是上世纪七十年代末,那时农村麻疹预防的工作并不普及,于是,家里的炕上很快齐刷刷地躺倒了三个,分别是我的二哥、我的姐姐还有我。大哥住校,也或者他先前已患过这种疾病,所以侥幸没有进入我们的队伍。究竟麻疹的源头是来自我们三个中的哪一个,实话说,我已经不记得了。只记得病床上的我们三个,轮番发烧,轮番嘶叫。二哥那时已是初中生,我和姐姐还都在上小学。

二哥难受的时候多半忍着,因为他是男子汉。姐姐难受的时候可就哭天喊地、不顾形象。三个人躺在一张大炕上,我睡在正中间。只要姐姐难受,满院子立刻就充盈着她的呻吟:"哎呀,妈呀,我难受啊!哎呀,妈呀……"姐姐的呼喊有时会唤来正在外面马不停蹄忙活着的母亲,但大部分时候唤来的却是同在一张炕上的二哥的斥责。"喊啥喊,大家都难受,就你喊,没出息。"二哥的声音,不屑中透出凶悍,姐姐被吓住后,喊声就会暂时中断。不过片刻之后,姐姐的喊声准会再次扬起,呼喊的内容却基本回回如出一辙。母亲有时会进来,分别摸摸我们三个的额头,然后对我的姐姐说:"好了,别喊了,你们三个都在发烧,你看看妹妹都不像你这么娇气。"显然,这是在表扬我。受到表扬的我,为了显示自己的坚强,就更乐意闭紧自己的嘴巴。

然而姐姐却不理会这一套,觉得难受,照例该喊就喊。当然,多数时候,被烧得头脑发昏的我们都在睡觉。邻居大妈跟母亲在院子里边干活边唠嗑。大妈说:"一起出好,照料起来还方便些。"母亲说:"就是,听说这麻疹啊,出得越早越好。"邻居大妈说:"小孩子不碍事,至多发几天烧。年龄越大,患这病越怕怕,听说有时甚至会要人命呢。"大概是有了这个理论根基,所以那时虽然我们发着高烧,大人们却似乎胸有成竹,表现得都很淡定。父亲照样忙着去外面工作,母亲照样见缝插针屋里地里忙活。

麻疹,在父亲母亲及村人们的眼里,好像算不得什么。所以纵然姐姐发烧发到说胡话,至多,也就是多给她喝点水罢了。因为人们认为,麻疹,是每个人都要出的,这就好比说你是女人,多半会要生孩子一样。那一次,前前后后,我们兄妹三个至少躺了有一个月。晚上,母亲跟我一个被窝,我不时对母亲嚷叫身子痒,母亲就用她那粗糙强壮的双手,交替着帮我揉搓按摩。病程到了后半段,身子逐渐有了力气,有时,可以坐在被窝里。有一天父亲去了县城,回来给我们买来一包糖,名字叫作"高粱饴"。那种高粱糖,实在给我们带来了太多的快乐。高粱糖不但味道奇佳,而且可以像皮筋一样被拉得很长。我和姐姐坐在炕上,一人揪着糖果的一端,将糖果像皮筋一样慢慢扯着,直到糖果被扯断,才恋恋不舍而又非常贪婪幸福地将它们吞进肚子里。可以说,那是我吃过的世界上最好吃的糖果。

后来的我,见识过无数的糖果,中国的、外国的、巧克力的、奶油水果的,却再也感觉不到当初的美味。至于说起今天的高粱糖,跟那时的比起来更是有着天上地下的差别。这个让我和姐姐如痴如醉的糖果游戏,二哥多半并不参与,就连对糖果,他似乎也表现得挺冷漠,也许,这就叫男女有别吧。玩过高粱糖不久后,我们三个也就纷纷下了炕，分头去学校上了学。

　　二哥小时候调皮，不大关注自己的学习成绩，所以他去学校后，继续跟着原班同学玩耍；我呢，刚上学不久，于是也就跟着新认识的一帮同学一起厮混。姐姐那时是小学毕业阶段，好胜的她怕自己功课落下后成绩滑坡，于是选择了留级。不承想这一留级，正巧就赶上了初中学制由两年改三年，后来又遇上了高中学制也由两年改三年，于是她在校的时间，无形间被拉长了好几年。直到今天，姐姐偶尔想起这件事，还很为自己当初的那个留级决定而后悔。要我说啊，这一切的罪魁祸首，其实都是那场麻疹。

2015 年 4 月

病　中

　　一九九三年，阴沉凄冷的早春二月，我第一次见到了躺在病床上的父亲。这对当时的我而言，多少有些纳罕，有些惊奇。怎么那么坚若磐石的父亲，居然也一样会病倒，一样会躺在病床上吗？父亲的确坚强，因为病中高烧说着胡话的他，还在说："等病好了，我一定要好好研究研究，看看究竟是什么病，能让人这么难受？"鲁迅弃医从文，是因为目睹了中国人围观日本人杀中国人，而如果老天给父亲一个机会，因为这场病，父亲也许会弃政从医，最起码，会更多的关注自己的身体吧？可惜，上帝永远不会完全按照人们的意愿出牌。上帝残忍起来，吝啬得连一次机会都不给你。病床上的父亲嘴里有痰，而我则手忙脚乱地想要把父亲嘴里的痰清理干净。显然，我的手既不利落，也不轻柔，我的动作肯定让父亲极不舒服，但父亲却只是很轻柔地对我说："娃，轻点吧，爸现在病着呢。"只这一句话，就让我羞愧得满脸通红，可以说简直无地自容。我知道，我不是一个好女儿，甚至不是一个合格的女儿。从小到大，我病过无数次，躺倒过无数回，我已经习惯于父亲如一座大山般替我扛下所有的痛与泪。而当父亲躺倒的时候，虽说我已大学毕业，但却张皇失措、无所适从，我甚至连基本的护理都做不好。

一直以来，我的小病几乎就没断过。每次病倒的我，身边都站着一个如座大山一样的父亲。父爱如山。父亲第一次举手想要打我，是因为病中的我不好好吃药。我在发烧，父亲冒着刀子般的寒风跑了好几里地帮我抓回来药，我却因为嫌苦将药悉数吐了出来。那一刻，父亲急坏了、气坏了，他气愤地扬起手想要打我一巴掌。但那一巴掌最终却没有落到我身上，而只是化作了父亲一声绵长的叹息。

我读高一时患了严重的肠炎。父亲走了五里多地请来大队的赤脚医生，天天到我的家里给我打吊针。那一次我躺了两个多礼拜，病中的我想到自己落下的功课，看看自己羸弱的身体，不免悲从中来。有天中午，我听到父亲出门了，整个院落一时静悄悄，以为家里无人，索性不管不顾，一个人号啕大哭起来，等哭够了抬头一看，见我的母亲坐在炕边也在悄无声息地偷偷抹眼泪，我一时倒觉得好笑，哭着笑问她："妈，我哭是因为心急，怕功课赶不上，你哭什么呀？"母亲有些羞赧，赶忙擦干眼泪，说："哎，我看见我娃难过，我也难过啊。"

大病初愈的我虽然身体还非常虚弱，却叫嚷着非要去学校。走在路上，感觉身体像在飘。父亲不放心，非要骑车送我。从家里到学校全是上坡路。父亲有气喘的毛病，我坐在自行车后座上，听到父亲喘得如一头牛。

高二时我的脸蛋上长了个小小的疙瘩，除了微痒外没有其他感觉，所以一直没有在意。有个周末，我跟父亲一起待在房间，疙瘩突然痒起来，于是随口说："爸，你看我的脸蛋上有个小小的疙瘩。"父亲听说后立刻让我站在院子里亮堂的太阳光下，然后用手轻轻按了按我的小疙瘩，颇有些恼火地说："你看看你这娃，这么大的事，咋不早说呢？"我心里暗暗发笑，因为我实在不明白，这究竟算哪门子大事？第二天一早，父亲骑车带我去了县医院。医生检查后说是粉瘤。县医院给出的治疗方案是用针管抽，然而因为那个粉瘤太坚固，大夫手里的针管无论如何都插不进去。父亲急忙唤回了我的已经工作的大哥，让他带我去省城医院看病。医生在我的脸蛋正中间划了一刀，取出了那块多余的东西后，我又回家休息了几天，其间，父亲好几次找来医生，帮我换药、拆线。

大二的一天，我突然感觉胸闷，校医院的大夫听闻我的症状后，开了几片伤湿止疼膏。止疼膏贴过后，病没见好。有一天上午，跟舍友们一起出门的我居然晕倒在路上。舍友们陪我再次去了校医院。这次不是原来的那位医生。医生听了同学们七嘴八舌地诉说后，建议我去大医院看，并给我开具了证明。有了这张证明，我就可以享受正常的公费医疗。

最终，我被确诊患了胸膜炎。我躺在病床上，来看望我的同学络绎不绝。医院离学校很近，同学们的课程安排又不是很多，所以有事没事，也就过来溜达。我常常从他们的嘴里，得知一些外面的情形。父亲、母亲、大哥，也都从外地赶来探望我。大哥为着照料方便，想让我转院去他所在的那座城市。我因为生活完全可以自理，加之医院离学校近，所以没有接受他的建议。我的一位表姐知道我住院后，每个周末都会做各种好吃的，然后从她远在南郊的家赶来送给我。记忆最深刻的是她的美味煎饼。那次我在医院待了将近两个月，病情才完全好转。

记得医院有位小护士，身材娇小，只有一米五多一点，但长相甜美。那时的她正处在恋爱阶段，常常跟我谈论她的各色绯闻。她的恋爱故事可真不少，最让我记忆深刻的是她对身高的关注。据说她的一位男朋友，身高超过了一米九，她说她就喜欢大高个儿。住院期间有几位异性的同乡同学也常来探望我。他们一般并不结伴，单枪匹马而来。只可惜，里面没有一个大高个儿。不过毕竟我不是那位可爱的小护士，虽然我的身高比她高许多，但我却也并不梦寐以求着去找个个头超过一米九的小伙。

医院中的我曾接受一位男孩的邀约，一起去附近的影院看电影。那时的我们，彼此说话很有分寸，看电影的时候也非常矜持地保持着适当的距离。我在医院的时候，他每周都来看我，最终，我们恋爱了。

在我怀孕七个月的时候，有一天晚上，我时而浑身燥热，时而浑身哆嗦，高烧不止。邻居小伙安顿我住院后，又去通知了我的老公。我和老公那时候两地分居着。办公室的一个年龄比我小很多的同事得知我住院后，几乎天天来医院陪伴我。

再后来，我要生孩子了。我的母亲、婆婆纷纷提前来到我身边。去医院的前一晚，我肚子疼得坐立不安，不过仍然咬牙坚持到凌晨五点。产前的病房里一片鬼哭狼嚎，有位三十多岁的高龄产妇，正在不绝于耳地喊妈妈呢，而同样被疼痛折磨着的我，也实在无心看别人的笑话。下午一点多，我做了母亲，有了自己的女儿。

那是一九九四年的夏天。那时的医院没有今天这般人性化，陪伴我的母亲整夜只能坐在一个小小的硬板凳上，而且还常被来查房的医生呵斥。月子里婆婆跟我商量，想让我再生一个，但毕竟那时的我是国家公职人员，于是此事也就不了了之。

最近一次的身体不适是肠胃绞痛，凌晨两点去了医院，打了针开了药。第二天依然虚弱。姐姐听说后，临时改变行程，买了红糖等营养品前来看望我。姐姐帮我做了白面糊糊，烧了开水给我冲红糖水。当天晚上，我的身体恢复正常。

健康着的时候，人们的想法可能很多，而一旦到了病中，其实想法就只有一个健康。健康的时候，生活丰富多彩，情绪饱满亢奋，而一旦到了病中，最简单的一句问候，最亲切的一个眼神，有时候都能让人一生留恋。写到这里，脑海突然闪现出一个小镜头：我怀孕高烧去到医院，单位的司机协助将我放到医院病床上后，很自然地用他的大手摸了摸我的额头，然后用鼓励的眼神看着我,说:"没事的,一会医生给你挂上点滴,很快就会好的,不要担心。"如果不是因为写这篇文章,对于那些曾经的鼓励、亲切的眼神,我几乎以为自己早已忘却,原来,它们依然留存在我的心底。病中的我,曾经得到过太多来自亲人以及朋友们的关心、呵护,而我,在铭记这些关爱的同时,更要学会给他们以爱的回馈。

2015 年 4 月

声音的故事

偶然遇见了著名播音员海茵老师，于是那些早年的有关声音的记忆一下子变得鲜活起来。

在农村人眼里，我的父亲是有本事的人。有本事的父亲，在我读初二那一年，给家里买了一台十四寸的海燕牌黑白电视机，这也是我们村里的第一台电视。而在我初二以前的少年时期，可供阅读的书籍屈指可数，电视几乎没有见过，在生命的那些光阴里，陪伴我时间最久的，就是收音机。那时的收音机里，时常会传来"由海茵朗诵""由海茵播讲"等天籁般的美妙声音。这个声音陪伴我度过了我的童年、少年，这个声音让我幼小干枯的心灵变得温润丰盈。

小时候，村庄里并非每个孩子都能上学，即使能上学的孩子，周末和节假日里，也一定要投入繁重的体力劳动中。

有一年家里种了麻，于是暑假的我被紧紧地捆绑在那一堆堆如山的乱麻前，一根根、一条条地剥麻。那是一份枯燥到令人发狂的工作，如果不是因为我蹲坐的小板凳旁边有个能发出声音的小黑匣，我真不知日子该怎么熬。多亏，那个看起来相貌平庸却神奇无比的半导体，它时而给我讲故事，时而给我播小说，时而播广播剧，时而放声高歌……使我原本枯燥的生活变得生动了许多。

记忆最深刻的广播剧是鲁迅唯一的一部有关爱情的篇章,《伤逝》。当时我一边干活一边关心着涓生和子君的结局,记得为着剧中人物的悲惨结局,也曾伤心地哭泣。

那时每听完一次广播,都总要因故事的结局而内心纠结,总觉得好人不该死,爱情应好合。那份专注和投入、热情和执着,让如今的我回想起来,实在羡慕。

孩子的心,多么的单纯明澈啊!

当然也有一些大团圆结局的,如《乔老爷上轿》,这样的广播剧听过后,犹如炎热的午后吃了一根大冰棒,浑身上下透着舒爽。还有印度广播剧《大篷车》,那种载歌载舞的欢快画面,纵然只是在"听",也能让人感到彻头彻尾的快乐。

时间再往前,年龄更小的我最爱听的节目是小喇叭。记得每次节目开始前,有个清脆的童音准会说:"小朋友,小喇叭开始广播了。"然后是一阵悦耳的丁零零声。那一刻的我,或者将黑匣子当作宝贝似的搂进怀里,或者将它端端正正地放在面前的桌面上,然后,开始摇头晃脑地陶醉在广播里的故事中。

那时候的收音机黑黑的、小小的,却珍贵得了得。所以我也从来不敢奢望,有一天,我能够有一台属于自己的小黑匣。

大学伊始,哥哥送我一台粉红色的单放机,主要是为了让我学英语。当然打着学英语的幌子,我也买了不少休闲磁带,比如轻音乐,比如流行歌曲等。那时候最流行的歌曲,是《狼》;最红的歌手,是齐秦、童安格;而说到钢琴曲,则非理查德·克莱德曼莫属。

大二时我终于有了属于自己的一台收录机,能听广播,能放录音。那阵子,特别迷恋电影对白,于是宿舍上空时常飘扬着《虎口脱险》《简·爱》以及《叶塞尼亚》等电影里的精彩配音。也就是那时候,我才知道世间还有邱岳峰、尚华、毕克、刘广宁、童自荣等那么多美妙独特的声音。当然严格来说,可能我小时候在黑匣子里也曾听过他们的声音,只是那时候不知道是他们而已。

大三那年,西安突然新增了好几个广播电台。隔壁宿舍外语系的女生有好几个开始在电台上班,我看着那些跟自己一起在楼道穿梭的女生,想到她们的声音竟然能透过神秘的黑匣子传出,着实羡慕了好一阵。

也就是在那一年,陕西省举办了首届女大学生演讲赛。我的一位舍友前去参加,竟然夺了冠,之后,她也顺利进入电台工作。

那时候她还是名在校学生,常常利用周末时间去录节目。那档节目的名字叫《艺术彩虹》。周日早上,我们躺在被窝里就能听到她从黑匣子里传出来的声音。那个节目当时很火,不光是我们宿舍,到了周末,好多大学的楼道里都能传出她的声音。借着舍友的便利,我也走了不少后门。比如有一些同学想通过她的节目点播歌曲,准会转弯抹角找到我,而我要做的只是递给她一个小纸条,纸条上面写清点播双方的姓名和想要听的歌曲就是了。

我的一位高中闺蜜邂逅一位男青年,彼此情投意合,但女孩的母亲坚决不同意,原因是那个男孩没有读过大学。女孩最终顺从了她的母亲,而她选择的跟男孩分手的方式,就是托我帮她在电台上点播了一首歌曲。虽然事情已经过去好多年了,但我依然记得那首歌的名字叫作《萍聚》。女孩和男孩最终和平分手了,不知道这和平分手的功劳簿里,可有这首《萍聚》?

话说我的舍友做了女主播后,暑假回到家的我打开收音机时,总爱有意无意地拧到她的频道,然后指着黑匣子装作漫不经心地对身旁的人说:"收音机里这女孩是我一个宿舍的同学。"

时间跑得飞快,转眼迎来了大学毕业。我和我的同学们如一粒粒芝麻般不得不四下散落开来。

我被分配到一家国营工厂,厂子很小,只有五百余人。地方也很偏僻,四面都被葡萄园环绕,到了施肥时节,鼻子的日子很不好过。说来也巧,我被分配到工厂的时候,厂里的播音员正在闹情绪，死活不愿意再在广播站多待一天，于是不由分说，我成了厂里的应急播音员。工作倒也轻松，但是时间要求很严。早上，广播相当于工人们的起床号；中午，播讲一些工厂新闻；晚上，放些流行歌曲就可应付。

因为厂子小，我自己采访，自己组稿，自己播讲，一连干了好几个年头。后来有了更合适的播音人员，我才结束了我的靠声音吃饭的生活。再后来，大概有五六年的时间，我辗转了好几个工作场所。那时的我或者因为太奔波，无心听广播；或者因为太休闲，直接将自己的大把时间慵懒地打发在电视机前。

我与广播的再次结缘，源于一次工作上的变迁。时间是二〇〇二年，经过几番折腾，我总算找到一份自己喜欢的工作，美中不足的是，单位离家很远。几乎每天我都要在公车上耗费两三个钟头，而也正是这百无聊赖的公交时间，让我重新喜欢上了广播。那时的收音机不再是千篇一律的黑匣子，手机就有收音功能。每天上、下班的路途上，不管严寒还是酷暑，百花盛开还是满目萧瑟，耳畔，总有音乐或故事相伴。

时间如水流淌，转眼间女儿开始读高中。那三年时间，我跟她住在离学校很近的一间小小的一居室里。为了营造学习气氛，我将房间的电视撤掉了，于是那三年里，我和女儿经常守着一个收录机过日子。

早上一起床，我必然会打开收录机，有时候放英语，有时候听广播。早上最喜欢听的是《央广新闻》，晚上最喜欢听《中国之声》，而在早晚之间，利用做饭时间，我最爱听的是一档地方性的法制故事栏目。也就是在那段时间，我和女儿几乎同时喜欢上了《中国之声》的主播苏阳，他的主持幽默睿智，听后让人难忘。我的舍友还在电台上班，而我，在没有电视的日子里，也会常常守候在她的频道，听着熟悉的声音从面前的匣子里悠扬传来。

孩子上大学后，我远离电视的习惯却再也没有改变。这样的我有时游荡在网络里,有时则沉浸在声音的天地里。比起以前的收音机,如今的网络广播内容更加丰富,不管你是想听小品相声,还是小说散文,抑或外语音乐,或者养生电影、时事财经,只要有网,随时随地,简单容易。就是没网也不打紧,因为有个词叫作"下载"。

这些网络广播比起传统广播来,增加了播者和听者的互动。也就是说,听了觉得好,可以点赞;如果觉得不好,可以自由吐槽。进一步说,同样是声音的世界,如今的声音世界比起以前,更完美更亲民。不过尽管如此,较之从前,人们对广播的喜爱还是降低了不少,毕竟,大家在娱乐方式上有了更多的选择。

说到这里,我想起故乡的西瓜来了。我的老家盛产西瓜。以前每逢夏季,西瓜卖得总是很好,然而近几年销售却越来越不乐观。因为现在人们消暑降温的产品有饮料、有冰淇淋,西瓜已不再唯一,故而也就难一花独放。

从历史的角度来说,这是进步。这进步着的历史的车轮,任谁也无法阻挡。然而那些曾经抚慰过我们灵魂,陪我们度过孤寂岁月的声音,纵然遥远,又怎么可能忘却呢?

2015 年 4 月

家　书

　　不写家书已有好多年。去看母亲，母亲说："你上学和刚工作时给家里写的信我还都留着，有空的时候常看呢。"话说到后半段，母亲的神情中就多有悲怆之色，感慨道："唉，想想那些年，我娃可真可怜！"母亲说的家书，距今少说也已二十年，而我，早已将其中的内容抛到了爪哇国，所以对于母亲因重读家书而生发出的愁绪和感慨，也就很难体会得来。有次跟母亲见面，临走之际她递给我一个白色的小塑料袋，说："这些啊，是你以前给家里写的信，你拿回去吧。"老实说，母亲的行为令我有些诧异，又有些不屑，心想："几十年前的几封破信，你还当作宝贝似的，纵然给我，我也没时间看呀。"然而瞧母亲的情形，显然这是经过深思熟虑后的一番动作，如果不要，我几乎可以想象出我和母亲的对话会如何进展。我："哎呀，不要，给你写的信，干吗给我？"母亲："你的信你不拿去给谁呢？谁知道我还能再活几天？"自然，这样的话题会令我伤感，所以我也就尽量将这样的对话消灭在萌芽阶段。有一回，母亲给我扯了长长的一大块抹布，说："这个啊，是我自己织的。我给了你秀姐一些、红姐一些，还给你娟姐留了几尺，这些呢，是给你的。说不定哪天我就走了，趁我现在还没有糊涂，给你们一人分一些，算作纪念吧。"以前的我很不喜欢跟母亲谈论这样的话题，觉得晦气。然而身为农村妇女的母亲却似乎很坦然。我想，这一定跟父亲的早逝有关。谈笑风生、精神矍铄的父亲，只在病床上躺了三天就决绝地撒手人寰，留下孤单的母亲无奈地独自面对这人生的最后一关。刚刚六十岁的母亲就忙着张罗做寿衣。这在当年的我看来，同样是不可理喻。然而母亲说："早做了好，你爸走的时候太匆忙了，买来的衣服花钱多，还不称心。"母亲说父亲的上衣袖子有些短，鞋也明显大了些。父亲走的时候我才刚大学毕业。那时的我沉浸在悲伤中无法自拔，对于父亲的着装细节实在无暇顾及。然而母亲看到了，作为一个资深老裁缝的她，对父亲买来的衣裳有诸多不满，只是母亲将这遗憾深深地埋在心底。直到几年以后，母亲张罗着给自己做寿衣，因为我们的不积极不配合，她这才说出了她对父亲临终着衣的深深遗憾。

如今，母亲要将我多年以前写给家里的信全部还给我，而我为了不至于发展到跟她讨论生死的话题，也就将那些旧信一股脑塞进了我的皮包，回家之后，又将它们统统塞进乱糟糟的抽屉，以为自此此事也就算画上了句号。

那个周末，家里难得的只剩我一人，于是心血来潮预备全面清理我的卧室。我将卧室里全部家具的所有抽屉统统打开，又将抽屉里面的物件一股脑倾倒出来。这时，在一堆杂乱且五颜六色的票据和杂物之间，我看到了那个破旧的被母亲包裹得很严实的白色小塑料袋。耳畔，《秋日的私语》正在流淌；窗外，和煦的阳光照进我的花园；家养的可爱小乌龟正在坚持不懈地努力翻身；花园里的竹子正自顾自地对着阳光抛媚眼。而我，则有了强烈的想跟二十多年前的我重逢的想法。

信件的时间跨度从一九八八到一九九六年。信封外面一开始的收信人一栏，是父亲的大名，到了后来，父亲的名字不见了，取而代之的是二哥的名字。最初信件开头的称呼是"爸爸妈妈"，信末的问候，是"姥姥好吗？爷爷好吗？"再往后，信件的开头就只有"妈妈"了,而信末的问候里,也不见了姥姥,消失了爷爷。在那短短的八年间,我的爷爷走了,我的父亲没了,我的姥姥,也去了肉眼所看不见的极乐世界。而同样在那短短的八年间,我读完了大学,参加了工作,结了婚,成了家,有了自己的小孩……

今天的我,以为自己从来不会去说诸如"想呀""爱呀"此类肉麻话,但二十年前的白纸黑字告诉我,曾经的我在每封家书里,都会很自然地写上"爸妈,我太想你们了!""爸妈,我爱你们!"这样俏皮而又深情的语言。

在那个安静的周末,慢慢翻看自己亲手写下的那些歪歪扭扭的家书。那些发黄的岁月、曾经的记忆,一下扑面而来,让我的眼眶禁不住一次次地湿润起来。突然,我也就明白了我的母亲为什么会一遍遍地重温那些多年前的信了……

2015 年 5 月

父亲的爱、父亲的花

父亲从没说过他爱花,但我想父亲是爱花的。

很早很早,我就知道月季的名字。那时的我还是一个初级中学的低年级学生,那时的父亲已人到中年。

在父亲的努力下,我们一家人终于有了自己的大院。前院的空地上,一般农户自然会种些蔬菜,但父亲却固执地想要种花。父亲在前院的正中间砌了一块照壁,照壁前面是一个用砖砌成的半圆形的花园。我放学回家见父亲正在那个小小的半圆里忙活,父亲说:"我给咱种一些月季,这个花啊,据说月月都能开。"

实话说,我很诧异。因为按照"月月开"的说法,这种花一年应该开十二次。于是我的脑海中浮现出了雪中月季的倩影。这样一想,也就愈觉纳罕起来。当然后来知道,我的理解并不准确。月季虽然也叫"月月红",但它一样有自己的花期。

那是我人生中第一次听到月季的名字,不用说,我很向往。

从此,只要回家,我就要蹲在那个半圆形的小花园旁边,渴盼能看到月季长出的嫩芽,可惜却没有看到。

第二年春天,父亲又在忙活它的月季,却依然没见发芽。月季究竟长的什么样,小时的我最终没有看到,名字,倒是深深地记住了。

不过显然，父亲的花园里不只有月季，所以纵然月季不发芽，花园里依然五颜六色，热闹非凡。记忆中，有绿色的灯笼花、玫瑰色的红苕花、随风摇摆的喇叭花，到了春天和夏天，姹紫嫣红，煞是好看。

倚墙的花丛里也有树木。夏季树上也会有蝉，而我，也会用自制的知了网，去捉蝉。夏天里，一个阳光明媚的午后，我站在前院的高凳上，正在仰着脑袋专心地"套"树枝上的蝉，身后突然传来清脆的女声："请问，这是×××的家吗？"我掉头看时，是一时髦的年轻女孩。女孩要找的人是我的大哥，而她说话的腔调，是我那时候很少听到的普通话。

那时我的大哥正在读大学。

小时候的我自卑羞涩，但对于我的院落却是自信的。在我看来，别人一旦来到我的家，只消看一眼我们的院落，就会对院子里的主人爱屋及乌起来。所以，当那个时尚的女孩进到我的家门，我心里就暗想，她一定会喜欢我的院落，进而喜欢院子里的人。

村里有个壮汉叫九娃，九娃到我家串门，总免不了要啧啧赞叹一番，说："嘀，单只这一个净和美，万元都买不来。"九娃叔说这话的时候，是上世纪八十年代初。一万元在农人们的眼里，实在是多得几辈子都花不完。当然我对大院的自信并不全是因为九娃叔的夸赞，而是因为我走来串去之后，的确知道我的大院的美丽和独特。房间的窗上嵌着厚厚的带着花纹的毛玻璃，那种玻璃在那时候的乡村非常少见。院子中间，是用砖头砌成的庭院。

有一年，连阴雨一口气下了四十多天，院子一角的墙坍塌下来，房间里面也跟老天爷同步滴答。晚上睡觉的时候，父亲用凉席在炕上帮我们搭起临时窝棚，至于他，则整夜坐在地面的椅子上打盹。那时我还小，只觉得非常好玩，并不理解父母那整夜悬着的心有多么忐忑。在雨和雨的间隙，父亲买来了牛毛毡，赶紧铺到房顶上去，也正是在那一年，第一次，我有了属于自己的雨鞋和雨披。

日子照例拮据，银钱照例紧张，然而父亲还是去县城里为我和我的姐姐——他的两个都正在读初中的女儿买了两双色彩不一的雨鞋和两件颜色相异的雨披。至于花雨伞，还是没有。

同样是在我读初中时，有一天，千里之外的舅舅回来了。舅舅送给我的母亲一件礼物，那是一把美丽的花伞，伞上写着两个字——"天堂"，舅舅说那是他去杭州出差买下的。那是一把最普通的花伞，也并不能折叠，然而自从家里有了那把伞后，有好长时间，我都特别喜欢下雨天。

不过雨总有下累的时候，等雨住了，我们发现，因为连阴雨时间太久，院庭的砖头被缠绵的泥和水亲昵地拥抱后，已经长出了一层薄薄的绿苔。父亲蹲在庭院的地面上，一边用铲子铲，一边用笤帚扫。我呢，也加入这项工程浩大的劳作。活儿是累人而少乐趣的，但等忙活停当，看着干净美丽的大院，父女俩就都充满巨大的喜悦和成就感。

父亲走了二十多年了，但当我想起大院以及大院里的父亲时，脑海里还是能清楚地浮现出他弯腰扫地的模样。也就是说，我的父亲很爱扫地。父亲是个标准的大男人，一般的家务活计他很少做，对于扫地却似乎情有独钟。自然，这在大多数人看来都有些奇怪，其中也包括我。

父亲的院落里常年人来人往，极其热闹。来往之间，自然少不了聊天，而我，也正是通过父亲跟别人的一次聊天，知道了有关父亲扫地的一个秘密。

我的爷爷，在当时当地的农村是个能人。能人爷爷认为人活着，有门手艺是顶顶重要的，说到上学，爷爷认为那完全是浪费金钱和时间。尽管父亲是爷爷的第一个孩子，尽管父亲非常向往上学，尽管父亲去到学校短短时间就连续跳级，然而等到父亲十二岁的时候，爷爷还是给父亲找了个兽医师傅，让他去学做兽医。

爷爷这样想自然有他的道理。我的故乡朝邑坐落在黄河、渭河、洛河三角洲上，那里土地肥沃，农人富庶，而富庶的农人，哪个能不重视牲口？牲口那么多，自然也就离不开医术高明的兽医。十多岁的父亲就这样成了学徒。那时的他每天都要给师傅扫地、铺床、倒尿盆，而这些当时每天必须要做的事给父亲留下了几乎可以说是终身的印记。成年后的父亲几乎从不铺床，扫地的习惯却像爱好一样坚持了下来。

走过常年干净的庭院后，照例有一面类似照壁的墙，白色的墙面中央，有几个红色的大字："淡泊以明志，宁静以致远。"那几个字我看了好多年，却从来没有考虑过设计这面墙的父亲的内心想法。甚至于有好多年，我对那几个字的含义也不甚明了。

过了这面照壁，打开一扇后门，就到了小小的后院。那里有鸡、有猪，还有人人都离不开的厕所。父亲是村里最早买电视的人，也是最早给家里修建水茅的人。父亲给家里的厕所装上了电灯，这在当时当地的农村，绝无仅有。

因为父亲爱扫地，所以我家的院落总很干净；而又因为父亲爱种花，我家的院落漂亮养眼。至于那两道照壁以及照壁上的字和画，更是让我家的院落充满着别致的优雅。所以在当时的我想来，只要有人来到我家的院落，没有理由不喜欢它。而如果恰好这来到院落的人，又对院子里的某个人正好充满着某种奇特的好感，那么，院落对于这份好感而言，起到的作用就只能是催化了。

当然这只是我一厢情愿的想法，不过后来的诸多事实证明，我的想法大抵是正确的。

我的父亲虽只是一个普通的农民，身上却充满着艺术细胞，而他的爱花，正是其中的一个表现。土地承包后，我们有了自己的田，父亲将家里的大部分土地也种上了花，那是成片成片的白色菊花，父亲说那是药材。菊花开放的季节，院子的花盆里也会有各种色彩不同的菊花，赏心悦目，非常漂亮。

移民后，父亲做了我们村的第一任村长。父亲在村子中央修建了一个圆形的花园，到了春天，花园里也会长出各种虽不名贵但很妖娆的花。

父亲除了爱花，还爱树。

父亲做过多年的村长，不管是在安区还是库区，父亲最重视的一件事就是植树。对于那些毁坏树苗的行为，父亲深恶痛绝。父亲是个农民，没有农民不爱庄稼，然而父亲的生平里却有着一个污点，这污点就是"毁苗建校"。

那是"文化大革命"时期，父亲当时是大队长，为了几个村庄孩子上学便利，父亲毁坏了一片庄稼地，修建了一所学校。为此，父亲被当作"老大难""请"进了县城的学习班，至于大队长的职务，也被免掉了。

一九八七年，父亲以第一任村长的身份移民返回故乡。父亲做的第一件事，就是找地方、找老师。库区的第一所学校是父亲带头捐款，一手"修建"起来的。当然，"修建"一词，用在这里似乎不大妥当，因为学校的地方是租来的。然而能有一间租来的教室，对当时当地的移民们来说，已经算是奢侈了。

爱庄稼的父亲，当然不能不关注土地，关注土地的父亲，当然不能不关注庄稼的缺水问题。移民伊始，父亲站在一人高的荒草地上，开始考虑"打井"问题。父亲几乎是一口气，为村里打了二十二口井，从而，让他的村庄的庄稼地，大部分变成了水浇田。

父亲走的时候，通往村庄的路还没有完全修好；渭河蛰伏在村庄的旁边随时准备发威……父亲多么想改变他家乡的面貌，多么想让他的家乡快速地富裕美丽起来。父亲的规划里，坝外有千亩枣园，村庄有正规戏院……

前两天在微信上看到，如今在我的村庄不远处，开始举办"枣花节"，可惜父亲却再也看不到漫山遍野的枣花。然而令我欣喜的是，家乡的桃树已颇具规模。春天的时候，映入眼帘的全是美丽的粉色。父亲墓地的四周，则是成片成片的桃林。

父亲从没说过爱花，但我知道他是爱花的；父亲从没说过爱他的大院，但我知道他是爱它的；父亲从没对他的孩子们说过"爱"字，但在最贫穷的年代，他没有让他们中的任何一个失过一天学；父亲没说过爱教育、爱水利，可是父亲，却将自己的生命奉献在了为这些事情奔忙的路上。

人们常说，父爱如山。这种父爱，可能只是针对父亲和他的孩子们而言。而我的只是一个农民的父亲，除了对他的几个孩子付出了爱以外，他的爱的天地，显然还更辽阔。只是这境界辽阔的父亲的爱，就表现形式而言，却始终是无言。

是的，我几乎从没听父亲谈起过他的爱，小到花儿，大到人生。然而我又分明觉得，父亲将他对花儿、对孩子、对社会、对人生的所有爱，都毫无保留地展现在了我的面前。这份爱，温暖而又沉重，美好而又时常令我伤感。而我注定，会用我的一生，慢慢去回味和咀嚼，慢慢去学会真正地懂得……

2015 年 5 月

饺子的故事

北方人爱吃饺子，最负盛名的饺子宴，自然还要数俺们大西安的。

小时候对饺子的印象多半跟过年有关。平时很少进厨房的父亲到了过年那几天，也会捋起袖子包饺子。别看父亲平时很少做家务，但他包的饺子美观漂亮，广受称赞。后来哥哥们长大了，过年的时候也会帮忙包饺子。大哥学着父亲的样，包出来的饺子也是个顶个的好看，大有"青出于蓝而胜于蓝"的气派。再后来，哥哥们娶了媳妇儿，过年的厨房才真的成了女人们的统一战线。大学期间有一年，父亲和大哥来西安带我去了很负盛名的解放路饺子馆。解放路的饺子个大油足，平时半斤饭量，去到那里，三两也就吃撑了。

时间久远，记忆有些模糊。现在想想，父亲那次来西安应该就是检查身体的。不过，他的大部分时间都在忙着别的事情，比如收集信息，比如顺路考察，比如给村上争取拨款……而真正的要事检查身体，对他却成了副业。那次检查，父亲终究没有做完，就匆匆忙忙回去了，而他这一回，也就成了我们兄妹几个终身的遗憾。

结婚后，我跟老公两地分居着。有个周末相携逛街，逛完一起去吃德发长的饺子，也并没觉得饺子有多好吃，之所以对这顿饺子印象深刻，是因为吃完饭后发现，我手腕上的手表不见了！虽然并不是什么名牌，但那块手表跟随了我好多年，在我，就有点敝帚自珍。记忆里，有好长时间，我居住的这座有着悠久历史的古城，曾经有一个非常不雅的绰号，叫作"贼城"。那期间的我，走在街上，时常要非常小心地呵护着自己的荷包，而我的手表，究竟是因为自己粗心丢掉了还是被贼人趁我不注意拿走了，只能是一个永远的谜团了。

大学期间有次挤公交车，身旁一位阿姨悄声对我说："快看看你的包，我刚才看到有个人在你的包里摸了好几回。"彼时是冬天，因为穿的比较多，所以尽管别人的"第三只手"在我的包里摸了好几回，我居然浑然不晓。在这座城市里，我的包被割过，钱包被抢过，房门被撬过，甚至连家里的一辆小汽车也被贼人开走了。所以丢块表也实在没有什么大不了。无非是，让我的那顿饺子吃得不大开心罢了。

又有一次，几个要好的同事互相起哄，说要给某某人过生日。至于这过生日的形式，是去了一家很有特色的满族人开的饺子馆吃饺子。也就是那次我才知道，原来饺子的种类可以那么多。之所以说那次的生日宴是起哄，是因为那一天去吃饭的几个人中，其实并没有人过生日。而对于我们大家的行径，后来自己给的定义是"生整办"。完整点说，就是乱整生日办公室。

还有一次，我见识到了真正的饺子宴，饺子有红皮的、绿皮的、大肉的、海鲜的。不仅内容丰富，外表也是五颜六色，至于味道，自然不差。

有一年冬至，一行人雄赳赳气昂昂地去到了解放路饺子馆。那顿饺子等待的时间很漫长，但味道却很一般，也似乎从那时到现在，就再也没跟解放路饺子馆有过交集。

关于吃饺子，趣事不少。小时候在农村，饺子做好，母亲总是给每人舀一大碗，所以虽说吃的是饺子，方式却等同于吃面。后来有次去城里的亲戚家，看人家每人面前放一拳头大的小碗，饺子则被放在桌子正中间。第一次见很不习惯，觉得这吃法让人怎么好意思伸筷子？一旦不好意思，岂不是会吃不饱？后来仔细想想，饺子的寓意跟团圆有关，围坐一起的吃法其实也更切合团圆的本意。如果一人端一碗，各自找个有太阳的角落蹲着，势必会少了那份其乐融融的团圆美感。

在陕西，饺子几乎是百姓家中的家常便饭。如果去到外面，饭馆里面的饺子也相当普遍，西安有家"珍菇源"，用香菇等菌类做饺子馅，那里的饺子个大味美，用菌汤煮食，很是不错。有一年老公带姥姥姥爷前去尝鲜，姥爷边吃边咂巴着嘴，说："真好，名不虚传啊！"转眼间，姥爷已经九十多岁，姥姥也已故去好几年。饺子里究竟包含着多少人生的酸甜苦辣、沧海桑田，又有谁能说得清呢？

老公的小姨曾把太多的周末时间用在了包饺子上。吃过她家饺子的下一辈人，如果列队，保准能凑成一个班。老公的姨夫是大学教授，饺子皮擀得却又好又快，他调得饺子馅更是人人喜欢。我曾跟着他学了好多回，却总也出不了师。常常，我们总觉得，机会还多，时间还充裕，慢慢学呗。然而其实好多时候，老天爷并没有我们想象的那般慷慨。去年国庆节前夕，从教授岗位上退休不到三个月的姨夫觉得身体不适，去到医院后就没有再出来。从头到尾，他在医院待的时间只有短短四天。

饺子好吃，做起来却比较费时间。当然如果大家联合起来一起干，可就成了另一番状况。有次我约几个老朋友来家吃饺子，几个大男人个个包得一手好饺子，让我们几个女人不由喜笑颜开。去舅舅家，临行前，舅妈说："上车的饺子下车的面。"于是表哥表嫂、舅妈表姐，一大家子人动起来，擀皮的擀皮、揉面的揉面，边干活边拉着家常忆苦思甜，大家一起吃了顿快乐难忘的饺子餐。饺子虽小，制作过程却体现着深刻的合作道理。如果一个人包饺子，难免手忙脚乱，一旦大家合作，擀的擀，包的包，一人分管一小摊，做起饭来状若流水线，包饺子一下子就变得轻松简单。

2015年6月

耳朵的故事

那一年，已经八岁的我，还没有上学。

院墙根下的一窝蚂蚁，院子中间的一只蜗牛，院井旁边的几片枯叶，握在手里的一个沙包，扔在地上的一节废电池，掉在角落的一小块普通的玻璃片，就能整晌整晌地吸引住我。

我跟蚂蚁玩得正热火，二爸走到我面前，说："去，到二毛子家帮我借个东西。"我脖子一梗，翻着白眼说："不去，要去你自己去。"二爸恶狠狠地瞅着我，假模假样地扬了扬他的巴掌，说："你这懒女子，看我不打你。"我不睬他，一边忙着用手里的小棍拨着墙脚的蚂蚁，一边继续跟蚂蚁们说着话："嗨，小蚂蚁，到这里来，这里才有吃的嘛。"

我不喜欢二爸。虽然我只有八岁，但在八岁的我的记忆里，就有一些不愉快的段落。

我在爷爷奶奶房间玩得正开心，二爸冷不丁进来了，见我高兴，说："你会玩拔萝卜吗？"我摇摇头，一脸茫然。二爸把两只手紧贴在我的左右两只耳朵上，然后，突然将我直接拎了起来，得意地咧着嘴哈哈大笑着说："告诉你呀，这就叫拔萝卜。二爸没事多拔你几次，你以后啊，肯定能长成个大高个。"被他从地上"拔"起的我，自然并不舒服，于是我立刻像只被捆绑起来待宰的猪一样，

"啊呀啊呀啊呀"的连喊带嚎起来。

母亲果然及时赶到，斥责二爸道："真真二球货，能跟娃娃这样玩吗？"然而母亲转脸又笑笑地对旁人说："德娃真是个瓜娃，快二十的人啦，还不会跟小孩耍，每次孩子见到他，准被逗哭。"

如今，我八岁了，二爸可再别想拿我当萝卜拔了，而且，嘿嘿，我还可以不听他的话，让他自个满村跑着去借东西吧，哼！

三爸满脸堆笑地来到我的身边，说："木娃，干啥呢？帮三爸去跑个腿好吗？"我其实玩得正开心，并不愿挪窝，但是三爸笑眯眯地说："'小娃勤，爱死人，小娃懒，拿个棍棍朝出赶。'咱家木娃，可是个勤快的爱死人的好娃娃呢。"于是，我立刻化成了一阵风，帮三爸去跑腿。

对于二爸三爸的指令，依据具体情形，偶尔我是可以违抗的，但对于母亲的却不行。虽然我还是个孩子，但我却已经有了这份属于孩子的狡黠。

然而忽然间，一切却都发生了变化。

母亲在厨房忙着做饭，我在院落自顾自玩，母亲喊我去菜园买菜，然而任她在厨房喊破嗓子，我睬也不睬。姐姐放学回家跟我打招呼，我兀自蹲在墙脚，充耳不闻。哥哥们说："最近木儿怎么啦？几声都喊不应。"

姐姐猜测我成了聋子，母亲怀疑我听力出了问题。对门家三十多岁的小媳妇就是个聋子，跟她说话的时候，她时常乱打岔，为此我们一帮小孩没少笑话她。然而如今，眼看我变得痴痴呆呆地跟她成了一个样。

父亲听说这件事后，神情变得凝重起来。这之后，我就被父亲载上了他的那辆二八加重自行车，父亲说要带我去县城的大医院，给耳朵治病。

先是坑坑洼洼的乡间土路，然后是柏油铺就的宽阔大路，去县城的路多是慢坡，父亲载着我，哼哧哼哧喘着粗气，总算艰难到达。

　　县城可真大，医院人可真多。医院走廊的地面是高档的大理石，但医院的味道却非常刺鼻。我那时还小，很少出门，没见过什么世面，也没听说过世间还有个东西叫作消毒水，但我却知道，医院是经常会死人的。非常自然的，我将走廊里的消毒水味跟医院会死人这件事联系起来，于是刚进医院不久的我就吵闹着要离开。因为实话说，我可不愿意闻这些死人味。我对父亲说："这里真难闻，准是又死了人。"父亲说："快别胡说，这是消毒水的味，医院用这个杀菌消毒呢。"

　　耳科人并不多，医生就我的"病情"和父亲简单交流了几句后，就掰过我的耳朵，就着她脑袋上戴着的医疗探照灯，很快找到了我的"病因"。

　　医生说："孩子的耳朵被耳屎堵严实了，所以听力变差了。"医生顺势将我的左右两个耳朵仔细清理了一遍，然后父亲再跟我说起话来，我又跟从前一样对答如流了。

　　自然，我的这次"耳病"从此成了姐姐哥哥们的笑柄，因为他们怎么也想不通，我的耳朵怎么能被堵得那么严实。实话说，我也想不通，而那个聋子小媳妇，不知道又是怎样的病情呢？不会也跟我一样，也是耳朵被耳屎堵了吧，这样想着，却终究没敢去问。

　　初二的我，在一所名叫漫泉河却干枯得没有一丁点水的学校上学。比起小学的教室，这里的教室明显高大了许多，然而这高大的教室，也寒碜得可怜。

　　下雨的时候，教室一准是会漏水的。时常，正在听老师讲课的当口，雨水毫不顾忌地砸到同学们的课本或练习簿上，于是一时之间，挪桌子的挪桌子，搬板凳的搬板凳，放脸盆的放脸盆，这种情形，因为司空见惯，所以大家应对起来，个个得心应手。

　　教室的墙上是有窗户的。窗户上却没有玻璃，而是给窗户糊上纸，而这纸糊的窗户，很少有没有洞的时候。冬天，风从纸糊窗户的洞吹进教室，吹得任性，所以尽管我穿的像个棉球，依然会手上脚上长满冻疮。那些冻疮晚上遇到热被窝，那种奇痒的感觉，比身上的虱子还要猖狂。

那一天，坐在课堂的我如寒风中的一片落叶，正被来自窗洞的那阵冷风吹得发抖。突然感觉耳朵一热，然后奇痒，我将小手指头伸进耳朵里，发现耳朵湿乎乎的；我侧了侧耳朵，看到有黏稠的黄黄的东西在往外流。我怕极了。认为一定是我的耳膜无端破裂。我甚至想到，完了，这次我保准要跟村里的那个聋子媳妇儿一样了。

几乎没有多想，我带着哭腔站起身，颤抖着嗓音跟老师汇报我的"严重"病情，老师没敢耽搁，立刻放了我的假，让我回家去看病。父亲找来了医生，医生说我患了中耳炎，给我打了针，留了药，几天后，耳畔的生活也就再次变得活色生香。

高中后，我多半在城市里游走，生活条件比起当年的乡村自然有了不少的进步，所以我的耳朵也就变得较为安宁。

2015 年 7 月

眼镜的故事

　　时间定格在那个热辣辣的暑假，假日归来的大哥在忙着擀面；平时绝不进厨房的我的二哥正在灶前烧火；年龄较小的我的姐姐，跑前跑后正在做着饭前的各项准备工作；而我，则静静地坐在那个小小的饭桌前，等着享用美餐。

　　饭桌是古旧的老饭桌，父亲特意请来工匠，重修旧旧的桌椅并涂了油漆，于是出现在众人面前的饭桌，也就并不破旧不堪。饭桌的功能并非只是吃饭，父亲的朋友来了，家里有亲戚客人来了，聊天喝茶的时候，也一定会围坐在桌子四周，所以，它其实也是茶几。

　　桌子放在家里的第二道门楼下面，坐在小凳上往南看，有一堵照壁墙，照壁两边，是父亲种下的各色小花。门楼两边，连接着家里人的卧房，一边两个房间。东边第一个是父母的房间，东边第二个是我和姐姐的闺房；西边第一间是大哥的，第二间是二哥的。当然这是最初的房间安排，父母亲将外婆接到我家后，我和姐姐的房间就成了外婆的。而那时候的我和姐姐已经读了初中，大部分时间都在住校，偶尔周末回家，也就跟父母热热闹闹地挤在一起了。

　　门楼的顶平平坦坦，上面还涂着水泥，然而高明的建筑师燕子们,却非常中意这块"风水宝地",年年都要在此垒窝。偶尔,我坐在饭桌上写作业,燕子甚至会自如地将粑粑拉在我的脑门上。不过尽管如此,却没有人想要赶走它们,甚至连高声呵斥的情形都从来没有过。大家仰头看着老燕子忙忙碌碌去觅食,小燕子叽叽喳喳抢吃小虫,心头荡漾着温馨,脸上洋溢着幸福,七嘴八舌地说:"你看,你看,燕子妈妈又来给送吃的了。""燕子可是益虫呢。""燕子在家里筑窝,可是喜事呢。"大家一致认为,燕子的到来意味着美满,意味着吉祥,所以,纵然燕子将粑粑拉在我的脑门上,我也只是静静地自己去清理一下,从来没有想到该对燕子恶声恶气。

当然这个问题父亲后来还是很好地解决了。因为毕竟,在这燕子窝下的地盘我们还要吃饭,父亲还要和亲戚朋友们一起喝茶,一旦遇到这些时候,燕子将粑粑拉下来,总归是有些扫兴的。父亲在燕子窝下又加固了一道防线,悬挂了一块薄薄的木板,这样,万一燕子不小心,粑粑也就只会掉到木板上,从而保证了大家吃饭和喝茶的惬意和安然。

那个暑假里悠闲坐在饭桌前等饭吃的我,心境是单纯快乐的,而这快乐里面,其实还包含着一份说不出的自由情愫。

有好长一段时间,我的母亲夜间走路的时候总是高一脚低一脚,还常常会不慎跌上一跤。后来我们经过分析,确定是因为母亲的眼睛有问题,于是,趁着我们兄妹四个都在放暑假,父母亲咬咬牙关,下下狠心,终于决定放下他们的一群孩子,如老燕子放下窝里的一群小燕子,然后在千叮咛万嘱咐后,揣着满肚子的不放心结伴去省城给母亲的眼睛找医生。

我想那一定是母亲第一次去省城,也是我长大后第一次与父母亲较长时间的分开。然而父母亲估计不会想到,他们出门后家里不但没有闹翻天,反而比父母在的时候更加和谐,就连平时经常吵架的我和姐姐,瞬间也变得安分懂事起来。之前从来不进厨房的二哥,也很自觉的到灶房去烧火。至于我的姐姐,也是空前的勤快,而年龄最小的我,则悠哉悠哉,乐得做个快乐的食客。

母亲临出门时最放心不下的就是我们的吃饭问题,因为一直以来她都是家里唯一的厨师。然而母亲走后,我坐在垒有燕子窝的门楼下面,顿顿都能吃两大碗。每次吃完饭,我必然会坐在饭桌前不停地嚷:"哎呀,好撑好撑。"然而一旦吃起来,却又根本停不下来。

那时节的西红柿新鲜多汁,哥哥给我们做的手擀面的臊子里,以西红柿为主,再加上葱、鸡蛋、豆角等,每次兄妹三个边吃边不住地对大哥说:"好吃,好吃,哥你做的饭,比咱妈做的好吃多了。"而这每天香喷喷的几碗面,也就让四个人不由自主地幸福感爆满。

不几天,父亲母亲回来了,这之后的母亲鼻梁上面就多了副眼镜。据省城的医生说,母亲患的眼病叫作近视,而治疗的方法,就是给鼻梁上架副眼镜。

这副眼镜曾在村庄大为轰动,因为实话说,除了母亲,村里还真没有第二个戴眼镜的妇人。而这副眼镜,也让我的母亲在一群农村妇女之间,显得洋气了好多。

我的同学来我家串门,看到我的戴着眼镜的母亲,常会悄悄问:"你妈妈是做什么的呀?还戴着眼镜,真洋气!"哥哥的朋友来家里看到我的母亲,说:"阿姨,你看起来像个中学校长,实在不像个农村妇女呢。"

那时候家里的日子照例是拮据的,然而省城归来的父母亲还是给几个孩子分别买了礼物。记得给我买来的是一件有着白色衣领的大红色 T 恤,那个领子有着尖尖的头,据说在那一年很流行。

记忆的按钮一旦启动,那些模糊的轮廓也就愈来愈清晰,以至于我想起来了,那一年,母亲的眼睛曾被村人猜测为是一种怪病,而父亲带着母亲去省城看眼睛的时候,心绪也一定是复杂的。

然而城里的医生看了母亲的眼睛后,父亲发现一切居然是那么的云淡风轻，于是两人一高兴，也就顺便游览了大雁塔，并用那些东拼西凑的钱给他们的孩子们买了各式礼物。

同样的，打开的记忆之门也为那一年的时间定了格。那一年的我，刚刚读完小学，也就是说，等暑假一过，我就要换一所学校，换一批同学，去到一个陌生地方，在陌生环境里开始人生的另一段历程。

初中开学的第一天，我穿在身上的就是那件洋气的有着一副时髦的白色尖尖领的大红T恤，加上天生的白皮肤，我的同学们一眼认定，这肯定不是个农村娃。而我，为着这个误解，还曾费过不少口舌。

想起有朋友的舍友，上大学后怕被人看不起，有意隐瞒掉自己的农家出身，谎称自己是城里人，后来因此而闹出了不少笑话；想起有朋友的同事，上班后觉得做农民的儿子很可耻，同样在自己的身份上做了口舌上的手脚，事情败露后，也是很尴尬。

世界太大了，生活太纷繁了，人性也太复杂了，然而在我看来，一个人想要活得简单，活得开心，他首先要懂一个字：真。

你真了，眼前的世界也就不那么虚幻了；你真了，你的生活也就不那么复杂了。这正如撒谎容易，而要圆谎，你却要不断犯愁一样。

母亲是很真的人，在这一点上我随她。所以不管别人怎么说母亲不像个农村妇女，母亲都很淡然，继续做她的农活，继续安心煮她的饭，从来不去在意这些；而我的白皙的皮肤和洋气衣衫，同样改变不了我是农村孩子的实质，当然，我也并不想改变。

如今的我，在城市里生活的时间已经远远多于我待在农村的岁月，然而，那些让我真正眷恋和难忘的，却依然是曾经的乡村时光。

母亲眼睛的"怪病"原来一副眼镜就可以解决，尽管那副有着厚厚镜片的眼镜并不美丽，然而在好多人看来，母亲拥有了这副眼镜后，似乎身份方面跟以前都有了差别。而对母亲来说，眼镜的功能却只是让她活得更真实，看得更清楚，如此而已。

那副眼镜陪伴了母亲好多年，直到有一次，因为她不小心将它掉到地上而摔裂了一只镜片，母亲才无奈的另想他法。那副摔裂了一只镜片的眼镜母亲依然戴着，外表来看，其中一个镜面已经伤痕累累，但是对于母亲来说，显然，戴着还是要比不戴好些。

我的舅舅在银川，说起来是城里人，然而他孩子众多，当时的日子境况也很一般。那时候母亲和舅舅的联系方式多半是写信，母亲的眼镜摔坏后，估计在信件中曾提起，舅舅知道后特意问母亲要了配眼镜需要的一些数据，然后从银川给母亲配好了一副眼镜，预备寄给他的妹妹。

舅舅的刚二十出头的二儿子那时已参加工作，在一个单位做美工，他的工作里的一些成分有些类似木匠。小表哥为着这副眼镜，特意制作了一个木头小匣，然后，那副眼镜和那个木匣就从千里之外的银川寄到了我的村庄，于是母亲有了她人生中的第二副眼镜。

如今，舅舅已离开人世，小表哥也早已五十开外，然而时常，伴着母亲的述说，我的脑海里还是会不由自主地浮现出文弱的书生舅舅为了他妹妹的眼镜而四处奔波，年少的表哥为了姑姑的眼镜而加班赶制木匣的情景。

及至我有了女儿后，母亲就从农村来到省城给我带孩子。母亲的眼镜因为时间久远，一只眼镜腿用胶布缠着，支离破碎地凑合在鼻梁上。终于有一天，眼镜坏到不可修复，于是我从偏僻的郊外带母亲到城里配眼镜。

那时的我说起来是在省城，却是在省城的最边缘，从我的单位进一趟城其实也很艰难。那次陪伴母亲配眼镜的，还有母亲在省城的姐姐，也就是我的大姨。

眼镜是在一家普通的眼镜店配的，尽管是最普通的型号，最低廉的价格，然而母亲还是不住叹息，不停嘟囔，觉得眼镜太贵，心疼我为她配眼镜而花掉的那笔钱。

　　母亲第一次配眼镜的时候，我才刚刚小考完，如今，我的女儿已是一个资深大学生了。掐指一算，母亲戴眼镜的时间已经超过了三十年。三十多年里，我想一定也有哥哥、姐姐带着母亲去配眼镜的画面，而那些有关眼镜的记忆里，也一定会蕴含着另一些或淡或浓的亲情故事，某一天，无意中谈起，于是各自的脑海里也就会浮现出或隐约或清晰的往日记忆。而人生，不就是由一段段的记忆串联在一起的一部影片吗？

　　七十多岁的母亲已步履蹒跚，陪伴母亲配人生中第一副眼镜的我的父亲已离开我二十多年，同样离开的还有给母亲寄送眼镜的舅舅，然而，那些深埋在眼镜中的记忆，却还在。是的，它们其实一直都在……

2015 年 7 月

头发的故事

打小,我就没有一头乌黑亮丽的头发。我的稀疏且黄蜡蜡的几根毛发,软软地耷拉在脑袋上,然而就这几根既不起眼也不茂密的毛发,还是让我受尽了折磨。

小时候的我笨手笨脚,完全没有女孩子们的那份灵巧,老大不小了还不会自己扎头发。常常,上工铃声即将敲响,我却把梳子举到母亲面前,让她帮我扎头发。

我的又软又稀疏的毛发因为疏于照顾,常常会粘连在一起。有一次,母亲一边急急忙忙帮我梳头,一边心猿意马地想赶紧去做工,而我的那一小撮细黄毛发,即使在梳子的梳理下依然固执地缠绕在一起,非常亲密的死活不愿分开。母亲越梳越心急,越梳越火大,越梳越用力,最后,就听"嘭"的一声,梳子断了。自然,被母亲弄疼了的我,满眼泪花。

打那以后,我梳头的时候就总爱去找奶奶。奶奶那时候瘫痪在床,跟我也并不住在同一个院落。每次只要我拿着梳子去到奶奶的房间,奶奶就会赶忙用双手撑着身子慢慢挪移到炕沿边,然后细心地帮我梳理头发。

自然,头发们还是锈在一起。奶奶却很有办法,只见她朝手掌上吐几口唾沫,然后将唾液抹在我的头发上,果然头发也就变得服帖。

奶奶扎的辫子不但好看，且紧致。奶奶给我扎一次头发，可以坚持好几天呢。

然而，对我这样的人来说，辫子毕竟还是太过麻烦。

等我稍微大一些的时候，每逢周末回家，母亲总说："头发又长了，来，妈帮你剪剪。"不知什么缘故，母亲似乎非常喜欢给我剪发。但她的剪发手艺又实在并不高超。

有一次，又是周末回家，母亲照例帮我剪发。刚剪完，姐姐回来了，看着我的头发不住窃笑。她的笑容使我明白，我的被整治过的头发情形一定不大乐观，于是也就开始不高兴起来，这不高兴的情绪在心内不断发酵蔓延，到了最后，索性很委屈地哭泣起来。

母亲无奈，姐姐则答应帮我修剪，而我，居然无理由地全盘相信了她。姐姐帮我修剪刘海的时候，我正低着头蹲在地上。那时的我刚刚哭完，情绪也还没有恢复到平稳阶段。姐姐剪完后，我满怀希望地抬起头来，以为这一次的情形会比以前乐观。然而姐姐看到自己亲手修剪出来的"杰作"，却抑制不住地哈哈大笑起来。我一看，知道是"聋子被治成了哑巴"。

我的刘海因为被姐姐剪得太短，看起来犹如一根根针似的直直站在我的脑门边沿，又恰如刚刚破土而出的麦苗，或者如好奇的小老鼠在洞口探出的一点点小脑袋尖……心酸、发脾气、吵架自然是免不了的，可惜谁也没有办法让短刘海在瞬间变长。

有一天，村里有个小女孩编了满头的麻花辫。伙伴们说："瞧啊，人家的新疆头，多么好看。"姐姐看见后，拿了把梳子，说也要帮我扎满头小辫。姐妹俩就地坐在村外的树林边，姐姐非常努力我也非常配合地折腾了好久，最终却也并没有成功。

初中时，我和我的同学们住在一排非常潮湿的窑洞里。那时大家身上基本都有虱子。每次周末回家，母亲总会烧一大锅开水，将它浇到我脱下来的换洗衣服上,目的是烫死虱子。而头发上的虱子显然无法用开水浇,于是大家也就各用各的招。

一种方法是用篦梳,这种梳子的齿非常密实,所以用它梳头可以直接把一些虱子梳出来;另外一种方法,就是人工捉拿。班上有位女生,长得娇小可爱,看起来很像南方人。女孩性格温婉,歌声甜美,而且有一个大家都很受益的业余爱好——捉虱子。

每天吃完饭,女孩拿来一个高凳子,被捉拿虱子的那一位则拿来一个矮凳,然后半倚在捉拿人的怀里,将脑袋放在捉拿虱子人的面前,然后就听有声音喊:"捉到了,捉到了。"另一个声音喊:"我看看,我看看。"一边喊一边感叹一边用两个大拇指甲,狠狠地对挤一下,于是,伴随着一声声细微的"砰、砰"声,虱子就由活物变成了尸体。

在我的整个小学及初中阶段,母亲一直是我的御用理发师。所以,小学初中的我,发型从来没有好看过。

然而,记忆中又有着那么一次例外。

那一天,不知道是什么缘故,父亲带我去了趟县城,而且还居然带我去了趟理发馆。那是我第一次走进专门的理发场所。现在回想起来,也就是一家很普通的大众理发馆,然而当年的我哪里见过?进了理发馆后大概由于太过激动,手忙脚乱间竟将操作台上的吹风机碰落在地,这让当时的我提心吊胆,好生恐惧……

事情距今已是非常遥远了。那个瞬间我却一直都记得。可能是因为当时的我表情太过惊骇,也可能是我表现得过于紧张,那位理发师,我至今不知道他是有意还是无意,只听他很自然的对旁边的一位理发师说:"嗨,别说,这个吹风机以前不好用,摔了这下后,反而好用了。"

理发师说得话可能是实情,不过在我看来,更多的则是善意。这番对话让当时的我如释重负。

人人都渴望拥有美好的生活,其实美好生活正是由一个个毫不起眼的善意构建起来的，当然，还有感恩。就比如，当我敲打这段文字的时候，我分明觉得，我的感激之情如一条缠绵蜿蜒的清澈小溪在心底流淌、蔓延，而这样的情愫，自然会给我带来心的愉悦。

我读高中时，姐姐给家里买回一个时髦玩意儿，叫作"削发器"。用削发器削出来的头发比起母亲用粗笨的剪刀剪出来的头发明显柔和了许多。几乎是在同一时期，姐姐还买回一把能充电的梳子，说是能烫发。用这把梳子，我曾偷偷摸摸地将自个的刘海烫了一回。

大学后离家远了，母亲鞭长莫及的再也不能帮我理发。刚进大学校园的我，在理发师的怂恿下，烫了一个所谓的"菊花头"。那个头型既不美丽，也不时尚，瞅着像个中年大妈。

后来，慢慢地留起了长发，慢慢地找到了自己中意的简单发型。至于那些需要编或者盘的美丽发型，于我而言，依然遥远。

时轮转到今天，一根根的白发不经同意不打招呼不请自来，倒才是真的令我无奈和恼火，而我的大部分精力，也都用在了跟白发做斗争上。也就是说，如果我去理发馆，多半是为了染发，说到发型，却已是不大关怀了。

不过关于头发的话题还在继续，比如今儿一大早，老公就很不满意地朝我咆哮："哎呀呀你看看，你冲个澡，卫生间里到处都是头发……"

长在头顶上的头发风姿绰约、生机勃勃，所以大家都喜欢，一旦掉落了，则犹如果树上摔下的落果，甚至犹如过街老鼠，人人厌嫌。当然，那些被当作定情之物馈赠情郎们的青丝例外……

2015 年 5 月

车的故事

我踮起脚尖，蹑手蹑脚地走到停靠在窗台边的那辆永久牌加重二八自行车前，轻轻地掰开车撑，将自行车的后半身抬起，前面的轮胎尽量轻地划过地面，然后偷偷摸摸着，预备跟我的小伙伴们一起去场院练车。

那车真正的主人是我的父亲。而我，一般也就只能在暑假的炎热午后，趁着大人们躺下午休的片刻，轻手轻脚地将车"偷"出来，然后再开心的跟伙伴们一起疯玩。

家里有两道门槛，这实在是非常讨厌。常常，稍有不慎，车轱辘或者车的某一零件就碰到了门槛上，于是立刻，就有声音从父母的房间传出来："谁呀？干吗呢？"

眼看"偷"车不成，我只好硬着头皮，应声道："妈，是我呀，我想出去学骑车。"母亲传来的声音中往往就有了些恨色："死女子，你爸等会还要出门，你学啥车？"我拖着长音，不悦道："哎呀，就骑一会，就在咱家门口呢。"

可以说，我的整个学车过程，都没有得到过父母的鼓励和支持，但这些其实都不重要，重要的是，我希望父母能够让我"摸"车，不过显然，那时的自行车是家里的贵重之物，所以我想光明正大把车从家里推出去，基本没门。

然而就在这哆哆嗦嗦、偷偷摸摸间，我却也学会了骑自行车。不过这点本事对一个乡村孩子来说，实在算不得什么。人家邻居的二狗子自小患了小儿麻痹，站都站不稳，骑车水平可是高着呢。

二狗子不但车子骑得好，数学经常也能考满分，所以他开明的父母让他读了初中。那时候我跟他在一个班，每次回家，看他风驰电掣着从我身旁掠过，我都会害好长时间的"红眼病"。

时间再往前，我在读小学，那时的我还不大会骑自行车。我在外婆家读书的那两年，母亲如果有空，总会送我。多数时候送行的方式是步行，偶尔，也会骑车。

母亲的骑车技术实在很一般，每次上车前，都一定要把左脚放在脚踏板旁的那个固定轴承上，然后右脚蹬着地面，在地上滑行好久，才敢摇摇摆摆地跨上车。这之后，我还要跟着自行车再跑一段路，等车子完全平稳，也才敢以尽量轻巧的动作小心翼翼地跳上后座。

初中时，我偶尔有急事去学校，而父亲的车又正好在家，我会在得到父亲准许后自豪地骑车去学校。然而这样的次数，毕竟是少的，所以也就令我印象深刻。

有一回，我去学校办事倒挺顺畅，办完事后，却发现天色突变，然而仗着自己有"车"，也就没怎么在乎老天爷的脸。骑车行至中途，突然狂风大作，随后，伴随着雷声和闪电，鹌鹑蛋大小的冰雹朝我猛砸下来，地面立刻变得泥泞不堪。而几小时前还令我无比自豪的自行车，瞬间成了我最大的包袱和累赘。

车胎上裹满了泥，每走几步，车子就如在农夫面前使性子的老倔驴，死活不动弹。我从路边捡来树枝，走上几步就要将车胎外的泥巴清理一番，头上的冰雹狠狠地敲着我的脑壳，那一刻，真恨不得扔掉那辆曾让我得意的车……

然而毕竟，有车族还是好啊。

我考上高中的那一年，父亲给我和姐姐买了辆车，车的牌子叫"凤凰"。当然,这是好事,然而却也成了父亲偏心的另一例证。因为显然,姐姐比我先读高中,而那时的父亲可并没有给她买车,及至等我考上高中后,父亲立刻非常利落地推回来一辆"凤凰"。姐姐说起,父亲笑着回答说:"嗨,以前不是只有你一个人吗?现在你们姊妹两个了……"

凤凰车上,个子比我矮一头的我的姐姐时常载我。一开始,姐姐的骑车水平也不大高,我坐在自行车后座上,由于紧张,常常一动不动。有一回,大概是固定姿势持续太久,所以当我最终跳下车时,一下子瘫倒在路旁。

这辆凤凰大大方便了我和姐姐的上学,也让我的骑车技艺有了大幅提高。凤凰陪了我和姐姐好几年,自然也就成了好多故事的见证者。

有一天,照例是姐姐推着车,我在后面准备坐车,然而刚出校门,却见斜对面杀出一个"程咬金",这"程咬金"可真怪,堵在我和姐姐的车子前,死活不让姐姐"开"车。

我待在"程咬金"后面,心里实在有些烦,于是很恼火地对姐姐说:"到底走不走呀?"最终,我将"程咬金"和姐姐甩在后面,一人骑车先行回了家。

这事让我很生气,因为我觉得我的姐姐颇有些重色轻友。回到家,我当然毫不客气,将事情一五一十全部告诉了我的父母亲,母亲听后大为恼火,说:"等她一会回家,你看妈怎么收拾她!死女子,贼胆大……"我听了,有些小得意,又有些幸灾乐祸。

然而我才得意了没多长时间,姐姐却回来了。并且,她的身后还跟着那位拦路的"程咬金",而几分钟前还在我面前大骂她的大女儿的我的母亲,则开始"临阵倒戈"。

母亲招呼"程咬金"落座,又招呼他喝水,总之完全没有按照她之前给我的承诺那样做,我看看实在没有什么"好戏"可看,也就意兴阑珊地忙活自个的事去了。

听说那个男孩脑袋瓜很聪明，数理化学得顶呱呱，可惜偏科，所以后来的结局并不好，当然这都是后话，容我按下不表。

生活像一条河，我们每个人则犹如河边的一个个游客；生活像一条路，我们每个人，不过是各种姿态的行者。

显然，自行车里有着我太多的童年和少年记忆，但更显然的是，我的关于车的记忆里，绝对不仅仅只有自行车。架子车，在我的少年记忆里同样有着浓墨重彩的一笔。

我读高中了。早读课上，我的一位同学用铜锣般的大嗓门，努力背诵着一个名词的注释，那个名词，正是"架子车"。至于它的定义，大概是一种靠人力推拉的木制两轮车。这情景给我留下了相当深刻的印象。而他紧闭双眼，摇头晃脑的大声诵读，则让我很有些惊讶。因为我思来想去，总觉得出题的老师不大可能会去考这样的一个解词。退一步讲，纵然是老师考了，作为一个乡村孩子，我们还愁不会给架子车"编"出个定义来吗？然而我的同学却在一遍遍地背，声震屋瓦。

我高中的地理老师也有着一副震耳欲聋的大嗓门。他为了鼓励我们坦然面对高考，总爱给我们树立几个榜样出来，其中最爱挂在嘴边的，是一个考了八年的同学。

现在想来，八年都考不中，一定是学习方法或者心理素质有问题，然而老师的关注点却显然不在这里，只是一味赞扬他的"百折不挠"。

以上是题外话，我想要说的主角，是架子车。

我有个堂弟小时学习不好，但身体倍儿棒。我的爷爷很喜欢他。每次只要说起，爷爷准会乐开花，说："这个小子，将来拉架子车准是一把好手。"

可惜，这个堂弟长大后有些不务正业，辜负了爷爷对他的美好期望。至于我，虽然拉起架子车来算不得一把好手，但总归，麦子、玉米也都拉过。那时候吃水也离不开架子车，将一个圆柱体形状的铁皮桶放上架子车，给铁桶里盛满水，这种打水的方法比起以前的扁担挑水，自然先进了不少。

显然，架子车的主要功能是拉东西，但其实，也并非只是拉东西。对外婆来说，架子车的功能，类似如今的"宝马"。

外婆家距离我的家有四五里地。每次家里有人想外婆了，或者母亲忙不过来需要外婆帮忙，准会派哥哥们拉上架子车，去把外婆接来。

微笑着的外婆，头发总是梳得一丝不乱，穿着黑色的"范丽晶"裤子，月白色衣衫。下车的时候风儿一吹，外婆的裤子呼啦啦地迎风招展，真真雅致。

还有马车。

马车比起两个轮子的架子车自然要高大上很多。因为首先，它有四个轱辘；其次，车身很高大；再者，前面有高头大马，而且，马儿身边，还有专门的驾驶员呢。

这种高大上的车儿，自然不可能是任何一家的私产。它的主人多是生产队。队里要去给牲口拉草料、或者给田地里施肥，一般才会让它登场。

孩子们总是调皮，经常会在马车行进途中悄悄跳上它的后座，或者是蹭顺风车，或者是图开心，为此，可真没少挨抽。

有一回，我周末从外婆家往回赶，恰好身边就"走"着一辆马车，我一时无法抵挡坐车的诱惑，一番踌躇后就鼓足勇气悄悄跳上了车。于是那一次，我也就不幸尝到了车把式鞭子梢的威武，实话说，火辣辣的疼。

在外婆家读书的那两年，大部分时候，我的往来方式是步行。这时节，也就多半能看到火车。

火车大多是绿皮的，每次打我面前走过，除了耀武扬威地大声"咣当咣当"外，还必会喷起阵阵蒸汽和云烟。鸣叫着的火车像是一头暴怒的狮子，又像是一头觅食不得的焦躁老虎，声音尖利刺耳，有种不可侵犯的凶悍。

对于这样的火车，我有些惧怕，而那些坐在火车上的人，对我则意味着一种深不可测的遥远。

中考那年，我们一群学生晕晕乎乎地跟在老师屁股后面去县城的学校参加考试，这之后，我就侥幸成了县城高中的一名学员。

我的学校里有一座建成于唐代的宝塔，是县里的八景之一。只可惜当我进到这所学校的时候，塔就已经被保护起来了，至于塔门，也常年由铁将军把守。

我的班主任老师来自省城，他很年轻，也很活泼。他教的科目是英语，而他每节课上至少有十多分钟的时间是跟我们聊闲天。老师的闲天很有趣味，然而过不多久，老师却被同学告到了校长处，至于原因，正跟这闲天有关。然而我的年轻的老师显然不以为然，也并不思悔改，说："一节课四十五分钟，我就是聊十五分钟，也还有三十分钟的授课时间，你们好好学够这三十分钟，我保证你的英语不会差。"

可以说，这是我遇到的第一个如此有个性的老师，这种个性我很欣赏，以至于毕业三十多年后，我还辗转着联系并去看望了他。

老师如今过得很好，至于个性，鲜明依然。

读到这里，你可能有些纳闷，觉得我的话题跟文章的题目风马牛不相及，当然事实并非如此。

我之所以要花费笔墨写我的新学校和新老师，是因为我的第一次跟汽车亲密接触的记忆，正是源自那里。

高一的那个春季，年轻的班主任老师给我们联系了一辆大轿车，组织全班同学去春游。老师带我们游览了临潼的骊山、华清池，还带我们去省城参观了大雁塔。那一次的出游，因为距离今天有些遥远，记忆的细节已经模糊。只记得车上的我们一路高歌。还记得在骊山半山腰上，跟同学们一起吃凉皮，第一次见到那种叫作面筋的吃食时完全咽不下去的皱眉。

同样是高一,再一次坐上长途车的我是在大哥的陪同之下。那一次的目的,是要去省城看病。

不知道什么时候起,我的脸蛋正中央长了一个硬硬的小东西,有些痒,但并不疼。闲来无事,我会对着镜子挤挤压压,却并没有过分在意它。某个周末的一天,无意中跟父亲谈起,他却一下着了急。

父亲先带我去了县医院,医生诊断是粉瘤。因为瘤有些大,县医院无法治疗,医生建议我们去省城。

父亲立刻快速召回了我的大哥,我的大哥那时已大学毕业参加工作,于是在父亲的授意下,他立刻带我去省城。

正是秋季,一路之上秋雨淅沥。长途汽车上雨刷摇摆不停,让我好奇了许久。途经渭河时,但见黄水滔滔。对我这个旱原长大从小只见过涝池的人来说,这场景可谓蔚为壮观。

这之后没几年,我就来到了省城读大学。大学门前有着四通八达的公交车,所以汽车对我而言,也就不再神秘。

前面说过,还在读小学的时候,我就常常能看到火车。初中时更是常常踩着铁轨去上学。那时见到的多半是蒸汽火车。还记得当初修建铁路的时候,附近的老百姓可没少干活,就连我的小脚外婆,也整天拿个榔头,忙着为铁路上敲石块。然而坐过火车的人,却是凤毛麟角。

我第一次坐的火车是辆短途的闷罐车,那车速度不快,但声音却很震耳,火车上的那个简易厕所也实在是非常寒酸。我曾写过一篇文章——《说说厕所那些事》,里面曾提到闷罐火车上有些吓人的厕所。

文章的最后,我想把我的思绪由地上转到天上,也就是说,我想说说活动在天上的车——飞机。

小时候,只要见到天上有飞机飞过,我就忍不住要大喊大叫,而且每次,都一定会一直盯着那架飞机,直到飞机划过的白线或者飞机身上的灯光完全消失，才恋恋不舍地收回目光。自然，对于这如小鸟般会在天上飞的"车"，我满怀向往。

第一次坐飞机是去海南旅游，这之后又先后飞过不少地方，因为见得多了，面对空中如棉絮般洁白的云彩和纯净如海水似的蓝天时的惊叹也就逐渐减淡。

如今，车的问题对大多数人而言早已不是问题。只要有时间、有心情，汽车、火车、飞机，爱坐哪个坐哪个，愿意去哪就去哪。但好多人却开始自发选择步行、跑步或骑自行车，甚至好多跟运动有关的软件，如微信运动，都变得异常红火。表面看来，我们好似从终点又走向了起点，我们迈过的步伐，也似乎像极了一个个的圆圈。事实上，即使这运动的轨迹是一个个的圆，那它也一定是一个个不断螺旋上升着的圆。

2015 年 8 月

小店故事

婆婆姊妹七个,她是老大,所以有好长时间,婆婆都是个厉害角色。"厉害"着的婆婆,那时还不是我的婆婆。待字闺中的她,初为人妇的她,已为人母的她,对待她的不听话的弟弟妹妹,不听话的儿子女儿,教训起来的方式虽单调乏味,却也透着伶俐,简而言之,也就一个字——打。婆婆狠狠地打她不听话的弟弟,因为忧心她的四个弟弟不争气不学好的话将来会娶不上媳妇;婆婆打她的女儿,为着她的挑食和那张小馋嘴。

农村人有个词,叫作"窝里横"。是说有一些人啊,在自己的家里很凶很厉害,出得门来却蔫头巴脑,没一点本事。我的婆婆显然不是这样的人。年轻时的她是村里的妇女队长,在她的村庄,几乎统帅三军。婆婆还是大队的缝纫组长,而且还差一点就成了村里的女党员。之所以说差一点,是因为同村的一位叔叔,考虑到婆婆当时孩子妈的身份和那时党员的会议之多,所以,在替党传话时,很不"忠心"地刻意将话拐了弯,于是,婆婆也就与党员的身份擦肩而过。这事婆婆到现在还时常提起,虽说她也知道那位叔叔是好意,但是对于他擅自取消她与党亲密接触的那次机会,也不能说婆婆心里就毫无芥蒂。

婆婆还是孩子的时候,很爱学习,也很想进学堂,但她是家里老大，她身后还有一串串的弟弟妹妹，所以婆婆的妈妈，也就是从没有读过书的在我婚后成为我的姥姥的那位老人，显然更注重的是让婆婆在家纳鞋底、做饭和下地干活，所以最终，婆婆的学堂梦也就落了空。

婆婆做了多年的农村妇女，而且随着年龄的增大，在人已经变得不那么厉害的时候，婆婆的弟弟却在省城一个小巷里给婆婆物色了一家小店，于是公公和婆婆也就一起进了城。小时候，婆婆弟弟脚上穿的鞋，是他的姐姐给纳的；身上穿的衣，是姐姐给做的。所以，在婆婆的弟弟看来，他姐姐那么厉害的一个人，经营起一个小店来，简直就是小菜一碟。可惜过不多久，这个曾经非常厉害的姐姐，就让她的弟弟彻底傻了眼。甚至他不止一次的感叹："哎呀，姐，我真没想到，你是这样的啊。在我的记忆里，你……"

然而记忆毕竟是记忆，小店里的婆婆确实有些不"厉害"。当然要说，其实也是蛮厉害的。因为事实是，这个小店居然也坚持了下来，而且一开就是三年，当然更加不可不说的是，店里的脊梁和主心骨，其实应该是婆婆的老伴，也就是我的公公。

小店刚开没几天的一个上午，灿烂的阳光透过树叶斑驳地洒在小店的门前，公公可能是去进货，也可能是去了趟厕所，总之，第一次，小店里只留下婆婆一个人。就在这时，来了一位顾客。顾客是位年轻人，准确地说是年轻男人。男人指着摆在柜台上的一排香烟，很随意地问了几个价钱，婆婆立马像是一位进了考场接受老师检阅的小学生，浑身的汗毛紧张地倒竖起来。婆婆很怕自己会背错了价，会让人笑话。还好，那位"老师"并不刁钻，考题也不算偏，婆婆在磕磕绊绊一番后，总算没有太丢脸。这当口，不用说，婆婆的自信也就逐步建立了起来。男人最终买了一盒烟，烟盒是黄色的，黄色的烟盒上面，有一朵红色的腊梅。男人很大方地排出一张红彤彤的百元大钞，婆婆手忙脚乱心花怒放地递给对方一盒烟外加九十四元钱，然后，沉浸在首单成交的喜悦中……

不一会，公公回来了，婆婆喜悦的音调里带着些炫耀，说："哼，瞧瞧，你不在，我一样能卖货，刚刚还给咱收回来一个一百块呢。"的确，钱盒里确实静静地躺着一张红彤彤的百元大钞，然而红彤彤的百元大钞身上，同时还有一个红彤彤的方形框，框里写着两个字：作废。而这，就是婆婆在她的小店里的首单成交。自然，婆婆很伤心，不但伤心还非常内疚。那几天里，婆婆天天在骂人，不过她骂的对象却多是自己。婆婆说："你说我咋就没想着看看那张钱呢？"婆婆说："你说我咋就这么实这么笨呢。"婆婆说："他骗人，不会有好的，老天爷可都看着呢。"婆婆的儿子也就是我的老公见她伤心，只好想着法子安慰她，说："哎，吃一堑长一智，你就权当丢了一百块钱，谁还能不丢几回钱……"然而婆婆的伤心，却很是绵延了好长一段时间。这之后，婆婆卖货的时候就总会习惯性地朝那些纸币上看一眼，尤其是遇到百元大钞，婆婆特别留意有没有"作废"二字。所以后来的婆婆虽说也收到过几张假钞，但实话说，那些假钞的做工绝对高仿，而且难能可贵的是，没有一张假钞身上，再出现过"作废"或者"假币"的方章。

  不得不说的是，婆婆的人气总是很好。因为只要她一个人在店里，总是会频频接到大单。这不又有一天，婆婆又接了一桩大"生意"。那是位三十多岁的大男人，男人和颜悦色，说准备给朋友送几条烟，男人东指指、西点点，一口气让婆婆给他拿出来了好几条烟，有红红的中华，淡黄的芙蓉王，还有白白的白沙，这么说吧，只要店里有的整条烟，男人个个都需要，所以只一会儿时间，男人需要的烟，就整理了两大箱，然后，婆婆算钱，再然后，男人当面点钱，婆婆看到男人的手里有一叠厚厚的红色大钞，男人当着婆婆的面，将钱点好后，温文尔雅地递给了她。男人走后，婆婆依然沉浸在成功的深深喜悦中无法自拔，毕竟，这么小的店，这么大的单，不能说是百年难遇，也是十年难觅啊。公公回来了。婆婆的声音里透着满当当的自豪，说："哼，都说我不能干，不能干，告诉你,今天我可干了件大活。"婆婆又说:"钱在后面柜子里,因为太多,我没敢在外面放。"我那爱钱的公公怀着激动忐忑期待的心情将后面的柜子打开,一番寻找后只看到一张红彤彤的百元钞,百元钞的里面,除过几张一元或者五元的小钞外,就是一沓厚厚的卫生纸……婆婆说:"我亲眼看着,他当我的面数钱来着。"婆婆说:"我摸着他给我的钱厚厚的,我怎么也想不到,他会给钱里塞上卫生纸呀。"这一大单生意下来,婆婆的情绪,再次萎靡了很久。

婆婆的小店对面有家挺有名的火锅店。火锅店里常年人来人往。于是也就有人,打着火锅店的幌子来骗钱。来人脚步匆匆来到小店,说:"快,赶紧的,给我先拿条(盒)烟。"婆婆将烟递过去,对方抬脚就走,却并不给钱,等婆婆追出去,对方转身莞尔一笑,说:"哎呀大娘,我就在对面吃饭,还能不给你付钱吗?你等会啊,等会给你送过来。"婆婆等啊等,却总等不来那个该来送钱的人,于是追到火锅店,才发现火锅店里并没有那个拿烟的人。

婆婆的小店前后开了三年。三年里,经历过各种各样的"精彩",以至于后来大家回顾这段往事的时候,总会不约而同发自肺腑地说:"哎,这可真是天天都上当,当当不一样呢。"然而三年下来,总账一算,却还赚了钱。毕竟,婆婆的小店每天会在别人还没有睡醒的时候就已经开门,而在别人都已经关门睡觉的时候却还在坚守。也就是说,婆婆在一千多个日夜的辛勤付出后,还是赚了点辛苦钱,当然,要说也还有些投机钱。

前面说了,小时候的婆婆虽然很想上学,却没有读书的条件,所以显然,婆婆的文化很有限,至于账算,当然就更加一般。有一天,我夜晚留宿婆婆的小店,早上还在半梦半醒之间,就听见婆婆跟顾客有如下一段"温馨"对话。顾客:"阿姨,给我来盒红塔山。"婆婆:"好,十二块钱。"顾客:"给。"婆婆:"这是五十块,你没有零钱啊?"顾客:"没有,我才刚刚起来,手头正好没有零钱。"于是婆婆立马拉长了语调,说:"小伙子,咱们这样啊,你也算着,我也算着,咱俩一起算啊。你看,烟是十二块,你给我五十,我找你,嗯,应该是二十八块五,对吗?"顾客:"嗯,没错没错,对着呢。"

随后,就听一阵"咚咚咚"的脚步声慢慢走远,而睡在小店后面的小床上的我,则直接惊得美梦中断。顾客来买塑料袋,婆婆说:"一个袋子一块五,又说,这种袋子质量最好。"顾客说:"给我拿三个。"顾客给了十块钱,婆婆再次重申道:"你也算着,我也算着,咱们一起算啊。"少顷,就听婆婆说:"我算着应该找你五块钱,你看对不对?"顾客说:"没错没错,正好五块。"于是脚步声再次渐行渐远。我赶紧从后面的小床上蹦起来,走上前去问我的婆婆,为什么整数减整数,会出现小数,而整数减小数,又会出现整数呢?然而婆婆却很淡然,说:"这不是我和买东西的人一起算出来的吗?"于是我在吃惊之余,也就不好太过聒噪,毕竟,那是婆婆的小店呀。

婆婆的小店坚持了三年,三年下来,居然也赚了些钱。在别人看来,这自然纯属她的辛苦钱,而我则悠悠地想,嘿嘿,其实除过辛苦钱以外,很有可能,这钱里面还会有些说不清道不明的账算差错。婆婆的小店关门大吉后,婆婆和公公算盘珠子一番拨拉,将他们的辛苦钱分成几份分别给了对小店做出过无私奉献的好几个人,自然,我也算其中一分子。

一晃,婆婆离开她的小店已有二十来年。然而时常,婆婆还是会想起她的小店,想起她初到这个城市的时候曾经怎样的被骗。不过每回聊起她的被骗,婆婆都乐呵呵的,而说起她的账算,更是时常会笑出眼泪。不管怎么说,婆婆的小店最终还是赚了钱,所以纵然有过几次被骗,也显然不是三年里的主流。三年里,小店接待过的顾客多得无法数清,而说起那几个骗人者,显然只是凤毛麟角,毕竟,世上还是好人多嘛。

2015年9月

永不褪色的记忆树

老　屋

母亲年纪大了，难得回趟老家。老家有两院老屋，外表来看，已陈旧破烂，然而那是母亲的老屋，她恋恋不舍、念念不忘。老屋里的母亲，年纪尚轻；老屋里的母亲，是真正的女主人。老屋里，母亲有时会和父亲吵架拌嘴；老屋里，还留着已经逝去的父亲的蛛丝马迹。所以，母亲总是找各种借口想回老屋。每次回老家，我几乎都要陪母亲去老屋看看，其实，也就是走马观花去转转，并没有什么实质性的事情要做。老屋久不住人，房间有些脏兮兮；老屋久不维修，看起来已不再美丽。所以除了母亲，我们对老屋都已经没有了过多的兴趣，一般都不是那么乐意回去。因为回去，就要把卫生打扫一番，待到打扫干净，人又该开拔返回了。在我们看来，回老屋这件事情，实在是意义不大。

老屋坐落在街镇之上，集会的时候，屋前马路上总会摆满东西。乡镇之上，没有城管，所以到处都是拥挤，到处都是乱停乱放。有次回家，车子挤来挤去死活出不了街，最终，在跟一辆相向而行的汽车亲密接触后，我们才算是突出了重围。端午节回家，当母亲提出想回老屋看看的时候，我掐指算了算，恰好逢集，于是就行车难的事实婉拒了母亲。到了第二天，集会过了，再问母亲，母亲却考虑到是个节日，怕去了照应不周，就不去了。当然母亲后来还是回去了，姐姐陪她坐的出租车。而在省城的我，想象着我那拄着拐杖、佝偻着腰的老母亲，很有可能会被惜时如金的出租车司机嫌弃，于是有些后悔，早知道，我应该陪母亲去的啊！已经七十五岁的母亲，我还能陪她老人家去老屋几回？

　　老人老了，变得孩子似的脆弱。我们长大了，心却变得钢铁似的坚硬。我们有时间喝茶聊天、有时间旅游逛街、有时间游戏打牌，却总少了陪老人的那一点点时间。老人家很少给我们提什么要求和愿望，一旦提了，因为不够好玩、不够新鲜，我们不假思索、轻轻松松就推脱掉了，而且，我们自鸣得意、我们毫不愧疚，因为我们说的话貌似都很在理啊。就如我对母亲说："妈，逢集车不好过啊！"母亲立马全盘接受，可能私底下还为自己的虑事不周而惭愧，而我，就真的应该那么心安理得吗？

　　母亲回到老屋，见到老友，聊起闲天，动情之处，常会珠泪涟涟，我若在场，一定会指责母亲："哭什么呢？难道是儿女们待你不好吗？"母亲边哭还要边解释："孩子们都好，都孝顺，就是我回到老屋，想起以前的一些事情，总会不由自主的难过。"某一天，当我站在母亲的角度想了想，我意识到，如果换作我是母亲，我可能也会哭，而且更加痛哭流涕，更加悲从中来，而我，凭什么霸道地不让母亲哭泣？母亲逢人就说孩子们孝顺，说她作为一个农村妇女，四个孩子如今一个个都这么有出息，她真的很知足。而我们这帮孩子们，个个都被母亲贴上孝顺的标签，我们，配吗？一个女人，五十多岁的年纪就没了伴侣，而孩子们却各有各的天地。大部分时间，她的日子在清冷无声中度过，她的内心，该有着怎样深的孤寂？

　　世界上没有对不起孩子的父母亲，只有待父母不周的孩子！老屋，凝聚着父亲的心血，看到它，我就想起了当年意气风发的父亲；老屋，深藏着母亲太多的往日记忆，我又怎能剥夺母亲想去探望它的权利？

2013 年 6 月

灯

四十开外的人，大多知道"楼上楼下，电灯电话"这句话。可以说，它曾是几代人的梦想和目标。事实上，当年我们嘴上这样喊的时候，我们其实既没有见识过楼上楼下，也没有见识过电话，只有电灯，偶尔会发出昏黄且时断时续的光。

在我的童年和少年时代，比较普及的照明工具是煤油灯。冬天的晚上，玩乐一天的我们已经香香的睡去了，母亲还在就着煤油灯忙活，或者纳鞋底，或者在地面上忙活着"擦"红薯……

后来有了电灯，可惜经常停电。所以照明的主要工具依然是煤油灯。偶尔，大家正在煤油灯下蔫蔫的或忙或睡或发呆，也或者就着煤油灯的光线用手指在墙壁上玩投影，突然听到有人兴奋地大喊一声："来电了！"于是大家立刻忙不迭地去扯灯绳，之后房间也就变得灯火通明。

"来电了"这三个字，的确是那时候很让人振奋的一件大喜事。而所谓的灯火通明，也只是与煤油灯相比较来说。为着省电，各家各户的电灯瓦数都很小，所以事实上，灯火也就难以很通明。而且时常，你这边正高兴地扯灯绳呢，却看见头顶的电灯泡，扑闪扑闪几下后没了动静，不用说，那是灯泡又"闪"了。

灯泡虽然"闪"了，但人们却没有钱去买新的，也或者，舍不得花钱再去买新的。于是就一定会有人找来一把椅子，就着煤油灯的光线，将这"闪"了的灯泡熟练地修补一番，具体来说，也就是通过使灯泡倾斜、轻轻摇摆灯泡等办法让灯泡里断掉的钨丝彼此"勾搭"起来。这项工作因为常做，所以人们都很有经验，别说，大多数时候，还一准儿能够奏效。

当然有时候灯泡并没有"闪"，却也极有可能短暂罢工，谁都知道，那是孩子们太过兴奋，不小心将灯绳扯断了。

小时候的我很爱黏人，尤其喜欢跟母亲睡一个被窝。所以当我睡觉的时候，很不喜欢母亲一个人在地下忙活，也会时常一声声地哼哼和呼唤。母亲有时被喊烦了，就凶巴巴地骂我几声，我才会很没趣的安静下来，继而很有些郁郁的睡去。一旦某天母亲和我们一起早早躺下，我就似乎总浑身都痒，不停地指挥母亲帮我挠痒痒。母亲不紧不慢地用她那双因为劳作而变得粗糙的手在我的身上轻轻摩挲，直到我心满意足的呼呼睡着。

小学的前半段我在本村上学，那时的照明工具无一例外都是煤油灯。小学后半段转学去了外婆家附近的学校，学校也并不让学生们在校晚自习。冬天的晚上，在属于我和外婆的大炕上，面前一个小方凳，凳子上一盏小小的煤油灯。时常，我坐在被窝里写作业，写上一会，手就冻得冰凉，外婆便会握着我的手，给我暖那一双时而被她称为"石头"时而被她称为"冰棍"的小手。

初中时因为学校离家较远，于是我也就成了住校生，也就不得不开始与潮湿冰冷的窑洞相伴，同时开始跟数量众多且面目可憎的硕鼠争食。那时候算是有了电灯，不过光线总是昏暗。有阵子我们几人相约住在一个要好的同学家，晚上想要看书学习，照例要点煤油灯。记忆中那时候的教室很是高大，然而却并不亮堂。有些课又确实无聊，于是，不知是谁的发明，上课的时候大家都喜欢手持一面小镜子，靠着太阳的光线折射，到处乱照一番，照的人多了，教室还真的会亮堂不少。自然，这种行为属于开小差、搞小动作。那时还有一个常常在教室里面搞的小动作，就是偷吃。好像总是饥饿。大家给碾碎的辣子面里拌上少许食盐，然后用冷馒头蘸着吃，那滋味简直是美极了。有次上课刚偷吃进嘴里，老师却突然喊我回答问题。我只好低着头，狠劲地鼓起两边的腮帮子，非常吃力地将"问题"咀嚼下去。说起来，当时的我之所以侥幸没被老师发现，就还不得不感谢那光线昏暗的大教室。如果放在今天，窗明几净的教室里，想让前方的老师看不到我鼓起的那两个腮帮子，怎么想都不大可能。

我的初中生涯，在煤油灯和光线宛若煤油灯般昏暗的电灯的交互陪伴中静静度过后，也就侥幸成了屈指可数的去往县城读高中的一名学员。高中时基本就跟煤油灯绝了缘，晚上如果想加班加点，大家清一色用的都是洋蜡。所以高中阶段，尤其是高三，去商店买蜡烛几乎是我每个周末的必修课。说到教室顶上的灯光，比起先前，也着实是亮堂了许多。

大学的第一天，就有人上门来给我推销台灯，可惜他来的时候我正好不在，后来台灯却是有了，那是一盏小小的带着夹子的绿色床头小灯。大学毕业后，那盏灯依然陪伴了我好久，而大学第一天里带着他的舍友来给我推销台灯的那位男生，也已经成了我的老公。

有时想想，这看似平淡的人生，它其实又是多么的奇妙啊。常常，一个眼神，一次交谈，一场邂逅，也可能就会铸就不一样的人生。

2014 年 6 月

雨

成为城里人后,多数时候我是不喜欢下雨的。因为多数时候我都要在路途上奔波,一旦下雨,湿、冷、滑、堵,显然很不方便。今年春天,我兴致勃勃地享用上了这个城市的免费自行车,而一旦下雨,路滑车湿,颇多困难。这不前几天,因为我实在受不了步伐的缓慢,就壮着胆子一手骑车一手打伞,过十字路口的时候为了避开一辆右转车,我不得不来了个急刹车,于是,连人带车摔进泥水里,至今腿上的大片青瘀还没有完全散开呢。你说,这可不都是这破雨祸害的吗?

当然,我也有喜欢雨的时候,那就多半是在我的假期。赖在床上不用早起,隔着窗户静静听雨。因为下雨,窗外少了人声的聒噪;因为下雨,路边的车辆也一下变得稀少,这时节的雨,就时常令我欣喜。不过话虽这么说,如果不下雨,假期的我可以更加自由更加舒畅地逛街,更加快捷更加方便地出游,所以即使这假期的雨,我对它的喜欢,就也只能是偶尔。

可是,小时候的我,不是这样的啊!小时候的我,对雨的期盼是多么的真切和发自肺腑啊!农村人,尤其是农村妇女,在社会以及人们心目中的地位是不大高的。这不大高的原因,多半归咎于她们赚不来钱。然而农村人,尤其是农村妇女,论起辛苦程度,却没有几个城里女人能比得来。当然,这样的农村妇女,是我记忆中的;今天的乡村,妇女们可能更热衷于跳健身舞,或者支摊子打牌。如今我已人到中年,我要说的农村妇女,是如今已经逐渐步入晚年的我的上一辈人,也就是我的母亲辈。我不知道那时候的她们,都在做些什么,反正我知道,她们真的每天忙得如无头苍蝇一般。忙什么呢?实话说我一时也想不起来,不妨让我们就着最简单的"吃穿住行"四个字,逐一掰扯一番。

先说吃。那时候最常吃的主食之一是红薯,所以就不妨让我从这养活了我们的"可恶"红薯说起。红薯怎么种呢?我没有经历,但是我的母亲以及她那一代的农村妇女,谁没有插过红薯秧子,谁又会不知道红薯是如何进地的呢?

红薯成熟后,要"出"红薯;红薯要储存,则要下红薯窖。妇女们只要一得闲,还会忙着将红薯切成片,然后晾晒在野外的小麦地里面,等晒干后,再将它们做成各色红薯干或者磨成红薯粉。大冬天,母亲整夜整夜的在一个大铁叉上"擦"红薯,为了沉淀粉芡。然后,人们再用红薯淀粉制作粉条。这些工作,都繁重琐碎费时间。而那时候的农村妇女白天要听着铃声上工,所以这一切的活计,也就只能被安排在晚上的不用上工的业余时间来做。

虽然红薯是主食之一,但毕竟不是食物的全部,还有小麦、玉米、糜子,不管什么种类的食物,想要吃进我们的肠胃,都离不开母亲从头到尾的辛苦劳作。不妨再让我拿小麦来举例说说。抛开复杂漫长的种、收不谈,假设你的小麦已经颗粒归仓,吃之前,你首先要将它磨成面粉吧,而磨面粉之前,你自然先要将它淘洗好几遍;然后,将淘洗过后的麦子在席子上均匀铺开,再在太阳下晒干;再然后,你要用一副扁担将这淘洗过的小麦,挑到或远或近的磨面坊,在磨面人的指拨下,一会上面,一会盛面,总之一时半会你也别想得闲。那时候的农村妇女磨面时都喜欢头顶小手绢,尽管这样,每一次面磨下来,妇女们从头到脚都成了灰白色,活像白色雕像一般。而这磨成面粉的小麦，想要吃进孩子们的肠胃，自然还免不了要和面，或蒸或擀，或摊或炸……

再说穿。棉衣棉鞋，单衣裤子，从种棉花到摘棉花到弹棉花到纺线到织布到做衣服，哪一个环节，不是这些农村妇女们亲手操作？而这样的亲手，又要花费掉她们的多少时间？所以那时候的母亲，时常就着煤油灯纳鞋底、缝衣服。记得母亲每次纳鞋底时，昏暗的煤油灯将她的身影投放到墙上的某个角落，随着光线的忽明忽暗，母亲的身影也就不时变换。我和姐姐在炕上就着煤油灯玩一会兔子小狗的投影游戏，也就逐渐睡着。常常我一觉醒来，见母亲习惯性地将针尖在自己的头发里轻轻地刮擦着，再然后，继续忙她的活计。

至于衣服，要用自己织成的布，再经母亲的手一针一线来缝制。大队缝纫组解散的那年，父亲花了八十元钱给家里买了一台二手缝纫机，为着这个缝纫机，母亲流了数不清的眼泪。

那时的缝纫机已经有了能扳倒头的，父亲买回来的却是一台"扳不倒"。缝纫机的牌子很响亮，叫作"无敌牌"。那架缝纫机进门后，母亲很快自学成了裁缝。常常，也用缝纫的方式，跟村里人互相"换工"。

学会缝纫的母亲很快爱上了这台缝纫机。然而日子太过拮据的时候，父亲却总打缝纫机的主意，也就是说，有好几次，父亲都想卖掉它。

有一次，买缝纫机的人已经来到了我的家里，母亲说她被吓坏了。为着这台缝纫机，母亲偷偷哭过好多回，而缝纫机之所以最终没有被卖掉，据说有着外婆和奶奶的莫大功劳。

也就是说，在外婆、奶奶和我的母亲三个女人的共同捍卫下，才最终保住了这台"无敌牌"缝纫机。缝纫机现在还在，母亲总想把它送给她的子女之一，然而在我们看来，缝纫机的样式太陈旧，而且还有着一个"扳不倒"的头，况且，现在大家都穿成衣，那台在母亲眼里无人能敌的缝纫机，对我们来说，显然已没有多少吸引力了。

那台缝纫机在困难年代曾为我的家立下过汗马功劳。后来日子好起来了，缝纫机也没闲着，母亲用它帮我们做睡衣，做小孩衣服，做鞋垫，做包包。想起那台缝纫机，就想起了母亲哽咽的腔调、婆娑的泪眼，哎，那些年，令人心酸的穿衣问题。

关于住的事情，没什么可说，反正就是一大家人，一个大炕上住着呗。后来实在住不下了，就将哥哥们"批发"到了爷爷奶奶的炕上。

至于说到行，除了少数几个能干的，大部分的农村妇女，靠的都是健壮的双腿。

不必细说，大致勾勒一下你也就应该明白，那些年农村妇女们身上的担子有多沉。她们要上工，要忙着应付一家人的吃穿，还要忙着在家里养猪、养羊、养鸡……

文章写到这里，也许你会觉得稀奇，为什么文章的题目叫作《雨》，而我的长篇大论里，却不见零星雨滴？

渴望下雨。那时的我多么渴望下雨啊。

母亲永远都在忙，永远都没有时间跟我多说一句话，然而有一天，"下——雨——喽，下——雨——喽——哎……"

泥泞的地里无法下脚，槐树下那闹人的铃声不再敲响，于是，母亲在喂饱家里的狗儿猫儿鸡儿猪儿羊儿牛儿后，就准会悠然地坐在炕上，一边纳着鞋底，一边有一搭没一搭地陪我们聊天。而这对当时还是孩子的我而言，是多么奢侈的一种幸福啊！只因为这一点，曾经的我，对下雨有着强烈的渴盼，而那拉长音调的"下雨啦"的兴奋呼喊，此刻，还似乎响起在我的耳畔。"下——雨——喽，下——雨——喽——哎……"

2014 年 6 月

人狗之间

如果不是掐着指头仔细地算了两遍,我真的不敢相信,我和你认识的时间,已经超过了六年……

六年多了,我跟你见面的次数屈指可数,然而每当想起你来,心里总会升腾起一种难言的愉悦和温暖。

一、相识是缘

那天,最初的一切都很寻常。

吃过晚饭,一家三口出门散步,顺便交了电话费,给信用卡充了值,然后,按照我的原定计划,也就到了该回家看电视的时间,当时正在热播的连续剧是《我的兄弟叫顺溜》。

就在这个节骨眼上,却有了小插曲。刚刚中考完的女儿说要放松一下,而这放松的方式,就是去天桥底下看小动物。

想起女儿曾有过想要养狗的想法,我立刻警觉起来,告诫她提早打消这种不切实际的可笑念头,一旁的老公,则努力地做他的"好好先生"。

十字路口的三个人,各自嘀咕,各抒己见,最终,按照少数服从多数的原则,我答应可以陪着去天桥,女儿则答应此番前往,只是看看，绝不买狗。

可一旦走到狗狗们面前，女儿显然就不再愿意信守承诺，而家里的"好好先生"，此刻也变成了一株可恨的"墙头草"，这根草关键时刻意志薄弱、临阵倒戈，于是一时之间风云变幻，形势突转，而我，也就只能落下个无奈的败北下场。

也不是没做防范，也不是没想办法，在开心网上养了一只黄色拉布拉多，很可爱，告诉女儿以后这只狗就归她了，只要点点鼠标喂喂食，点点鼠标遛遛它，一切就尘埃落定，多么便宜的事情。偏偏这个认死理的女儿，说什么都非要亲自养。

一路上女儿小心翼翼地抱着她那不满二十天的小狗，走过她最爱的冰激凌摊点居然目不斜视。小家伙既激动又兴奋，既紧张又慌乱，好像生怕她走路一个不稳，或者一个趔趄，会让她怀里的小狗受了伤。眼见生米已经煮成熟饭，小狗买都买了，也就不能不给这小畜生取个名，毕竟，"名不正则言不顺"呢。老公说："看它胖乎乎的，就叫'小胖'吧！""这名也太平常了吧？"我有些不屑，外加因为买狗问题而产生的纠纷和积怨，说话的语气和腔调就很透着些尖刻。"妈妈，你有好的名字吗？"女儿知道我内心不悦，就有些"巴结"地讨好着我。我无奈地抬头望了望天，看到一只不认识的鸟儿正在头顶盘旋，于是就顺势把自己脑海中储存的数量有限的鸟儿名字过滤了一遍,说："叫'布谷'吧。"女儿却立刻表示了不同意见，说："不好，不好，'布谷'这两个字，读的速度快点像放屁。"如此三人进入了短暂的沉默，女儿边走边轻轻抚摸着狗狗，说："狗狗的毛摸着真顺溜啊！"于是我的发散思维立刻被激活，一秒钟的电光闪烁后，狗狗有了新名字，且一家三口全票通过！狗狗的名字叫"顺溜"。

二、关于便便这件事

　　顺溜是一个极其热爱自由的孩子。这不才刚来家没几天，就用不屈不挠的精神争取到了居住的自主权。家里唯一一个没有窗户的小屋——客卫，被他顺理成章地改造为卧室。反正家里来客也不多，一个卫生间就一个卫生间吧，毕竟他还比较讲理，把有着大窗户的明卫留给了我们。本着"与人为善""退一步海阔天空""大肚能容天下之事"的中国传统文化之美德，我们默许了。当然，理解为无奈之下的退让似乎更合适。

　　然而令人头疼的问题是：便便。这个小同志在有些事情上看似糊里糊涂，得过且过，但有一件事情却非常的坚持个人原则，那就是：他的地盘他做主，坚决维护自己卧室的公共卫生。至于便便，一定是"肥水要入外人田"，可怜我一百三十平方米的空间，有一百二十平方成了他的方便场所，这可怎么办？多亏了我们的祖先孔老夫子，他老人家不是说要"因材施教"吗？这真是一条"放之四海而皆准"的真理。要因材施教，更要对症下药，还必须找准切入点，只有这样，才有可能争取到最后的胜利。思路一旦确定，下面就看俺的行动吧。首先，便便本身是没有错的，也是任何人无权制止的。问题的关键是，在哪里便便？按照常识，当然应该是洗手间啦。可是，顺溜的洗手间在哪里呢？这样一分析，原来错在我们没有给他提供合适的、明晰的大便场所。其次，症结既然找到了，事情就变得相对简单，网上一搜索，跟度娘一商讨，然后再去趟商场，不锈钢托盘、网眼地垫，上面再铺一层报纸，顺溜的卫生间也就即刻宣告诞生。好了，现在厕所有了，至于这厕所能不能派上用场，这就要看俺的本事啦！要说呢，每个人都有弱点，这正如每个狗都有特点一样，只要你抓住抓准了人的弱点或者狗的特点，有啥事会办不成呢？说到顺溜的特点，那简直是地球人都知道，贪吃。

买来一大盒饼干，放在显眼的地方，对顺溜的大小便问题引进奖惩机制。如若顺溜在他自己的厕所便便，除了用语言进行精神奖励外，另发配套饼干若干；如果随地便便，没有饼干，外加呵斥指责。

话说我的"温柔加大棒"政策实施还没几天，顺溜就对我的这一套手法非常熟稔，只要我一下班，他立刻将我带到他的厕所边，大鸣大放地开始"表演"。后经我仔细侦察，发现这家伙居然常常只是摆个大小便的"POSE"，对于他的这种投机取巧，我当然进行了严厉地批判，而顺溜在充分认识到自己的"严重"错误和"可耻"行径后，也就逐渐改邪归正，不再为了骗吃骗喝而佯装撒尿。

事实证明，只要找到问题的症结，一切的难题都会迎刃而解，说到顺溜的便便问题，道理自然是一样的。

三、病了

顺溜的到来实在有些意外。

当初女儿在几个小狗之间来回挑拣的时候，我因为心里不乐意，故而态度也就很冷漠。可以说，当初的我更像是个冷眼旁观者。女儿问："叔叔,这小狗是公的母的啊？"对方答："公的。"女儿又问："狗狗吃什么呀？"对方说："苞谷珍。"

一直以来，我们都认为顺溜是个男娃娃，而他的贪吃、倔强，更让我们坚信了这一点，直到有一天——家里的木地板上，总有星星点点的红色，我们经过仔细观察，发现那红色是从顺溜身上滴下来的。于是，三个人的心都沉了下来。大家想，完了，顺溜一定得了大病。

我在上班，女儿的电话飘了进来，音调里满是喜悦："妈妈，顺溜没病，她来月经啦，宠物医院的医生这样说。"

什么！狗也有月经？而且是公狗啊！

宠物医院的阿姨说："顺溜是母的。他们说母狗难卖，所以卖的人有时候会说假话呢。"

哦？啊！顺溜没病，顺溜没病啊！没病就好，没病就好啊！

四、当顺溜遇上笨笨

顺溜长着一双会说话的水汪汪的大眼睛，她非常喜欢黏人，对于自己的同类，则表现得及其生分，每次外出遇见自己的同类，都会像撞鬼似的远远躲开。顺溜贪吃，每顿饭不吃到肚皮溜圆绝不罢休。笨笨贪玩，狗小胆子大，跟主人外出的时候动辄就跑得老远，丝毫不黏人。出门看见自己的同类，不管对方比自己高大多少倍，都会主动跑上前去示好，在同类面前绝不露怯，而且很愿意跟自己的同类谈谈友谊。长着一身长毛的笨笨看起来倒不寒酸，不过你试着抱起来看看，分量还真的是轻如鸿毛。笨笨一双眼睛本来就小，再隐进长长的毛发之中，看起来恰似两颗黑豆。也不知道他怎么想的，笨笨对饭食表现出一副可有可无、绝不贪恋的态度，不知道整天在忙着谋什么道呢，反正是没"谋食"。

最初，顺溜和笨笨在各自的家庭接受着各自的教育，当顺溜已经懂事的知道哪里该吃，哪里该喝，哪里该拉，哪里该撒的时候，笨笨依然在自己的家里遍地开花，爱哪吃哪吃，爱哪喝哪喝，爱哪拉哪拉，爱哪撒哪撒。两只个性迥异，狗生观背离，几乎完全没有共同爱好的狗狗，却在狗生的某个阶段，戏剧性地产生了交集。

因为多方面的原因，顺溜的主人打算将她送人，而几乎在同一时刻，笨笨的主人也有此想法，于是顺溜和笨笨先后被送往同一个家庭。笨笨先去几天，等顺溜到来的时候，笨笨自然而然地表现得像个东道主。他很想对顺溜表现的热情些，很想跟顺溜谈谈友谊，顺溜则毫不领情，能躲就躲，能跑就跑，被逼急的时候就掉转头对笨笨咆哮几声。论体格，笨笨实际上不是顺溜的对手，但顺溜胆小，所以即使笨笨的主人已经离去，顺溜的主人还在身边，看到的永远是一副笨笨在追顺溜在躲的景象。当这种情形在大脑中定格后，顺溜的主人怎么会不感到忐忑？离去的时候顺溜的主人对新主人少不了叮咛，"多关注顺溜，别让顺溜总被笨笨欺负！"

接下来的鸿雁传书中，知道贪吃的顺溜到了该吃饭的时候，总是让不贪吃的笨笨先请，直到笨笨对饭菜实在提不起任何兴趣转身撤退后，顺溜才会在谨慎的左顾右盼后慢慢走向被笨笨扒拉过的饭菜，吃个碗光盘光。再后来视频传来的时候，能看到顺溜依然不怎么喜欢笨笨，不喜欢跟笨笨玩，但相处时表现的已很是淡然，恐惧之心倒是荡然无存了。再后来听说他俩吃饭的时候已是平起平坐，再后来，顺溜吃完自己的再去抢笨笨的，笨笨反正也不贪吃，对顺溜抢饭吃也没表现出过于激愤，再后来两狗默契的将这种现象表现为一种常态。

当顺溜的主人再去看望他们的时候，两只狗狗对外保持的步调已经非常一致。有陌生人来访，笨笨一马当先，冲锋在前，顺溜也一跃而起，主动断后，看起来颇有一番琴瑟相和的景象；当我们离开的时候，顺溜和笨笨步调一致相携送行；当我们道过再见后，两只小狗又齐齐转身，朝他们新家的方向一起奔去。作为顺溜的老主人，看见他们共同奔跑的背影后，我推测两只小狗在谈谈友谊之后，可能也会谈谈爱情。顺溜的小主人则一口否定，说绝无可能。顺溜不喜欢笨笨，这是地球人都知道的事情。当然，我作为地球人，也知道顺溜多么排斥笨笨走近自己，多么冷若冰霜地对待笨笨，我也知道顺溜跟笨笨志不同道不合，理应不相为谋。可是这世上的事情谁能料定呢？时间才是最好的雕刻师呢。电视剧《潜伏》中，知识分子的余则成与村姑样的游击队长翠平，个性大相径庭，不也一样产生感情结为夫妻了吗？人如此，狗狗又怎能例外呢？再后来的联络中知道，顺溜怀孕了，虽然由于年龄小不会当母亲，孩子都没有存活下来，但总算知道顺溜跟笨笨已经产生了爱情，并且有了结晶。

当顺溜遇上笨笨，她学会了接纳、学会了包容、学会了爱与被爱；当顺溜遇上笨笨，她摒弃了孤僻、扔掉了偏见、懂得爱是多向的，从而渐渐长大，渐渐成熟。

五、思念悠悠

不见顺溜，已有一年了吧！

二〇〇九年暑假，在我几乎完全没有思想准备的情况下，你堂而皇之地入驻我家。晚上，你睡在小主人的房间，白天，你一摇三晃地在我的房间四处乱逛。你还太小、太弱，尚未出月只有二十天大，看到弱弱小小的你，即使我有言在先，不会多看你一眼，即使我曾经说过，你的吃喝拉撒与我无关，可是，你的眼神楚楚可怜，你的叫声柔弱缠绵，我怎能无动于衷？我做不到撒手不管！

利用休息时间，我为你造房建窝，虽然汗如雨下，心里却是乐呵的；利用逛街空闲，我给你选购玩具，想让你不至于太寂寞；我计算时间，陪你去打预防针；我利用空闲，找寻清理你的遗留物……而你，在我们大家的精心呵护之下，也就逐渐长大。你走路不再摇摇晃晃，你说话不再哼哼唧唧，外人来了，你也学会了用狗的语言来说话！听到你的第一声似有似无的狗叫，我激动不已，而后来的你，一天天强壮，声音也一天比一天叫得更响。其实从好多方面来讲，从婴儿时期被抚养的狗狗，在主人心里，正如养育一个娃娃啊！

我们搬了家。新家地方狭小，没有条件让你随意拉和撒。我研读你、调教你，利用你的特点来教导你。我给你建造了专用厕所，我给你引进了奖惩机制，只要你表现好，语言上大加赞赏，行动上实施奖励，你尝到甜头，以至于后来乐此不疲。我下班回家,你总爱第一时间扑过来,然后引领我到你的"卫生间",当着我的面表演戏法,让我知道你是聪明的!但是不久,我发现你学会了小聪明,你时常当我的面虚晃一枪,目的就是为了骗吃骗喝,后被我当面揭穿,你低眉顺眼很是羞惭。

小主人读书的时候,你常常窝在她的脚边,偶尔你会静静的,但大部分的时候,你并非心甘情愿。你扯她的裤子,咬她的鞋,没人陪你也能自顾自乐。我买给你的玩具,可怜地全被你冷落在一边。家里的鞋子,甭管皮鞋拖鞋,你几乎啃了个遍。晚上入睡前,拖鞋明明就放在床边,早上醒来,鞋子被你扯得老远。有时你口下留情,我们单脚蹦着去找另一只鞋;有时你玩得忘情,我们只能赤脚下地。每每此时,我训斥你,你表现得若无其事好像此事与你毫不相干。

火红的夏季里,你来到我身边,绿色的春天里,我送你离开。我们相处的时间,掐指一算,只有八个月。八个月里,我们也有过正面冲突:有次你要啃鸡骨头,小主人怕这种食物对你有致命危险,于是跟你商量,想让你别啃。你不从,小主人急了,跟你来硬的,想从你嘴里抢,你怒目圆睁,情急之下居然咬了小主人一口,被我狂骂。你自知理亏,也就悻悻地。因为你的这一口,我带小主人去打了疫苗,回来跟你说,你似懂非懂地看着我。不知道为什么,你不大乐意洗澡,更反感给你吹风,每次给你吹风,你都表现得火冒三丈、怒气冲冲。

我每次出门,你都急急地表示想要跟着我,有时上班赶时间,你却像尾巴似的甩不开。后来我耐心地跟你讲,你居然明白了我的意思。出门的时候只要跟你挥手说"再见",你就静静地坐着,知道这时候的我们,是断然不会带你出门的。

有次我们出远门,留你一个在家,爷爷去看你,电话打给我们说:"顺溜不好好吃东西啊。"回家见你,果然蔫蔫的。难得周末,却没人陪着你,估计你心里一定是有些抑郁的吧。你是动物,当我用人类的疾病来描述你，不懂的人会觉得好笑，但事实却是，即使是动物，也有喜怒哀乐，也一样是会抑郁的啊。

有次从公园路过，看到一个大狗和小狗面对面相遇，双方各自站定，小狗仰头看着大狗，脸上丝毫没有惧色，各自对视几眼后，大狗率先走了，而那只小狗，继续款款走它的路，好像啥事也没发生过。看到那只小狗，我想起你了。可能是我们忙，也可能是我们懒，带你出来的次数比较有限。你出门的时候很胆小，看到同类的狗狗，你叫得天摇地动好像天上出现了九个太阳，所以我带你出门，只要看到有相向而行的狗狗，就揽你入怀，在我怀里的你是安静的、也是安详的。

当我最终下决心要送你离开的时候，小主人心里是不乐意的，而我，又何尝不难过？你走后，我每天下班回家，总会忆起以前你在的样子。每次钥匙刚一响，你就蹿到门边了；我前脚刚迈进门，你立刻就热情地扑过来了，使劲摇着尾巴欢迎我；你走后，我担心你被笨笨欺负，我对新主人多方嘱托；你走后，我去看过你好几次，第一次去看你的时候，心里有些忐忑，怕你已经不认识我们了。没想到，我们刚迈进门，你立刻以闪电的速度就飞扑过来了。你在我们身上一个劲地蹭着，热情似火，你的新主人说，平时很少见你这么高兴过。

新主人待你极好，远远地胜过了我。跟我一起的时候，你是吃馒头的，现在，早已不吃了。你病了，新主人天天带你去打针，每天给你一个鸡蛋伺候着。以前你很爱吃苹果，据说现在已经吃厌了。贪吃的你总是暴饮暴食，主人每天还要给你把酵母片预备着。你爱吃西红柿，院子栽种的西红柿尚未熟透，你就先下手为强，提前收入你的胃囊。算起来，你差不多有四岁了，而我陪你的时间，只有八个月。其他的三年多时间里，你跟着更爱你的人儿一起度过。三年的光阴里，你两度做了妈妈：第一次，你过度兴奋、又过度紧张，结果你的两个孩子都没能成活；第二次，你淡定从容，用你的小小身躯养活了你的三个可爱的孩子。

有部电影叫作《我和狗狗的十个约定》，非常感人。它告诉我们：既然养了它，就要爱它，如果不爱，还请敬而远之吧！顺溜，即使你有过被送人的经历，你依然是幸运的。因为第二个主人比第一个主人更疼你。有时候想想，这正如婚姻，真的不合适，莫若早早放手，给双方第二次选择的机会吧，没准，幸福就在前面不远处等着呢！顺溜，你是狗狗，我不能要求你展望未来，我只希望你把握当下，不管是阳春三月还是秋高气爽，骄阳似火还是雪花飞舞，都请尽情撒欢、恣意生活吧！我确信这世界上到处都有爱，即使是人狗之间！

2014 年 6 月
改于 2015 年 9 月

屁　说

夜，鼻边空气突然有些异样。

急忙左顾右盼，追查盘问，某人淡然答："一屁而已。"

哦，原来是"屁"大点事啊，悬着的心于是也就放了下来。

再思，不由窃笑。

想有些人放的屁，不但声音大而且持续时间长。前期来看，完全是一副春雷滚滚来势汹汹的可怕模样，然而屁过之后，天空依然湛蓝如洗，空气依然清新自然。而如今再反观此屁，不声不响，却后劲可观，真让人不由不竖起大拇指给点个赞。

闻过此屁后，给出的结论如下："此屁者，实属屁中之绝品，短小而又精悍也。"想那些所谓的"响屁"，每次到来的时候雷声滚滚，声响大作，然而到了后半场，却往往如强弩之末，后劲匮乏。而又因为这些屁前期的宣传、造势，弄得世人皆知，让屁的制造者颜面丧尽，丢人现眼，想想真的是很不划算。

大凡屁者，无外乎两种，一种是"雷声大雨点小"的空空屁；一种是无声无息却熏死人不赔命的闷声屁。这两种屁，反映到自然界，也对应着好多的事和物。举个例子，拿狗来说吧，叫作："爱叫的狗不咬人。"而至于到了人的身上，则可以叫作："说空话与做实事。"由此屁展开联想，想想身边这样的现象还真是不老少。比如有些人，逢人就说忙，而且逢人就要不厌其烦地诉说一遍自己之所以这么忙，以至于到后来，世人都知道了他的忙以及他的之所以忙，而他的忙，因为用于诉说的时间太过漫长，于是，分给忙于真正的"忙"的时间蛋糕就更趋微小，于是，也就真的是愈发的忙了。要说，这种"祥林嫂"般的诉说者，生活中还真的是不稀缺。

还有的人，爱给人许诺。每次许诺的时候都高喉咙大嗓门儿，然而到了最终，一切事情却都没有了下落，这样的做法，也无异于放了一个空空屁。所谓空空屁者，前期极尽华丽，耗时漫长，忸怩作态，势甚夸张，然而到了后期，却如竹篮打水，海中捞月，空洞无物，让人失望。

在我们的日常生活中，有的人默默无闻，却做了大量的实际工作；有的人高谈阔论，却一点实事不干；有的人整日闷头苦干，一声不响；有的人干活如蜻蜓点水，嘴上功夫却高深的了得。这样的两类人物，用放闷屁和放空屁来打比方，虽然难免粗俗，但其实倒也相当形象。

就屁论屁而言，这两种屁，无所谓好也无所谓不好。实话说，当着别人的面，最好的做法是不放屁。如果非要放，要我说，哪一种形式也不好，这有些类似一般黑的天下乌鸦，然而有的时候，屁的重要性，却可以关乎着一个人的生死存亡。

但凡对于做过大型手术的患者，医生最关注的一件事多是通气与否。这个通气，就是放屁。气通了，人多半也就无恙了；气若不通，人的性命可就悬了。每逢这个时节，不管病人放的是空屁还是闷屁，只要能放个屁，他的亲人们一定跟中了头彩似的，兴高采烈地奔走相告，说："放屁了，放屁了，刚刚终于放了一个屁啊！"

可见，这"屁"大的一件事，有的时候，其实也能跟天大的事儿一样，关乎着某一个人的生死存亡。

所以，不要小觑"屁"；所以，我要为"屁"著书立说。

2014年6月

开会记

开了一天颇有效率的会，突然就想写一篇《开会记》。

其实但凡是人，尤其是中国人，鲜有没开过会的。有些会，开得紧锣密鼓事半功倍，有些会，却开得邋邋遢遢，甚至让人昏昏欲睡。

有次跟朋友一起吃饭，说到某个单位的开会，就听他说："开会的时候，大家基本都在玩游戏，或者睡觉。"我当时很有些诧异，因为在我的印象里，我们单位的大型会议基本也就一年一回，所以，开会，对大部分员工来说，是了解全年工作的重要窗口，自然，我没有看到有人睡着。

"文革"时期的我还是小孩，那时候的母亲，作为一名普通的社员，也是天天晚上开会。有的时候，会议比较平和，女人还能趁机纳纳鞋底，有的时候，就开得比较波澜壮阔。

有一回开会，是批斗村里的"贼"。村里有个男子叫旺财，旺财到邻村磨面的时候盯上了一辆别人的自行车。自行车的主人骑车去磨面，准备返回的时候天却下起了雪，于是他就将自行车放在磨面房，打算等天晴了再去骑回。旺财发现后，半夜三更摸到邻村，撬开磨面房的门，冒雪将自行车弄回了他的家。

也算旺财运气不好，因为他偷回自行车后，雪基本就停了，所以磨面房的人第二天基本没费什么周折，就通过自行车印找到了他，自行车被收回后，旺财就被社员们狠狠地批斗了好几回。人们把又硬又高的板凳垒上好几层，让他爬上去站定，批斗到了高潮，有人朝着垒起的板凳狠狠地蹬，于是那一次，旺财从高处被狠狠地摔下来，鼻青脸肿。母亲开完这样的会，总会恐惧好久，而且私下里，还会阶级立场很不分明地觉得那个贼娃子旺财有些可怜。

又有一回，村里的双喜正在上工，突然肚子疼得厉害，于是就先行回了家。到了晚上，队长开会点名批评了他，双喜不服，捡了块半截砖，作势要去打队长，结果，队长招呼了几个小伙，将他狠狠地收拾了一顿。

还有一次，因为母亲去开会，我跟姐姐差点葬身火海。那时候的电来去随意，经常是停电的时候多，来电的时候少。我们房间有一个小小的电炉，大概是来电的时候母亲用过，用完忘记拔掉电源，而且关键是，母亲出门开会的时候，又给炉子上盖了块硬纸板。

我想那次的会议一定是时间很长，因为我跟姐姐在炕上，就着煤油灯玩了很久的"骑马"游戏后也才睡着。熟睡中的我，忽然被一阵阵的炙热烤醒，鼻子里也似乎有头发丝烧焦的味道，睁眼一看，身边的火苗，正势头凶猛地冲我"噼啪"，再看姐姐，正一丝不挂地站在地板上，冲着房门嗷嗷大哭呢。我吓坏了，赶紧跳下炕，也开始哼哼唧唧地哭起来，并且两人还一边哭一边摇着被母亲反锁了的房门。还好，我们的哭声惊动了对面房间的爷爷奶奶还有二爸三爸，他们砸掉门锁，才将我们两姐妹解救出来。

移民返回库区后，父亲作为移民村的第一任村长，压力很大。父亲当时对移民村有好多美好的设想，比如要修建农贸大厦、千亩枣园。父亲住院的那一天，前半夜还在开会，到了后半夜，身体感觉不适，被送往医院后就再也没能起来。为此，母亲一直耿耿于怀，认为父亲的病跟那场会有关。

父亲的走，跟那场会议到底有没有关，已是旧事，我不想多说。毕竟这些事都只是发生在我的家里，所以，即使再大，也是小事。而在我上大学的第二年，胡耀邦同志在会场上心脏病突发，这个，对全国人民来讲，可就不能算小事了。

有的会议，开得温馨平和；有的会议，开得面红耳赤、剑拔弩张；有的会议，有效率有收获；有的会议，枯燥乏味状若嚼蜡。其间情形繁杂，三言两语还真是一下子很难说完……

2014 年 9 月

游泳记

说起来，我算是一个喜欢舞文弄墨的人，并且，我舞文弄墨的初衷，还多半是为着记录生活。然而，从夏天到初秋，从初秋到中秋，我却几乎只字未提我的游泳。至于原因，我估摸着，一是觉得汗颜，二是提起这玩意，有些太伤自尊。

还没学习游泳的我，大多时候，并不是很理解那句非常经典的话："这个世界上，没有最笨的人，只有更笨的人。"而我，就不幸是那更笨者之一。

三个月了，我才算是基本学会了漂，而且漂的时候，必须守住可爱的银色栏杆。昨晚去到泳池，感觉自己进步很大，因为不但能漂，而且漂的时候腿也居然可以扑腾着蹬夹几下，这就让我有些自得。

喊来同游的人，将头埋进水里，说："你看，我漂的咋样？"对方憨笑一声，说："嗯，差不多有一秒钟的时间。"自然，这话很伤我的自尊，于是我深吸一口气，说："你再看。"这次从水里起身后，对方说："进步很大，这次估计足足有五秒。"

作为一个"意志坚强"的人，我是轻易不会善罢甘休的，于是不依不饶道："我再蹬腿给你看。"我在水里一番踢打后，问："你看我的腿动作如何？"对方答："你根本在原地就没有动弹啊，不对，腿的动作不正确。"我有些恼："那你说说，我腿的动作究竟是什么样？"对方说："不好说，看起来挺复杂。"我用非常钻研的态度恳求对方说："你模仿一下我蹬腿的动作，让我看看我究竟错在哪？"对方大摇其头，说："太难了，真的模仿不来……"

很明显，不经意之间，我创造了一项只见蹬腿而却能保持原地不动的游泳大法，而且我蹬腿的动作花样繁杂，也基本达到了别人模仿不来的奇妙境界。

我是一个很爱面子的人。然而这三个多月，游泳池的管理员多半都已经熟悉了我这张老脸，对于我频繁造访游泳池而又始终不离银栏杆的做法，也早已司空见惯。

大多数晚上，我待在水温明显低于体温的，温度没有丝毫舒适感的游泳池里，手认真地握着栏杆，一丝不苟地练习我的"水上漂"。每每，直到水里的我浑身起鸡皮疙瘩，上下牙齿不停打架，才无奈而恋恋不舍地离开。有谁见过这么虔诚的学生吗？有谁能比我的态度还认真吗？

想起初二的时候数学学了相似三角形，我却死活弄不明白相似三角形的证明法。得亏那时候的我脸皮厚且不耻下问，所以最终，相似三角形的证明问题对我也就不再是问题。

如今对待我的游泳，我在认真分析、仔细梳理后，认为原因大概出在泳镜上，我该去买副近视泳镜才是呢。

昨天中秋，按照"工欲善其事必先利其器"的原则，我给自己挑选了一件新泳衣，而今天晚上的游泳又让我觉得，泳镜原来也存在问题。

当然我知道，有一些人游泳时压根不戴泳镜，也一样能游得很出色，这是什么原因呢？分析来分析去，发现理由只有一个——他们不是我。

我在水里泡了三个月，时间花去了一大摊，连我喜欢的文字都少写了许多，游泳的进展却缓慢得让人无话可说。不过我想，中秋过了，还有晚秋，晚秋过了，还有冬泳，而冬天来了，春天还会远吗？再不济，到了明年夏天，差不多应该可以学会的吧？！

2014 年 9 月

开车记

昨天写《游泳记》的时候,我曾说过,世界上没有最笨的人,只有更笨的人,而我,就是那更笨者之一。

其实在大部分人看来,我的这句话难免有自谦之嫌。实话说,俺也本非个性张扬之人,言语中若有那么一丁点的自谦,按理也很自然,然而……

周四晚上,表哥从外地来西安,约好晚上兄弟姊妹一起吃饭。席间大家一高兴,一向不喝酒的俺老公,就吞咽了几杯,然后考虑到酒驾的问题,示意我来开车。

早在二〇〇六年,俺就是有驾照的人。所以当时针转到今天,俺的驾照已经换过了一回,按照时间推算,应是老司机无疑。不过话是这么说,俺的持照时间虽说不短,然而令人遗憾的是,俺比较缺乏实驾经验,而且俺的脑子,也似乎总是少根弦。

话说一旦这开车的任务被分配到我的双肩,我的心情立刻变得沉甸甸的再也轻松不起来。聚餐间隙,就先行很好学地向邻桌的侄媳悄悄请教,问:"油门和刹车,分别是哪一个呢?"

邻桌的侄媳跟我一样,也属于临危受命。她认真地想了想,说:"板板大的那个是刹车,小的是油门。"我答:"哦。"然后就在心里连续默念了好几遍,"大板板是刹车、大板板是刹车……"

终于，饭毕。我满心忐忑地走到车前，半天磨蹭着不愿意上车，老公问："你行吗？"考虑到酒驾的严重性，我咬牙上车，然后问："打车的时候，脚应该踩刹车还是油门呢？"这个问题一出，车上的人都有些冒冷汗，老公明显有些不高兴了，但还是不高兴地耐着性子说："刹车。"我说："好。"然后就狠狠地使劲拧了拧车钥匙，就见车子立马有些虎虎生威，同时听见车上有人对我喊："哎，你的脚踩在哪里呢？"我低头一看，呀，怎么搞的，正好弄反了，我的脚没踩在刹车上而踩在油门上。

　　很快，我被大伙请出了驾驶室，我有些疑惑地低声对车上的外甥女说："你说真奇怪，我的脚踩着油门，咱们的车居然没走，多神奇啊？"外甥女很奇怪地看我一眼，说："手刹没放，车咋会走呢？"再次地，我弄了个脸红。

　　其实作为一个已经有八年驾龄的人，我也并非就没有开过车。实话说，一度我也走过南、闯过北，什么国道、什么高速、什么乡间小路，也都曾经有过咱的足迹。然而，最近一年很少摸车，于是也就把曾经的开车手艺，统统还给了我的教练。至于我的驾驶水平，也就一下子回到了苦大仇深的"解放前"。

　　这自然令人不悦。不过反过来一想，其实万事万物也都有利有弊。如今不开车的我的交通工具是自行车，近一年来，我的自行车驾驶技艺跟以前比起来，可是有了突飞猛进的提高呢。

2014 年 9 月

记我的一位老师

老师姓张，是我读初中时的一位数学教员。在我的记忆中，他总是慈眉善目、笑意盈盈。

然而关于这位在我眼里很是慈祥的老师，却有着一则小道消息，这消息被传得有鼻子有眼，似乎很像是真的。至于内容，是说我的这位老师，在一年夏天的麦收季节，曾在麦场上酿下过一桩惨案。不用说，麦收季节，天气一定是又闷又热。虽说收获季节在文人骚客的笔下总是充满着热火，充满着喜悦。不过如果你有兴趣，实地去看看后也就知道，闷热的天加上繁重的体力活，让人们的内心真的很难诗情画意起来。这时候，平时被张老师视为掌上明珠的女儿调皮的前来捣乱，张老师冲她发了火，并且情急之下打了她一巴掌。

要说，农村长大的孩子，有几人没有挨过打？毕竟，"打是亲来骂是爱"。可是，老师的这一巴掌，却偏偏不幸地打在了孩子的太阳穴上，所以，那孩子，居然就没了。

直到今天，我都没有勇气去考证这消息的真与假。因为，不管对谁来说，这事都太残酷了啊。

老师是个能人，他的课讲得很好，几乎每个同学都喜欢上他的课。而他，除了是我们的好老师，还会照相、扭秧歌、拉二胡等，可以说是多才多艺。

有一年，学校召开运动会，老师带领全班同学组成了别具一格的秧歌队。说起来，扭秧歌不难，但要扭好秧歌，你就必须要足够大方。而我们一帮农村孩子明显都过于羞涩和扭捏，很不好意思大大方方地扭起来。老师一着急，就给我们做起了示范，他的大幅度扭摆逗得我们呵呵直乐。然而乐归乐，别看我们这帮孩子年纪小，骨子里却有着深深的封建余孽，所以我们最终的扭摆，也就只是蜻蜓点水的效果。跟正常走路比起来，似乎有了那么一点点摇摆的意思在里面，跟真正的秧歌比起来，却又简直无异于是在走路了。

然而毕竟只是一场运动会，熙熙攘攘热热闹闹间，很快一圈也就扭了下来，而关于那场秧歌，可就成了一生的美好记忆。

那时候的农村人大多并不在意孩子的学习。孩子一旦放假，家长一般就只忙着催促孩子参与田间劳作，至于孩子们的作业和学习，并不多管。

经过一个漫长的暑假，老师很怕我们的学习成绩会大幅度下滑。于是放假前他把办公室门上的钥匙留给了我的一位同学，嘱咐我们有时间的话，就来学校温习功课。

假期的一天，我和那位要好的同学走了近十里的路来到学校，去了老师的办公室。原意是预备一起温课，然而两人却玩性大发，嬉戏打闹间，竟将老师洗照片用的药水打翻了。在当时的我们看来，这事简直无异于"汶川大地震"。两人闯祸后一时傻了眼。后经过翻来覆去地商讨，我们决定要想法给老师做些经济上的补偿。于是我们先分头筹钱，然后又一起给老师写了情深意切的道歉信。信纸里面夹着我们一起凑起来的有零有整的三块多钱。尽管只有区区三块多，但对当时的我们来说，绝对算是一笔"巨大"的开销。

待到将此事忙完，两人就一南一北分头灰溜溜地回了家。至此，一整个暑假，我们都再也没有勇气去老师的办公室。

到了开学季,老师看到了他办公室桌面上的用墨水瓶压着的信件。他给我们回了信,记得在信里,老师夸我们俩有着"金子般的心"。至于钱,老师更是一分不少地全部退了回来。

后来,我们升了级、调了班,跟老师的来往就稀少起来;再后来,老师调去了另外一所中学,于是,我们跟老师的联系,就逐渐寥落以至于音讯全无了。

今年春节前的一天,天空阴暗昏黄。独自在家的我接到一个陌生电话,居然是我的那位失去联系多年的老师打来的。老师说,学校里有高年级的同学组织聚会,邀请了他,而他则通过其中一个同学的同学,辗转打听到了几个同学的电话号码,其中有一个,就是我的。

如今,已七十好几的老师精神矍铄,跟村子里一帮老人在一起天天跳舞扭秧歌,活得充实而快乐。

老师,今天是您的节日,就让我用这篇短小的文字祝福您吧。

2014年9月

弥　留

　　国庆长假，我回了老家，村里的大爷见到我，说："看你怎么又瘦了，是不是操的心太多啊？"

　　晚上跟母亲住在一起，在母亲的絮叨声中酣然入眠。夜半，蒙蒙眬眬中，就见母亲一次次轻轻地帮我掖紧被窝。以前的我睡姿不好，所以母亲总是担心我睡着的时候会冻着。早上半梦半醒间，就听已悄悄起床的母亲对一旁的我的姐姐说："哎，这次回来，她脸上的皱纹明显多了，一定是太累了啊。"

　　工作，一定是要干的，不然母亲担心我会吃不饱，而我业余时间的写字，就成了母亲的眼中钉和在她看来是导致我皱纹增多的罪魁祸首。母亲一遍遍地说："以后有时间多运动、多休息，不要再写文章了。"

　　为了减轻母亲的困扰，我说："我现在经常游泳，身体锻炼着呢。"然而母亲听说后，又开始操心起水的温度来，问："水暖和不？水冷的话也不要去游。"实话说，那里的水并不暖和，但为了减轻母亲的困扰，我只好爽快地回答说："不冷，游起来就不冷了。"

　　我当然知道，母亲啰里啰唆的絮叨全是为了我好，但实话说，每次听她一遍遍地跟我说："快别写了，写那些东西有什么用呢？"的时候，我的心底还是有少许失落。起码，我觉得这样的母亲，算不得真正的懂我。

不管你愿不愿意，人生都是一条不归路，每个人总归都是要走的。就在这个即将过去的国庆长假里，再一次的，我又经受了一次人间的死别。

还记得父亲的最后一刻，他努力提起一口气，想把自己的身后事尽量安排得妥妥当当，然而，疾病、疼痛，又怎么能让所有的细节都完美无缺呢？

这个世界上有好多事情，想要简单，可以非常简单；想让它复杂，也可以无穷尽的复杂。但一直以来，我还是崇尚简单快乐的生活。

国庆假期去看老公的二姨，老人在路上被从后面开来的一辆三轮车撞倒后摔坏了腿，在医院躺了好几个星期后继续回家治疗。老人见到我们，说的第一句话是："不疼，我从头到尾一天都没有疼过。"

开三轮车的是个中年女人，女人的孩子在县城读中学，而女人则靠着蹬三轮车为孩子赚取一点上学的银钱。二姨说："她把我送到医院后，我把她放走了，我自己是农民，我觉得我的情况比她要好一些，我能体会到农民的不容易。"实话说，我以前跟二姨打交道不多，听说这件事后，对老人发自心底的敬佩。

就在今天，有人"拿"了小姨五百块钱，而且我们也找到了翔实的证据。正当我们打算举报时，小姨却制止了大家，说："下苦人，找个工作也不容易，电话一打，对方肯定工作不保，算啦，别打别打。"小姨的做法虽然跟我的想法是相反的，但同样的，我对她的做法心存欣赏。

好长时间以来，我都以为，万事万物都有对有错，对于犯错者，就该痛打落水狗。然而慢慢的，我又觉得，其实退一步看，人生则是另一番风景。

重病的父亲，弥留之际，对于自己当时能想到的事情做了安排，而更多的人，因为病情太突然，因为意想不到的离开，好多时候，无法对自己的身后事有只言片语的交代，情况又会怎么样呢？

律师们考虑到的，多是最坏的一面，而作为一个普通人，我则憧憬和希望着能看到更多的人性光彩。而这，也几乎是我为什么愿意冒着皱纹增多、困顿疲乏的风险，不愿轻易放弃我的笔耕的原因之一。

生活是美好的，但美好的生活需要我们共同来创造。如果大家都愿意退一步，都能多站在对方的角度去考虑问题，生活必定会更加美好；反之，出现在你面前的生活则一定会丑陋难看，甜少苦多。

2014 年 10 月

校园里，那株枯藤

这株藤树，也并没有全枯。但我很想唤它枯藤！

因为它满脸褶皱，显然已不再年轻。当然事实上我完全可以唤它老藤，这样的话其实也更符合藤树本来的生存面貌。但我却一意孤行，欲唤它枯藤，毋庸置疑，有些附庸风雅的意思。

"枯藤老树昏鸦，小桥流水人家，古道西风瘦马。夕阳西下，断肠人在天涯。"美而灵动的词句，是有生命的，想去附庸的心理，应该也是可以理喻的吧！

再说这株藤树，即使它的生命之根还在，纵然它的枝叶还星星点点，然而它的枝干，确实已不再鲜活。在我这凡夫俗子、肉眼凡胎看来，它的确也算得上是枯藤了。

校园不算大，我来这里的时间不算短，十多年的时间，无数次，我从你的身边走过……年轻时的你，是婀娜多姿的，即使你现在已步入暮年，老态龙钟；从你布满褶皱的躯干上，我依然能看到你曾经的美丽。

其实，生命的各个阶段各有其独特的韵味和美丽，所以，即使你年龄渐长，即使你快要枯萎，你，依然美丽！正如满头银丝的女人也一样有着她独一无二的美丽一样。

多少次，我从你的身边走过，或缓或急；我看你的眼神，或瞄或瞥；我几乎不曾专注地看过你，确切来讲，是从来没有过。千里马常有，而伯乐不常有，这是千里马的悲剧！美，无处不在，而发现美的那双眼睛却少得可怜，这是你的悲哀！有一天，你的美被摄影师的慧眼发现，于是我们环绕在你的身边，或倚或坐，笑声连连。你，在沉寂中过了那么久，寂寞吗？你，听到我们爽朗的笑声，开心吗？我们的照片被好多人看见，人们都说："真好看！"他们是在夸我，还是在夸你？或者，是在夸你和我？

校园里这株藤树，我曾打你身边无数次的走过，我们好像很熟悉，但其实却很陌生！今天，无意之中，第一次，我近距离地接触你，我与你轻轻拥抱，我同你耳鬓厮磨，从此，你走进我的心里了！

人们总爱高高在上地活着，称自己是万物之灵，说自己即使是动物，也是最高级的那一个。像你这样的植物，开不了口，说不了话，默默无闻的你，可有思想？就比如今天，在我们这些"高级动物"的环绕之下，你是怨恨我们打扰了你的幽梦，还是欢喜终于可以跟我们这些万物之灵们紧紧相拥？

植物学家说，你们也有喜怒哀乐，你们也能听懂好话歹话，你们也喜欢被欣赏、被表扬，那些恶毒的谩骂，一样能令你们神情沮丧，是这样的吗，老藤？

人们说，你可以活上千年；人们还说，有些老藤能够成精。其实在我看来，所谓的成精，也不过就是变成人的模样罢了。那么，为什么人之为人就叫正常，而你一旦变成人，就被他们斥为妖呢？

其实妖精里面也有善良的，正如人群里面有人渣，如果你变作了妖，会是怎样的呢？无神论者说世间没有鬼怪，但生活里有好多事却真的让人无法解释，让人只能无可奈何地说一句"鬼才知道"，而我，纵然相信鬼，也认为鬼的世界里，一样有好鬼和坏鬼。

想起小时候傻傻的我，在口不择言的年纪，跟奶奶黏在一起，看到生活中一些不喜欢的事和人，却又无能为力，于是就恨恨地对奶奶说:"奶奶,她待你不好,你将来死后,找她报仇吧。"说完又扑闪着眼睛看着奶奶说:"奶奶,我待你好,你死后,不要来吓我,好不好?"

现在想想,在世尚吃不饱饭的奶奶,死后又何来的精力报仇?然而在童年的我看来,这个,无疑是奶奶最厉害的一招。

小时候是真得傻,某天早晨刚起床就披头散发气喘吁吁地跑到奶奶炕前,冲着奶奶喊:"哎呀奶奶,不得了啦,我昨晚做梦,梦见,嗯,梦见,就是……"奶奶看我吞吞吐吐,就笑笑地问:"梦见什么了?说呗。"得到鼓励的我,愧疚地涨红着脸,结结巴巴地说:"我梦见,梦见,你、你、你、死了啊。"说到后面,我的嘴儿就瘪了起来,眼泪也开始在眼眶里打圈,仿佛像是遭了霜打的茄子,又或者是秋风中瑟瑟发抖的一株迟开的南瓜花。

奶奶听后却笑了,笑完后说:"傻孩子,梦是反的。你梦见奶奶死了,是给奶奶添寿呢,好事啊。"那天早上,奶奶的那一句话,瞬间让我成了世界上最幸福的小孩。从那以后,我天天乞求,能再梦见奶奶死了,能天天在睡梦中,给我的奶奶添加寿命……然而奶奶,还是在贫病交加中早早走了。她走的那一刻,正在学校的我,突然开始肠绞痛……

奶奶走了,从此,她只活在了我的记忆中。而所谓记忆,不正是最鲜活生动的永恒生命吗?我的亲人,我的友人,或逝去,或远离,留给我的,唯有对过往的记忆。而正是这些久远的记忆,让我感觉昔日的时光好像并未远离。

今天,我的记忆仓库里又存入了一个你,而你,又将会带给我怎样的后续记忆呢,枯藤?

2014 年 10 月

寿

这两天，俺们村里可是真热闹。每天傍晚，凉风习习的场院上都有精彩的露天电影。这事儿放在以前倒也平常，自从农村实行包产到户政策后，村里当真还很少有这般热闹的景象。

秋天的农村，美丽、忙碌，然而即使人们再忙，晚上的场院里，依然是黑压压一片。

而说起这电影的来源，就还不得不感谢村东头的肖大爷。因为，电影是肖大爷的儿子们，为了给他庆祝八十大寿而特意请人来放映的……肖大爷有四个孩子，三男一女，老大叫肖道，在京城的一所重点大学做教授；老二叫肖敬，在省城里做公务员；老三叫肖顺，据说在省里开宾馆和饭店，生意做得很大；最小的孩子是个女儿，叫肖馨，长得亭亭玉立貌美如花，听说是个阔太太。

按说，这一家子，孩子个个争气，且又不缺钱花，日子应该是开心消停的吧。哎，有句老话叫作"家家都有本难念的经"，这话还真是没说错。

肖大爷家里的"经"之所以难念，要说也都怪那个已经死去的肖大娘。肖大娘吃苦耐劳把孩子们一把屎一把尿好不容易拉扯大后，自个儿却在五十二岁的年纪就早早地撒手人寰了。

肖大娘走的那一年，肖大爷更多地被人们称呼为大伯，因为他也才只有五十五岁。五十五岁的肖大爷,是年轻的,也是健壮的。于是就有些庄户人,善意地劝他考虑再找个老伴。肖大爷以前是家里的甩手掌柜,猛然间老伴走了,生活上还真是一时没着没落。在别人的劝说下,肖大爷的心思还真的有些活泛起来。别说,邻村还真有个五十多岁的女人,也是死了老伴,经人们一番撮合,肖大爷跟那个女人也就见了一面,双方感觉还都不错。然而毕竟这是大事,肖大爷觉得不能不跟儿女们商量,没想到一番商量后,此事可就卡了壳。

大儿子肖道说:"爸,那女人不知根不知底,将来万一你不在了,她把我们缠上咋办?"

老二肖敬说:"爸,你放心,你老了我会好好孝敬你的,用不着走那一步。"

老三肖顺说:"爸爸给我取名'肖顺',我明白这名字的含义。"

女儿肖馨则尖着嗓子喊:"爸,你咋能再娶?咋能忘了俺娘呢?我坚决不同意!"

肖大爷是个能人,更是个爱面子的人,为了不给自己这些"争气"的孩子们脸上抹黑,也就断了给自己再找个老伴的想法,有事没事常去城里给他的几个孩子们帮忙。

不到六十岁的肖大爷腿脚利索,到了儿女们的家里还真能帮衬着干不少活。于是儿女们今天这个喊一声,明天那个捎句话,忙着让他抽空去给这个拾掇拾掇家,给那个照看照看门户。老三的饭店人手有时不够,肖大爷也会蹬上三轮车,亲自去给买买菜。女儿出去旅游的时候,老头就去她那里帮忙接送孩子……如此一晃,时间就匆匆忙忙地过去了十来年。

十来年的时间里,孩子的孩子们,也就是肖大爷的孙子、外孙子,一个个都长大了。老大的儿子研究生毕了业;老二的女儿大学已经读完;老三孩子不爱读书,上了技校;最小的女儿的儿子,也已经去了国外读大学。而肖大爷的身体,却明显的没有以前那么硬朗了。

七十岁以后，肖大爷基本帮不上孩子们什么忙，于是就一个人待在农村的老家，每天吃完饭后，跟村里的老人们一起晒晒太阳聊聊天，偶尔觉得精神头足的话，还可以跟他的老伙计们搓上一会子麻将，日子过得倒也不错。如此再一晃，日子又过了三年。

三年后，老大的儿子要结婚，肖大爷穿了一身崭新的衣衫，喜气洋洋地钻进了儿子派来接他的小车里去参加长孙的婚礼。谁知道，老头在婚礼上一不小心，居然就摔了一跤，并且摔成了股骨头粉碎性骨折。

这一下，老头只能无奈住进了医院。出院后,由于腿脚不利索，也就无法回家。于是就在大儿子家里住了下来，自然，这让老大媳妇十二分的不满。

要说这人老了还真是可怜。肖大爷以前是多么铁骨铮铮的一个男子汉，如今"寄居"在儿子家，整天看儿媳妇那比雾霾还要阴郁的脸，听她平时那些带刺的话。对于那些难听的话，肖大爷只能一个耳朵进一个耳朵出，而对于那张颜色难看的脸，也只能睁一只眼闭一只眼，整天小心翼翼、忍气吞声地混生活，然而即使这样，战争还是不可避免地爆发了。

那一天，肖大爷身体有点不舒服，头有点晕沉，上完厕所后忘记了及时冲水，不料被儿媳妇无意间发现了。于是一向酷爱干净的儿媳妇以此事为导火索，和肖大爷的教授儿子肖道发生了激烈地争吵。

儿媳妇是上海人，平时一般说的是普通话，一旦发起火来，不但语速加快，而且满嘴"阿拉"，肖大爷听不大懂，但他察言观色后，也能猜个七七八八。

大媳妇动了雷霆之怒，说这破老头都在我家待了两年了，他的其他孩子都死到哪里去了？说这老头难道是你肖道一个人的老爸吗？他们凭什么不管啊？大媳妇说你必须把他们叫过来，把你爸的事情说道说道，不然，我跟你离婚，跟你没完！

大媳妇嚷叫要离婚的那一年，肖大爷已经七十五岁了，大儿也已经五十岁出头，发生了这样的事，老头心里很难过，觉得是自己害苦了自己的儿，不过老头头脑倒还清楚，于是就嘱咐肖道说："你媳妇的话也有道理，这样吧，你把兄弟姊妹们召集起来，咱们开个家庭会议吧。"于是肖道、肖敬、肖顺、肖馨从四面八方来到京城，开会讨论肖大爷的养老问题。

肖道是老大，他先发言，说："本来嘛，我的意思老爸就一直待在我这里，就不麻烦你们几个了。但毕竟，这家也不是我一个人的，你嫂子整天为这跟我吵架叨叨，老爸待在我这里，心里也不快乐，所以，你们看看，给老爸怎么养老合适呢？"

肖敬说："要说呢，前些年老爸相对还是在我那里待的时间多一些，所以，如果我把老爸接到我家，估计俺媳妇心里，也会觉得不平衡。"

老三肖顺说："我们两口子做生意，整天东奔西跑，吃饭都没个正点，老爸待我那里，可能也不大合适。"

女儿肖馨说："哎呀，我又没有上班，靠老公养着，肯定不能管咱爸。再者说了，我家里整天一摊子事，光狗就喂了两条，还要照看小区里的流浪猫，整天忙得鬼吹火，公公婆婆我都不让他们来我的家里住，更别提咱爸了。"

肖大爷端坐客厅，听到儿女们这样说，眼眶就有些湿，但他还是克制住自己，用平稳的声音淡淡地说："你们都忙，爸也理解，这样吧，你们干脆还是送我回农村老家吧，我一人能过。"

然而孩子们却又再次地炸了锅，乱纷纷地各自发言，就听老大说："不行、不行，那怎么行？"

老二说："这样会让人家笑话的。"

老三说："你现在生活自理能力那么差，再说老家冬天又没有暖气，咋可能？"

女儿肖馨跷着二郎腿，嘴里嚼着口香糖，涂着浓重的黑紫色口红的小嘴一张一合，却没有说话。

会场气氛一时有些微妙和尴尬，肖老头见状，将拐杖在客厅的地板上狠劲磕了几下，说："既然你们怕人笑话，又都不想多管，我看这样吧，你们弟兄仨轮流，我每年在你们各家待四个月，至于肖馨，让她负责我平时的衣服和鞋帽钱，咋样？"

三弟兄虽然觉得这也不是最好的办法，但实在也想不到更好的办法了，于是此事就算议定了。

轮流照料的前两年里，计划执行得倒还比较顺畅，但再往后，各自接人的时候就开始有些磨蹭和推搡。因为这时候的肖大爷，身体明显越来越差，有时候，大小便都不能自理呢。

于是，在肖大爷八十岁的倒数前三年里，为着他老人家在老二家多待了十天，或者老三迟接了半个月这样的事情，弟兄们之间多有罅隙，虽说不至于当面锣对面鼓地对敲起来，但总归，弟兄们的关系，较之以前是每况愈下。

肖大爷八十大寿前，弟兄们聚在一起商议如何做寿的问题，这一点上，大家意见倒是比较一致，说八十大寿，一定要过得隆重热烈，过得像模像样。

说起过寿这个事情，儿子们还真是没话说。从肖大爷六十岁那一年起，他们就开始年年给老人家做寿，而且遇到带五或逢十的岁数，一般还都过得挺大。如今，八十大寿，不用说，自然更要大过。

讨论完给老人家做寿的问题后，老二无意间说："你们知道吧，咱老家的县城现在新开了一家敬老院，条件可真是不错，消息都上了省报呢！"

老三听见后，眼里闪着机灵的光，说："哎，要说呢，咱们弟兄几个也都没有护理老人的经验，让老爸待在家里，倒不如让他待在专业的养老场所好。"

老大媳妇关心地问:"要去敬老院,一个月要多少钱呢?"因为老大在京城,她知道,京城的敬老院收费可是不低呢。当然别说京城,就是老二待的省城,敬老院的收费也是大不便宜呢。

然而老二却很"艺术",老二提到的敬老院在老家的小县城,自然很便宜,一个月也就一千多。而这点钱,三人一均摊,对各家来说,也就如毛毛细雨一样完全可以忽略。

老大随便出去一场讲演,老二随便一顿晚餐,老三随便一场麻将,差不多就够这个县城敬老院一年的费用了。而已经八十岁的肖大爷,又还能再活几年?

于是送肖大爷去敬老院的方案很快得到了兄弟几个的一致肯定。这之后,"孝顺"的儿子们就蜂拥前去跟糊糊涂涂的肖大爷商量。八十岁的肖大爷耳朵已经背得很厉害,儿子们费了老半天的工夫,才让老人明白了他们的想法。自然,老人没有多说什么,于是,此事就这样定下来了。

八十大寿前两天,村子里就开始给大家放起了免费电影,到了八十大寿那天,远亲近邻,同事朋友,满满当当一下子在村里摆了八十多桌,光村边的汽车,大的小的就停了有三十多辆,村里的大喇叭,为着配合肖大爷的生日,也放着欢快的音乐,别说,气氛还真的是异常的热闹祥和。

听说,儿子们已经跟敬老院协商妥当,寿宴一完,就将肖大爷送去那条件优越的敬老院。酒桌之上,大家推杯交盏,猜拳行令,甚是开怀。尤其是那肖氏三兄弟,想到他们三人之间,以后再也不必为肖大爷在谁家多待了五天或者八天而相互间急赤白脸的时候,脸上的笑容,掩饰不住地越来越灿烂。

肖大爷八十大寿那天,秋高气爽,天高云淡,太阳一大早就愉快地展露笑颜。酒宴之上,秋风温暖地吹拂着每个人的脸,在座的每个人,似乎都被这欢快所感染,没来由地高兴和亢奋起来。

酒桌上摆的酒是高档的五粮液,这让不怎么爱喝酒的我,也不由得多喝了几杯。然后，按照惯例，我摇摇晃晃地举起酒杯，跟跟跄跄地走到戴着寿星帽的面容有些憔悴的肖大爷面前，口齿不清地说："大爷好有福气，祝肖大爷寿比南山、长命百岁……"村里的晚辈们，还有大爷的各路亲戚们，也不住交替前来，为大爷说着各色美妙动听的祝福话。

　　一束和煦的阳光斜斜地映在寿星肖大爷的脸上，在这光线的照耀下，我似乎看见，大爷的眼睛里有亮晶晶的液体在熠熠发光。我想，一定是因为寿星肖大爷，太过激动和高兴，酒喝得有点多了吧？！

　　自然，我也找不到其他原因。

2014 年 10 月

路

我走在旷野中，风儿在我的耳边盘旋，四下寂寥。

几棵高大的泡桐树，枯干了枝叶，凄清地立在田野旁边；那些胆大而调皮的野草，面对冬的冷风，也枯黄萎缩……

我的眼前有两条路，一条崎岖坎坷，一条宽阔平坦，两条路，通向相同的终点。

我依稀觉得,我的路途跟文字有关。如果我放弃我的文字爱好，我准会走上宽阔平坦的大路，一路快快乐乐、没心没肺地走到终点；而如果我执意要和文字相伴，我的生活则如走在那条崎岖坎坷的小路上，注定艰难。

如果，我能将更多的时间，用在家里的厨房和客厅的地板上，我的家庭生活也许会更加快乐；如果，我能将我有限的时间，多用来聊天闲谈，也许，我会让周围的人收获更多快乐。

人们说,孤独是可耻的。而写文章注定是件孤独的事儿，所以，如果一个人喜欢上了文字，好多时候，他注定是个孤独的可耻者。而我，则忧心忡忡，紧锁眉头，站在路口，不知何去何从。

我想起，文字，曾带给我那么多的惊喜；我又想起，文字，其实也带给我太多委屈。我想起就在前天，因为我的一篇文字，母亲大放悲声，姐姐泣不成声，而那些苦涩的回忆的留存，对我而言，难道真的就那么重要吗？

是的，人们的生活越来越富裕了，可是人们在物质富裕的同时，精神上真的同步向前了吗？依我看，没有。也就是说，如今的好多人，在占有越来越多的物质资料的同时，精神上没有同步发展，换言之，这些人物质丰富而精神贫乏，腰包鼓鼓而内心空洞，而文字的功能之一，正是可以丰富人们的精神生活，唤醒人们沉睡着的灵魂。

这个世界上，的确有视金钱如粪土的人，但毕竟，爱财的人还是占绝大多数。君子爱财，无可非议，但一个人要想获得社会上大多数人的认可，必须学会划清爱和贪的界限。

钱是好东西吗？有时候是。但有的时候，钱其实真他妈的不是东西。

房祖名终于出来了，这个看起来一脸率真的大男孩，如果没有那么多钱，他会因为觉得吸毒好玩而涉足吗？当然还有尹相杰、还有张默……李天一本是一名神童样的少年，可是因为有钱而张狂，因为张狂而犯法，所以，他要将人生最美丽的一段岁月，留在铁窗里度过。至于那些为数众多的贪官，不也正是栽在一个"钱"字上了吗？

他们有钱，人生的路却走得令人遗憾。

人生就是在路上，结局毫无悬念。每个人所能做的，就是选准脚下的路，然后无怨无悔、义无反顾地走下去。

2015年2月

在那桃花盛开的地方

　　故乡还是那个故乡。
　　故乡已不是那个故乡了。
　　回故乡的次数是越来越少了，而在这为数不多的返回故乡的时刻，最让我牵念的，正是村北的那个角落。
　　那个角落，安静、神秘；那个角落，总能让我的心底泛起一丝丝温柔而又伤感的涟漪。那里，有我的爷爷、我的外婆，还有我那因为劳累而早逝的父亲。
　　爷爷离去的时候，村北的沙地，只是沙地，遇到风儿，黄沙弥漫；外婆去世的时候，村北的沙地，有少许绿色，那是农人种下的花生；父亲离去的时候，村北有了毛白杨，虽然看起来并不茂密，但村里的少数人家，日子还是因此而富裕。
　　清明节前，阳春三月，又一次的，我回到了故乡，去到了村北的那个角落、那块土地。
　　放眼望去，满目都是娇嫩的粉色。墓地的四周，全是一眼望不到尽头的桃花。桃花地里，三三两两的农人聊着闲天，做着农活，活脱脱一幅人间的世外桃源。
　　这美丽妖娆的景色，让我在面对故去亲人的安息地的时刻，心里居然生出丝丝惊喜。我突然觉得，我的亲人们能安息在如此美丽的遍地桃花的故土上，也算是老天对他们的一种眷恋和奖赏。

老天的脸不再阴沉。东边的天际挂着一轮红日，虽是雨后初霁，但太阳红得却也并不妖艳，像是蒙着头纱的娇羞新娘。

"清明时节雨纷纷，路上行人欲断魂"。是的，无数次，为着这些逝去的亲人们，我曾经肝肠寸断，而在二十多年后的今天，终于，我慢慢地，学会了接受，学会了坦然。

亲人们的四周，全是桃花；亲人们的耳畔，全是鸟鸣。阳光普照的日子，蓝天、白云和山峦织就一幅美丽的水彩画；春雨淅沥的时节，一树树桃花，像是一个个开心的舞者……

听说村庄要合并，如果让我给新的村庄推荐一个名字，我觉得真该叫它桃花村，或者，桃花部落。

桃花村里，其实还有不少亲人。

皮肤黝黑的大表哥知道家里来了客，匆匆忙忙从地里回家了。他种了十几亩桃，听说长势不错。表嫂的皮肤透着健康的黑色，一双大眼睛还跟年轻时一样水灵，一样活泼。表姐陪姨妈在后院慵懒地聊天晒太阳，而家里来了远方客人的消息，犹如一颗石子投入了平静的湖面，一时之间，后院如泛起浪花的湖面，变得人声鼎沸。正在外串亲戚的小表姐，风风火火挑起门帘，说："嘀，我去订餐，一会一定在这里吃饭。"

很快的，聊天的人自然分组，姐妹们开始聊孩子，弟兄们开始说年景。九十岁的姨夫，不知道是不是因为服用了阿胶，红光满面；八十多岁的姨妈，看到她的侄儿，想起她已故去的哥哥，泪眼婆娑……

亲人们的聊天话题无非是说身体，谈亲情，顺便聊一聊国家的大事，自家的小情。尽管谈话的主题亘古不变，但谈天的内容永远透着新鲜，永远让人打心眼里感到愉悦。

想起二十多年前，村里的好多地方被称为沙窝窝；想起二十多年前，每逢春天，沙窝窝的家乡风儿盘旋，乱沙迷眼。而今，家乡却种了一树树灿烂美丽的桃花,这妖娆璀璨的桃花,不仅迷醉了人们的双眼,还击退了曾流行多年的"摆柳风",让我的家乡、我的故园,变得愈发可爱,愈发令人迷恋。

华山脚下,渭河旁边,有一处桃花盛开的地方。那里,是我可爱的家乡;那里,有我永远无法忘却的亲人。

2015 年 3 月

跟往事干杯

朋友的孩子参加国际数模竞赛，得了一等奖。按规定，这意味着孩子不但可以保研，还可以保送去一所非常棒的学校。自然，这让朋友非常开心，开心之余，免不了要庆祝一番。

席间，大家纷纷聊起自己的孩子，就听一位朋友说："我女儿要是考上研究生，我啊，肯定会高兴得睡不着。"

只这一句话，我的记忆瞬间被扯向了遥远的从前。

那是一九八四年的夏天。记忆中的那个夏天，太阳亮闪闪的刺眼，树上的知了，聒噪得没完没了。那时的我，刚刚参加完中考。

考试地点是县城中学。考完试后，同学们回到学校的窑洞，各自卷好自己的铺盖，也就分头回家了。那时的我们毕竟还小，所以几乎没有见到什么难分难舍的场面；那时的我们怎么也不会想到，有好多同学自从那次分别后，居然就真的再也没有见过面。

我的正在读大学的大哥正好放暑假，他骑着家里的加重二八自行车来学校帮我搬铺盖。回家的路上，他推着自行车，自行车后座上放着陪伴了我三年的铺盖，而我，则一边护着铺盖，一边跟大哥絮絮叨叨地拉着家常。

虽说那时的我年纪还小，但实话说，中考完后，内心还是实实在在的有些空落。我不知道，我将会考个什么样的结果；我也不知道，我的未来，将会被涂抹成何种颜色。

等待结果的时间是无聊漫长的，也是让人忐忑煎熬的，不过最终，谜底还是被揭开了。按照红榜上公布的结果，我算是考上了高中。

我没有看出母亲跟平常有多大的分别，只是随后知道，我的母亲因为此事，居然高兴的整夜都没有睡着。虽然，按照我的成绩，只能去县上的一所普通高中，而且我的成绩比起那所普通中学的最低录分线，其实也只高了那么一点点。

然而我的母亲，还是为此，激动得整夜失眠。

村里一起读初中的同学有好几个，成绩下来后，被录取的人却只有我一个，于是就有人满心不悦，说："哼，都一样在学校念书，凭啥就她一个考上了？要我说啊，都是人家孩子爸爸有本事，给想了办法吧？"

的确，我的父亲很有本事。这本事不但表现在他脑子灵活，手艺佳，能说会道上，而且还有一点，就是父亲交友广泛。而在父亲当时来往密切的一群人中，还真有一个人，是县城重点高中的一位领导。所以，村人们这样说，也就不难理解。

不过，有一点我不能不说，我考上的那所高中，是普通的，而父亲朋友所在的那所高中则是重点。也就是说，我考上高中，跟父亲朋友在县城中学工作这个事情之间，其实毫无瓜葛。然而，也似乎不能说没有一点瓜葛。

这瓜葛发生的时间，是我读高二的后半段。那时的我，在那所普通中学里学习成绩一路高歌，大概是父亲跟他的朋友交谈中无意提起过，朋友听说后，主动对我的父亲说："孩子成绩不错，你问问她，愿意的话，我帮她转学到重点吧。"

父亲就此征询我的意见。

实话说，内心来讲，我不愿意转学，但从理性层面来说，重点学校资源自然会优于我所在的普通中学。记得当时我对父亲是这样说的:"如果他有一点点的为难,我都不转,如果一点都不为难,转学也行。"之后,我就背上馒头去学校了。

一周之后的一天,父亲来到我的教室门外,手里拎着一个热乎乎的肉夹馍,说:"转学手续办好了,你可以去那所重点学校读书了。"

后来的事实证明,这次转学对我而言,其实好处并不多。至于原因,主要有以下三点:一是重点中学的同学们,对像我这样的转校生多半瞧不起,这不免让我的心里有很大的落差;二来因为我是插班生,老师毫不迟疑地将我安排在教室的最后一排;三是两个学校各门功课的进度差异很大。

我和几个女生预备一起去操场温课。其中一个黑黑瘦瘦的女生透过眼镜片,很有些不屑地看着我,说:"嗨,听说你们那所学校可乱了,那里的学生,就知道玩耍谈恋爱,压根就不学习,是不是啊?"

现在想想,我的同学其实很可能只是出于好奇,想要跟我求证而已。然而她不知道的是,她无意之中的这句话,却深深地刺伤了当年极其敏感的我。我甚至不假思索地将她的问话理解为挑衅,而我则因为这让我很没面子的挑衅而气愤得面红耳赤、浑身颤抖,于是几乎是摆出一副要吵架的架势大声质问她:"谁说的?谁说的?谁说我们学校的同学不学习?谁说我们学校乱成了一团粥?"

其实严格来说,那时的我已经离开原来的学校了,然而我争辩的时候还是很自然的用"我们学校""你们学校"来为我的曾经和现状做着注解。可以想见,那时的我,在那所重点中学里,是怎么一种寄人篱下的客居心态?

再说座位。我的新班主任不假思索地将我安排在最后一排。不用说,这里属于全班"天高皇帝远"的"三不管"地带。

我个子不矮,所以我不敢对老师的座位安排有什么意见,只是坐在最后一排后，我的眼睛和鼻子立即同时对我提出了强烈的抗议。

先说眼睛。没来到这所学校、没坐在最后一排时的我，不知道什么叫作近视眼，然而一旦到了这所学校，坐到了最后一排，我立刻明白，我其实已经是近视眼。

老师上课的板书，我几乎完全看不见。

那时的我，羞怯、胆小，不敢去找老师说明情况，也不愿给父亲多添麻烦。多亏我的也在县城读高中的姐姐，她得知我的情形后，在一个周日，带我去配了副眼镜，至此，我才知道老师在黑板上都写了些什么。

再说鼻子。那时候的教室不光是教室。白天的时候，同学们在这里上课，到了晚上，男生们将几张桌子拼凑在一起，教室也就成了他们的宿舍。更甚的是，月黑风高之时，有人还很自然地，将教室自动转换为公共厕所。

教室后面的角落，湿漉漉中透出浓重的骚味，谁都知道，那是男生们体内排出的废水在发酵，而我的鼻子，无端受此纷扰，自然意见不小。

我不明白当年的我，为什么那么胆小？虽然当时的现状，让我非常不满，甚至让我自暴自弃的想要破罐子破摔，然而我却没有对任何人提起过，甚至包括我的父亲。

上课看不见黑板的我，透过玻璃看向窗外，有时候会看见父亲的朋友正好在打水，也就是说，我有太多的机会可以去找他，让他帮我想想办法，换换环境，然而我却没有，而且从来都没有过。

转学后，因为两所学校课程进度不同，我落下不少功课，尤其是物理，比我原来的学校进度整整快了两个章节。而这，几乎是导致我后来不得不学文科的首要原因。

在这样的"恶劣"条件下,高二后半段的我学习状态自然不佳。到了高三,还好,分了科,而大家的座位,也按照考试成绩重新划分。

小学及初中阶段，座位多是按身高来排列。到了高中，座位则基本是成绩说了算。记得有次开学前排座位，老师把同学们全部从教室吆喝出去，然后开始唱名次。如果你考了第一名，你眼前的教室里将会空无一人，而你，则可以随心所欲地在空荡荡的教室里随意挑。如果你考了倒数第一，座位对你来说，则完全是无可选择。自然，那时候的我，再也不会去到最后一排。

那一年的我重新进入学习状态，因为一来座位合适，二来眼睛、鼻子也不再闹情绪，于是也就慢慢静下心来，开始好好学习。

应该说，进步还是有的，但高二后半段的荒废，还是给我造成了些不良后果。第一年高考，我的成绩离提档线还差两分。也就是说，我落榜了。

这自然很令人沮丧，尤其看到曾经跟我一个班级的同学纷纷去了大学，感觉十分落寞。

补习那年的我，非常讨厌"补习"这两个字。记得当时我的一位同学已经在读大学，他曾经给我写来几封短信，信的内容我已经不记得了，只记得在信封上，他没有写补习班，而是用了"复习"的字眼。

复习和补习，究竟有多大的区别，今天的我已经没有什么感觉。然而当年敏感的我，却只因为这一字之差，发自心底地感谢他。

补习那年，我的入学并不顺利。

同样是父亲的那位朋友，答应让我去重点学校的补习班，可是眼看着，学校已经开学一天、两天、一周、两周了，补习的事情还没有着落。

时间，对于面临高考的同学来讲，自然不能如此挥霍。两周不见动静后，我跨上自行车，去了我原来就读过的普通中学，找到我以前的班主任，因为正好，他在带补习班。其实后来想想，我之所以要亲自去找，深层原因还有一个，那就是从内心来讲，我并不想去那所重点学校，而父亲朋友办理入学时间的拖延，正好给我找到了一个不去那所学校的最佳借口。

因为去得太晚，没有课桌，没有板凳，但最终，通过各种途径，我总算是坐进了教室，也有了可供自己睡觉的一小块地方。

为着这样的一件事情，我内心一直非常感激我的那位老师。高中毕业后，我去了省城读大学，我的家也搬离了原来的那个村庄，我跟以前的老师同学也就基本失去了联络。

去年春节，我辗转找到老师的联系方式后，专程去看望了他。老师过得很好。虽然对于几十年前发生在我身上的一些事情已不大记得，但我们的聊天，还是让彼此收获到了不少愉悦……

"喝，快喝""吃啊，再吃点"，朋友热情的招呼声将我从短暂的恍惚中唤醒。我立刻再次举起手中杯，向孩子送去真诚的祝贺！我知道，孩子能取得今天的成绩，绝非一朝一夕的努力。他参加比赛的次数，可以说是不可胜数。他的比赛，先是冲出了校门，随后冲出了省门，再后来又冲出了国门，如今，终于如愿以偿地拿到了国际竞赛大奖，不知道此刻他的心里，翻腾的又会是什么呢？

奋斗足迹？一路苦乐？

我想，这些美好的足迹和曾经洒下的汗水，势必会沉淀为他生命中最璀璨的记忆。某一天，在某个特殊或者寻常的场合，他也一定会像今天的我一样，因为某句非常普通的话，而勾起对往日岁月的追忆。

干杯，朋友！让我们为今天的美好，也为如烟的往事，一起举杯！

2015 年 4 月

住校生涯

（一）

某日跟女儿闲谈，聊到住校的话题，我一时有些滔滔不绝。女儿不屑道："你又不住校,好像啥都知道！"本意是打击我的嚣张。

此话一出，如一池静谧的湖水被人扔进一块石头，又如水珠不慎掉进了热油锅，我浑身细胞立刻热情地从身体各部分奔涌而来，每个细胞都踊跃地想要对此问题发表"资深"看法，最终，经过细胞们的一番合计，输送到声带的是这样一句话："从初中起，本人就开始正儿八经的住校，论起这住校生活，谁敢说俺没有资格发言？"

正在住校的女儿虽然心里颇不服气，但一时又实在无话可驳，于是我们的对话，就以她的一句"你牛"收了尾。

只是，谈话虽宣告结束，但这场谈话却不经意间一下子勾起了我的许多记忆。于是那些如烟往事，像一幕幕黑白电影，开始在我的脑海里播放。

小学阶段，我一多半住家，一小半借读在外婆家。升初中后，我就开始了长达十余年的住校生涯。初中的学校名称，跟河有关。据说那里曾经有过漫泉映月的浪漫场面。可惜，我待在河边三年，映入眼帘的永远是沟壑满眼，至于水，从没看到一星半点。

我少年阶段中的三年在那所乡村中学度过。那所学校的同学考上高中的很少，加之因为我们的举家搬迁，所以后来我跟同学们的联系就基本中断了。

如今，回忆起那时的生活，记忆也只是淡淡的。好像开学的日子总是雨天。有一年，连阴雨下了四十多天，下课间隙，我就着学校的大喇叭，听梅兰芳的《岳飞传》；女排连连夺冠的消息，也是在学校的喇叭里听到的。

人生的那个阶段，感觉好像是没着没落。灰蒙蒙的日子里，内心总被一丝忧郁撕扯着，当然，也有开心，但开怀的时间比较有限。没有目标，不知道终点，常常，一个人穿梭在家和学校的铁道线上；常常，一个人呆呆地看天。

有一天发现课桌的抽屉里多了几份考卷，其中一张卷子上用如血般鲜红的字迹写着："用后归还，不要给别人看。"后面是三个大大的惊叹号。

那时候的复习资料非常有限，尤其是在这所只能算是三流的乡村中学。当然，有人通过各种途径，会弄到一点点，一般都跟宝贝似的藏着掖着不舍得给别人看。

而我，在三个红色感叹号的压迫下，也并不敢多看。因为我坐而有同桌，睡则大通铺，没有隐私的天地里，我不知道如何保证他的宝贝不被别人观瞻。如此这般之下，索性自己也不看，挑个时间，我直接奉还了他的练习试卷。从头到尾，男孩和我，几乎没有说过话。

当我忆起人生中的那个阶段，发现有好多稚嫩的面孔，居然纷纷浮现在面前，虽然他们的姓名，我已经不记得了，但他们的音容，显然还在我脑海深处蛰伏着。某一天，因为某个机缘，记忆的湖面沸腾起来，我想起了跟他们在一起的点滴画面：

有个姓孙的女孩很有绘画天赋。那时候的男生年纪尚小，多半并没有君子风度。一张课桌，一男一女分坐半边，经常会为谁多占谁少占而争执不休。女孩大笔一挥，绘制了一幅漫画，画中女孩把男生女生为座位而发生争执的形象惟妙惟肖地表现了出来，并且旁白八个字："欺负女生，算何英雄？"这一时让我们女孩子们扬眉吐气、喜笑颜开。

还有个女孩，长着一双会说话的大眼睛。她的眼睛可真大，几乎比赵薇的还要大。女孩周末回家，晚上睡得正香，就听她的妈妈在隔壁房间喊："丫头，你好着没？我刚才听到'咚'的一声响呢？"女孩眼都没睁，说："妈，我妥妥的，你赶紧睡吧！"第二天早上醒来一看，乐了，原来她晚上睡着后，胡滚乱动地居然掉到了地下，而自己却浑然不觉，竟然在地上香香地睡了一整晚！

不知为何，那时男生女生不说话，年纪小小，却大有老死不相往来的气派。自习时间有事想离开教室，需要跟班长请假，因为班长是男生，每每为此，几个女生都要好一阵的磨磨唧唧、你推我让。

那时候的宿舍是窑洞。窑洞地势低，下雨的时候常有雨水漫进来，非常潮湿。初一刚入学，班主任老师就带领我们一帮同学从地里弄了不少荒草做柴火，原意是想把窑洞烤烤、去去潮湿，但老师显然太年轻，经验不足，柴火不够干爽，最后的结局是窑洞被熏成了黑色，潮湿却并没有改善多少。那时候没有床板，孩子们在窑洞地上铺几块砖，砖上弄点麦草，或者用麦草加工而成的草栅，上面再铺上自己的铺盖，就算是自己的"床"了。

周末，学校会安排同学们轮流值班。有个周末晚，我跟我的一位一起值日的同学趴在被窝里就着烛光看连环画，忽然听到有人在窑洞窗外喊："哎，你们干吗呢？"那时候宿舍经常不大安全，那日又是个冷飕飕的大冬天，听见声响后的我们，赶紧吹灭蜡烛，把头蒙在被窝，吓得气都不敢喘，外面的人见状，骂骂咧咧几句后，也没再纠缠。

当时学生们住的窑洞外面正好连接着操场,操场地势高,而且没有围墙,所以附近村庄有些不务正业的浪荡子,就常来骚扰。常听说某个宿舍夜半有人破门而入,也听到过女生夜半惊叫的声音飘荡在漆黑的校园上空。现在想想,真有点往事不堪回首的感觉。然而那时的学校,条件就是那样,家长及孩子们的防范意识,也确实是有些差。

潮湿的窑洞里,老鼠常年在角落安家,频频造访。那时也没有食堂,大家的伙食都是从家里自带的,不用多说,都是馒头。条件好的,是白面馍;条件差的,是黄色的玉米面,当然更惨的是,家里粮不够,馍馍都不能吃饱。

馍馍如此金贵,人吃尚且不够,怎么能容忍老鼠来撕咬?于是整个初中阶段,大家跟老鼠斗智斗勇,在窑洞空中悬挂绳索,把馍馍挂在空中。而老鼠们在饿了几天之后,居然学会了空中走钢索,让我们防不胜防。

女孩对一些动物会天生害怕。上大学的时候,《新概念英语》中有一篇课文跟蛇有关,里面还配了图片,好多女生因为那张图片,连那篇课文都不敢看。也有一些女孩很怕毛毛虫,而最令我起鸡皮疙瘩的,却是老鼠。

有次周六放学,我坐在窑洞的"床"上写作业。当时数学正好学到了我非常喜欢的代数,坐在"床"边的我,做起题来又快又酣畅,正得意间,忽觉脚面有些异样,定睛一看,原来是一只黑乎乎的大老鼠正趴在我的脚上。我吓得尖叫一声,立刻丢下作业本,奔出宿舍,匆匆忙忙往家赶,大好的心情瞬间荡然无存。

忆起初中三年的生活,给我的感觉大多是黑白的,遥远且惨淡,当然也有一些鲜活的画面。初三的时候,来了一位新老师,是个漂亮的女生。女老师教我们数学,每次我从她身边走过,总能闻到淡淡的香味。中考前夕,老师叫我去她办公室,对我说:"快考试了,你再努力一把,争取考个重点高中吧!"

中考地点在县城，由一个老师带领我们去。整个考试过程晕晕乎乎。成绩出来，偌大一个年级，只有寥寥几个人考上了普通中学，我侥幸算是其中一个。

于是，我也就告别了初中的窑洞，开始了下一轮的住校生涯。

（二）

上高中后，我进入县城读书。

如今看，县城只是一个小县城罢了，但在那时的我看来，县城可真美、真大，所以我能够考进县城读书，自然是满心欢悦。

高中的第一间宿舍宽阔高大，三排大通铺上，住着同年级不同班的好几个女生。临睡之际，要好的女生想要挨着，只需跟旁边的人打声招呼，就随意换了铺位。有次考试完毕临近放假，跟旁边一个女生通宵达旦聊天，她跟我讲她和她青梅竹马的爱情故事，第一次发现自己的身边，居然真真切切地存在着早恋。女孩和初恋情人，是从小学到初中一直共同走过来的。到了上高中的年纪，男孩入伍，女孩读书，两地分隔，两人鸿雁传书，倾诉相思之情。

我跟女孩记忆深刻的聊天也就那一次。高中后半段，我转学去了另一所中学，那时总有很多的书要念，也就鲜有这种酣畅淋漓的聊天。

记忆中还有一个女生，她的相好也是个大盖帽。只记得男孩是后勤兵，所以可以给女孩提供好多生活上的便利，比如可以让她穿上免费的军大衣，比如能给她弄几口好吃的。女孩为此时常感到骄傲。对于这种事情，我们大多数显然是菜鸟，不明白但也不羡慕，所以她骄傲是她的事，一旁的我们，大多也只是冷眼旁观着。

三排大通铺住了不久，我就搬进了姐姐的宿舍。姐姐当时正读高三，跟我在同一所学校。那时好像很自由，反正是大通铺，大家挤挤也就加进去了。跟姐姐住在一起后，我仗着自己是高一，而且人高马大，买饭的任务我全权承包。每次饭点手里举着几个热馒头，匆匆回到宿舍准备用餐时，宿舍门常常还锁着呢。对于我的吃饭积极、买饭迅速，姐姐和她的舍友们常常笑着交口称赞。

高二入学后不久，我转学去了县城唯一的一所重点中学。依然是住宿舍，依然是大通铺，只是从普通到重点，心里的落差真的挺大。

普通中学里，学习成绩不错的我自我感觉良好，转到重点后，就有了深重的自卑感。重点高中里，我不再有座位上的优越权，老师把我安排在教室的最后一排，那里白天算是教室的一个偏僻角落，晚上就是男生的卧室兼厕所，到了夏天，常常臭味熏天。这味道不但熏着了我的鼻子，也熏坏了我的学习，因为也就在那一阶段，我的成绩如瀑布流水，一泻千里。

环境纵然不能改变人，但环境在每个人成长过程中的重要性，又有谁敢小觑呢？

还好令人沮丧的灰色高二总算熬完，进入高三阶段。

按照成绩排座位，我终于不用再被安排在最后一排，周边的同学成绩相当，大家自习时间共同攻克难题，晚上一起住大通铺，慢慢地，我心绪也平和了许多。

只是有了高二后半学期的那段插曲后，高三我的成绩也就忽高忽低，时常不稳定，高考一战，我恰逢成绩抛物线的低谷阶段，以两分之差名落孙山！

补习的那年，我重回那所普通中学，跟几个要好的同学被安排在一间很小的宿舍里。那一年的我，成绩稳定、心情舒展，最终别离了那间小小的、潮湿的、时常有老鼠出没的宿舍，别离了县城，走向了省城，开始了我的大学生活。

（三）

大学的我，继续住校。

好多城市里的孩子都觉得宿舍条件不好，然而我却丝毫没有此种感觉。首先，大学里，我们住进了楼房，楼房里面，不再有老鼠出没。而在我的初中高中阶段，老鼠，一直是我挥之不去的阴影。其次，大学里面，一人一张床，虽然是架子床，但这样的条件，比起我初中高中一直以来的大通铺而言，的确是进步多多。所以，虽然我第一天去学校的时间有些晚，只能无奈地选择了上铺，但我依然心满意足。

大学宿舍的新生有好多是第一次离家，第一次住校，所以到了晚上，总有人会嘤嘤嗡嗡着偷偷哭泣，而我，因为小学就开始离家，初中就开始住校，所以完全没有其他同学的那种不适。

当然，也并非一点没有。

我不适的原因主要来自城乡差别。大学的舍友们大多是城里的孩子，能讲一口动听的普通话，而且英语都比我好，尤其是口语。她们看过好多电影、小说，肚子里有很多故事，脑海里有太多经典，而我，完全没有。这种因生存环境而带来的差异问题，一度困扰过我，好在，时间并不长。

一池水，可以深不可测，也可以清澈见底；一捧花，可以富贵妖娆，也可以朴素淡雅。深不可测有深不可测的好，清澈见底有清澈见底的妙，正如牡丹富贵、百合清雅，然而，那些随风而逝的蒲公英，其实也一样有它的别致和美妙。

而作为一个人，当你学会了自爱，学会了接受自己的一切，用你的真诚，面对扑面而来的一切，你会发现，原来你的身上，竟然有着那么多别人所没有的魅力和美好。而这，也许正是十年的住校生涯最终教给我的。

2015 年 4 月

从手纸说开去

　　一九五七年六月二十七日夜，位于山东、河北交界处的一个军事禁区里发生了重大盗窃案，盗窃者潜入苏联军事技术专家伊哈诺娃住的房间，不仅偷去了首饰和照相机，而且还撕走了绝密笔记本上的两页正在研制的重要军事设备资料。案件引起了北京军区和国家公安部的高度重视，两个部门派出了阵容强大的侦查人员，紧锣密鼓地查了几天，没有什么进展。

　　以上内容，来自余秋雨先生的一篇散文——《遗憾的真实》。当然，在文章的后半段，公安部长请来"北方名探"鲁奉节，案子也终于告破。

　　之所以要将这段文字摆放在这儿，主要是想说说我读完它后的第一感觉。那就是：当我读到这段文字而名侦探还没有登场的时候，我的脑海里立刻无端地浮现出了两个字——手纸。读到文章后面，我不由笑了，因为不偏不斜，我的猜测完全准确。那两页"重要"的纸，的确是因为小偷内急才撕走的。

　　在《遗憾的真实》一文的后半段里，经过全体总动员，那两页"绝密重要"的纸，终于在手纸们惯于出没的地方被找到，当然鲁奉节作为名侦探,他的推理有理有据,而我,则完完全全是直觉。

为什么会这样呢?思来想去,觉得这大概跟我小时候使用过的手纸有关。

如今人们日子好过了,对生活的要求早已不再是吃饱穿暖,而是要吃好穿好。买个包包,动辄成千上万;穿个衣服,动辄几百几千。人们的生活,开始朝向着优雅、精致进发。内衣外衣、皮鞋皮包,开口必言品牌,什么梦特娇短袖,什么LV皮包,就连世界上发达国家的人,对中国游客大手笔购买奢侈品牌的能力都不得不咋舌。

的确,中国人民是真的富起来了,但这张扬的富裕方式,只能叫作土豪。想起多年以前,有些富裕起来的农民,买来价格不菲的西装,穿在身上却不舍得将袖口上的商标去掉,从而,这西装笔挺的人,也就沦为笑话。

改革开放到今天,才只有三十多年。中国人,你掐指算算,你富起来的日子又究竟才有几天?而好多人已经开始花天酒地、大吃大喝,开始以为自己真的富可敌国。这样的民族,有些可笑;这样的中国人,有些太轻飘。

不必将镜头扯得太远,让我带你一起去到上世纪七十年代。有一天,我在省城上班的大姨回到了乡村,于是母亲三姊妹一起闲话聊天。大姨说:"你们知道不?如今我的两个儿子擦屁股的时候都喜欢用卫生纸,嫌那些写过字的作业本的纸太硬。"

我的二姨还有我的母亲立刻笑成一团,她们马上觉得,这些男孩子们太过矫情。所谓卫生纸,不是女人例假的时候才会用的金贵东西吗?怎么男人也好意思用?

母亲回家将大姨的话当作笑话讲给我们听。自然,我们也是笑作一团。笑完后我心想:"嗨,这两个男孩子,可真不害臊。"

记得当时在我家厕所的墙上,钉子上挂着一个正反两面都用尽的练习本,能用这样的纸张做手纸,对那个年代的乡村人而言,已经是非常的高大上。

当我已非常"优雅"地用草稿纸做手纸的时候,我的好多同龄的伙伴,一定还有人在沿用着我们先前的传统,这个传统就是,用土疙瘩。

我生长的地方,被誉为"八百里秦川"。我的村庄虽不富裕,但是比我们境况更惨、更加贫穷的地方,实在是多得数不清啊。

我的村庄虽不够文明,但相比不少落后的地方,我们其实还是要文明不少。然而,这"文明"着的我们,却非常自如、非常自然的,用土疙瘩做手纸。

事情发生的时间距现在其实也不过三十多年。区区三十余年,中国人,就已经可以奢靡到把一切都忘记了吗?

在我接受的小学教育里,有很重要的一个镜头,叫"忆苦思甜",而我今天的这篇文章,似乎是在忆苦,但却与思甜无关。

因为毕竟,越来越有钱的人们,的确愈来愈贪婪。人们为了能有更多的钱,假货、冒牌层出不穷,可谓绞尽脑汁、机关算尽。人们一方面将钱财大肆浪费和挥霍,一方面为了赚钱,穷凶极恶,抛弃良心和道德。我的年老的公公婆婆,平时恨不能把一分钱掰成两半花,然而小心谨慎的他们,近几年来被保健品骗走的钱财,为数不少。

最近二老买回来的保健品,我们用它做了个实验:将一粒保健品和一粒速效伤风胶囊同时泡进醋里,十多分钟后,胶囊基本软化,但是那粒保健品却坚若磐石,纹丝不动。

前几天跟一个朋友一起出去吃饭,朋友的爱人是个医生。吃饭的那天他正巧有些感冒,我看到他吃感冒药的时候,只将胶囊里的药粉洒在水里,至于胶囊,全部扔掉。

再回头说那个所谓的保健品,我们几个人费了好大的劲,也无法将它弄开,后来只好请来菜刀,将它一切两半,闻了闻,大家给出的结论是,如果对方有良心,里面盛放的,应该是红糖水。

说到保健品这个话题，身边被骗的老人简直是一抓一大把。那些推销人员抓住老人的心理，天天都在制造着笑话。

有一年，公公买回来一个充电器，不是普通的手机或者平板电脑充电器，是一个人体充电器。公公说："哎呀，不得了，我眼看着，几个年老体弱的人，用了人家的充电器后，四个老人，可以轻轻松松一人一个手指头就抬起一个壮小伙……"自然，我们轮番用充电器给各自的身体充了电，也自然，没有充出任何奇迹。

朋友的父亲病了不去医院，而是使劲买保健品，而卖保健品的人，则信誓旦旦说他们的产品有奇效。有一天，老人走了，销售员的电话还在一如既往地跟踪着。

电话响了，是老人的儿子接的，对方说："叔，最近疗效咋样？"儿子看着半屋子还没有来得及拆封的保健品，不由大光其火，说："人都死了，你说疗效咋样？"

保健，本来是为了保持身体健康，却无形中危害人们的健康，甚至夺去人的生命，而这一切的一切，都是因为钱。

今天的人们，似乎是有钱了，但今天却有更多的人，愿意为钱拼命，甚至为钱而死。这种为了金钱而"抛头颅、洒热血"的精神和气概，实在堪比当年为"主义"牺牲的先烈们。当然我也知道，用这个比喻来说明问题，是对先烈们最深的侮辱。

我下班去菜市场买樱桃，老板给我尝了尝，味道真不错，然而等买回来再尝，甜的变成了酸的……

老公和朋友去陕南办事，沿途见一卖核桃的，热情地让他们品尝，别说，核桃还真不赖，于是两人一人买回一大袋，高高兴兴各回各家。

回家打开一看，傻了。核桃小不说，而且坚硬如铁。家里买来专门用来对付核桃的核桃夹，面对这样的一堆核桃，直接在主人的手上被生生掰断，从而一命呜呼。核桃夹对付不了核桃，这简直如同猫对付不了老鼠，怎么想都像是个笑话。

甜樱桃酸樱桃、大核桃小核桃，大家忙活来忙活去，其实也只是为着一个钱。而至于所谓诚信、所谓良心，谁管？

所以，纵然今天的我比以前更有钱，我也决唱不出"我们的生活比蜜甜"。再者说了，如今要想买到货真价实的蜂蜜，还真不容易。稍有不慎，你买回来的可能就是白糖甚至糖精与水的混合体。甜倒也是甜的，但那个甜味，基本与蜜无关。

话题扯得有些远，还是回头继续说我的手纸问题。当我小的时候，我穷的要用土块做手纸，却心无挂碍；今天的我，用着柔软的卫生纸，却要操心这卫生纸的质量过不过关，细菌超不超标……所以我真的不知道，我的日子究竟是更苦了还是更甜了？所以，我今天的这一番话，也就绝对不能算作是忆苦思甜。

至于说，好端端的，在这个下着小雨的五月天，我为什么非要跟你谈这个在不少人看来很有些龌龊的"手纸"问题，建议去问问余秋雨。

2015年5月

悠远的眷恋

我想去看麦海,麦子却已收割完;我爱慕那泥土垒就的墙,它却几乎已经消失在我的眼前;我孩提时的秋假和忙假,因为农业的现代化,也因为如今孩子们学习任务日趋紧张,注定会消失。于是,一切的一切,也就只能成为丝丝缕缕悠远而又绵长的深深眷恋。

——题记

想念麦田

当窗外传来"姑姑等"那悠悠的叫声的时候,我知道,麦子就要黄了。而我想去亲近一大片金色麦田的想法,其实也已很久了。

去年的麦黄时节,我就给身边人传递着这样的信息:"麦子该黄了吧?真想去麦田看看。"结果是我先收获了一个白眼,然后就听对方说:"麦子有啥好看?又不是没见过!"

是啊,金黄的麦田,我当然见过,不但见过,有好多年,还亲自下地割过呢。不就是燥热的天空下,一片干涩的枯黄吗?有什么好看?

然而心底却总有个声音，如漂浮在水面的葫芦，又如小孩们戏水时的游泳圈，又如桌面那老迈而又尽职的不倒翁，怎么按也按不住，甚至越使劲按，它反弹得越有力。先是在我的耳边窃窃私语，随后大声嗡嗡，述说着它们想要与麦田近距离相拥的理由和想法。

转眼到了"麦罢"，麦子们已颗粒归仓，而我的想法，依然是嘤嘤嗡嗡缠绕在心间的一团乱麻，终究没能得到伸展。

一晃又是一年。

当"姑姑等"的叫声再次响起在遥远的田野，我对麦子的思念自然而然地再度翻滚起来。然而，却总苦于没有合适的时机。于是也就终究没迈出那只走向田野的脚。

端午节到了，窃喜着有了小长假，于是再度，我怯怯着说："我想去看看麦田。""什么，麦田？麦子早都收完了啊？"终究是不信，终究是不甘，悄悄着去问另一个人："麦子现在收了吗？""收了收了，咱们这里啊，端午前麦子一般就收完了。"

于是我只能将我的思念，再度按压进脑海深处。按压之际，满心惭愧，惭愧着才没几天，却已经忘记了收麦的时节。

节后刚上班，就听同事说："哎呀，放假回去收了三天的麦，可真累坏了。"

心里不由小声惊叹，继而惋惜道："早知道你们那里没收麦，应该去看看，一直想去看看麦田。"

同事瞧我一眼，惊奇道："麦田有啥稀罕？"说完又补充道："你想看麦田，网上图片多的是啊，随便下载不就完了吗？"

我微微红了脸，为我的这个在大多数人看来非常无趣的想法，为自己心底那按捺不住的思念浪花。然而脸红之后，静下心来，才发觉我对麦田的想念，依然那么清晰、那么明白、那么真切。而这清晰明白真切的思念，如缕缕微风吹拂在我的心田，让我惬意，让我温暖，让我无聊抬头望天之时，心里总有<u>丝丝缕缕绵延不绝</u>

的小小感动和感慨。

怀念土墙

不知为什么，我会如此的迷恋那些跟泥土有关的墙。不管它是人造的，还是天然的。

乡村的房屋，如今大多早已是"一砖到顶"，鲜有用泥土垒就的墙。偶尔遇见，我的脚立刻像是遇到了磁石的铁，不由自主的会被吸到那些土墙跟前。我不知道这些土墙给我生命的感觉里，曾带来过多少难言的亲切。

城市的公园里，更是鲜有泥墙，就连王宝钏苦守了十八年的寒窑也已被装饰得富丽堂皇，不过且慢，终于，在寒窑后面不显眼的几处地方，我发现了几面让我亲切和迷恋的泥土墙。

这些泥墙本不是墙，也不是人工垒就的。但是如今，它终于承担着墙的职责了。这正如外婆家后院的那道天然土墙。

外婆家后院的那道土"墙"，在年少的我看来，可是真高，就连已经是大人的舅舅，也说它有"两层楼那么高"。舅舅指着那堵墙，说："以后可以在这里盖个两层楼一样高的房。"舅舅不知道，只这简单的一句话，曾经让外婆的心，丰盈喜悦了许多年。

如今，墙是早已跟外婆毫无瓜葛了，不知它是早已坍塌，还是依然故我？

我家后院的墙上长着一株枣树。枣儿成熟的季节，常常有好多果儿掉落在我们的院墙外面，喂养了不少别人家的小孩。

土墙上开了一扇门，是家里的后门。后门打开，是一大片庄稼。麦黄时节，有麦子；红薯成熟的季节，是红薯；还有水灵灵的萝卜，五颜六色的棉花朵。

到了晚上，黄鼠狼经常在后院的土墙上往来穿梭，它们深夜探访的目的，自然是不安好心地给鸡拜年。当鸡因为受到惊吓而一片纷乱的时候,主人多半会披衣而起,前门的狗儿,也会踊跃着前来帮忙吆喝。

等黄鼠狼被彻底击退,鸡儿们也渐次安宁。主人回到房间。狗儿进到窝棚。夜完全没入黑色,乡村再次被无边的宁静深深包裹。

至于土墙,也就渐渐进入了梦乡。

秋 假

秋假对于城市的孩子们来讲,可能是陌生的,但对于乡村的学生们而言,却是熟稔于心的。

是啊,怎么能忘?玉米要收,小麦要种,不都是在这一个短短的秋假里吗?

土地包产到户的第一年,秋假里,家里的四个学生纷纷回家,于是一向缺少劳力的家,变得很有些热闹。

该种麦了,家里却没有牲畜,不过怕什么,咱有劳力啊。

那一年,母亲和我们兄妹四人充当了种麦时节的"牛",而父亲,则是"牛"后面那个摇耧播种的把式。种麦的时候,天气燥热着,麦子刚刚种完,天气很快阴沉起脸,随后,索性滴滴答答地下起雨来。

这一场及时雨,让父母很是欣喜。欣喜之余,感叹我们的秋假放得及时,不然,如果等着借用别人家的牛,麦子势必不会这么快就被撒进田里,而麦子如果不能这么早被撒进田里,自然也就享受不到这场及时雨。

每年,还真有些人家,因为没有"抢种抢收",结果一场淅淅沥沥的雨,就将农事无限期的耽搁下来。当天终于放晴,地里终于能够进脚,时节却已经被耽搁,于是一季的好收成,也就幻化成了一场梦。

被当作牛儿用的那个秋假,我的肩膀上被绳子勒了深深的两道印痕,到了第二年秋假回家,就听父亲说:"今年啊,我们动手早,麦子都已经全部种完了呢。"于是那个秋假,我天天吃着母亲给我做的香喷喷的菜鱼,一边温课一边享受着我悠闲的假期。

忙　假

这个假期的时间,正值三夏大忙,所以被称作忙假。它是用来收麦的。

那时候没有机械化,也无康拜因,一切都只能依靠人们的两只手,所以,"人多力量大"这句话,放在当时的条件下,简直是一句真理。

兄妹几个一人一把镰刀,相携一起去到麦田,各自蹲下身子,然后,随着镰刀的一起一落,眼前的麦子,就一片一片的慢慢倒了下来。

一开始是大家一起割麦,到了后半场,就有了分工。"手快"的大哥和姐姐继续割麦,"腿长"的我和二哥开始将麦子装上架子车,再一车车的运回麦场……这些劳作货真价实,而这货真价实的结果,就是经过这一番劳作后,我们一帮孩子的饭量瞬间都能翻番。

有一年麦收时节,母亲早早回家蒸馍,等我们回家,热乎乎的馒头刚好出锅。那一次,瘦小的大哥一口气吃了四个母亲蒸的大馍,也算是创造了他吃饭史上的最大辉煌。

忙假里总是很忙。因为麦子收回来后,还要打场、扬场、翻晒,而说到忙假里的休闲片刻,那无疑是卖冰棍的进村的那一刻。

那时候的冰棍清凉甘甜,非常鲜美。到了放假时节,我的一些同学也会骑上自行车,车后载个冰棍箱,走街串巷去吆喝,为自己的上学赚取一些必需的银钱。

我也总想去卖冰棍,但总也没有去卖过。只有一年,我配合着二哥去卖过一次西瓜，也不能叫卖，叫作换可能比较合适。也就是说，我们采取的方式，是用西瓜换麦，那一次我坐在二哥的四轮车上，认真地履行了一回会计的角色。

三伏天里的降温设施，自然不光是冰棍和西瓜，还有人丹、薄荷糖，这些东西在当年，几乎是家家都离不了的宝物，如今，却几乎很少听说了。

人丹的味道我不大喜欢，但它用来消暑非常不错；薄荷糖吃进嘴里，满嘴清凉，可惜却不能放开肚皮品尝。如今的薄荷糖包装漂亮，与我小时候吃过的薄荷糖比起来，早已高出好几个等级，可惜，我却再也吃不出以前那种让我浑身战栗的味道和快乐了。

麦子绿了又黄了，假期放了又收了，小人儿变大了，大人儿变老了，老人儿不见了，就连当年无比猖狂泛滥的黄鼠狼，如今也已很少见了。而这，也许就是生活，让人感叹的生活哦。

2015年6月

文字缘

小学三年级的我，压根不懂什么叫作文，然而我的第一篇作文还是登场了。尽管它只有歪歪扭扭的几十个字，尽管它的思路，完全是剽窃所得。

那时候没有参考书，所以我模仿的对象也就只能是身边有限的几个人。我翻了翻姐姐的作文本，找到其中跟好人好事有关的一篇，觉得很不错，于是就依葫芦画瓢，把它弄成了我的作文。

作文交差后，我颇有些忐忑，也很害怕同村的老师会做个就地调查，那样一来，所谓的"做好事"的情节就会穿帮，而我则很可能会就此沦为别人眼里一个爱撒谎的坏小孩。思来想去后，自个心里就先堵得慌。

是的，我在作文里撒了谎，因为我周末明明是出去玩了，却在作文里捏造了和几个小伙伴一起去军属家义务帮忙的情节。

我家隔壁的隔壁，灰黑的门框上，悬挂着一块亮红的牌子，牌子上面有四个亮闪闪的字——光荣军属。而我为了那篇让我心内不安的作文，还特意去了那个挂着牌子的家庭。然而我去是去了，却死活张不开口说那些所谓帮助的话，而军属家的奶奶，也只当我是一个来她家玩耍的小孩，所以文章里所写的帮助一事，在现实中终是乌有。

侥幸的是,老师并没有专门调查,所以我人生中的第一篇作文,也就没有掀起我脑海中想象出的那些波涛巨浪来。

初中时作文依然是让我头疼的一个话题,但对于周记,心内却有些喜欢。

那时候只要是作文,必然是老师命题的,什么《一件小事》,什么《我的校园》,什么《我的理想》,似乎就可涵盖那时作文的全部内容。至于周记,因为没有了老师的命题,所以写起来也就自由得多。

记得那时候有一个普通的作业本,我将它用做作文本。那本作文本正反两面都被我密密麻麻地写满了字,曾经一度,我将它当作宝贝似的来回带在身边,然而最终,还是下落不明了。

如果不是我家移民,那个本子还有可能找见,可惜,我家移民了,举家搬迁了,所以好多的过往,即使内心不舍,也只能无奈地跟它一刀两断。

初中的宿舍全是窑洞,窑洞的顶都很平坦。偶尔,温课的时候我会去到窑洞上边。

有一次,照例去窑洞顶温课。那一天的窑洞顶上难得的空无一人,我坐在空荡荡的洞顶上,思绪不再被课本牵绊,飘飞得很远。虽然时间已经过去了三十多年,但我还清楚地记得,那一天的我,突然间思绪滔滔,很想能写一篇属于自己的小说。

表面上,我坐在洞顶上,膝头摊开着一本要背诵的课文,而我的思想,却如在空中行走的骏马,奔驰在浩瀚的宇宙。

那一天,我用了整整一上午的时间在脑海里构思着我的"小说",然而开饭铃声一响,那些七彩的文学梦,很快就被我抛到了爪哇国,而吃饱饭后的我,也就再次变成一只乖巧的蜗牛,赶紧缩进那个叫作"复习功课"的壳。

高中的学习照例是紧张的。那时候的脑子如被盐碱浸过的土地,白茫茫一片,实在是写不出什么彩色的东西来。只是日记,却渐渐成了我忙碌中的一种放松和休闲，没有人督促，却几乎有空就写。

那是一本"高档"的软皮笔记本，软皮的封面上是一个会随着光线明暗不断变换的美人头。那本日记里有青春的苦闷，有欢乐的瞬间，有情绪的宣泄，还有属于少女的一些小秘密。可以说，它是我的真实心情流淌出来的一条河。我将它视若珍宝，吃饭、睡觉、上课，时时都带在身边，然而最终，它还是丢了。

一个晚自习时间，我去水房打开水，胳膊肘里夹着我的日记本。因为人多拥挤，为了保护我的日记本毫发无损，我将它放在水房的窗台上，等我匆匆打好开水过去拿的时候，发现我的日记本居然不翼而飞了。

那次的日记本丢失事件，让我的心里难过了很长时间。为此，我沮丧得简直说不出话、吃不下饭。也在水房贴了寻物启事，然而最终，我的日记本还是像一滴掉进大海里的水，消失得无踪无影。

实话说，日记本里能写字的地方已经不多了。它的正面已全部写完，就是反面，也已经用了一大半。

那是一本塑料皮的日记本，对当时的孩子们而言，毕竟比较稀罕，所以我想一定是某位眼窝浅的同学打完水后，顺手牵羊了。而既然是顺手牵羊，所以他拿走后即使发现已经没有多少写字的空间，也不愿意再返还给我。当然我也曾天真地憧憬着，他会找个机会，悄悄将日记本放在曾经丢失的老地方，我也去看过多次，终究，没有奇迹。

丢失日记的事情让我不快乐了好久，这种不快乐曾经一度，让我时常恍惚。我心里常想，如果他愿意将我的日记本还给我，我就是不吃不喝，攒钱给他买一个新的日记本也行啊。可惜，我面对的对象是个隐形人，所以我的想法，也就注定不能变成现实。

那本日记丢失后，高中的我就再也没有写过一个字的日记。好多想说的话，也都只在我的脑海短暂翻滚，终究没有留下任何小小浪花的痕迹。

  大学里也写过一些日记，这些日记以及过往的一些踪迹如今静静地躺在我小小的抽屉里，虽然很少翻看，但看到它在，我就很心安。

  二〇〇二年，我所在的单位开办了论坛，我也兴致勃勃地在上面贴了几篇文章，然而后来论坛不见了，而我的那些文字，也如被浪花冲刷掉的细沙般，消失了。自然，这令我心疼了好长时间。再后来，先有了QQ空间，后有了文学网站，而我零碎的文字，也总算是有了让人较为放心的家。

  有家总归是好的，但网络上的家还是有着它的隐患。所以对一个喜欢文字的人来说，最好的保存办法是让他的文字变成铅字。幸运的是，近年来，我还真有不少文字变成了铅印物，并且还出版了一本名为《梦里乡愁》的散文集。从此，我的文字算是有了真正意义上的家；从此，我再也不用担心，这些书里的文章会如同窗台上那个不慎丢失的塑料皮本子里的那些日记一样，永远地消失掉……

2015 年 8 月

被文化遗忘的村落

谁不爱自己的故乡，谁又会不愿意夸自己的故乡？但实话说，当看到许多人的很有文化和历史底蕴的故乡故事的时候，我内心的滋味其实是复杂的。

我当然愿意我的故乡也有厚重的文化，也有美丽的神话或者传说，然而，即使我用最最精细的竹筛，在我的记忆里认认真真地一遍遍摇、一层层筛，也实在难以寻觅到那些跟厚重有关的美丽碎片。

首先拿村庄的名字来说，居然简单到只是一个方位词，叫作"西南队"。至于相邻的村庄，更是简单的只在"西南"和"队"之间，加了一个数字"二"，于是两个村庄的名字，就这么毫无底蕴毫无内涵马马虎虎的诞生了。往远再看，也无非是马姓人多的村叫"马家堡"，陆姓人多的村叫"陆家庄"，董姓人多的叫"小董村"，总而言之，实在很难跟"文化"一词沾上边。也就是说，让我赖以生存的村庄，不只夏日的阳光常亮闪闪的刺眼，就文化上而言，也像是一片赤裸的沙漠。

不但村庄的名字毫无底蕴，就是人们的姓名，也取得千篇一律，毫无创意。历史进入"大跃进"时期，村庄人的姓名里，自然不乏叫"跃进"者，或者王跃进，或者陈跃进；历史进入"文化大革命"

时期,村中自然就多了几个刘文革、赵文革,当然还有叫红旗、革命、兴旺、富贵的,多亏村中姓氏颇杂,才不至于有太多的同名同姓。然而在我上小学的时候,还是出现过不少的同名同姓者,常常老师在课堂上点一个名,就有好几个或高或矮、或男或女的身子同时站起来。为此,老师机智的在每个同名同姓人的姓名后,特意标上了"男""女"或者"大、中、小"等标签,每逢点名时,老师往往会用加重的语气特意说,这个问题,请"大"刘文革回答,或者说,这个问题,请"女"赵小丽来回答。自然,这被我加上双引号的"大"或"女",一定是以拖长的重音形式从老师的喉腔喷发出来的。

男孩子的名字多半被革命、红旗之类词汇控制着,女孩子的名字无非是一些"丽、艳、红、芬"等。这些词汇,几乎成了我的家乡上一辈人的固定思维,以至当我有了女儿后,公公给孩子取名的时候,也始终围绕着"芬、丽"等词汇进行,着实是吓坏了当初的我。

真的,我的故乡、我的村落,虽然我不愿意说它是穷乡僻壤,但其实它确实算是穷乡僻壤。

好多的人家是不让孩子去上学的。如果某位家长愿意慷慨地送孩子去上几天学,多半是为了识几个字,会简单的加减法,最起码,你总归要认识人民币,总归要会买米买面吧。当然,小时候在我的家乡,见识过大米的人其实也是凤毛麟角,所以买米一说,在现实生活中多半也并不会遇到。

当我在记忆里对于村落的"文化"碎片进行了多次纵深地挖掘后,最终,我不能不失望地铩羽而归。我发现我的脑袋里,关于它们"文化"的记忆实在空空如也,而我的记忆打捞,回回都只能是竹篮打水。

那时没有任何一个家庭会有藏书,很少在一个农户的家里见到报纸。所以,为着偶尔的一场电影,人们不辞辛劳,长途跋涉。

我的父亲算是一个重视文化的人，然而我的家里也几乎没有任何书籍。在我的少年记忆里，仅有的三本书是《呐喊》《高玉宝》和《闪闪的红星》，而且当我费了老大的劲将它们一本本搜寻出来的时候，它们已经是蓬头垢面、皱皱巴巴、掉页缺角、没了封面，像是一个个衣不蔽体的流浪汉。

王小波在他的一篇短文里，曾经提到他插队的时候偷带了一本书，那本书在知青们之间不断被传阅，到了后来，终于被读没了。一本书以阅读的形式实现了它生命的终结，今天的人们可能会想象不来，不过对于这一点我是理解的。我也很怀疑，我们家的那三本书，最终是否也是以同样的形式结束了它们光辉的一生？不然，何至于到了后来，再也找不见了呢？

文化沙漠，对那时候的我们来说，真的不只是一个词而已。

日子太穷了。母亲洗好晒好麦子后，经常会苦于兜里没有磨面需要的那两毛钱；过年的衣服，一年只穿一天，一件新衣服要过好几个年。所以身为裁缝的我的母亲，给孩子们的衣服总是做的尽可能大，原因是"孩子要长的"。至于得体，至于合身，没有人那么想过。

裁缝母亲每次过年打算给我们做衣服的时候，总是不断算计，如何裁剪才能更为节约。有一回，母亲照例算计了老半天后，就吩咐我和姐姐去"车站"买布料。

车站是真的车站，有一列火车，会时不时地在那里停着。车站里有着一家商店，商店里有着好看的花布料，很偶尔的，我们会被父母差遣着去车站一回。

父亲一生爱喝茶。有一回，父亲曾差我去车站买茉莉花，买了二两，还是散装，但我当时还是有些咂舌，觉得茶叶这玩意，真是太贵了。

母亲差我和姐姐去买布料的那一回，将一切都计算得妥妥的，然后一再叮咛我们路上小心，可别把钱弄丢了。姐姐骑车带着我，我们一路都很小心，钱也果然没有丢，我们最终也顺利走进了车站那琳琅满目的商店，准备按母亲的嘱咐扯些花洋布。

等我和姐姐置身这琳琅满目的商店的一堆花布之间，我们却同时眼睛一亮，看到一团红艳艳的布料正在阳光的照耀下熠熠发光，原来，那红色的布料身上，有着一根根闪闪发亮的黄色金线……

多么神奇，多么美妙！我和姐姐几乎同时迷醉在这金色里。

钱的数量是有限的，而我们看上的这款布料，是"花呢"。两人一番纠结，一番筹措，最终，一咬牙、一跺脚，就将那有着黄色金线的红色花呢买回了家，进门的时候，可是得意着呢。

然而母亲却生了气，说这"两个贼女子"胆子也太大了些，因为显然，花呢的单价比洋布贵，所以我们买回来的布料，也就不够母亲做成两件衣衫。不过更显然的是，我和姐姐不是裁缝，母亲说的问题，我们买的时候压根没有想到。

无奈的母亲为了赶在过年前给我们做成两件新衣，只能再次去了商店，再买了一些花呢回来，可惜，母亲再去的时候，头批布料已经卖完，所以这后来买来的花呢，跟我们头几天买回来的可就有了色差。幸运的是，色差不算非常大。

提起母亲做衣服，故事其实挺多。又有一回，时间是夏天，母亲计划着给我和姐姐一人做件短袖。布料买回来后，母亲因为忙，也就耽搁了几天。而急于穿新衣且又正好在县城读书的我的姐姐，就偷偷将布料从母亲的柜子里拿出来，自个去县上找了裁缝。那时节，街上正在流行"马蹄袖"，爱美的姐姐不假思索地让裁缝给自己裁了一个马蹄袖，之后又将剩余的布料偷偷放回母亲的柜子里。

不几天，母亲得了空，打算给我们裁剪短袖的时候，发现布料少了一大半。要命的是，因为姐姐给自己弄了个洋气的马蹄袖，留给我的布料也就不够做成一件短袖。再一次，母亲大骂我的姐姐。母亲说她的布料是按照"套剪"买来的，如今让别的裁缝裁去了一大半，这剩下的布料，还咋给妹妹做短袖呢？

然而姐姐的马蹄袖总归是做好了，不几天，她还"厚颜无耻"地穿上了呢。眼窝浅的我，自然也没少闹意见。母亲很着急，但也知道她自己弄不了，于是为此专程请来她的一个表妹——我的一个表姨，母亲说她很能干，而且还是个资深裁缝。母亲请她到我的家里来，让她无论如何想办法，都要用这截布料给我"对"出一个短袖来。

表姨真的是能干。只见她不断比画，不住呢喃，最终，在将一切的碎布头都用得光光净净后，还真的是给我做成了一件短袖。自然，没有奢侈的马蹄袖，我的袖口里面都是用碎布拼凑成的，然而外表看来，却也是一件不失大气的好短袖。

前几年回老屋，我在母亲的柜子里还曾看见我的那件白底碎花的"的确良"短袖，几十年过去了，没有掉色，没有开线，依然是一件美丽的衣衫。

那时候的我的父亲，在吃的方面似乎有些奢侈。父亲的梦想，是顿顿吃面，而且吃面的时候，最好能有一盘香喷喷的油泼辣子。

显然，父亲的要求是有些奢侈了，这让我的母亲常常应付不来。父亲爱吃油泼辣子，然而母亲经常端上桌面的却是醋泼辣子；父亲爱吃面，而摆上桌面的饭食，不是红薯面，就是玉米坨坨。

当我忆起那些穷困的岁月以及父亲在穷困年代订的那些报纸，实话说，我有些钦佩他。

日子那么穷，没有人愿意花那份闲钱，但是父亲愿意，所以我的家，很快成了全村人的免费读报室。

日子那么穷，没有人舍得买半导体，但是父亲愿意，所以小时候的我，也才有机会听小喇叭，听广播剧。

日子那么穷，没有人乐意买电视，但是父亲愿意，所以村里的第一台电视，诞生在我的家里。

那台电视，是父亲贷款买来的。

承包土地后，父亲种菊花、种白芷；父亲养牛、养蚕；父亲辛辛苦苦地努力赚钱，然后又将大部分的金钱，花在了在好多人看来没有收益的这些"闲事"上。

村里的好多人家是常年没有一张报纸、一本书的。顶棚坏掉需要重新糊的时候，就有农妇相继来到我们家，索取一些旧报纸。母亲每次将报纸送人后，都会像被割掉了身上的几斤肉一般，心疼好久。

炕的一圈，母亲会糊上报纸，当我识字后，常常趴到炕上读"报"。一般家里的墙上，会有一张年画。最初的年画，多是领袖头像，再往后，炕的四周，也就出现了一些喜气洋洋的胖娃娃。

有的家里家徒四壁，然而主人的墙上却往往花枝招展。仔细一看，是因为这户穷主人有一个学习成绩特棒的小孩，而那些招展在墙面上的，是一张又一张的三好奖状。主人一旦发现客人在注视他的墙，穷苦的脸上就会立刻绽放出一种异样的光彩，变得乐滋滋起来。

好长时间，村里没有出过大学生，当然进一步说，好长时间，高考被取消了。等国家终于恢复高考后，我的大哥，成了村里的第一个大学生。之后，又有了第二个、第三个，其中有男的，也有女的。

然而总也有一些人家，不舍得为孩子上学多花一分钱，儿子长大后，劳力是有了，但却改变不了日子的贫穷，于是，单只是孩子的一场婚姻，就愁坏了这些父母。最终的结局无非三个，或者换亲、或者买婚、或者让孩子做个不折不扣的老光棍。

能够换亲的男子首先要有个妹妹，这个妹妹的婚姻因为是植根在她的哥哥的婚姻基础上的，所以，作为当事人之一的妹妹也就毫无选择权。故而往往是，迎亲的哥哥心里乐呵，要出嫁的妹妹却满心不悦，甚至要哭天抢地地大闹一场。不过结局，却是开始就注定了。

买婚的对象一般来自于比我的村庄还要贫穷的山窝窝人家。这种婚姻的缺点是不够稳定。女人一旦出了山，看到一个自己更中意的，往往就会趁人不备，拍屁股走人。而且这样的婚姻，风险系数也很大，因为往往，这买卖婚姻，其实它是一个骗局。

有些女人稍有姿色，有些男人心眼活泛，这略有姿色的女子和心眼活泛的男人组成一个家后，却发现没有钱花，于是炕头一番嘀咕后，男人就摇身成了卖家，而他的买卖对象，就是他被窝里的那个女人。只不过这样的买卖，骗钱是真，至于说到"卖"媳妇，却是假的。也就是说，这只是人家这对小夫妻用来谋生的手段罢了。

对于这对小夫妻来说，这样的谋生手段固然不错，但对于那个好不容易攒够了钱，好不容易将媳妇买回家的光棍汉来说，可就真的是惨到了家。到最后，这些被骗的，还有那些连买媳妇的钱都凑不齐的，就只能做个赤条条的光棍汉。这些单身汉们大多并不快活。有些单身汉到了这个时节，看着曾经跟自己一起光屁股玩耍的伙伴出外读了大学，羡慕之余，就不免会遗恨自己的父母，所以时常，对他的父母说话的时候，也就会态度蛮横、疾言厉色。

文化缺失的村庄，野蛮总是最容易出现。所以，婆媳、妯娌、兄弟、父子、邻里之间，吵吵嘴、打打架，实在是稀松平常。吵嘴或者打架的时候，当事人多半会待在村子中央，厉害起来的时候，甚至能一蹦三尺高，边说边骂，或者边哭边打，至于用意，多半是觉得自己更有理，所以也就乐意将那些家长里短、大事小情，拿到公众面前来张扬张扬。当然，夫妻吵架多半例外。

村里有个和善的老头，养育了两个男孩，却全是要来的。老人因为没有本事生出自己的小孩，一些喜欢嚼舌头的人，背地里就管他叫"绝种"。

世上没有不透风的墙。不知道是通过什么途径，总归老人是知道了这个绰号，自然，这令老人闷闷不乐。老人有嗜酒的毛病，每逢村里有红白喜事，老人就着酒席的酒，多半就会喝高。喝高之后，就前街后村的边走边嚷："我不是绝种，我不是绝种，你们瞅，我不是有孙子了吗？"那次老人喝醉的时候，恰好做爷爷不久，而他大声呼喊、东走西串的疯癫形象，就此深深地印进了少年的我的脑海。

人们身上的衣服常常补丁摞补丁，等这些补丁衣服褴褛到实在无法再修补，也还有男人继续将这"漏洞百出"的衣衫亲亲热热地披挂在身上，看起来像是活脱脱的乞丐。当然，村庄里，也着实是有着不少真实的乞丐的。

村人的偷窃行为虽然小心谨慎，却又正大光明。月黑风高的夜里，妇女们轻轻叩响邻居或相好的姐妹们的门，于是各自蹑手蹑脚，三五成群，去到附近的庄稼地里偷吃食，不管是红薯玉米还是豌豆苜蓿，样样都不放过。

村庄虽然远离文化，却也不乏故事。这些故事今天来看，不是鬼怪迷信就是谣言杜撰，实在没有多少营养。然而当年，大家却对此深信不疑。

村里有妇人病倒了，请来了神婆，神婆对着一碗水一根筷子开始了作法。据说，当神婆喊对鬼魂的名字时，筷子就会在水里直挺挺地站立起来。还有个更神奇的故事，是说找来一张有毛、周、朱三位领袖的墙画，在画像前敬献三支烟，经过一番作法后，毛和朱的烟会不断变短，而周的烟却纹丝不变，至于原因，是因为周总理本人从不吸烟……这些故事如今听来，可笑如天方夜谭，然而当年，却取得了大范围的信任。

可以想见，我的村庄曾是多么的愚昧。至于村庄的贫瘠，更是不言而喻。然而我却依然深深地思念和眷恋着我曾经的村庄、曾经的邻里，尽管，他们曾经那么久地被文明和文化遗忘过。

2015 年 9 月

相遇似水年华

纯美的年华里,我们曾一起相携走过,于是这岁月的长轴里,永远会有一幅献给你们的画。

——题记

卓尔不群

用这个成语来形容你,我以为是恰当的,因为无论就工作和生活而言,你都是优秀出色的。

我常觉得,我们之间是有些隔膜了。因为我们的联络实在太少,有时几月一次,有时几年一次,这样的频率,如何算得上熟络?的确,我们确实已经不算熟络。彼此的工作、彼此的家庭,相互知道的似乎也都只是冰山一角。奇怪的是,好久不联络的我们,一旦通起电话来,双方却都能以最快速度撕掉生活中的假面,回归当年的无忧无虑。彼此心灵完全敞开,就好像我们之间并没有多年不见,也仿佛我们昨天还在一起窃窃密谈。

初识的我们,只是十五六岁的少年,如今,时间一晃已过去了三十年,而人生,能有几个三十年啊?

我们一路从初中走向高中,从高中迈进大学,大学毕业后,无奈天各一方。

还清楚地记得我们在那间昏暗潮湿的窑洞里的第一次见面，按照张榜公布的名单，我们被分在同一个班，自然，这也意味着我们将要住进同一间宿舍。

我到宿舍的时间有些晚，进去的时候，就看你和你的同伴在忙着铺床，嘴里说着属于你们自己的方言。我听不懂你们的话，我也没有同伴，心里，就有些怯怯的。你看见我了，大大的水汪汪的眼睛里满含浓浓而善意的笑，只这相互的一眼对视，我的心立刻变得坦然。最终，我们成了邻铺的姐妹。

你肚子里总有那么多的故事，你在我眼里简直就像个故事大王。你的故事加上你绘声绘色的描述，常常听得我大张着口无比惊讶。你是有些唯心的，因为你跟我讲的故事，大多跟鬼有关。

你总说我单纯，但看得出，你却喜欢这样的我；你总说我性格太直，说话该拐的弯都不拐，但你，却从未因此嫌弃过我。

很小的年纪，你就没有了父亲，你的母亲一人拉扯你们好几个小孩，日子过得很艰难。你每次回家，总会习惯性地去看看面缸，面缸如果有面，你就满心喜悦；如果没有，你就立刻忧心忡忡。

你带到学校来的馒头，多是杂粮制成，以玉米面为多。而我，虽然暑假的时候滚了一个假期的毛莕子，但毕竟，有了白馒头。

显然，玉米面馍馍没有白面馒头好吃。那种馒头，黄黄的，甜甜的，吃一两口，也还凑合，往后吃，就有些难以下咽了。

有一回，在通往窑洞顶的砖台阶上，我们交换馒头，我跟你说，想吃你的玉米面馒头，所以我把我的白面馒头给了你。你怕我吃不惯，我却吃得狼吞虎咽，并且边吃边对你说，好吃，这个馒头特别好吃。

其实，哪里好吃啊？从小到大，我就没有喜欢过玉米面馒头，但是为了让你高高兴兴地吃个白面馍，我撒了谎，而你，吃到白面馍时那种幸福的表情，也就此深深地烙进我的脑海。

贫穷的年代里,我们想要的幸福是多么的简单啊。往往,一个馒头,就够了。

忘记了又有一回,是你遇到了什么困难,我为你着急,为你难过,然而其实我的境况,比你好不了多少,然而我还是很努力的,把自己攒了好长时间的一分、两分的钱,凑起来送给你,总共也不过几毛钱,然而对我而言,其实已是倾尽全力。

当我写这篇文字的时候,实话说我也奇怪我为什么会忆起那么久远的小小往事,会想起在那潮湿的窑洞里,我们坐在两层砖高的"床"上,两个人一起拨拉那几个分币的场景。

果然,往事难忘、往事难忘啊。

你上大学了,床上只有两床学校发的又薄又硬的军用棉被,一点都不暖和,我将母亲为我上大学特意缝制的厚棉被送给你,当然,也不叫送,因为我用我的棉被,换回了你的军用棉被。那个军用被罩非常结实,毕业以后,我还用了好多年呢。每次看到那抹军绿色,我就想起了我们遥远的大学生活,想起了曾经的你我。

我们只是两个小孩子,但我们的友谊却贯穿了两个家庭。你的哥哥多才多艺,不但毛笔字写得好,而且还会刻章。

他给我刻了一枚章子,青白色的,不知道是什么材质,那是我人生中拥有的第一枚私章,那枚方章,到现在还在我的抽屉里。

我的侄儿结婚,晚上好几个人都住在了你哥哥家里,他细心地给我们每个房间都点上了蚊香,那一晚,我们聊得多欢呢,真正用于睡眠的时间,超不过两个钟头。

我们只是一对初中生,两家距离也很远,然而你在我家睡过觉,我去你家吃过饭。有一次你来我家,我的母亲给你做了油泼面,那又厚又宽又实在的一大碗白面,让你怀念了好多年。只要说起我的母亲,你就想起了那碗面,你说,那是你吃过最香的一碗面。我去你家,桌上摆了好几样菜,第一次,我见到和吃到了那种名叫"心里美"的萝卜,实话说,很觉稀奇。

你家境不好，而我，同样是个穷孩子，我们在最穷苦的岁月相遇，那些穷苦的岁月，因为我们的友谊而有了几抹亮色。

某些方面，我似乎比你优越，那就是上着学的我，不用担心会无学可上。对你而言，这问题，却始终如一块磐石横亘在你的心头，还好你的母亲够开明，够坚强，所以你担心的问题，最终并没有发生。

初中的我们也常做梦，那时我们的共同梦想是盼望能考个中专。因为一旦考上中专，也就意味着我们跳出了农门。农村的日子，太穷太苦了，所以但凡有机会，没有人不希望能"逃"出来，没有人不希望自己也能做个有工资可挣的城里人。

不过显然，梦想的路途并没有那么平坦，而我和你，也并没有考上那让我们魂牵梦萦的中专，不但中专没考上，就连高中，也只是考取了一所普通的。

高中三年，我们同校不同班，有时碰见，也只能匆匆而短暂地聊会闲天。高考一役，我们双双败下阵来，及至补习，却又进了同一个班，那一年，我们在一起的时间也就比较多。最难忘的是高考三天，我们几乎形影不离。一起去吃据说大补的羊肉泡馍，一起去到空荡荡的主席台温习功课，最终，我们分别考取了省城的两所重点大学，总算，皆大欢喜。

大学的我们除了常来常往，也时常会通信联络，到了毕业季，我们一起坐在植物园的长椅上，共同为着我们未知的未来，无语且迷茫。

那次去植物园，为了省掉门票钱，你带我走了"后门"。你的学校紧依植物园，近水楼台，同学们开辟了一条不用付费的秘密通道。从头到尾，我都有些心虚，看得出，你也比我好不到哪里去。然而最终，我们还是"安全"地坐在了植物园的长椅上。

时间正是下午，植物园里行人稀少。你说你被分配到了韩城，你说你不大想去，而我，则建议你要谨慎一些。

最终，你去了山东，那里是你的老家，初中时曾困扰我好长时间的你的方言，也正是山东话。可以看出，表面沉静的你，骨子里不乏冲劲，而貌似大大咧咧实则胆小谨慎的我，则选择了中规中矩，留在这座城市谋生活。

从此，我们天各一方了；从此，我们几乎相忘于江湖了。

那时没有手机、没有网络，奋斗了好几年，我们各自才装上了属于自己家的固定电话。有一天，我接到你打来的一通长长的电话，知道那一天，你刚刚安装了属于自家的电话。

我们约定，以后常通话、常联络，然而最终，各自还是被忙碌无奈的生活包裹，所以我们的联络，也就并不经常。

不知道哪一天，我们有了网络的联络方式，而你的工作，却常常使得你并不能上网，所以，联系的次数，一样寥寥。

你当着领导，工作很忙；你孩子还小，照例要忙。你年年春节都要回农村老家过年，手脚冻得满是冻疮，只因你尊重他们的风俗。

我们个性很不一样，你性格内敛，非常懂得隐忍。婆婆来你家，你天天要给她洗澡。老人家说话直爽，常说一些媳妇听了会不开心的话，而你，即使不开心，也只是笑笑，一句话也不多说，一味忍让。在我，这几乎不可想象，而你，却能做得游刃有余、非常自如。

你的身上，最有着中国女人的良善美德——吃苦耐劳、任劳任怨。我纵然学不来，但对于这样的你，心底里却是热爱和钦佩的。

如果我没记错，你是生于八月的桂花时节。中秋将至，窗外的桂花香也正在阵阵袭来，你的生日，应该也不远了吧？！就以此文，作为我对远方的你的生日祝福吧！

2013 年 9 月

雪

名字里有个"雪"字的你,脸蛋粉红如苹果,心,却纯洁如晶莹的雪。

一件有些发旧的米黄色衬衣,一条黑色裤子,一个最普通的马尾辫,红扑扑的脸蛋上架着一副大大的眼镜,一张标准的国字脸,一口笑起来惹人喜爱的白牙,这是我第一眼中的你。老实说,怎么看怎么朴实。当然说得好听点,叫作朴实,说得实在点,跟我一样,是个傻里傻气的土老帽。

二十多年后,当我将目光追溯回去,我看到了我们全班同学在草坪上的那张合影,那是我们开学的第一天在一起照的。男男女女、高高矮矮,还真是找不出几个洋气的,简直是一个比一个土。自然,你我也不例外。

你是善良的。

看到别人可怜,你的同情一定会满满地溢出来;单纯的你,不懂得嫌贫爱富,更不会用有色眼镜看人。

你又是勇敢的。

地下室里,看到一个可怜人,他说他丢了钱回不了家,再差两块钱就够买票了,你毫不犹豫地把仅有的两块钱全部给了他。然而再过几天,你看到这个人在同样的地方用同样的方式在要别人的钱,你很气愤,直接冲过去,说,别给,这人是骗子。时间是八十年代末,用这种方式骗人的人其实很多。大多时候,大多的人,知道是骗子,绕道走开便是,不像你,那么较真,那么勇敢。

我是直脾气,说话不懂得委婉、绕弯,而你,比我也好不到哪里去,也就是说,你的性格也很直率。然而你笑起来的模样,又是多么的令人迷醉啊,那么的纯粹,那么的没有心机。

你很单纯,所以这世间的好多事情,都令你觉得匪夷所思,觉得很惊奇。一旦惊奇起来,你就会瞪圆眼睛,半咧着嘴,然后你这惊骇的姿势,就此定格在了我的记忆里。

见你的第一眼,我就觉得亲切,一种不可言说的亲切。

那个男孩来请我看电影的那一晚,宿舍里只有你和我,当时外面下着细雨,我很犹豫。是你,热情地鼓励着我,说,去吧去吧,在宿舍待着也没什么事,再说那谁谁人也不错。

我之所以最终能跨出宿舍门,很大程度来说,是因着你的鼓励,而我之所以不愿意跨出宿舍的门,很大程度则是不愿意宿舍只留你一个。

然而总归,我是去了,冒着微微细雨去,很快又冒着微微细雨回来了,因为那场电影的票已经卖完了。回来后,自然,一五一十,我将经过告诉了你。

你很真,有时候真的像个可爱的小孩,就比如正在恋爱着的你,会自然而然又发自肺腑地跟我们分享你的美好感觉;热恋着的你,以为这热热的温度,大概一辈子也不会降下来。

都是正在做梦的花季少女啊,似乎心里也都有着相同的憧憬和感慨,然而二十多年后,回头再看,才发觉当初的我们,是多么的天真、傻气和可爱啊。

也正是爱慕虚荣的年纪啊,谁不希望自己的男朋友,长得更高更帅些?

我算是有了男朋友,然而总觉他的身高不够理想,你大概觉得我的观点有问题,就转述朋友的话对我说:"电线杆子高,难不成要跟电线杆谈恋爱啊?"虽然这只是一句打趣话,但却让我明白了你对此事的态度。如今,我可是跟那个"矮子"已一起生活了二十多年,而曾经困扰我的身高问题,对今天的我来说,也早已不是问题了。

人人都在追求完美,其实,完美不完美,好多时候,不是用眼睛看出来的,而是需要用心去感悟的。

我们在同一个宿舍待了四年，我们共同在梧桐树下走过了四个春夏秋冬，而且，我们相遇在最不懂得"装"的纯净年华，所以，比起一般人，我们对彼此的了解，是更透彻的。

　　你敏感，与人为善，我心绪不好的时候，你总会站在我的身边，无需语言，一个眼神，一个动作，彼此也就体会到了。

　　不知道为什么，本身羞怯的我，在你的面前却总有些张牙舞爪，好为人师。我常常对你喋喋不休，说你这个应该这样，那个应该那样，我说起你来，从不拐弯，似乎还很自得。

　　我多么希望你过得好，我多么愿意你能够幸福啊，我想我的心意，你是明白的，所以我每次批评你不要任性、要懂得退让的时候，你总是咧着嘴对我傻笑，也从没有反驳过我。

　　我总说你任性，其实你并没有在我的面前任性过。我说你任性，多是因为你对待别人的态度和方式，虽然与我无关，但我却总想管。

　　在你面前，我常常"狗拿耗子"，不过你显然知道，我"狗拿耗子"的目的是什么，所以我们也就以这种方式，非常和谐地一起走过来了。

　　二十多年了，我们见面的机会并不多，然而当我想起你，脑海里截取的镜头却很热火：你坐在婚床上，美丽如天上的月亮，伴在你身边的我们，如一颗颗围着月亮转动的小星星。

　　母校百年，毕业十年的同学聚会上，"消失"了好长时间的你再次出现，穿着时髦的长裙，人也变得纤细苗条，再也不是大学时那个胖胖的小丫头；二十年同学聚会期间，我们见面的次数不止一回，我甚至知道了你的小丫头片子，是不吃香菇的。其实，我并没有刻意去记，然而总归，是记住了。

　　你的天性里有些孩子气，所以看得出来，你跟你的女儿相处得非常亲密。大学期间，我可就给你算过命，算完后我也曾总结说，你是个标准的贤妻良母。你为女儿买了钢琴，每天忙着上班、忙着为孩子做饭、忙着接送孩子、忙着陪孩子学琴，所以你是忙碌的，不过，忙碌却也很快乐。

大学时的你，最爱跟我们聊你的奶奶，我知道，你是多么深地爱着她，我还知道，你也爱你的姑姑、你的二爸、三爸，有时候，感觉你对这些亲人的爱，远远超过了爱自己。

你的爱是热烈而赤裸的，一旦爱起来，不加掩饰，也不懂得设防，所以这样的你，在爱的路上，难免会受伤。

然而这个世界，它本身就是五彩缤纷的。人们的生活也本就是由苦辣酸甜构成的，所以，做最真的自己，也本并没有错。

不过毕竟，在生活的磨砺下，我们还是在慢慢长大，慢慢成熟，我们也都在慢慢学会，用各自的方式，去更热烈地触摸幸福。

祝你幸福！

2013 年 9 月

寰

这个字颇有些难，为你，我学会了它。这个字囊括很广，如果再加上一个人的凌云之志，想想都壮观。

我们大学同舍四年，你，是愿意跟我分享心事和秘密的那一个。总有那么多的男孩喜欢你，总有那么多的男生追求你，因为，你真的很美。

大学的第一天，看见你的那一刻，我恍惚以为是跟电影里的明星照了面，在你不注意的时候，偷偷地盯着你多看了好几眼。我哪里会想到，明星般的你，后来居然会成为我四年的同舍。

你身上有种难以描述的诗意气质。你也常常喜欢一个人对着窗外，静静发呆；偶尔，你会在纸上匆匆写几笔，听说，那是你在写诗。

初见面，你看来冷冷的，然而不两天混熟了，我才发现你其实外向而贪玩。你好静，尤其喜欢静静地观察和思考；你不爱睡懒觉，早上起床后，常对着上铺的我一番敲打，这种感觉，即使阔别二十余年，想起来心里依然有着丝丝的甜。

你身材苗条，胃口却不小，说你是大胃王，实在算不得夸张。有次在大学南路，我们先各吃了一碗半斤的面条，然后再一起走进学校的食堂，吃后算了下，这一餐饭，每人吃了足有八两……

还记得吗？每次我们一起吃面，你都先比我吃完，然后静静地坐在对面看着我"慢条斯理"地吞咽。我吃饭的速度总是很慢，我自己也因此而颇为烦恼。

你仔细地观察后，对我说："木儿，你吃面的方法不对。你看看别人，面条送进嘴里后，'吸溜'一下，就咽下去了，再看看你，你是一点一点地用筷子往嘴里送呢。"

不得不说，你真是个天生的观察家，因为一直以来，我的吃饭慢虽是有目共睹，而至于究竟为什么这么慢，却只有你一人找到了症结。虽然慢的问题依然没有被解决，好处在于，我总算明白了慢的根源。

曾经有个很阳光的男孩，多次到我们的寝室来找你，虽然他不是你钟爱的类型，但总归，那些美好纯洁的青葱岁月，值得珍藏在各自的记忆里。

火红的七月里，我们一起走出校园，从此，也就天各一方。

毕业后，你也曾有过奔波，最终，为了爱情，去了遥远的南国。

你的婚礼，不知道是在哪里置办的，总之我没有前往；你的虎仔出生了，我有幸前去探望，几年不见的我们，依然能聊得很火热。如今，一晃，你的虎头虎脑的儿子，可是该上高中了吧？

时间像一条快速奔流的河，常常，似乎只是一瞬间，其实却已经过去了好几年。

毕业二十年大聚会，同学们筹措了很久，而你因为要招待远道归来的妹妹，竟遗憾地没能参加。自然，其间我们通了电话，听你声音，清脆有加；听你腔调，幸福满满，只要各自都快乐着，纵然不见，也是为你高兴的。

在我的印象里，你爱冥想，也常会沉浸在自己的世界不能自拔。你时常不戴眼镜，眼睛却近视着，这样的你，面对相向而行的朋友或同学，常会目中无人地坦然飘过，甚至有时，别人给你微笑招呼，你也统统不睬。

一开始，别人多认为你傲气，及至弄清原因，就一时成了笑谈。

你身上有种非同寻常的沉静，比如考试完了，同学们忙着七嘴八舌对答案，个个焦灼、个个急迫，而你，却总能摆出一副事不关己的淡然模样。

大学时期的你，最懂得亲近大自然。下雪了，我们都懒懒地赖在床上不起来，独你，忙着出门，急着要去踩雪。我不爱冬天，你则不然。冬天的我常常瑟瑟发抖，耸着肩膀缩成一团，为此，你没少拍打我，让我赶快把肩膀放下来，不然，你觉得有碍观瞻。

生活总是调皮，它让爱雪的你，去了无雪的南国，却让怕冷的我，在北国的冷风中谋生活。

你外表像块冰，内里却如团火，跟你混熟了，你恨不能把自己的心给别人掏出来。你爱吃巧克力，以至于常跟你厮混的我，后来好多年也都喜欢吃同样牌子的巧克力。你爱吃零食，周末，常去楼下买回来一堆吃的，什么怪味胡豆、什么鱼皮花生、什么古德面包，反正就是一个标准的馋嘴小女孩。

校园里的恋爱常被人们诟病，大抵是觉得有些浪费生命和时间，因为终了，能成功的实在是凤毛麟角。然而，在这有限的成功里面，你和我，却都榜上有名。我的老公，是大学时期的男朋友；你儿子的爸爸，则是我们当年的班长，为着这个，我们是不是该暗自窃喜一番？

一晃，又有好几年不见了，然而只要知道，我们各自的光阴正流淌在生命的静好中，就已心满意足。

有时候想想，静好，其实应该算是生活对我们的最高奖赏。我必须说，感谢奖赏！

2013 年 9 月

送你一缕微风

温柔可人的你，却有一个略显阳刚的名字。

当我把你的姓和你的名连在一起，我脑海中呈现出的依然是一个柔弱的你，只是也许，大多数人并不这样想……在很多人眼里，从各个角度来看，怎么都不能说你柔弱啊！

大学入学的第一天，我们最先混在一起。记得相携去做体检，你很自然地挽着我，瘦削的溜溜肩很亲密地靠在我肩上，这种走路方式，后来成了我们宿舍的固定模式，我们给它取了名，叫作"连环马"。

你个性内敛，并不张扬，然而才华就在那里，无需多说。

你是我们的副班长，但很少见你凡事主动走上前，尽管你光芒四射似太阳，很多时候，你却喜欢选择做月亮。

你喜欢赖床，这点跟我完全一样。周末早上，但见你我东北西南分卧两角之上，跟周公闲话家常。

大学的一天，我们宿舍一行五人去食堂用餐，回程路上不知谁讲了个笑话，几个女孩不顾形象笑成一团，你大概觉得有些不雅，就快走几步笑笑地跟我们分开了，后来你出名的时候我还在想，莫非她那时候就料到自己以后会出名或者已经想好要走知性优雅的路线？

陕西省首届女大学生演讲赛在西大举行，你去参加，结果独占鳌头，一举夺冠。

不要以为但凡演讲，一定要声嘶力竭、一定是唇枪舌剑，看过她的演讲，你会懂得什么叫作"以柔克刚"……

二十年后的某天，忆起当年，你说："还记得吗？当年参加比赛的时候，我穿的还是你的衣裳呢？"

记忆瞬间被拉回到二十年前：你有一件黄色夹克，从衣箱刚拿出来，我就先穿上四处溜达。王咪有件宽宽大大的黑点绿底毛衣，几乎穿遍全宿舍。以至于你去参加比赛，如此重大的场合，居然也将我的那件酱色夹克套在身上。

初进大学的我，蓝色裤子配粉色夹克，这样的一身装扮配上我的身高，想来一定是有些傻。那件酱色夹克，是我在大学南路买来的，因为同行的你跟王咪都说不错，鼓励我买下来……

大三的你，因为优秀出色，已进入电台工作。我们周末赖在床上，就可以听你的广播，毕业后我们一起去参加舍友婚礼，婚宴之上，有好多人找你签字、跟你合影，你应付自如，但依然低调。

母校百年校庆，邀你主持，然而你却低调地推掉了，你认为这么重要的场合，你还不够资格。

深圳舍友回西安，大家小聚，你出场的时候怀里抱了一个，那是你一岁左右的小宝宝，你给同学们一张张地翻看小宝贝的相片，跟大家一起分享着你的甜蜜与幸福。筹备二十年同学大聚会期间，只要不是出差在外，你一定是一次不落。

在你的专业，你早已是当之无愧的专家，所以只要亲戚朋友们有需要了，我就会给你打个电话，或者QQ留言，而你即使再忙，也会抽身出来，跟我约定时间，替孩子们辅导。

刚参加工作那阵子，有人听说我跟你是同学，就会表现得无比惊讶。因为，你太出色了。

去年十一月，你约几个闺蜜去星巴克，我们聊老公、聊老妈、聊自己的日常工作，这种深度的畅聊，让我觉得，即使二十年已经过去了，我们之间，依然还心心相印着。

你的儿子聪明、勤奋、可爱、阳光，绘画水平非常了得。你老公待你温柔体贴、关爱有加，所以，说起事业，你是女强人，但在家庭里，你却是被宠爱着的小女人。自然，这样的你，是幸福的。

你的名字里有个"风"字，那里的风听着并不柔和，然而真实的你，却如一缕和煦的微风，飘荡在这座城市的上空，曾经，这声音开辟了一个时代！

2013 年 9 月

奇奇妈

这世界人山人海，然而真正能走入你内心的，又有几个？

我跟奇奇并不熟络，却清楚地知道他的大名和小名，个中缘由，皆因奇奇妈！

大一时，奇奇妈是我们班的团支书。记得那时候的她做事就很有计划，谈吐头头是道，待人落落大方，不过我们私下的交往并不多。

大二的时候，奇奇妈患了肺结核，我跟几个女生也曾辗转探望，归来一周后，我居然也因病住院，也就是说，生命的某个阶段，我们曾经很相似地度过。

大学的前半阶段，我对奇奇妈的整体感觉是，偏于严肃。但有次遇到一个戏剧性的场面，让我对她的印象大为改观：那一天，阳光和煦，春花满园，走在路上的我，发现前面有几个熟悉的背影，其中就有奇奇妈，更为稀罕的是，奇奇妈的手，被一个男孩拉着，而且这一双握着的手被两人藏在了身子后边。

大三伊始，调整宿舍，奇奇妈成了睡在我上铺的"兄弟"。

同处一室后，我才发现这个女孩原来那么可爱。奇奇妈爱笑，笑起来脸儿像极了一朵灿烂绽放的牡丹花，魅力简直无法抵挡；同处一室之后，我发现这个女孩也很爱八卦，会买来手相书，有空就研究，研究完就拽住我们的手，装模作样地说起来，什么"你要谈几次恋爱"，"你要结几次婚"，说得跟真的似的；同处一室后，我发现这个女孩除了可爱、真实，还善良、热情、健谈，跟她在一起，你永远不会觉得寂寞。

爱跟她一起去自习，因为她永远会记得，在书包里面放块抹布；喜欢跟她一起去吃饭，因为只有她，餐巾纸是永远不会忘记的……

雪花飘飘的一个晚上，我跟奇奇妈相携着一起去烫了波浪大卷发，如今，可是多年不留这样的发型了。奇奇妈工作后，大部分时候都是一头精练的短直发，一副干练的白领丽人模样。

大学里有段时间，全舍人都迷恋上了毛线活。奇奇妈织毛衣、织围巾、织背心。有件白色背心，奇奇妈别出心裁地在上面"栽"了绿色的树。那件毛背心，奇奇妈穿了好长时间，以至于现在我还能清晰地忆起奇奇妈穿着那件毛背心洗脸时的模样。奇奇妈洗脸的时候，从来都是用毛巾在脸上轻轻抹，不像我，总是用手将水撩在脸上。我也织毛衣，但总归水平不高超。常常，织着织着，可就掉线了；织着织着，该分袖子了；织着织着，麻花扭错了……每每这时候，我只需在下铺伸出一只胳膊，奇奇妈就赶忙探头在上铺积极接招，奇奇妈通过拆、挑等多种方式，把各种千难万难的问题都很灵活地帮我解决掉。

有句话说，每个成功的男人后面都有一个好女人。

我想说，我的每件毛衣成品里都有奇奇妈的功劳。

奇奇妈学习好，年年都有奖学金可拿；奇奇妈能说会道，系里的演讲比赛上，崭露头角；奇奇妈为人厚道，大家交口称赞；奇奇妈热心，二十年同学聚会，从头到尾，她都是绝对的主角……

大学毕业后,我被分配到一个偏远的地方。有个周末,奇奇妈居然远远地找来了,我们通宵达旦地聊天说话,第二天醒来一看,已经下午两点多了,于是我们以一碗麻食解决了两人一天的伙食。

奇奇妈毕业工作了,对象的事情暂时没有着落,但凡遇到我认为还不错的,不管是朋友还是亲戚,第一时间我都一定要先给奇奇妈介绍。然而介绍了那么多,奇奇妈愣是一个没通过,不过也好,如果当初通过了,哪里还会有今天高高帅帅的奇奇呢?

奇奇妈很有主见,在我们大家还都很看重公职的时候,她却坚定地辞掉公职做了白领;而在大家都挤破脑袋想做白领的时候她却专心去考研,总之一路走来,我难以望其项背。

奇奇妈人缘好,班上的同学,不管男女,都喜欢她;奇奇妈热心,只要有一丁点工夫,就会忙里偷闲,跟大家见面聊天。

我跟她一起,看望坐月子的同学,参加某某的婚宴或者长辈的丧礼,几乎所有的出行,都是奇奇妈在张罗……每次跟奇奇妈在一起,总有说不完的话。奇奇妈给我的大学毕业留言簿上,第一句话写的就是:"人家说,B型人爱说话,我信!"为什么信呢?因为我们都是B型血,我们在一起也确实有着说不完的话。

有段时间,奇奇妈下班打我家门前路过,但凡有时间,我们就碰面,碰面的主要目的:聊天。我们聊天的内容很宽泛,老公孩子老师家长、美剧韩剧国产剧、项链耳钉装饰品、衣服鞋子手提包、旅游、生活……人们常说:"三个女人一台戏。"而我们在一起,两个女人也足以演场戏了。

其实有时候,我是一个沉默寡言的人,但奇奇妈却总能神秘地将我激活,让我也有了要抢着说话的冲动。有时候想想,也挺奇怪,这恐怕就是人们常说的"投缘"吧!

奇奇妈这个女人,有巾帼英雄的风范,有白领丽人的果敢,更有温柔贤淑的一面!这不,说话间,这个女人刚刚在这座城市,又策划了一台成功的摇滚音乐会。

2013 年 3 月

王　咪

　　大学第一天的傍晚时分，老师点名，发现名单中缺了一个！

　　第二天，有个女孩款款来到我们宿舍，话不多，只用一双大大的眼睛四处巡逻。很快，女孩有了专用绰号——王咪。

　　王咪本名一个字，这字跟花有关，这花跟爱情有关。

　　王咪个头不高，一米六不到，喜穿高跟鞋，不喜争执。

　　舍友们聚在一起，高谈阔论的时候难免会有争执，如果对象是王咪，她会对你笑笑，她绝对不会跟你吵。

　　这个女孩，个头不高，却淡定如菊，肚量不小！

　　王咪瞌睡少。晚上我们都幸福地入眠了，王咪的帐子里还烛光点点，掀动书页的声音常被已经睡了一小觉的我们时不时听到。王咪爱读书，读书地点选在她的床上！在我们睡梦之间，她读丁玲、读萧红、读茅盾、读冰心，说她饱览群书，实在并不为过。大学第一学期期末考，王咪遥遥领先，得了全班第一名。

　　这个可爱的、长着娃娃脸的、很少去自习室的王咪，果然不得了！

　　大二的时候，八百米有个达标考，我一考未过，需要补跑，八百米虽然不算太长，但对缺乏耐力的我来说也很煎熬，眼看补考日期逼近，我不由唉声叹气。

　　王咪让我不要担心，王咪说她陪我去跑。八百米的跑道上，王咪跟我一起奔跑，不断给我打气、给我加油，这个女孩比我低整整一头，却能穿着高跟鞋陪我快速飞奔。在她的带动下，我的八百米考总算顺利通过了……

大四实习,我跟王咪去了同一个大院,上班的时候我们是对门,休息的时候我们是一室。我们一起爬山、一起淋雨、一起摘苹果、一起砸核桃、一起吃板栗、一起啃螃蟹、一起听歌、一起植树、一起站在楼上眺望远山,记忆里有太多的星星点点,点点滴滴里竟全是美好。

　　毕业季,我们慌不择路地各自走掉了……那时的我们,散落各处,相聚就很不容易了!

　　记忆再连接起来的时候,王咪做了妈妈,儿子大概有一个月了吧,我跟闺蜜前去看望。在王咪的卧室里,我们聊些家长里短。王咪的衣柜,内衣、外衣分列摆放,整齐有加。小小的王咪,看来很会持家。

　　年轮转到了二十一世纪,有次深圳的同学回西安,她是我们的同舍。王咪做东说要请大家客,那次召集了西安一干同学十多个,席间知道王咪升职做了副处长,于是大家更觉分外开心。

　　接下来几年,各自都被孩子工作缠绕,居然少有联络。

　　毕业二十年季,筹备同学大聚会,这一年,我们见面的次数最多。虽然王咪经常有事,有时在北京,有时赴上海,但只要人在,聚会,她一定来!

　　我跟王咪是聚会的文案负责,一般我打草稿,王咪定稿,我写的文字被王咪改过后,境界感觉一下升得老高!

　　王咪是单位的笔杆子,最初在新闻中心,后又做宣传,再后来被院办挖掘,不管到哪,这个小小的可爱的女人,只要带着一支笔,就够了!

　　王咪吃饭极像鸟儿啄食,一丁点就够了!王咪耐力超好,系里举办越野赛,王咪踊跃参加,可都是能拿奖牌的。

　　王咪上大学的时候衣着朴素,头发短了就是娃娃头,头发长了就总在后面挽个简单发髻,不用任何头花,非常的朴实无华。

　　毕业后我第一次见王咪,惊异于她的变化之大。上班后的王咪开始化淡妆，着装也变得鲜艳漂亮，跟学校的那个女孩相比，衣着上看来是大不一样。

然而王咪毕竟还是王咪，虽然如今的她，打扮得时髦靓丽，有品有味有范儿，虽然如今的她，事业做得风生水起，然而内里的王咪，其实还是当初那个有些怯生生的迟到了的可爱女孩。

2013年3月

改于2015年10月

长安塔

就在昨晚,我梦到了一群人,梦到了那个有着大烟囱的小工厂。

梦中的那群人早已与我离散,梦中的那个工厂也早已消失不见。然而这没来由的一个梦,却让我的记忆再次鲜活。

二十多年前,大学毕业后的我被分配到了这家工厂。比起那些被分配到地区和县城乡镇的同学,我,算是留在了省城。

毕业分配尘埃落定后,我特意买来地图,却死活找不到我将要去的地方,于是只能退而求其次,跟朋友一起去找寻。记得我们在拥挤不堪的公共车上倒了好几次,才勉强到了工厂坐落着的那个小镇,后又通过多方打听,才知道我将要到达的目的地不通公车,如果定要前往,办法有以下两个:一是步行,二是乘坐三轮"蹦蹦"车。

因为听说不远,加之为着省钱,我们选择了步行前往,却又一路走错,一路绕远,最终,在庄稼地里的小径上盘旋了好几个来回后,才总算抵达了我们的目的地。

该怎样描述那一刻的心情呢?

我是一个农村孩子,什么样的场景我没见过啊!

这里是城市,而且是省城,厂门口有棵不算大的泡桐树,树下有三两个恬淡的人正在有一搭没一搭懒懒地聊着闲话,午后的太阳火辣辣地晃眼，小小的厂子里寂静一片。这个地方，是比农村还空旷寂寥的地方啊，这里断然没有丝毫城市的喧哗。

走进这个四面无依的孤寂的工厂，我觉得自己的心儿，也变得没来由的落寞。

就像纽约是国际化大都市，在那里，是否也有被人遗忘的一角？而我将要厮守的这个工厂，恰如一个被人遗忘的角落，当然，换个角度来讲，你完全可以当它是世外桃源，更准确来说，是世外葡萄园！厂子的四周都是庄稼地，尤以葡萄居多，到了夏天，想吃葡萄，你大可自由地穿梭在葡萄园里，吃多吃少，依你的肚量！

厂里有辆班车，那是唯一能联络外界的设施。到了周末，大家前赴后继，争相拥挤，目的只是为了去趟城里，感受一下属于省会的那份繁华！

往往一人上车，就意味着半车座位有了着落，所以，我不挤，也不坐，或者，情愿自己步行几里地，到镇上去乘公交车。

然而就在那有些凄凉的岁月里，我结婚、生子、为人妇、为人母，我生命中最亲爱的两个人，为我的蹉跎岁月涂抹了不可替代的颜色。

跟老公，一直两地分居着。

他把大把的时间、工资的多半，都消耗在探望我和孩子的路途上，最终，他离开了原来的单位，辞去了那个年代人们非常看重的公职，选择来这座城市做一个无根无基的漂流者。

整整五年时间，我待在这个城市最偏僻的角落，过着真正的隐士生活，慢慢地，竟也习惯了！吃饭、打麻将，没事跟同事聊聊闲天。那时候好像气功很风行，甚至有的同事上班都在关门练功，我也凑热闹地买来柯云路的《大气功师》认真观看，只是我的气功，始终停留在了解阶段，并没有身体力行。

当然，也学会了大喊大叫着挤班车，别人占的座位里，也有了属于我的那一个。不再落寞地走几里路去挤公交车，狭小的天地里，偶尔我跟外界也有联络，方式是写信，给家人、给同学，述说着自己平凡卑微的生活。

有很长一段时间，我不适应这座城市的生活。每次回老家，我无比开心，而当车子驶进这座城市，心里就没来由的失落，很失落！有很长一段时间，在这个城市里，我找不到根，也找不到家的感觉，时常，我内心落寞。

我曾经特别依恋有父亲的那个家，可是，我工作才刚刚半年，五十五岁的父亲却突然撒手人寰，于是，我只能强迫自己，认异乡为故乡！这种心路历程，痛苦难言，只有亲自走过的人，才能明白那份心酸。

总想出去走走，总想出外漂漂，总觉得这里不是我的家，总觉得胸中空落落，这工厂的生涯，无聊落寞，最初的我，多么地想要离开啊！

一开始，我想去城里租房子，但实在太远，实在太不方便；于是又鼓动老公去南方淘金，去人才市场找工作，但到了最后关头，还是放弃了，依然选择两个人过贫困的厮守生活。

然而离开的时刻却终于来了，只不过不是在我想要离开的时间，那么，既然缘分已尽，就走吧。五年的记忆，就散落并安放在这里吧。

这个地方如今驻扎着长安塔，风景如画！又有谁知道，长安塔下，曾经有我五年的青春年华！

在这里，住的地方换过三次：第一个住处是初来乍到后厂里给安排的单身宿舍，说是宿舍，其实就是几间被废弃的大教室。教室空旷宽大，头顶是裸露的水泥横梁，这样的住处，自然冷冰冰的毫无温馨可言。里面的床铺摆得横七竖八，对大多数人而言，这里只是午休的一个住处，于我而言，却几乎相当于在这个城市里的第一个家；第二个住处是因为要结婚，千方百计争取到的一处半间平房。房间只有八平方米大，白天若不开灯，里面也会漆黑一团。这个常年有老鼠在顶棚往来穿梭的半间平房，是真正属于我们两个人的第一个家，也就在这半间平房里，我怀了孕，有了女儿；第三个住处是在一幢老式的砖混结构的楼房里。当时分给我的是一间十六平方米大的地方。虽然楼房很简易，厕所、水房也都是三家公用，然而较之前面的平房，毕竟没有顶棚，而老鼠们，也就失去了随意在我头顶游走的机会。

这个只有一间大小的简易楼房，是我离开这家工厂之前的最后住处。我走后，自觉地将房子做了禅让。前几年拆迁，朋友帮我算了一笔账，说那间房子如若还留着，我将会有十多万元的收入进账，然而事实是房子我已经上缴，关系也已经迁出，十多万元，真的与我没有任何关联。

钱这个东西，人人都爱，可是你再爱，它也只是身外之物，它无法控制你的意识，延长你的幸福，增进你的健康。

好多男人，穷的时候还是个人，等到有钱了，就失了本性，变得面目全非！吸毒、嫖娼，什么烧钱做什么，这其实也算是钱的悲哀！

有朋友跟我讲了一个故事：有人某天接到电话，是久不联系的单位打来的，让他去一趟，去后单位给发了三万多块钱，让他签了个协议，此人大喜，揣着钱儿高高兴兴地回家了。到了晚上，以前的同事打来电话，说某某得到五万，某某八万，某某还十多万呢，于是开心不再、闹心不已……

患不均，本是人之常态，无可厚非。只是反过来想，如果被蒙在鼓里，是不是更快乐。

糊涂而快乐着，较之聪明而不快乐，你觉得哪个更好些呢？退一步海阔天空，难得糊涂，知足常乐，其实没什么不好吧！

这世界，人人都想做聪明人。聪明人想变得更聪明，糊涂人想变成聪明人，大家步步紧逼，谁也不愿意落下，一路拥挤到终点，才发现自己只顾盯着前面行人的屁股，居然忘记欣赏身边的四季交替、草长莺飞，然而，坟墓面前，已然没了回头的周旋……

聪明的，你可知道？聪明的，你可明白？

离开后，我也曾回去过，很有限的几次。看看厂里，大致也还是老样子。再后来，好久不去，有次去浐灞游玩，车子驶过一处地方，同行的人说，这个地方应该就是你以前待过的工厂，我说，是吗？因为拆迁后，那里早已是面目全非，而我，也已经完全不认得。

再后来，世园会开幕前，以前的同事朋友率先带我去参观，指给我说，你看，这里这里，是咱们以前的车间；这里这里，是以前的家属区……而我，无论如何努力去张开回忆的翅膀，头脑中却也已经难以搭建起完整的旧日框架。

是的，十几年过去了，好多的事情，大脑选择了遗忘；好多的曾经，也已渐渐随风。生活着，遗忘着；再继续生活着，继续遗忘着。人生的轨迹，大抵是这个样子的吧！

那么，忘就忘了吧，人如果学不会遗忘，大脑岂不是会盛不下？

然而毕竟，这里曾有过我的脚印，所以，也自然会有些零星的记忆。这些记忆像顽强的小草，时不时不安分地从石缝之间蹿出来，又像调皮的花火般随性绽放，在某个瞬间，点亮记忆一片。

2015 年 10 月

印象苗圃

兰州印象

迄今为止,去过兰州两回,回回都是过路客。

去年八月,去甘南,路过这个城市;今年八月,去青海湖,再次歇脚兰州。

就算把两次的日程加起来,在兰州逗留的时间也超不过三天,所以,对这个城市的深刻了解自然谈不上,但只要去过,就难免会有印象,所以今天我就来谈谈对这个城市的一些印象。

虽然兰州、西安同为西北城市,虽然走在兰州的大街上常常自来熟的几乎感觉不到自己是外来客,但仔细想想,两地差别其实还是很大。

想起走在北京的大街上,常常心内发怵。大城北京里,出租车司机很牛掰,常常正走着,堵了,他就怂恿你去坐地铁,全然不顾外乡人最怕迷路在这个城市的心情。走在兰州的大街小巷,心内就少了这份纠结,毕竟城市不大,不大的城市,给了我们自信和坦然,单就这一点而言,我挺喜欢这个城市。

以前每逢夏天,有四大火炉,如今时代发展,各大城市的温度芝麻开花节节高,有很多城市,热度早已超过了四大火炉。据说武汉今年已经退出了火炉城市,然而退出火炉的武汉,就在刚刚过去的这个夏天,还是有人给热死了。不过纵然火炉城市推陈出新、风云变幻，兰州永远不可能跃居榜上，这个城市的凉爽有目共睹。

去到兰州你会发现，公共汽车上没有空调。我们乘坐的那辆公共车，没冷气也就罢了，车窗玻璃上居然还写着"暖气开放"，看看车子的密封状况，到了冬天，也没可能提供暖气啊。所以这四个字，我认为一定是司机师傅调皮，所谓暖气，也多半指的是老天爷御赐的天然之暖吧。

这个城市除过凉爽，第二个感觉就是干燥，晚上睡得正酣，就觉嗓子眼发干，起来一口气喝下大半杯水，才又沉沉睡去。不过说来也怪，到兰州的第一晚，嗓子干涩难眠，到了第二宿，却又一切正常，所以个中原因，还真有些不好臆断。

对这个城市的第三个印象是清真特色，大街上几乎都是清真饭馆，以手抓羊肉最多。以前不知道清真的标志是什么，通过这次的走马观花，知道一定跟月亮和星星的图案有关。

清真饭馆里只能吃饭，至于饮酒，可是禁止的哦！兰州城内，除了遍地的手抓羊肉馆，第二就是牛肉拉面，所以去到这个城市，总觉空气里都弥漫着一股牛羊肉的香味。

我们住的地方是兰州城一条不大的巷子，一路走来，路面垃圾不少，坐车路过市区，到处都是施工痕迹，总体来说，这地方不够干净、不够漂亮。

黄河穿城而过，是兰州的一大特色，然而穿城而过的黄河，某种程度上其实也制约着这个城市的发展和规划。比如这个城市的好堵车，跟狭长的地形应该关系很大。

虽然没有机会在这个城市久留，虽然对这个城市谈不上深入了解，但这个城市的朴实，会让你感觉亲切如左邻右舍。

这个城市有着清凉的夏日，如果你有时间、有长假，不妨夏日的时候去那里转转，悠闲地漫步黄河边上，看看斗风筝、听听波涛声、随羊皮筏子漂荡在黄河上；吃吃羊蹄子、啃啃羊脑袋、喝喝有名的牛奶鸡蛋醪糟；吃吃炸薯条、尝尝烤洋芋，末了再来一碗香喷喷的牛肉面；爬爬那的山、逛逛那的街，在那个并非一尘不染的城市游走一番。

这个城市不够完美、不够现代，但却能让你感受到自然和惬意；这个城市不算洋气、谈不上高端，但黄河母亲，却最眷恋它！

2013 年 8 月

成都印象

对成都的第一印象如此之好,以至于连我自己都很疑惑,怀疑这一定是因为假期的时间实在太短,而我,大概就只看到了它好的一面。所以,我的这篇成都印象,自然就只是我个人的感觉,也就是说,我要述说的,是在短短的两三天时间里我所感知的成都。

成都的街面是干净的,这干净的街面还很宽阔,这是我第一眼中的它。

成都的人似乎都是慢性子。去住酒店,大堂里面的小姐接待客人的态度比起其他地方来,似乎透着磨蹭和慢节拍。作为客人,你对她讲:"小姐,请问……"她的第一回答必然是:"哦,您等一下。"然后,慢吞吞地弄完她手里的在我看来也许并不是非常着急的活,再反过来处理你的诉求。

三天时间,三次对话,每一次的第一句回答,都必然是"您等一下"。这样的态度,一开始让我惊奇,再下来让我疑惑,后来,也就习以为常了。不过我用我的小脑袋使劲搜索扫描了好几圈,似乎在别的地方,作为酒店前台接待的服务人员,一般并不如此讲话。

当然,她们的态度倒很平和,而她们的这种慢性情,可能大多是缘于天府之国生就的一种优雅。

文章刚一开场我就用酒店的服务小姐来举例子说明成都人的"慢",然而这在我看来慢吞吞的成都人,并非不热情。

成都美女多,你若问路问到她们,多半都很耐心。路遇一个女子,一手拿着吃的,一手拿着喝的,耳朵塞着耳麦,看样子并不悠闲。然而我上前去问路,她却是非常热情,对于她自己都搞不清楚的路段,似乎心怀愧疚,愧疚之余,还表示要用她的手机帮我们寻找……

不去成都不知道啥叫皮肤好。火锅店里面随便的小跟班,不论男女,那皮肤,都是一样的吹弹可破。毕竟大家还都陌生,而我,也还不够"二",但从内心来说,我很有扑上前去在他们脸上捏一把的冲动。这么水嫩,我倒想看看,能否拧出些水来!

我不是"外貌协会"的,进到成都,却变得很有些好色。马路上碰到一个女子,先是狠狠地看上几眼,那目光中的贪婪,类似于喜欢泥土味的我遇到雨点跟黄土交融的那一刻,靠近地面深深呼吸的那种陶醉之感。

成都的林先生是朋友的朋友的朋友的朋友,也就是说,如果没有各种的机缘巧合,我是不可能见到他的。然而事实是,我不但见到了他,还吃了他的、睡了他的。

这个林先生,论起年龄大致跟我们相当。不过看看人家的长相,明显比咱年轻十载。

成都人是温和的。温和的成都人说起话来,抑扬顿挫,很像是在唱歌。而我,作为一个"生蹭冷倔"的老陕,听着这唱歌一般的声音,喜欢之余,就很有想学几句成都话的冲动。

写到这里,草草把前面的文字瞄了几眼,发现有一处地方容易产生歧义,加之国人想象力又高,所以我必须在这里画蛇添足地再费一番口舌。

前面我说过,到了成都后,我吃了睡了朋友的朋友的朋友的朋友。至于吃,意思是说他请我们大家吃饭;至于睡,你也不要想歪了,是说他帮我们订了客房。

林先生不但帮我们订了房间,而且还是豪华大包间。房间到底有多大,反正我草草数了一下,光沙发就有三个。对于我这出门习惯如家、七天连锁的人,档次的确是高了一点。

房间人家已经帮订了,钱自然是一定要付的。而我付的这个钱,在整整转了一圈后,居然统统败下阵来。

关系略微有一些乱,容我一一给你道来。为了形象生动便于理解,让我用生物链的形式来给你作一番解说。

成都行的前期故事里有五大主角,而这五大主角里,我其实只认识其中的一个,用生物链的话来说,我跟林先生,属于生物链中的起始和末端。按理,应该不会有交集。然而,通过朋友的朋友,再一个朋友的朋友,我却也就沾了他的光。自然,这令我着实惶恐了一番。毕竟"无功不受禄""来而不往非礼也",而我的成都行,却实在是欠下了好几个朋友的好几份情。

文章写到这里,似乎有些偏题,然而毕竟林先生是成都人,好歹也就算能跟我的主题扯上关联。

要说年龄,林先生也有四十多了。但因为待在成都,皮肤很好,而且人家的长相也天生甜蜜,加之鼻梁上的一副金丝眼镜,总体说来就是养眼。

林先生请我们一行吃火锅,非常得体的帮每个人夹菜。言谈中得知,他的事业做得很不错,所以人家的好看,不只是外表,人家的实力,才是真的王道。

国人印象里,都觉得成都人安逸。而他们之所以安逸,其实是因为实力。天府之国,人杰地灵,物产富饶,不安逸,想干吗?

成都市里有好多景点,外地人必去的是杜甫草堂和武侯祠。作为外地人的我们,自然不能免俗,两个地方都去了,去了感觉都很值得。

我们先去的是杜甫草堂。草堂里,我最感兴趣的是里面的竹和鱼。草堂里面的鱼看来都是贪吃型，而游人们又实在有着抑制不住的喂养热情，所以草堂的鱼好多吃得肚子溜圆，我真心怕它们会撑死。然而看样子，人家似乎活得很逍遥。这一点，很有些类似我以前养过的那条叫作"顺溜"的小狗，它的胃口永远大开，很能吃饭，然而人家也没有吃出任何身体上的凶险来。

说到草堂的竹，那么茂密、那么粗壮，在我而言，是平生第一次看到。不过几个钟头后，我的望江公园之行，又彻底颠覆了我刚在脑海中为草堂竹子搭建起来的印象平台，因为我在望江公园的惊叹闲聊中得知，真正美丽惊艳的竹子，是在蜀南竹海。

总之一圈下来，我就明白了人家国宝熊猫，为什么哪都不愿去，而只愿意待在这天府之国了。

武侯祠的解说人员声音小的像是蚊子叫。一开始，我们敏感地以为他们是为了避免我们这些人"蹭听"，这自然令我们有些小小不悦，然而事实很快击穿了我们的"小人之心"。

武侯祠里，全部WIFI覆盖，只要你用微信扫一扫，就可以插上耳机，享受导游的全程免费解说了。这个自然很美，但美中不足的是，解说和景点，没有做到完全的一一对应。

武侯祠是中国唯一的君臣合祀祠庙，由武侯祠、汉昭烈庙及惠陵组成。武侯祠旁边的锦里古街，也是成都的一大景点，然而，锦里的游人实在是太多了，而裹挟在人海中的我们，就只想着如何快速逃离，所以实话说，对于锦里的好，也就没有了细细体味的那份心境。

兴许是被锦里的游人给吓着了，从古巷出来的我们，一心就想探幽。于是，我们去了成都市的望江公园。

望江公园的对面，是由邓小平同志亲笔题名的四川大学望江校园，草草在里面游荡一圈，印象实在一般。校园的墙上到处都是黑色的"办证"，办证后面，是一串串用数字组成的号码，在一些黑色的字体上，有着白灰涂抹然而又没有涂抹干净的痕迹。

校园给人的感觉不大干净。荷花身下的水面颜色也已发黑。有个报林,虽然面孔陈旧,然而比起别处的报亭,规模似乎大些,倒算是一个小亮点。

望江公园是一个很好的休闲去处。因为是周末,我们还歪打正着地欣赏了好长时间的民乐团表演。跟一个在成都生活多年的东北人聊天,她说:"这个公园啊,是成都人最少、最幽静的地方。而至于这个'民乐团',也只在每个周末的下午才来此地表演。"乐团唱歌的、跳舞的、摆弄各种乐器的、指挥的,看起来像模像样。

公园里有一老者,用拖把大小的毛笔在地面上潇洒习字;又有一帮人,手持粗而长的竹竿在练习武术;几个小伙手持摄像头,身边跟着一群可爱的小孩,听说,他们正在拍电视节目……总之,游人不多,但大家都玩得很自在。

前面说过,我最先去杜甫草堂的时候,以为那里的竹子非常了得。到了望江公园,才知道草堂的竹子跟望江公园的相比,完全不在一个等级上。

这里的竹子不但长得好,而且品种特别多。刚开始的时候,我边走边说,边欣赏边感叹,到了后来,觉得所有的词汇在这些各色竹子面前,都显得有些贫乏,于是,索性不再说话了。

如果你去了成都而又时间有限,想看竹子,首推望江公园。去看一下,你也就知道为何在此我将我的语言描述设置为文字空白。

谁都知道成都的饭菜好吃,不管是四大菜系还是十大菜系,个个都离不开川菜,而说起成都的火锅,自然名气很大。

成都人是贪吃的。因为一路之上,看到有人排队等候的火锅店就有好多家。而我,在火锅香气弥漫的成都里,也爱上了火锅,以至于一连三天,天天都要吃一顿。

到成都的当晚,我们去吃饭的时间已经超过晚八点,然而吃火锅的人依然排成长龙。而在这长龙的旁边,我见识了成都的另一个特色,掏耳朵。会享乐的成都人,掏耳朵都要找专门的师傅,这在全中国，恐怕也找不到第二家了吧？！

火锅吃得多，水又没跟上，每晚到了后半夜，嗓子都会火烧火燎一番，然而等到天亮了，却又立刻没事人一般，想来想去，这大概只能是缘于成都的气候好吧。

成都人爱吃火锅，除了火锅好吃之外，也跟人家得天独厚的气候不无关联。因为据说在成都吃火锅，一不上火，二脸上不长痘痘，你说人家何苦不吃呢？

成都市里有一条河，叫作府南河，那是成都人民的母亲河。而我，则有幸徜徉在这河流的旁边，享受河边的那份幽静和从容。

虽说我对于成都的第一印象不错，但成都真正让我感到吃惊和自卑的地方，是春熙路。那里的建筑，个个新奇、个个漂亮，有些类似广州的上下九，然而比起上下九，又明显更加的时尚和现代化。

去了成都，纵然时间紧张，我们也不可能足不出城，所以我们的行程里，还有都江堰，还有青城山。

关于这两个景点，余秋雨有一句刻在了石头上的话："拜水都江堰，问道青城山。"进到都江堰，第一眼就被这里的紫薇树惊倒。想想在我的城市，其实也有这样的树木，不过，如果在头脑中把两个相同的植物并排摆放，就会觉得，似乎一个是巨人，而另一个，则是侏儒了。这同样也让我联想起海南植物园林里的绿萝，跟我在窗台上摆放了几年而身高纹丝不动的绿萝相比，虽说是同一个品种，同样是天上地下。

其实说到人，不也是一样吗？曹植和曹丕是同胞兄弟，说到处境，不也是有着天壤之别吗？所以说，不但是人跟人不能比，就连植物跟植物，也最好不要比。而至于北方的知了，你也最好不要去跟人家青城山的比。

青城山是名山，素有"青城天下幽"的美誉。这里的楠木多且粗且直，个个似乎都想上天。据说出生于陕西耀县很懂得养生最终活到一百多岁的药王孙思邈，晚年也曾隐居于此。

因为时间关系，我们对青城山的游览只是皮毛。然而这皮毛之间，大家就已经感觉到了青城山的秀和幽，感觉到青城山的与众不同。

青城山的知了个个像是被打了鸡血，叫声浑厚而又非常具有质感，跟北方知了的干瘪声音有着很大的不同。我想，一定是因为这些知了生活的环境里负氧离子颇高的缘故吧？

我不知道如何形容这青城知了的叫声，似乎像是金属撞击，又似乎像是在刚性里透出软绵弹性，虽说长相跟北方知了一模一样，然而相比人家喊话的口音和底气，却实在是有着明显的差别。

我这么一说，你可能以为这是文人的矫情，实话说，还真不是。举个例子吧，海南的椰子树潇洒笔直；深圳的街道上一样也有椰子树，看起来似乎相差也不多。然而海南的椰子树，自信笔挺，形容姣好，而深圳的，外貌来看，似乎就少了海南椰子树的那份舒展和坦然，然而这还不是问题的本质，本质的区别是：海南的椰子树会结满各式各样美丽的大椰子，而深圳的椰子呢，却只长身高不结椰果。

你说同样是椰子树，树跟树的差距咋就这么大呢？原因自然只能是双方生长的环境和气候不同。

说起这次的成都之行，简直是充满了巧合，巧合之一：这次的成都之行，并非计划来的，而是碰来的。

也就是说，如果没有朋友之间的偶然小聚，如果朋友的朋友不是自驾游，如果他们在成都不做逗留，如果不是朋友想象力丰富脑袋灵活，实话说，我是想不到会以这样匆忙的节奏，去趟成都的。

巧合之二：都江堰上，巧遇从西藏自驾归来的朋友一家三口，并且晚间一起相携进城。"他乡遇故交"的那种兴奋和乐呵，自然不难想象。

巧合之三：归家的时候，我们前面的三个航班，个个晚点，唯独我们的航班，按时出发，准点到达。

这一个个的巧合，使得我们的成都之行虽然短暂，却充满了欢乐和跌宕，事后回味起来，也更加的绵延悠长。

自然，我也知道，其实成都还有更好更美的景色以及更多的文化内涵，而我对成都的了解，显然只是皮毛，所以我的文章，也就知趣的以"成都印象"来命名。

成都，给我留下了极好的第一印象，而这，也为我的下一次成都之行，找到了一个无需多费口舌的最佳理由。

2014 年 8 月

广州初印象

生活是一幅由矛盾交织成的纷繁画面，这矛盾体现在方方面面。拿旅游来说，当你有着大把时间的时候，你可能囿于心境、困于金钱，对旅游没有兴趣，而当你有了想要出去走走的想法，你又因为忙于工作、忙于干活，会苦于没有出行的时机。

四十岁以后，感觉时间很像是《哈利波特》里那长上了翅膀的"金色飞贼"，时时刻刻从我的耳边眼前呼啸而过。而对于以前并不钟爱的旅游，苦逼的上班族的我则找到了一种比较适用的方法，那就是，见缝插针。

以前说到旅游，我的想法是，要吃好、喝好、住好，然后再玩好。而现在的我，对于旅游的想法则是，只要能找到空闲、找到时间，废话少说，先出发吧。

当然，对于人到中年的我来说，想找专门的旅游时间，实在是困难很多。而在办事的同时，顺带能够旅游一下，则就可行的多。广州游，就是这样的一种方式。

去广州的主要目的是为了给女儿送行。送行的时间上我就很有心机地选择跟双休日粘连，这样，既能送行，又能抓紧时间在广州走马观花地旅游一圈，也算是一举两得。

时间是七月底，那时候的广州天还较热。不过大概因为车里、房里都有空调，而那几天的雨水也来得比较频繁，所以，对暑热的印象也就并不深刻。

老公的侄子主动请缨，说要送我们去机场。虽然开车时间不长，小伙子的驾驶技艺还真不错，按时按点将我们送入机场。然后，飞机斯文的轰鸣一阵后，通过一番腾云驾雾，我们一家三口很快落地广州。

一下飞机，几人就摸索着准备搭地铁去往预订好的酒店。因为不熟悉，三个人买了六张地铁乘车卡。这时恰好看到一旁有个"地铁服务处"，我就建议前去问问。同行的两人却觉得我画蛇添足，而我，出于习惯性的从众心理，也就低眉顺眼地做了一名不声不响的跟随者。

到了要转车的时候，同行的两人才不得不正视我们的"三人六卡"问题。问地铁司乘人员，对方说："你们买多了，这个多余的卡三十分钟内是可以退掉的，不过必须在你买的地方才能退到钱，其他地方也可以退，但没有钱。"

于是我很有些后悔自己的从众，后悔自己当时没问一下服务处的工作人员，而对于阻挠我询问的同行者，自然也就多有指责。然而对面座位上的一大一小、一男一女，却只是淡然地看着很有些激动的我，脸上表情似笑非笑，并且不时对我翻翻白眼，真让我无可奈何。

我们的酒店坐落在越秀区，是一处幽静的住所。酒店附近有"广州起义纪念馆""广州公社旧址"等，这里的建筑古色古香，看起来颇有底蕴。在一处雕饰华美的老式建筑上，一只慵懒的老猫悠闲地迈着"猫步"行走在房屋的最高处，途经此处时，我左右张望了一番，并且拍了几张照片。同行的女儿和老公不以为然道："这地方离酒店这么近，等我们住下来后再慢慢玩，现在拎着行李，拍什么照片呢？"然而，虽说随后的三天我们一直就住在马路对面的酒店，但也竟真的，并没有再走过去游玩。

这件小事给我的启示是：其实不光是旅游要懂得见缝插针。在日常生活中，对于好多当时就有机会有能力去做的事情，一定要及时去做，而不要凡事都想着"明天"。"明日复明日，明日何其多"啊。

酒店附近有好多卖鞋子的店面。于是初到广州的那个下午，我将一部分时间泡在了鞋城。

按照我们的计划，当天下午要去的第一个景点是广州的石室圣心大教堂，一路走一路问，总算冒着酷暑，到了教堂的门前。

远远望去，教堂的建筑宏伟美丽，走到门前，却发现大门被铁将军把守。教堂里的守门人隔着铁栅栏跟我们聊起了闲天。他很和气地对同行的老公和女儿说："你们穿着短裤，是不能进去的，裤长必须要超过膝盖。"然后又看看我，说："嗯，你的衣服，是可以进的。"因为口音问题，加之他的态度，我兴高采烈地以为我因为衣服合格，可以入内，然而他却又对我大摇其头，指着门口的牌子说："礼拜二开门，今天不行哦。"

于是我们只能无奈地在门口拍了几张相片，然后一路打听，准备去有名的"上下九"。

话说刚一离开教堂的看门人，我就急不可耐地对老公和女儿说："咦，你说说这些广州人，可真奇怪，不让人进门，还热情似火，搞得我没去成教堂还对他心存感激。这如果换作我们北方人，估计多半就没有人家那份和气啊。"

这次去广州，临行之前，考虑到行程的短暂，所以在此次的行程安排中，我在备注栏里给出的意见，只有两个字，叫作"扫货"。

人人都知道广州轻工业发达，而我，则梦想通过这次名为送女儿的广州之行，充实我的衣柜，壮大我的服饰队伍。而上下九、北京路，之所以都列入我们的重要行程，实话说，也正是大家对我的通力配合。

然而因为遇到了一位极为热心的广州人，我们的行程还是作了略微的调整。这个热心的广州人非常耐心的建议我们一定要先去著名的陈家祠堂看看,说那里非常的值得一去。实话说,那位姓陈的广州人实在太热情了,这让我们觉得如果不去陈家祠堂,心里似乎会愧疚得不行。

于是我们就按照这个热心人的指点,顺路先去了陈家祠堂。欣赏了陈家祠古色古香的精细雕刻以及现代与古代艺术的完美结合,然后再一路走走看看,去往上下九。

没来广州之前,对这个有着国际化大都市称呼的广州,我心中描绘的景致,大抵离不了一个"快"字,也就是说,在我想来,广州,一定是个快节奏的城市。

然而真正走在广州的街头,看一些不大的门面里,有不少精工细作的手工艺品,也看到有一些人,在里面慢条斯理地做着精细的手工活,而这个,实话说,很有些颠覆我心目中的广州形象。一时又想起,家里的做工复杂的实木家具,当年购买的时候,到货时间让我们整整等了一个多月,问原因,说:"因为家具来自广州。"而这些大都市的广州人,能够做出如此精雕细琢的手工品,显然,他们的心应该是沉稳而少浮躁的。那么,也就是说,这快节奏的广州城,也有着它可贵的能慢起来的另一面。想到这一点,就不由对广州更加的生发出了一种敬爱之情。

街上有很多卖沉香的店面,而我,因为对沉香缺乏了解,最终,并没有买。

走走看看间,就到了著名的步行街上下九,自然,采买了几件衣衫,然后,就重点找这里的各种特色吃喝。

广州的天是善变的。我们去商场的时候老天还喜笑颜开,然而等逛了几家店,它却就沉起了脸,少顷,则索性开始抽抽搭搭,并且哭的声音还越来越大。

上下九里面有一家卖榴莲味雪糕的店面,在网上名气很大,而眼看雨水如珠子一样纷纷扬扬从天上洒落,我对女儿的想吃雪糕且一定要去那家店吃雪糕的想法表示了不解。最终通过举手表决，我只好少数服从多数，灰溜溜地冒雨陪他们一起去寻找那著名的"榴莲雪糕"。

有句话叫作"吃在广州"，广州人好吃"肠"、好喝粥，不管是他们的肠还是粥里面，都充分体现了全面的营养观，不像我们北方人，一碗白面，撒上几根葱丝，就可算是一顿正餐。

对广州的另一个印象，是街道上的榕树，安静而又幽雅地几乎要将天与人隔绝。一大早，行人尚稀少，我走在这两边长满榕树的大街上，感觉有种不可言说的美妙。

广州的第二天行程，因为我的执意要求，一行三人跟团去了深圳。几乎空无一人的深圳街头，冷清、幽静，跟我想象中的繁华相差很大。导游说："深圳的白天是这样的，到了晚上，各色高档跑车，才会纷纷涌上街头。"

在深圳的一天里，安排了三个景点，简单来说，也就是"看航母、坐游艇、参观中英街"，前面的景点参观，速度很展；后面的购物时间，悠远绵长，因为这种明显有些不合理的旅游架构，让我们很有些后悔没有选择自助旅游。

虽说是第一次去深圳，但对于深圳的大名实在太不陌生了。多年以前，大学刚毕业，就有同学去了那里。后来参加工作后，又有不少年轻的同事，纷纷"停薪留职"涌进这个城市。多年以前的我们，没有手机、没有固话，而我曾经也对着深圳的好几个地方，寄出过无数封关乎友情的信件。

对深圳最深的印象，是那里的天，善变得厉害。一天之内，几度变脸。女儿参观完航母朝旅游车上返回的一刹那工夫，打着雨伞，居然浑身被浇了个透。小家伙很不高兴，气得拉长着脸，恨不能对着那些调皮的风儿和雨珠，拳打脚踢一番。

如今，可是万里之外了，心里不痛快的时候，不知道可还能找到能容许她"掉脸"的对象？写到这里，想起了那首叫作《爱的代价》的歌,"走吧,走吧,人总要学会自己长大;走吧,走吧,这就是爱的代价……"

坐游艇的最初,风裹挟着雨,奔涌而来;到了后半段,风停雨住,而人们,也就纷纷涌上甲板,拍照留念。

多年以前,就知道中英街的名号,以为那里一定很气派。进去一看,破破烂烂,可以说,完全已达到了需要被拆迁的边缘。不过,因为这街道政治上的特殊,所以,估计没有人敢在这里玩"强拆"。

导游说那里的东西很便宜,的确有不少店面在卖相机或者手机,而我,因为"真假"之虞,并不敢在那里买大件。喜欢美食的女儿买了零食,我则买来几片面膜,期望它们将来登陆我的老脸后,能击退皱纹对我的侵扰。

深圳的最后一站,我们遭遇了水平高超的推销,虽然不能说把钱打了水漂,但总归,也并没有"物超所值"。

晚上回到酒店,总结跟团游的经验教训后,我们就决定这在广州的最后一天,一定要自己紧握指挥权。

第三天的行程里,前半天是大家为了配合我的"扫货"想法,去了很负盛名的"北京路"。逛完北京路,虽说收获不算大,但逛街带来的累,却是实实在在。

北京路返回酒店,我们收拾一番后就乘坐地铁去了机场,来完成此行最重要的目的——送女儿。女儿的飞机是晚上十一点多。在机场的她频频遇见同学,于是很快的,也就到了该说再见的时刻,三人开开心心地在入关处合影留念后,女儿就跟同学一起入了"关"。

我和老公孤零零地在机场四处溜达,想要找个能睡觉的地方。很快,被机场的工作人员"发现",热心地把我们介绍到一间负责接送的宾馆。然后,在宾馆短短的休息五个小时后,我们乘坐第二天一大早的飞机,打道回府,结束了我们的广州之行。

说到我对广州的印象,因为此次行程的走马观花,自然难以周到和全面，大致总结一下，有这么几点：

一是广州的幽静。大概是因为这次的广州之行走的地方很有限，加之我们住的地方可能比较偏僻，所以我对广州最大的感觉，居然是它的幽静。

二是广州人的热情。在十字路口，只要我们做张望之状，就会有热情的广州人主动走上前来，帮我们指路。

三是广州人似乎生就的好性情，待人非常有耐心。在北京路的一家商场里，有个特百惠专柜，我们漫无目的地走进去，就遇上了热情好客的老板娘，双方聊得投机高兴，以至于我和女儿从店里出来的时候人手一杯，花了钱，还个个都开心的不行。

四是广州街头的榕树。那些古老的大榕树，粗而不壮，身形婀娜，令人万分留恋。

五是广州的轻工业的确发达。上下九里有一些广州的服饰，看起来很美，价格也令人窃喜。步行街上有不少十元店，里面的东西实用便宜。

六是凌晨十二点在机场，居然很快就找到了合适的宾馆。虽说房间只有"豪华间"，但总的来说，价格不算坑爹，也并没有黑宰，而且第二天一早，还及时地将我们送到了机场，这也很让我感激。

广州之行来去匆匆，甚至连著名的"小蛮腰"都没有亲见。这也注定我的文章只能以"初印象"来命名。不过显然，这个最初的印象，是令人愉悦的。

2014年9月

请到天涯海角来

对三亚的第一印象并不好。飞机落地后，就看到机场外裸露的正在被挖掘着的地面，机场周围的椰子树，耷拉着脑袋显得有气无力，而这，与我脑海中想象出的蓝天绿水的美丽画面，自然相去甚远，所以，这第一眼的三亚，令我很有些沮丧。

第一天被安排的住处，房间环境倒是不错，站在屋内的阳台，就能看到不远处的海面。不过奇怪的是，那里的大海，既不是绿波粼粼，也并非美丽的蔚蓝色，而是泛着一种跟天空非常相近的缺乏生机的灰白色，所以，如果你不睁大双眼使劲瞧，纵然站在海面附近，你也会忽略掉那片海。而说到酒店坐落的地方，则很有些寒酸脏乱。一旦有车从酒店门前的土路驶过，尘土立刻手舞足蹈，给我的感觉，宛若一个令人失望的城中村。

在"城中村"安顿好住宿后，我们一行五人搭乘公共车向三亚市进发。沿途的榕树盘根错节，绿意盎然，跟此时满目肃杀的北方相比，还真是"冰火两重天"。三亚城市不算大，也并不美，听说市场的海鲜不但新鲜，而且便宜，并且吃法还是很有特色的"半自助"，也就是说，海鲜由我们自己挑选购买，而各个街头饭馆，只收取加工钱。于是，我们入乡随俗，决意先吃一顿有名的自助海鲜餐。

海鲜市场的购物环境实在并不优雅,而街头饭馆的加工速度确实不慢,但实话说,味道方面,并不令我迷恋,并且这一顿自助式的海鲜,还惹恼了我的肠胃,以至于海南的第一夜,我的肠胃几乎对我咆哮了整晚,一直到凌晨四点多的光景,才算勉强合上眼。睡前悲哀地想,完了,没准这第二天的行程我将无法参加,幸运的是早上七点起床后,却已经恢复得如没事人一般,忆到这里,我不由不再次地,对我的身体表示深深的感谢。

第二天,我们先参观了海洋贝类展览馆,对一个生活在北方的人来说,这各种各样或大或小的海洋生物,还真的是令人开眼,通过短短的一个多小时的参观,我了解了一些海洋贝类,知道世界上最大的贝类是砗磲,最长的贝类是蛇贝。说到砗磲,就还有一段小小插曲。

有位朋友在我所在的城市开了一家店面,里面经营的产品正好就是砗磲。而我,因为有了这海南之游,听他说起砗磲,就略知一二。最起码,跟同行的几个压根不知道这两个字的读音的人相比,咱起码能一口就读出准确的发音,一时之间,就显得还真有些"渊博"。

古人说:"读万卷书,行万里路。"看来确实没错。读书是学习,而行路,其实则是另一种方式的学习。

参观完贝类博物馆,我们又去了著名的兴隆热带植物园。到了那里你才知道,什么是美丽的三亚,什么是正宗的椰子树。那里的椰子树高大挺拔,直冲云霄,树上的椰子挂得满满当当,一眼望去,让人对这些美丽笔直、体型潇洒的椰子树,不由又羡慕、又崇拜。

热带植物园的植物的确是太多了,别说给我半天时间,就是让我在这里待上半年,我也不能保证能把这里面的植物品种全部记完。何况,我们还是坐在电瓶车上,虽然说也有讲解,虽然说车子走走停停行进的速度非常慢,但是,这样的参观,怎么说也都是标准的走马观花、坐车看景。所以，大部分时候，这种参观也就只能起到愉悦心胸、陶醉眼睛的功效，而至于说我们的植物知识，增长的幅度就非常的有限。然而，匆匆忙忙间，我还是记住了几个很有特色的树名，像炮弹树、面包树、见血封喉，还有一些名称非常熟悉平时却并不多见的胡椒树、橡胶树、香蕉树等。植物园里满目苍翠，各色树上浑身是宝。买来一个椰子，插上吸管，就能喝到原汁原味的椰汁，旅游间隙，品尝当地的正宗咖啡，也是一种十足的享受。

第二天的行程照例是饱满的；晚上住宿的地方则是温泉别墅酒店。别墅房间门前，各色花儿开得正艳，红的、紫的、黄的，可谓姹紫嫣红；温泉里的水冒着丝丝热气，只要愿意，你完全可以跳进去随意扑腾。晚上去看了红艺人表演，那些美艳的女子，在台上迈着猫步或唱或跳，如果没有主持人的解说，我是无论如何也看不出来，她们居然是由男人变来的。红艺人的表演商业味很浓，到了节目的最后，更是提供跟任何一位人妖合影留念的机会，那些或高挑或丰满，或端正或优雅的美女们，站在圆形的"展示台"上，对着围拢上来的看客，微笑、招手，盼望着你能上前去与他们握手、合影，好以此赚取一些银钱。

清朝思想家、文学家龚自珍曾经做过一篇《病梅馆记》，养梅者为博取文人雅士之爱，"斫其正，养其旁条，删其密，夭其稚枝，锄其直，遏其生气，以求重价……"在我看来，这些美丽光鲜的人妖，其实非常类似龚自珍笔下的"病梅"。他们经过后天的训练和打磨，常年服药，寿命缩短，虽然在舞台上的时候看起来很风光，但这种风光对他们的生命而言其实只是昙花一现。

我不知道应该如何评价红艺人表演、如何评价人妖，有一种说法叫作"存在的就是合理的"，不过就我个人而言，我还是希望人们珍惜上帝赐予自己的这副身板，尽量让它能够保持原貌和天然。至于说人妖，不到万不得已，还是别走那条道。因为据说，人妖的平均寿命是四十多岁，而且人妖们一旦离开舞台，境况多半会很惨。

海南的第三天里，我们去了美丽的蜈支洲岛。据说这个岛的形状很像蜈支，故而取名蜈支洲岛。岛上的椰子树美丽妖娆，路边的鲜花争奇斗艳，珍珠鸡、孔雀，踱着方步悠闲地在晒太阳，一对对情侣在海滩上自由嬉戏。蜈支洲岛的沙细腻温存，如果时间允许，完全可以将自己埋进沙堆里美美地睡上一大觉。岛上提供深海潜水娱乐项目，如果你胆子够大，可以去挑战一下。走过风光曼妙的蜈支洲岛，我们就向槟榔谷进发。

槟榔谷的槟榔树又细又高，苗条挺拔，那里的解说阿妹穿着标准的傣族服装，非常美丽。槟榔谷不单自然风光很是旖旎，而且到了那里，还能欣赏到很有当地民族风格的大型露天表演。槟榔谷的我们为着好玩，特意乘坐了让人倍感刺激的高空缆车，然后在一阵阵眩晕般的快乐中，上车去往呀诺达。

呀诺达是正宗的热带雨林，里面的景色非常漂亮，各种植物从长相上来看，好比一匹匹脱缰野马。看到这里的绿萝，想起我北方的家里也有着这样的植物，再看看二者的长相、身高，不由哑然失笑，说他们之间有着天壤之别，绝对不算夸张。常常，能看到从石头缝里蹦出来的树。你就是绕着它转上三圈也弄不明白，它究竟将自己的根儿扎在了哪里。一开始，觉得"呀诺达"三个字实在绕口，后来听了导游的解说，知道这三个字其实是海南的地方语言，翻译成普通话，也就是"一二三"的意思。一旦知道了它的内涵居然如此简单，再加上导游一路上的反复灌输，这一开始觉得绕口的三个字，很快，也就轻而易举地被深深灌输进了我的脑海里。

可能是因为跟团的关系，真心没觉得海南的饭菜有什么美味，而当地的水果，实话说，也并不便宜。但是海南有一个好处却是其他地方无可比拟的，那就是它到处都是海，处处有沙滩，如果你愿意，带上游泳衣，就可以很随性地在大海里自由游弋。

晚上的我们坐在海边，听浪涛拍岸，让海风拂面。时而，一个调皮的大浪以迅雷不及掩耳的速度向着我们的方向奔来，躲闪不及的我们就会湿了脚丫和衣衫，而等我们去追打这浪花的时候，人家却早已退回到很远处的海面。

沙滩上有一些年纪很小的小孩，来给我们推销孔明灯，几个人一时玩心大发，接二连三放飞了好几个，然后，目不转睛地看着它们一个个或平稳或盘旋着渐渐走远，直至再也看不见。年老的渔夫从海里打鱼刚刚归来，也不急不缓地坐在沙滩上，休息片刻。年轻的情侣或者朋友互相结伴，三三两两或者在海滩上骑沙滩车，或者索性走进海水里畅游起来。几个老头围拢在一起听秦腔，这熟悉的乡音把我们吸引过去，跟老人们闲聊后才知道，每年到了冬季，他们就从北方来到这南方的海岛，然后整个冬季，都逗留在这座温暖的城市。

海南的第四天，最值得回忆的景区有两个，一是大小洞天，一是天涯海角。大小洞天的风光非常美丽，所以，这里成了婚纱摄影者的福地。一对对新人，沐浴着海边的阳光，站在美丽的礁石上，海风扬起新娘的长发，海浪拍打新郎的脚丫，头顶上是蓝蓝的天、白白的云，脚下是蓝蓝的海、白色的浪花，眼前是整齐美丽的椰子阿哥，还有遍地开放的五颜六色的花，置身这情景中的一对对新人们，看起来真的美丽如一幅幅让人心醉的画。

也许你没来过海南，但你却不可能不知道天涯海角。美丽的天涯海角被导游们加上了"莫须有"的罪名，故而也就因此少了不少游客，然而当你真正走进那里，你也就觉得，这种愚弄似的说法，其实并不被大多的游客所认可。

导游的说法是，如果你走到天涯海角，也就意味着，你的某一方面的事业到头了。具体来讲，对当官的而言，意味着你的官运到头了；对经商的而言，意味着你的财运到头了。对于这样的一种说法，我不知道别人怎么想，我思考的结果是，一定是因为天涯海角这个景点名气太大，游客太多，而导游们这样的一种说法，充其量，也就是起到一个旅游疏导的作用。打个比方，如果某一条道路上的人太多，作为协调人的交警，一定会把你疏导到另外一条路；而作为国际旅游城市海南的导游，"抹黑"天涯海角的做法，估计其作用类似于城市里的交警吧。就我而言，倒是觉得，去到三亚，一定要去天涯海角，至于原因，不妨听听这首已经流行了三十多年的老歌：

    请到天涯海角来，
    这里四季春常在。
    海南岛上春风暖，
    好花叫你喜心怀。
    三月来了花正红，
    五月来了花正开。
    八月来了花正香，
    十月来了花不败……

  旅行的最后一天，我们自助游览了大东海以及三亚的免税店。想到第二天一早就要离开温暖如春的三亚，心里不免有些恋恋不舍。而最初对它的不好的第一印象，在接下来几天行程里的大海、浪花、椰子和槟榔的冲击下，也早被洗刷一空。甚至于我进而还觉得，三亚这个城市，让人不得不爱。至于原因，大致有这么几个：

  海南之行的时间正好是在春节前。这个时节的北方不但寒冷，而且还有着严重的雾霾，而三亚，不但气候温暖、鲜花盛开，而且天的颜色纯净蔚蓝，这是不得不爱的理由之一。

  作为一个国际化旅游城市，三亚的公共交通四通八达，非常方便，这是不得不爱的理由之二。

满眼的绿，满目的植物，到处是海，四处有沙滩、贝壳，赤脚走在沙滩上，挖螃蟹、捡贝壳，第一次，我居然可以如此透彻地亲近大自然。这是不得不爱的理由之三。

　　所有的景点内，不但景色美艳，而且都非常干净，这是不得不爱的理由之四。

　　如果你有空闲，请到天涯海角来……

2014 年 9 月

细雨蒙蒙会胡亥

胡亥的名字我很早就知道。在我的印象里，用来形容他的词只有一个——残暴。

当历史的字典里对秦二世胡亥有了这样的一个定论后，我对他的感觉也就只有憎恶。所以，当我看到胡亥墓居然也被修建成了一座美丽公园的时候，我的内心其实是颇为不爽的。暗自思忖，这样的一个昏庸残暴之君，我们何必朝拜？又何必为他修缮墓园？也正因为这个原因，尽管我时常打胡亥的墓前经过，却从来没有走近过。

然而在那个细雨蒙蒙的周末，终于，我还是决计去会会他。

公园不大，如果来到公园的目的只是为着散步，不消半个钟头，完全可以利落地将它统统转完。当然，如果你想从里面了解一些两千多年前的历史画面，脚步自然会变慢。

细雨时断时续，若有若无。园里的麻雀在细雨中照常在草丛中悠闲出没。公园里有不少铜制雕像，如皇帝巡游的铜车马、度量衡、战士用的铠甲及头盔、秦朝钱币等。细雨中的公园游人稀少，所以当眼前出现了一个铜钟，我径直走上前去，用一只手掌在铜钟上轻轻地拍打了几下，立刻，我的耳畔响起了寂寞凄清的铜铃声。

关于人物故事的雕像主要有两组，一组是"篡改遗诏"，一组是"指鹿为马",而其中最吸引我眼球的,自然是"指鹿为马"。

时针倒回到两千多年前,秦国末年的朝廷上,秦二世胡亥与群臣聚拢在一起,丞相赵高笑眯眯地牵来一头鹿,对胡亥行礼说:"皇上,这是我献给你的一匹千里马。"

胡亥见状,笑道:"丞相可是糊涂了,这明明是一头鹿,你看头上还有角,怎么能是马呢?"

赵高说:"皇上,这的确是一匹千里马,你若信不过我,可以问问其他人啊。"身边的大臣们或者不说话,或者说是鹿,或者说是马。

自然,说鹿是鹿的那些人,最终都以各种理由被处死了,而那些指鹿为马者却都保住了性命。看来,好多时候好多场合,真话的代价的确太大。说到这里,我不由想起了四百多年前在罗马百花广场烧死勇敢的科学家布鲁诺的那场火,还有四十年前清明节的前一天,在沈阳被处以极刑前竟被割断喉管的烈士张志新……

这个世界上,有好多人是不喜欢真话的,赵高是,胡亥亦然。陈胜吴广起义后,胡亥自己首先不愿意相信,于是就有一些投其所好的聪明人,说那不过是几个盗贼,不足为虑,胡亥听后果然觉得很合胃口;另有一些不懂察言观色的,对陈胜吴广用了"造反"一词,结果凡是舌头翻滚出这个字眼的,几乎全都被治了罪。

很早以前,我就知道胡亥是一个残暴的皇帝。之所以这么说,是因为胡亥为了皇位,几乎杀光了他所有的兄弟姐妹;他还让所有没有子女的妃嫔都去为秦始皇殉葬,还把建造坟墓的工匠们全部杀死在陵墓内。

胡亥不光残暴,还很昏庸。历史上,为了皇位兄弟相残的实例其实非常多,只要皇帝即位后能真正体恤黎民百姓,总的来说,他也就还不失为一个好皇帝。然而胡亥却是个例外。他以为,做皇帝就应该要好好享乐,不然,做皇帝又有什么好呢? 赵高借着这个理由,将他锁进深宫,胡亥除了喝酒打猎,无所事事。

他的昏庸还表现在乱杀功臣。名将蒙恬至死连见他一面的机会都没有。而在李斯与赵高的争斗中，他不能明辨是非，将李斯交给赵高处置，堂堂宰相，最终落得个"腰斩灭族"的可悲下场。

胡亥是一个可悲可怜的皇帝。

赵高专权后，他只能整日在深宫里用喝酒打猎排遣孤寂。据说他当时最爱用觚来饮酒，所以这觚，也就成了秦末政治危亡的见证，而他的"觚不觚，觚哉！觚哉！"的叹息声，透过两千余年的历史颠簸，让我们看到了他的悲哀。

当他被赵高逼死的那一刻，他多么的想要苟延残喘，他甚至愿意带上他的妻儿去做普通的老百姓，可惜，没人会给他那样的机会。

他死后的下葬应该是潦草的。因为据史载，是"以黔首之礼，葬杜南宜春苑中"。他的结局和下场的确是可悲可叹甚至可怜的。然而，可怜之人必有可憎之处，所以搜遍历史的角角落落，我也实在找不到一句能够替他辩驳的话。

胡亥墓旁的好多砖块，在细雨的拍打下有些湿滑，而这种湿滑，不用说，一定是鲜有人迹的有力见证。不过我还是在如丝的细雨中慢慢地绕他的墓地转了一圈，不是为了对他表示敬意，只是想弄弄明白，为什么曾经那么年轻的一颗心，充斥着那么多的歹毒？

公园里有好几个博物馆，因为我去的时间比较晚，博物馆的门已全部紧锁，但我还是不慌不忙仔细欣赏了门楣两旁的对联，其中一副是这样写的：

上联：一夫自毁二世而亡便野史逸闻只为千秋留笑柄
下联：仁义不施身家焉保漫荒烟衰草惟余孤冢泣残阳
横批：后事之师

还有一副是这样的：

上联：此运可衰此帝可哀孤冢夕阳里未能绝千秋责怨
下联：其兴也勃其亡也忽曲江碧水前细思量二世浮沉
横批：覆舟之鉴

除此之外，还有另外几副对联，均是对秦二世胡亥的嘲笑和责难，不由叹息，所谓的"遗臭万年"，不外如此吧。

想想先前的自己，因为别人为胡亥修建了一座公园而满心反感，竟至于不愿光顾。游过之后也才发现，这个墓园的修建可并非是为了给他扬名立万，然而尽管如此，从稀少的游人来看，估计跟我抱着相同想法的肯定为数不少。

胡亥，时隔两千多年，你居然还能让这么多人对你发自肺腑地不满和反感。不能不说，你曾经年轻的身躯，在倒下之前的确犯过太多罪孽，而这些罪孽，纵然被历史积淀千年，一样余臭难消。

胡亥，你只做了三年皇帝，你生命的年轮也只转了短短的二十四圈，单冲这一点，我本该同情你，我也以为我是会同情你的。然而，当我的思绪停留在跟你有关的历史画面时，我发现，我对你的感情里实在是挤压不出一星半点的同情来。

胡亥，你杀死逼死那么多人，到最后，终于"搬起石头砸了自己的脚"，你自己居然也在二十四岁的年纪上被逼自杀，你说你人活到这个份上，是不是太失败呢？

胡亥，我是懂得哲学上的两面论的。按照两面论的观点，无论如何我都应该能从你的身上找出一些如大片莲叶上的晶莹水珠样的闪光点，遗憾的是，直到目前，我还没有翻寻出来。

细雨的针脚渐渐密集起来，于是我转身、离开，暂时跟胡亥说拜拜。我想我还会再来，因为打心底里，我还是隐秘地希望，你能给我一些意外，而你，能吗？

2014年9月

那些可爱的民国文人

——读老舍先生《四位先生》有感

当我想在网络上上传一些美文的时候,第一篇选择的正是老舍先生的《四位先生》。先生的幽默文字,不但使我欣喜,更使我产生了了解一下这些可爱的民国文人的强烈愿望,也就是说,我的这一组文字,是读过老舍先生的《四位先生》之后的产物。

果然,好的文字,是有着母体的孕育之效的。

——题记

一、吴组缃

文人是有劣根性的,这劣根之一,就是容易彼此相轻。

自然,所谓文人,必定各有各的本事各有各的特长,而文人们在自恃有才的同时,往往就喜欢看轻对方。

当我突发奇想,想在网络上上传一些美文的时候,第一篇选择的正好是老舍先生的《四位先生》。原来没想到,老舍的文字居然会如此幽默,这自然令我万分欣喜,欣喜之余又不免想,你说老舍笔下的四位先生,哪个不是一等一的大家?而这些堪称大家的文人之间却居然没有相轻,竟还生发出如此的友爱情怀,这就不但使我欣喜，而且使我感动了。

行文至此，再一次的，我要祈求大家的原谅，原谅我的孤陋寡闻吧。因为纵然我知道，能被老舍称为先生的定非平常之辈，而我对他们的了解其实却是白纸一张。再次的，让我感谢老舍先生，因为正是由于他的这篇文章，让我产生了了解一下这些可爱的民国文人的强烈愿望。

吴组缃先生是二十世纪的著名作家，曾与林庚、李长之、季羡林并称"清华四剑客"。我也曾找到了他的《一千八百担》，可能是因为时代背景的原因吧，也就竟没有看完。

吴组缃先生厉害不厉害？反正在他二十多岁的时候，就被五十多岁的冯玉祥尊称为"先生"。而冯更是双手为他捧茶，而且还像个小学生似的，将他写好的作文恭恭敬敬地递给先生，非常谦虚地请吴先生帮忙给改一改。

吴先生去世的时间是一九九四年的元月，而直到今天，我也才因为老舍先生的这一篇文章偶尔知道了他的一些点滴，而这样的我，如果胆敢再称自己"喜好文学"，绝对也是脸皮厚得能蹭倒城墙。

话题再绕一绕，说说前文的"清华四剑客"。国学大师季羡林估计大家都知道，所以也就不再多说。林庚是个诗人，他故去的时间是二〇〇六年，享年九十六岁。他一生笔耕不辍，出版了好多部诗歌。好玩的是，当年林庚考入清华的时候是一名物理系的学生，后来他是从物理系转入中文系，他的毕业论文就是他的一本诗集，叫作《夜》。这本叫作《夜》的诗歌集，封面设计是闻一多，序言则是俞平伯先生所写。闭目想想，那些可爱的文人学者热热闹闹相聚一堂，不由就觉诗情画意得慌。至于另一剑客李长之，则是由清华大学的生物系转入哲学系，尔后成长为著名文学评论家。他故去的时间比较早，是在一九七八年，他写过不少文艺批评方面的文章和书籍，其中因为《鲁迅批判》一书，在"文革"

中吃尽了苦头，被打成"右派分子"。革命小将斥责他："鲁迅是可以批判的么？就冲着'批判'，你就罪该万死！"甚至时间推移到一九七六年，有一家出版社想要出版《鲁迅批判》，条件居然也是要将书名中的"批判"一词改为"分析"或"评论"，而脾气耿直又倔强的李老头，拒绝了。

哎，要说呢，李长之出版《鲁迅批判》的时候，鲁迅本人还在，甚至于鲁迅本人也曾亲自看过稿件，并且还附赠李长之照片一张，目的是为了刊印在书籍的封面。

然而，连鲁迅本人都首肯的一本写鲁迅的书，却因为书名里面含有"批判"二字，让李长之一生吃尽苦头，想想，还真就是应了那句老话，叫作"阎王好见小鬼难缠"；再想想，就让人不得不唏嘘感叹和反思那个失去理性的时代。

因为想了解"清华四剑客"，不承想却有了一些其他的意外收获，比如这四剑客中，居然有三个人都有着在清华转系的经历。吴组缃由经济系转入中文系，林庚则是由物理系转入中文系，至于李长之，则是由生物系转入哲学系，就不由又想到，今天的大学里，想转系有多么的艰难！而在上世纪的三十年代，似乎一切都那么的单纯和简单。无怪乎，如今耳边有一种说法，认为民国时代对知识分子而言，其实是一个美好民主的时代。

当然，这只是一种说法，毕竟，我也知道《最后一次的讲演》，我也知道闻一多的死法，所以，对于民国，我自然也就懂得辩证地看。

然而聊到这里，似乎这话题里面就弥漫着一丝政治的意味了。而对于政治，我是确乎不懂的，我也的确是不想去说的，我真正想说的，其实只是民国时代那些可爱的人，尤其是那些可爱的文人。因为起码在今天的我看来，他们身上的单纯和天真，是多么的可爱，多么的令人生敬啊！

昨天下班路上，太阳烤着地面，而我，可能是被太阳烤晕了脑袋，热血上涌、突发奇想，准备弄一个网络美文赏析连载，这其中的第一篇，就是老舍的《四位先生》。而我作为此项活动的策划者，有义务对文章的内容做些简单相关的解析和联想，今天的这一篇，就算是对文中的第一位先生，吴组缃先生的纪念吧。

二、马宗融

今天主要围绕着马宗融先生来说。

马宗融先生的头衔是教授、文学翻译家，曾经留学日本、法国。一九三三年，他回到灾难深重而又日思夜想的祖国。

要说马宗融先生，不能不提的一个人是他的老婆，因为她虽然不幸早逝，但其实却非常的有才华。她的作品不多，但却都得到了流传，这里需要重点感谢的人物之一，是他们两夫妻的共同好友——巴金。

马宗融先生的夫人原名罗世弥，一九三六年的某一天，她悄悄地将自己写的一篇文字交给巴金，而巴金，则意外地发现了她的文学才华。巴金将这篇文章送《文学月刊》发表，并替她取了个"罗淑"的笔名。从此，罗世弥以罗淑为笔名，又先后发表了好几篇小说。

如果没有战争，没有那些辗转，没有可恶的产褥热，罗淑将会给我们留下多少精彩的精神遗产？实话说，还真有可能是不可限量。

然而，"八一三"了，上海住不下去了，怀着身孕的罗淑不得不辗转奔波，去成都找她的先生，临盆之后竟因产褥热不治而一去不返了。罗淑死于一九三八年，她走的时候只有三十五岁。

作为一个女人，我却竟然不大知道还有种疾病叫作产褥热，想来，身体的疲劳、营养的匮乏，应当是患病的主因吧。

可以想象，中年丧妻的马宗融先生的悲哀该有多么的深重，他的日子该有多么的难熬。

我对马宗融先生的了解虽然谈不上深刻，然而看过几篇有关他的文章，脑海中也就有了一个他的大致轮廓。

首先，我想马宗融先生是颇有些马大哈的。据说，他曾经翻译好了左拉的长篇小说《萌芽》，而在书稿被送去出版的时候，竟然被他弄丢了。

作为一个对文字有些感情的人，马先生心情的那份沮丧、那份沉重、那份难过，实话说，我非常能理解。这正如我正在码字，突然一个意外断电，自己的辛劳全部打了水漂，我一定会难过多半天。

其次，他的时间观念可能确实有些差，而这差的原因，其实正在于他的单纯、他的热情、他的豪爽。他在复旦大学任教的时候，竟然藏匿那些上了"黑名单"的同学，校方跟他谈话的时候，他还死不悔改，最终，只能落了个被学校请出门去的下场。老舍因为知道他的时间观，所以有事没事，总会叮咛他早些回家，总会跟他谆谆教导说老婆在家等他吃饭呢。

最后，马宗融是个教授，是个先生，是个翻译家。他曾先后在复旦大学、广西大学、四川大学、台湾大学等地任教，按理应该文质彬彬才对。然而他的内心却像有着一团火，当有别的教授在他的家里当着他的面指责另外一个曾经帮助过革命同学的教员时，马怒道："骂我的朋友就是骂我，你出去，出去！"多么耿直、多么可爱、多么的不懂得阳奉阴违和拐弯抹角。

马宗融先生最后的工作地点在台湾大学，一开始，日子过得还不错。然而在遭遇许寿裳被暗杀、乔大壮自沉水底等事件后，他心情抑郁。更加不幸的是，喜欢借酒浇愁的他患了严重的肾炎。重病之中，表示"愿意死在上海"的他被人用担架抬上轮船，越洋过海回到上海。兵荒马乱之中，他未能得到好的治疗，于一九四九年四月十日，因肾脏衰竭故去于上海。

三、姚蓬子

今天，我想来说说姚篷子。然而此文刚一开头，我就遇到一个疑难杂症，不知道姚篷子先生的"篷"，究竟是哪一个？

然而，不管它究竟是草字"蓬"还是竹字"篷"，名字总归只是个代号，而人，却实实在在的就只有他一个。

说起姚篷子，估计知道的人不多，就连一向多话的度娘，对他的言语都表现得十分吝啬。照理说，姚篷子也有文章，也有诗歌，然而度娘既没有说他是诗人，也没有说他是作家，至于这原因嘛，听我给你慢慢说。

民间有一句老话，叫作"前三十年看父敬子，后三十年看子敬父"。这话仔细想想，还是很有道理的。

姚篷子的大名你可能不知道，至于他的作品、他的诗歌，估计读过的人也确实不多，然而在老舍眼里辛勤工作以至通宵达旦的他，真的没有给我们留下些什么吗？

答案是否定的。因为度娘尽管欲语还休，可还是吞吞吐吐地说出了他的著作，大致有三部，分别为《银铃》《篷子诗钞》《剪影集》等。

前面我说了一句民间老话，而我又为什么要没头没脑地说这样的一句话呢？自然，我有我的原因，而这个原因的谜底，是因为姚篷子的儿子，比他的爸爸出名得多。

说到出名，有一些人就多半会兴奋激动起来，因为的确，如今有些人为了出名，早已死乞白赖的完全置形象于不顾。然而，勿论你是芙蓉姐姐还是神仙妹妹，你们的出名，比起姚篷子儿子的出名，那都简直只能算是小儿科。

如果你稍微有点历史知识，你不会不知道"文化大革命"；如果你知道"文化大革命"，你不会不知道有个"四人帮"；如果你知道"四人帮",你不会不知道里面有个耍笔杆子的;如果你知道里面有个舞文弄墨的,你又怎可能不知道姚文元?而就算你知道姚文元,你又知不知道他的老爹叫个啥呢?

没错,姚文元的老爹就叫姚篷子,姚篷子就是姚文元的老爸。

姚篷子跟儿子姚文元有个共同点,就是都曾做过宣传工作。自然,俩人摇起笔杆来,估计也都有两下子。

如今,不要说姚篷子,就连他的儿子姚文元,作为"四人帮"中最后故去的那一个,也已经于二〇〇五年的十二月二十三日走完了他的人生全程。

据说姚文元和妻子合葬的墓碑上只写了妻子的名字,他的女儿女婿在墓碑上也是只有名字而无姓氏,看到这一情景,我想到一个成语——隐姓埋名。很明显,姚文元是将他的名字,埋在泥土里了,而至于他的孩儿,则是隐了姓了。

至于说到姚篷子先生的砚台以及他的诗歌,知道的人自然也就不会太多。然而,姚篷子的确是有着一个忙碌的砚台的,不信你去问问老舍。

四、许寿裳

今天我想来谈谈许寿裳,实话说,我不知道现今知道他的人还多不多。

许寿裳的文艺作品不算很多,因为他终身热爱和致力的是教育事业,在他的学生们的眼里,他曾是"进步与自由的灯塔"。

许寿裳学识渊博,博通经史,通晓日、英、德等多种语言,我看了一眼他曾经教授过的科目名称,就不由对他佩服得五体投地了。

前面我说了,许先生博通经史,这个博通用什么来证明比较好呢?我以为用他的授课名目很能说明。这些科目包括了教育学、心理学、文字学、西洋史、中国史学名著、大学国文、中国小说史等。闭目想想，我们身边尽管专家教授一大摞，可是能够像他这样精通多国语言，可以教授这么多门课程的，又有几人呢？

然而，对他而言，以上的简介显然还只是冰山一角。许先生对传记文学的研究和写作很有独到之处，他写的《章炳麟》，据说是最早的一部章太炎评传。他撰写的《亡友鲁迅印象记》和《我所认识的鲁迅》这两部回忆录，更是鲁迅研究者和爱好者的入门之作。

许先生在教育界威望很高。他性格敦厚，书法功力不错，至于在学术研究方面，也有着与众不同的特殊造诣。关于这方面，他曾有篇文言文论文《兴国精神之史曜》，意在通过论证精神力量的作用，让国人抓紧改造国民之精神。

多年以前，我曾经认识一个网友，那位网友很是勤奋地在网上写作。然而偶尔的一次聊天，却使我们的距离日渐疏远。因为提起鲁迅，他的言语里很有些不屑，而这不屑的原因，大致是说鲁迅人品不佳，而人品不佳的论据，大概是说鲁迅没有朋友。

回头想想，我们曾经的聊天距现在的时间至少在十年以上。而十多年前的我，也还并不知道有个人叫作许寿裳，虽然那时的我已经学过《范爱农》，然而，对于里面的季弗和文后的注释，显然并没有用心。

鲁迅有篇散文，叫作《范爱农》。《范爱农》里，有这样的一段描述，"然而事情很凑巧，季弗写信来催我往南京了。爱农也很赞成，但颇凄凉，说：——'这里又是那样，住不得。你快去罢……'我懂得他无声的话，决计往南京。先到都督府去辞职，自然照准，派来了一个拖鼻涕的接收员，我交出账目和余款一角又两铜元，不是校长了。后任是孔教会会长傅力臣。"

文中的写信催鲁迅前去南京的季弗，正是许寿裳。

说到许寿裳，鲁迅是不能不提的一个人。他们两人之间的友谊，真的令人动容，令人热泪盈眶。

在鲁迅一生相交的朋友中，以许寿裳与他的关系最为密切，可谓"同声相应，同气相求"。一九二五年，鲁迅因为支持"女师大风潮"而被教育总长章士钊免职。当时鲁迅的职位是教育部佥事，而他支持学潮的举动也确实违反了总长的命令，所以章免去他的职位似乎也在情理之中。

然而这个平时温和敦厚的许寿裳可就不满意了，也就居然公开声援鲁迅，自然，也就同样落得个被免职的下场。

实话说，回顾这段历史的时候，我没心没肺开心地笑了，笑完之后，心境又不免很是感慨和凄凉。

显然，在今天"聪明"的大多数人看来，许寿裳这种飞蛾扑火的行为很有些傻，这不是"明知山有虎，偏向虎山行"吗？

这些可爱的民国知识分子，果然是单纯而通达，简单而执拗，想想，真是又喜欢又羡慕。

许寿裳和鲁迅的友谊贯穿了他的一生。鲁迅在世的时候不管多么忙，只要许寿裳来了，两人都会聊得很欢。鲁迅故去后，许写回忆录，联系出版《鲁迅全集》。对于鲁迅的家人，许也持续地给了源源不断地安慰和支持。关于这一点，鲁迅夫人许广平是这样说的："许先生不但当我是他的学生，更兼待我像他的子侄。鲁迅先生逝世之后，十年间人世沧桑、家庭琐事，始终给我安慰、鼓励、解纷；知我、教我、谅我、助我的，只有他一位长者。"至于说到许寿裳和鲁迅先生的友谊，许广平则说："求之古人，亦不多遇。"

鲁迅死后，许寿裳在一些回忆鲁迅的文章中，为了说出真相，不惜得罪一些自己的多年好友，也不惜因此而危及自己的饭碗，这份真挚，这份情谊，又岂不让人湿了眼眶？

一九二三年，鲁迅经济窘迫，然而他看中了一处要花八百大洋的房产，许寿裳和鲁迅的另一个朋友齐寿山各出资四百大洋，才算解了他的燃眉之急。

年轻时的鲁迅因受许寿裳的影响而剪掉了自己的长辫，并高兴地将自己剪掉辫子的照片送给许寿裳一张，多年后回忆鲁迅的时候，许寿裳还记得，当初鲁迅剪掉发辫的那份快乐。

而鲁迅在回忆许寿裳的时候，则想到了他的面包皮。是说鲁迅留学日本的时候常跟许寿裳先生一起吃面包，许寿裳可能是因为绅士做派的缘故，吃面包不吃面包皮。鲁迅因为觉得心疼，就把许寿裳撕掉的面包皮拣起来塞进自己嘴里，并谎称说："我喜欢吃的。"而许寿裳竟然也就信以为真，从此，只要两人一起吃面包，就总是先把皮撕给鲁迅。

想起十多年前那位网友的话，他说鲁迅没有朋友，在我看来，纵然鲁迅真的朋友不多，能有一位像许先生这样的朋友，也就够了啊。

一九四八年二月十八日，许寿裳在台大的宿舍里被残忍杀害，年仅六十五岁。许死后，他的好友乔大壮心情郁闷，加之不愿意跟当局同流合污一起镇压学生，遂返回南京，尔后于同年七月三日，在一个漆黑且风雨交加的夜晚，自沉于苏州枫桥，年仅五十六岁。

2014 年 6 月

月亮还是那个月亮

——读张爱玲《金锁记》

才华横溢、出身显赫的张爱玲,是无可争议的民国大才女,然而她的人生,却也凄凉。

二十三岁的张爱玲,只一次相见,就"低到尘埃里"地爱上了胡兰成,然而对于胡兰成来说,显然,她绝非他的唯一。

张爱玲的祖父是清末重臣,祖母是李鸿章的长女。这样的身世,堪称显赫,然而当历史推进到了民国,这显赫里面,其实也透着没落。

张爱玲的父母在她十岁的时候离了婚,老派父亲和新式母亲的不合,成长过程中母爱的缺失,使她身上有一种从骨子里生发出来的忧郁和寂寞。这种挥之不去的情绪,充分地反映在了张爱玲的一些小说里,比如《金锁记》。

《金锁记》是张爱玲非常优秀的一部中篇小说,全文总共不到三万字,却将人物形象刻画得入木三分。二十三岁的张爱玲因为这篇小说,被评论界高度称颂。

著名翻译家傅雷在《论张爱玲的小说》一文中,重点评论了张爱玲的三篇小说,《金锁记》《倾城之恋》及《连环套》。对于《倾城之恋》和《连环套》,傅雷直言不讳地发表意见并指出不足,对于《金锁记》,傅雷的评价则很高,说:"毫无疑问,《金锁记》是张女士截至目前的最完美之作，颇有《狂人日记》中某些故事的风味，至少也该列为我们文坛最美的收获之一。"

另外一个中国文学评论家夏志清，说到张爱玲的这部中篇小说，则给出了"《金锁记》是中国自古以来最伟大的中篇小说"的超高评价。

正如一千个读者就有一千个哈姆莱特一样，傅雷先生从张爱玲的《金锁记》里读出了《狂人日记》的风味，而我，却看到了不少来自《红楼梦》的印痕。

泰戈尔说过："当鸟儿的翅膀被系上黄金，鸟儿就飞不起来了！"而人一旦戴上这黄金的锁，又会怎样呢？

三十年前的月亮，时而明亮，时而暗淡；三十年前的人，时而鲜活，时而遥远，而这一切，都与这"黄金的枷"有关。

在好多人眼里，张爱玲是超凡脱俗的。然而，你可能不知道的是，张爱玲很小就非常喜欢钱，而且一直以来，在钱财方面，她都表现得很吝啬。当然，对胡兰成，则是一个例外。

月亮不会说话，至多只能算是人类生活的一个看客。"三十年前的月亮"，自然不会比"眼前的月亮"大、圆、白，然而，看客的眼睛，却一定会比三十年前昏花。

小说《金锁记》开篇即给我们奉上一轮圆月，然后，追随着月光的脚步，我们来到姜公馆。都市上海、拥挤的地铺、两个调皮多嘴的小丫鬟，引出一个来自麻油店、七月出生的名叫七巧的二奶奶。

二奶奶究竟是怎么样的一个人呢？听听丫鬟小双怎么说，"龙生龙，凤生凤，这话是有的。你还没听见她的谈吐呢！当着姑娘们，一点忌讳也没有。亏得我们家一向内言不出，外言不入，姑娘们什么都不懂。饶是不懂，还臊得没处躲！"而当丫鬟凤箫对二奶奶这些话语的出处表示疑惑时，就见"小双抱着胳膊道：'麻油店的活招牌，站惯了柜台，见多识广的，我们拿什么去比人家？'"

读完上面这几句话，你也就知道，在打着地铺的地位低下的丫鬟们的心里，这个叫作七巧的二奶奶，就已经是被嘲笑的对象。也就是说，堂堂姜公馆的二奶奶，居然是下人们茶余饭后的笑料。

而这一切的原因又是什么呢？自然，这就要从二奶奶的婚姻说起：姜公馆是有钱的。然而姜公馆的二爷却是个残废。七巧的哥哥为着钱财，将自己的亲妹妹嫁给了这个二爷。而且，阴差阳错、机缘巧合，本来要做姨奶奶的七巧，做了姜公馆的二奶奶。

故事进展到这里，七巧的形象只是出现在丫鬟们的对话里，而翌日一早，活生生的曹七巧，可就出现在了读者们的面前。为着更好地显示七巧的与众不同，本着"磨刀不误砍柴工"的思路，请允许我先从七巧旁边的一群人身上开始着墨，这些人物，包括大奶奶、三奶奶和二小姐，下面就让我们来看看她们的出场：

大奶奶玳珍和三奶奶兰仙"手挽手一同上楼，各人后面跟着贴身丫鬟。""二小姐姜云泽一边坐着，正拿着小钳子磕核桃呢，因丢下了站起来相见。玳珍把手搭在云泽肩上，笑道：'还是云妹妹孝心，老太太昨儿一时高兴，叫做糖核桃，你就记住了。'兰仙玳珍便围着桌子坐下了，帮着剥核桃衣子。云泽手酸了，放下了钳子，兰仙接了过来。玳珍道：'当心你那水葱似的指甲，养得这么长了，断了怪可惜的！'云泽道：'叫人去拿金指甲套子去。'兰仙笑道：'有这些麻烦的，倒不如叫他们拿到厨房里去剥了！'"

透过这段对话和动作描写，映现在我们面前的是一幅姑嫂妯娌其乐融融的愉快和谐画面。这时候，我们的主人公七巧亮相了。

只见丫鬟榴喜"打起帘子，报道：'二奶奶来了。'"而兰仙云泽则忙着起身让坐，却见"那曹七巧且不坐下，一只手撑着门，一只手撑了腰，窄窄的袖口里垂下一条雪青洋绉手帕，身上穿着银红衫子，葱白线香滚，雪青闪蓝如意小脚裤子，瘦骨脸儿，朱口细牙，三角眼，小山眉，四下里一看，笑道：'人都齐了。今儿想必我又晚了！怎怪我不迟到——摸着黑梳的头！谁教我的窗户冲着后院子呢？单单就派了那么间房给我，横竖我们那位眼看是活不长的，我们净等着做孤儿寡妇了——不欺负我们，欺负谁？'"

瞧瞧，"又晚了"，自然说明她经常晚。再看她下面的话，没有一丝半点对于迟来的抱歉，倒是满腹的牢骚，什么房间不好啊，什么被人欺负啊……简直让人无法跟她搭话。

对于这样的七巧，大奶奶玳珍淡淡的并不接口，新娘子兰仙出于礼貌，勉强跟她搭讪几句，却就讨了个脸红，而至于二小姐云泽，则"早远远地走开了，背着手站在阳台上，撮尖了嘴逗芙蓉鸟。"

显然，七巧的到来破坏了大家的那份静谧和谐，也显然，这里的人都很讨厌她。

故事往下发展，我们的七巧，居然在"老太太"的面前，多嘴多舌地说起二小姐云泽的婚事，气得云泽"大放悲声，蹬得铜床柱子一片响。"而大奶奶玳珍，则急急地前去劝解，至此，房间就只有三奶奶兰仙，在安静地剥核桃。

这时候，三少爷姜季泽登场。"骑着椅子坐了下来，下巴搁在椅背上，手里只管把核桃仁一个一个拈来吃"，一个随意不羁、不劳而获的少爷形象，顿时出现在读者们面前。而恰在此时，七巧却从里屋掀着帘子出来了。

看见三少爷后七巧的表现更加异常。实话说，似乎很有些疯癫。只见"她嘴里说笑着，心里发烦，一双手也不肯闲着，把兰仙揣着捏着，搋着打着。恨不得把她挤得走了样才好。兰仙纵然有涵养，也忍不住要恼了，一性急，磕核桃使差了劲，把那二寸多长的指甲齐根折断。"至此，兰仙借口要修剪指甲而退场，房间里就只剩下七巧和三少爷季泽。

这里有大段的对话和动作描写，也有七巧因为伤心而哭泣的场面，更有七巧炽烈甚至赤裸裸的爱情表达："我就不懂，我有什么地方不如人？我有什么地方不好……难不成我跟了个残废的人，就过上了残废的气,沾都沾不得?"

三少爷季泽虽也有些动心,但最终为了避免给自己将来造成"累赘",他这样回答她:"二嫂,我虽年纪小,并不是一味胡来的人。"说完,一溜烟钻到老太太屋里去了。

至此,七巧和三少爷的故事说完。回头再看七巧在登门拜访的哥哥嫂嫂前的表现。"她一掀帘子,只见她嫂子蹲下身去将提篮盒上面的一屉酥盒子卸了下来,检视下面一屉里的菜可曾泼出来。她哥哥曹大年背着手弯着腰看着。七巧止不住一阵心酸,倚着箱笼,把脸偎在那沙蓝棉套子上,纷纷落下泪来。"如果单看这行动表现,倒也温馨,然而七巧一张嘴,说出来的,又是什么呢?"也不怪他没有话——他哪儿有脸来见我!""我只道你这一辈子不打算上门了!你害得我好!你扔崩一走,我可走不了。你也不顾我的死活!"于是,这难得的兄妹一见,沦为一场令人伤心的伤害和争吵。

然而,等到哥嫂离去的时候,"七巧翻箱子取出几件新款尺头送与她嫂子,又是一副四两重的金镯子,一对披霞莲蓬簪,一床丝棉被胎,侄女们每人一只金挖耳,侄儿们或是一只金锞子,或是一顶貂皮暖帽,另送了她哥哥一只珐琅金蝉打簧表。"不过纵然这样,嫂嫂在后面又是如何评论她的呢?"我们这位姑奶奶怎么换了个人?没出嫁的时候不过要强些,嘴头子上琐碎些,就连后来我们去瞧她,虽是比前暴躁些,也还有个分寸,不似如今疯疯傻傻,说话有一句没一句,就没一点儿得人心的地方。"

在这时的嫂子眼里,七巧已经有些"疯疯傻傻""不得人心"。一晃时间又过了十年,七巧的丈夫、婆婆相继离世,经过一番周折分家后的七巧有了自己的田地和银钱。只是,这时候的七巧,犹如穿上了黄金盔甲,变得愈加地不可理喻。

她以前是爱季泽的,然而当季泽上门来找她,却被她骂将出去;侄儿春喜和她的女儿长安玩耍,她骂:"我把你这狼心狗肺的东西!我三茶六饭款待你这狼心狗肺的东西,什么地方亏待了你,你欺负我女儿？你那狼心狗肺，你道我揣摩不出么？你别以为你教坏了我女儿，我就不能不捏着鼻子把她许配给你，你好霸占我们的家产！我看你这混蛋，也还想不出这等主意来，敢情是你爹娘把着手儿教的！我把那两个狼心狗肺忘恩负义的老浑蛋！齐了心想我的钱，一计不成，又生一计！"年轻气盛的春喜受不了这份侮辱，直接离开。

等到身边的这些人，一个一个被她赶走。她又开始毒害她的一双儿女。她给女儿裹脚，教她吸食鸦片。她因为女儿在学堂丢了一个手帕，恶狠狠地想要去找校长算账。女儿长安一生有两个令她终身遗憾的抉择，一是因为害怕丢脸离开了学堂；一是怕她妈妈的不可理喻的为难，拒绝了她一生中最初也是最后的爱人。这无奈而不得不挥舞的两次"美丽的，苍凉的手势"，贻误了长安的一生。

儿子长白在她的死缠烂打下，把小夫妻间的好多私事说给她，她则故意地将这些事四处传播，致使儿媳妇芝寿羞愤而死。

长安的男友童世舫曾见过七巧一次。在他眼里，"直觉地感到那是个疯人"。然而纵然是疯子，七巧也有着一个疯子的审慎与机智。她不动声色地把长安吸食鸦片的事情一遍遍地说给童世舫，从而彻底斩断了世舫对长安最后的那一丁点依恋。

文章最后，作者说："七巧似睡非睡横在烟铺上。三十年来她戴着黄金的枷。她用那沉重的枷角劈杀了几个人，没死的也送了半条命。她知道她儿子女儿恨毒了她，她婆家的人恨她，她娘家的人恨她。她摸索着腕上的翠玉镯子，徐徐将那镯子顺着骨瘦如柴的手臂往上推，一直推到腋下。她自己也不能相信她年轻的时候有过滚圆的胳膊。就连出了嫁之后几年，镯子里也只塞得进一条洋绉手帕。十八九岁做姑娘的时候，高高挽起了大镶大滚的蓝夏布衫袖，露出一双雪白的手腕，上街买菜去。喜欢她的有肉店里的朝禄，她哥哥的结拜弟兄丁玉根，张少泉，还有沈裁缝的儿子。喜欢她，也许只是喜欢跟她开开玩笑，然而如果她挑中了他们之中的一个，往后日子久了，生了孩子，男人多少对她有点真心。七巧挪了挪头底下的荷叶边小洋枕，凑上脸去揉擦了一下，那一面的一滴眼泪她就懒怠去揩拭，由它挂在腮上，渐渐自己干了。"

这里，作者在描绘事实的基础上也对造成七巧命运悲剧的原因做了剖析。如果没有那场害人的婚姻，如果不是因为过分的迷恋钱，如果没有这用黄金制成的锁，也许，我们的主人公七巧，不至于这样吧？！

小说中作者多次描写月亮，开场的月亮即透出凄凉："三十年前的上海，一个有月亮的晚上……我们也许没赶上看见三十年前的月亮。年轻的人想着三十年前的月亮该是铜钱大的一个红黄的湿晕，像朵云轩信笺上落了一滴泪珠，陈旧而迷糊。老年人回忆中的三十年前的月亮是欢愉的，比眼前的月亮大，圆，白；然而隔着三十年的辛苦路往回看，再好的月色也不免带点凄凉。"

在这凄凉的月色中，我们看到了沐浴在月光下的姜公馆，看到了天快亮前的月亮："天就快亮了。那扁扁的下弦月，低一点，低一点，大一点，像赤金的脸盆，沉了下去。"

在月亮的一沉一升之间，七巧的命运悲剧缓缓展现在了我们的面前。尔后，随着月亮的再次出现，又牵出了另一个人物，七巧的女儿长安的人生悲剧："半夜里她爬下床来，伸手到窗外去试试，漆黑的，是下了雨么？没有雨点。她从枕头过摸出一只口琴，半蹲半坐在地上，偷偷吹了起来。犹疑地，'Long, Long, Ago'的细小的调子在庞大的夜里袅袅漾开。不能让人听见了。为了竭力按捺着，那呜呜的口琴忽断忽续，如同婴儿的哭泣。她接不上气来，歇了半晌，窗格子里，月亮从云里出来了。墨灰的天，几点疏星，模糊的缺月，像石印的图画，下面白云蒸腾，树顶上透出街灯淡淡的圆光。长安又吹起口琴来。'告诉我那故事，往日我最心爱的那故事，许久以前，许久以前……'"

月亮还是那个月亮，发生不幸的人却成了长安。而下一次的月光下，我们则看到了更加变态的七巧。她将儿子长白彻夜留在身边："起坐间的帘子撤下送去洗濯了。隔着玻璃窗望出去，影影绰绰乌云里有个月亮，一搭黑，一搭白，像个戏剧化的狰狞的脸谱。一点，一点，月亮缓缓的从云里出来了，黑云底下透出一线炯炯的光，是面具底下的眼睛。天是无底洞的深青色。久已过了午夜了。长安早去睡了，长白打着烟泡，也前仰后合起来。七巧斟了杯浓茶给他，两人吃着蜜饯糖果，讨论着东邻西舍的隐私。"

自此，儿子长白的悲剧拉开序幕，而这事件的直接受害者就是儿媳妇芝寿。这里，作者再次写了月亮："芝寿猛然坐起身来，哗啦揭开了帐子，这是个疯狂的世界。丈夫不像个丈夫，婆婆也不像个婆婆。不是他们疯了，就是她疯了。今天晚上的月亮比哪一天都好，高高的一轮满月，万里无云，像是漆黑的天上一个白太阳。遍地的蓝影子，帐顶上也是蓝影子，她的一双脚也在那死寂的蓝影子里。"

然而七巧的恶作剧还在延伸，芝寿的悲剧也依然在继续，一如天上那奇怪反常的月光："窗外还是那使人汗毛凛凛的反常的明月——漆黑的天上一个灼灼的小而白的太阳。屋里看得分明那玫瑰紫绣花椅披桌布，大红平金五凤齐飞的围屏，水红软缎对联，绣着盘花篆字。梳妆台上红绿丝网络着银粉缸，银漱盂，银花瓶，里面满满盛着喜果。帐檐上季下五彩攒金绕绒花球，花盆，如意粽子，下面滴溜溜坠着指头大的琉璃珠和尺来长的桃红穗子。偌大一间房里充塞着箱笼，被褥，铺陈，不见得她就找不出一条汗巾子来上吊。她又倒到床上去。月光里，她的脚没有一点血色——青，绿，紫，冷去的尸身的颜色。她想死，她想死。她怕这月亮光，又不敢开灯。"

在七巧的明里暗里的阻挠和破坏下，终于，她的女儿长安断了嫁人的心思，儿子长白也不敢再娶，他们一起陪着七巧、恨着七巧,干耗着各自的生命。

  文章最后,这个被儿子女儿、婆家娘家人一起痛恨着的七巧终于死掉了。而在这一刻,作者照例说到了月亮:"三十年前的月亮早已沉了下去,三十年前的人也死了,然而三十年前的故事还没完——完不了。"

  《金锁记》一文中,作者提到月亮的地方有十余次之多。通过月亮和月光,很好地烘托了文章的意境和气氛。

  其实,月亮还是那个月亮。只是,经过这凄凉故事的浸染,月亮,看起来似乎也透着些血色的惨……

2014 年 8 月

谁是"太太"

——读冰心《我们太太的客厅》

一九三三年九月,三十三岁的冰心开始在天津《大公报·文艺副刊》二期上连载自己的一篇小说,至十月十七日,小说全部载完,这篇小说,后来收入冰心的小说集《冬儿姑娘》,由北新书局一九三五年五月初版。

这篇小说全文一万两千余字,布局精妙,人物众多且个个形象鲜明。在如此短的文字里,能将为数众多的十余个人物刻画得这样惟妙惟肖,足见作者高超的文字驾驭力。然而,这篇小说在八十多年的历史进程中之所以被人们津津乐道,甚至人们在欣赏它的时候,完全忘记了它是一篇小说,完全忽略掉它的布局谋篇,只是因为,人们太过关注小说里的主角。人们绞尽脑汁只是想要知道,小说里的"太太",在现实中究竟对应的是哪一个。

据说作者冰心因为她的这篇小说得到了来自美女兼才女林徽因的一坛山西老陈醋的馈赠,而林徽因之所以要给冰心送醋,居心自然并不美妙。

说起来,这两个女子不但是福州同乡,而且两家自祖上就有来往,至于两人的老公,更是清华大学的同窗兼好友,想来,应该多有来往才是。然纵观两人一生,却是鲜有往来,估计,彼此之间应该是并不欣赏。

想想看，两人是同乡，老公是同窗，对于文字又都热爱着，却为什么，双方的友谊无法展开？自然，很大程度而言，多半在于各自相异的人生观。

所谓"话不投机半句多"，大概是这样的吧？！

今天的人们说起林徽因和徐志摩的感情纠葛，常常是赞誉的多，责难的少。然而，站在林徽因丈夫的角度，站在林徽因丈夫好友的角度，站在林徽因丈夫好友妻子的角度，我想看法多半就会不一样。

一九三一年七月三十日，冰心写了一首诗，名字叫作《我劝你》。诗歌的主要内容是规劝一个已婚妇女，面对爱她的诗人的花言巧语，要多为自己的"好人"丈夫想想，要懂得跟诗人保持距离，因为"只有永远的冷淡，是永远的亲密"。

这首诗歌发表的时候，文坛上正在流传着一些有关林徽因和徐志摩的风言风语，冰心的劝诫采用这种极为高调的手法，林徽因自然难以接受。可能也就是从那时候开始，两人就有了一种心照不宣的心结。两年后，冰心《我们太太的客厅》发表，在北平再次引起波澜，而林徽因的送醋，自然更加深了两人的罅隙。

冰心温婉贤淑，从头到尾，她都不承认自己的作品是影射林徽因，甚至为了彻底撇清跟林徽因的关系，不惜将陆小曼扯了进来，而之所以提到陆小曼，是因为小说里面有这么一段内容："墙上疏疏落落的挂着几个镜框子，大多数的倒都是我们太太自己的画像和照片。无疑的，我们的太太是当时社交界的一朵名花，十六七岁时候尤其嫩艳！相片中就有几张是青春时代的留痕。有一张正对着沙发，客人一坐下就会对着凝睇的，活人一般大小，几乎盖满半壁，是我们的太太，斜坐在层阶之上，回眸含笑，阶旁横伸出一大枝桃花，鬓云，眼波，巾痕，衣褶，无一处不表现出处女的娇情。我们的太太说，这是由一张六寸的小影放大的，那时她还是个中学生。书架子上立着一个法国雕刻家替我们的太太刻的半身小石像，斜着身子，微侧着头。对面一个椭圆形的镜框，正嵌着一个椭圆形的脸，横波入鬓，眉尖若蹙，使人一看到，就会想起'长眉满镜愁'的诗句。"

陆小曼是家里的独女，从小机灵，十五岁就被父亲送入法国人办的北京圣西学堂学习，精通英文、法文，会弹钢琴，擅长画油画，是上世纪三十年代上海有名的名媛交际花，而陆小曼的客厅，也的确是悬挂着巨幅照片，所以冰心说她此处的原型是陆小曼，应该没有错。

那么果真，我们的"太太"，就是陆小曼吗？且让我们看看下面的这段肖像描写："头发从额中软软的分开，半掩着耳轮，轻轻的拢到颈后，挽着一个椎结。衣袖很短，臂光莹然。"这样的肖像勾勒，你觉得是在说陆小曼，还是在说林徽因？反正，读完这句话，我脑海中出现的头像并非陆小曼。

再看文章中的另一个人物，太太的女儿彬彬。要知道，陆小曼是没有孩子的，倒是林徽因有个女儿，小名叫作冰冰，冰和彬，差别大不大，大家自己琢磨琢磨。

而说到文章中太太客厅里的一帮人物，也似乎在现实中都不难觅到踪迹，这个，自然，跟陆小曼又有不同。

反过来说，如果作者以陆小曼客厅悬挂了几幅个人照片为论据来论证自己这篇文章的原型人物是陆小曼，那么，我们同样也就可以因为陆小曼没有孩子，而确定本文的主人公是林徽因了吧？

因为某种不可言说的心结，冰心不愿承认自己的这篇文字跟林徽因有关，而为什么八十多年来，大家却都在乐此不疲地探讨这个问题，难道，这真的是大家的无事生非和群体走眼吗？

我倒是觉得，无风不起浪，苍蝇不叮无缝的蛋，这篇文章通篇来看，字里行间，的确有着很重的林徽因的痕迹。

而英文很好的林徽因，言谈或者信件里提到冰心，都用"ice heart"的英文直译之法，显然，她对冰心，也并不尊重和喜爱。

虽说冰心和林徽因终其一生也没有成为朋友，虽说"太太的客厅"里有着很重的林徽因的烙印，但前面也说过，这是一篇小说。作为艺术的小说，它有可能来源于生活，但它最终，一定会高于生活。也就是说，"太太的客厅"里的"太太"，有陆小曼、有林徽因，甚至某一点上，还有着谢婉莹。将这些众多的活生生的女子，先捣烂成岩浆，然后，将她们混合搅拌后再重新塑造一番，就是我们的"太太"。

至于说两家后代以及两人的粉丝因为这样的一篇文章而相互交恶，在我看来，实在就有些没有必要，也实在是并不值得。

作为一篇小说，自然，我们应该多从艺术的方面来对它加以欣赏，在这篇万余字的小说里，塑造的人物多达十余个。而且实话说，人物形象活灵活现，几乎可以说是个个精彩。如，作者形容太太的自我中心以及与女儿彬彬的关系，这样写道："三麻子扮关公，打着红脸，威风凛凛。跟前的那个小马童，便永远穿起绿裤子来配衬关公。关公的靴尖微微的一抬，那马童便会在关公前一连翻起十来个筋斗。我们的彬彬，便是那个小马童——"

描写科学家陶先生，"在众人中间不大会说话，尤其是在女人面前，总是很局促，很缄默。"

写太太与女性朋友的关系："我们的太太自己虽是个女性，却并不喜欢女人。她觉得中国的女人特别的守旧，特别的琐碎，特别的小方。"

描写太太唯一的女性朋友袁小姐："袁小姐挺着胸，黑旋风似的扑进门来，气吁吁的坐下，把灰了的乔其纱颈巾往沙发上一摔，一面从袖子里掏出黄了的白手绢来，拭着额汗。她穿着灰色哔叽的长夹衣，长才过膝，橙黄色的丝袜子，豆腐皮似的旋卷在两截胖腿上。下面是平底圆头的黄皮鞋。头发剪得短短的一直往后拢，扁鼻子上架着一副厚如酒盅的近视眼镜。浑身上下，最带着艺术家的象征的，是她那对永远如在梦中的迷茫的眼光。"这样的肖像和动作描写，灵活生动，读后，似乎顿感袁小姐就坐在你我面前。

写来访的诗人，作者写道："越众上前的是一个'白袷临风，天然瘦削'的诗人。他的头发光溜溜的两边平分着，白净的脸，高高的鼻子，薄薄的嘴唇，态度潇洒，顾盼含情，是天生的一个'女人的男子'。"

"女人的男子"，是说为女人而生的男子，还是大众情人一样的男人呢？此处作者看来只是随手一笔，但实际上在深处，应是暗含贬义。而诗人的一句话："太太，无论哪时看见你，都如同一片光明的云彩……"也是读者认定此处映射林徽因和徐志摩的证据之一，因为徐志摩曾写过一首名叫《偶然》的诗歌，里面就有"我是天空里的一片云，偶尔投映在你的波心……"等语句。

还有文学教授、哲学家、政治学者等，作者采用肖像、动作和心理的穿插描写，几笔就将一个个的人物形象活泼地展现在我们面前。而至于露西的出场，因为会勾起"太太"较复杂的心理活动，因而作者对她的描写也明显着墨重了一些："小院的门开了，走进一个人来，发光的金黄的卷发，短短的堆在耳边，颈际，深棕色的小呢帽子，一瓣西瓜皮似的歪歪的扣在发上。身上脚上是一色的浅棕色的衣裳鞋袜。左臂弯里挂着一件深棕色的春大衣，右手带着浅棕色的皮手套，拿着一只深棕色的大皮夹子。一身的春意，一脸的笑容，深蓝色眼里发出媚艳的光，左颊上有一个很深的笑涡。

"大家跟前一亮似的，都立刻欢呼了起来：'露西，你好呀，什么时候到的？'露西直奔了文学教授去，拉了他的手，笑说：'我是今午十一点五分的快车到的，行李一搁在饭店里，便到处的找你，最后才找到你家里。你太太说你吃过午饭就走的，没有说到哪儿去，我猜着你一定在这儿，你看把我累的！'一面又和政治学者拉手，笑了一笑。回头又对彬彬呼唤着，操着不很纯熟而很俏皮的中国话说：'哈罗，彬彬，你又长高了，你妈妈呢？'说着看了袁小姐一眼,不认识,又回头去同政治学者说话。"

按理,露西是"太太"的老朋友,"有朋自远方来,不亦说乎?"然而太太的表现,又是怎样的呢?

只见我们的太太,眼望着窗外,微蹙着眉尖……这时候:"袁小姐走了进来,看见我们的太太两手支颐,坐在书桌前看着诗,便伏在太太耳边,问:'这个外国女人是谁?'我们的太太一面卷起诗稿,一面站了起来,伸了伸腰,懒懒的说:'这是柯露西,一个美国所谓之艺术家,一个风流寡妇。前年和她丈夫来到中国,舍不得走,便自己耽搁下来了。去年冬天她丈夫在美国死了,她才回去,不想这么几天,她又回来了。我真怕她,麻雀似的,整天喊喊喳喳的说个不完!我常说,她丈夫是大糖商,想垄断一切的糖业,她呢,也到处想垄断一切的听众!'"

寥寥几句话语,就将太太对露西的嫌恶之情淋漓尽致地刻画了出来。

至于太太和诗人之间究竟是怎么样的一种情缘?作者没有明说,但只要你稍微留意,就会发现其间暧昧不断,比如大家准备听诗的时候,场景描写是这样的:"大家都纷纷的找个座儿坐下,屋里立刻静了下来。我们的太太仍半卧在大沙发上。诗人拉过一个垫子,便倚坐在沙发旁边地下,头发正擦着我们太太的鞋尖。"又如客人预备散开的时候:"我们的太太看着诗人说:'你也走好了,还等什么?'诗人笑着,没有答应,只把客人往外送……"

当客厅的客人一并散去,房间只剩诗人和太太两人的时候,作者用了较大的篇幅,描写两人的动作和对话,从这些动作和对话中,不难看出,两人之间,至少在精神方面,是很有些暧昧的。而当太太空虚寂寞的时候,实际上,她也很乐意跟诗人一起去听戏。只是这时候,我们忙碌的银行家,我们太太的先生,因为操心着太太的病,推辞了别人的邀约,回家了……

于是我们的太太,感恩着先生为了她而推辞了别人的邀约,眼里有了泪光，并将她的身体依偎进先生的怀里。她决定哪儿也不去了，就陪她的先生，静静在家待着。

太太的人是留在自家的客厅里了，而至于太太的心究竟游弋去了哪里？大概，也只有她自己才知道了。

粗略算了一下，这篇只有一万两千余字的小说里囊括的人物居然有将近二十个，而且个个栩栩如生。下面，让我按照小说中人物的出场顺序，简单地将他们罗列一下：

不用说，《我们太太的客厅》的唯一主角，自然非太太莫属，而至于主要配角，则有不下十个，他们分别是：1. Daisy，年龄十七八岁，浓眉大眼，肤色白皙，衣着时尚，是"太太"的丫鬟。2. 彬彬，太太的女儿，长长的眉，大大的眼睛，高高的鼻子，小小的嘴，年龄只有五岁，却已经很会讨巧，是"太太"的小马童。3. 陶先生，科学家，性格木讷羞涩，话少，人厚道。4. 袁小姐，画家兼诗人，太太的唯一女友，"沙龙"的唯一女客人。她是太太最合适的陪衬人选。5. 诗人，白袷临风，天然瘦削，头发光溜溜的两边平分着，白净的脸，高高的鼻子，薄薄的嘴唇，态度潇洒，顾盼含情，是天生的一个"女人的男子"。与太太的关系有些暧昧。6. 文学教授，年纪四十上下，两道短须，春风满面。7. 哲学家，瘦瘦高高，深目高额，两肩下垂，脸色微黄，不认得他的人，总以为是个烟鬼。8. 政治学者，很年轻，身材魁伟，圆圆的脸，露着笑容，很会说话。9. 露西，"发光的金黄的卷发""一身的春意，一脸的笑容，深蓝色眼里发出媚艳的光，左颊上有一个很深的笑涡。"她是太太曾经的唯一女友，后因演出《威尼斯商人》时，"喧婢夺主"，从此被太太冷落。10. 我们的先生，温蔼清癯的绅士，老实厚道，心胸宽阔，关爱体贴自己的太太。

除了以上十大配角外，小说还穿插出现了不少的人物，如：两个穿着白长衫、黑缎子坎肩的屏声静气伺候传递汤水的仆人；太太举荐给文学教授的"花花公子"样的人物小施；年龄三十岁上下,穿着西装,矮矮胖胖的周大夫,说到时下天气与众人的身体健康,出口道"本来么,乍暖还寒时候,最易伤风。"短短几句对白,令人发笑且又印象深刻;另外,还有欲进门而不能入的教吹笛子的杨先生;被"太太"慢待的柯太太;电话里的老姨太等等。可谓各路人马,缤纷登场。而作者在一篇万余字的小说里,通过言简意赅的笔墨,将他们刻画得个个鲜活,个个神采飞扬,自然,这样的笔道,堪称老辣;这样的手法,可谓高明。

文章的题目是《谁是"太太"》,然而到了末尾,我却想说,其实谁是"太太"的原型并没有那么重要。重要的,是我们要学会赏析作者文笔的曼妙和文章构思的精巧。

2014 年 8 月

走下神坛的鲁迅

——读萧红《回忆鲁迅先生》

在萧红的年代,我不知道鲁迅先生究竟有没有走上神坛。然而我所知道的是,在我受教育的年代,鲁迅,的确是被请上了神坛的。

只是,那时的鲁迅早已离开了人间,所以,他的所谓神坛,自然,不是他自己"走"上去的。

那时教材里对鲁迅先生的介绍是,伟大的文学家、思想家、革命家。现在想想,规格确实够高够大。不信你静下心来想想看,但凡一个人,能被称为"家",就已经很了不起,而如果给这"家"之前,再加上一个"大",自然更见非凡。而又至于将这"大"变身为"伟大",自然就更令人仰视。更又何况,在鲁迅的简介里,一连出现了好几个的"伟大",所以,这样的鲁迅,自然不是凡人,自然是要被供上神坛的。

读萧红的《回忆鲁迅先生》,你会觉得,原来鲁迅是个有温度的普通人,甚至有时像一可爱的乡下老头。

文章伊始,萧红先写了鲁迅先生的笑,她说:"鲁迅先生的笑声是明朗的,是从心里的欢喜。若有人说了什么可笑的话,鲁迅先生笑得连烟卷都拿不住了,常常是笑得咳嗽起来。"只这短短两句话,就把一个可爱的、爱憎分明的鲁迅先生,活生生地呈现在了我们的面前。

再写鲁迅先生的走:"鲁迅先生走路很轻捷,尤其他人记得清楚的,是他刚抓起帽子来往头上一扣,同时左腿就伸出去了,仿佛不顾一切地走去。"这一句生动而惟妙惟肖的描写,让我们立刻想到了鲁迅先生的果敢和勇往直前。

再接下来,就是鲁迅先生有感而发的关于服装搭配的一段述说:

"……于是我说:'周先生,我的衣裳漂亮不漂亮?'"

"鲁迅先生从上往下看了一眼:'不大漂亮。'"

"过了一会又接着说:'你的裙子配的颜色不对,并不是红上衣不好看,各种颜色都是好看的,红上衣要配红裙子,不然就是黑裙子,咖啡色的就不行了,这两种颜色放在一起很浑浊……你没看到外国人在街上走的吗?绝没有下边穿一件绿裙子,上边穿一件紫上衣,也没有穿一件红裙子而后穿一件白上衣的……'"

作者萧红问鲁迅先生自己的衣裳漂不漂亮,鲁迅先生直言不讳地回答:"不大漂亮。"这种就事论事的坦然态度,首先令人欣赏,而接下来的一段话,既显示了他的博学,也显示了他的可爱。关于服装搭配,鲁迅发表了他的一番看法,其中有好多,的确是非常有见地的,比如:"……人瘦不要穿黑衣裳,人胖不要穿白衣裳;脚长的女人一定要穿黑鞋子,脚短就一定要穿白鞋子;方格子的衣裳胖人不能穿,但比横格子的还好;横格子的胖人穿上,就把胖子更往两边裂着,更横宽了,胖子要穿竖条子的,竖的把人显得长,横的把人显的宽……"

实话说,把整段对话全部细细读过后,我倒也并不觉得鲁迅的所有说法都很准确,就比如这穿红裙子不能搭配白上衣一说,起码在我看来可是并不见得。如今的好多大型公共演出场合,白衣红裙的装扮不是非常普遍吗?而且实话说,也并不难看啊。只是,纵然如此,我依然喜欢这个很有些"滔滔不绝"的鲁迅先生。

多么活泼、多么可爱、多么真性情!

萧红和一帮朋友在鲁迅先生家做客,相谈甚欢,离开的时候已经凌晨一点,"一点钟以后,送我(还有别的朋友)出来的是许先生,外边下着蒙蒙的小雨,弄堂里灯光全然灭掉了,鲁迅先生嘱咐许先生一定让坐小汽车回去,并且一定嘱咐许先生付钱。"

"嘱咐许先生付钱",只这一个小小的细节,就把鲁迅先生的细致以及对青年作家的爱护,淋漓尽致地展现在读者们面前。

鲁迅先生去世的时候只有五十五岁,关于鲁迅的纪念文章自然不少。而萧红的这一篇却最受世人推崇,为什么呢?

不错,作为民国四大才女之佼佼者,萧红的文学功底很好,具体到这篇文字里,我觉得最打动读者的,却在于她的情真意切。

这篇纪念文章几乎没有从任何大的方面讲什么主义,什么大政和方针,而是从细节入手,聊天、闲谈、玩笑、做饭,叙述的几乎全是吃喝拉撒的琐碎事情,然而正是从这些琐碎的述说中,我们看到了一个脱离了严肃、远离了神坛的普通、平凡甚至很可爱的鲁迅先生。

比如有段时间,萧红几乎天天去鲁迅家,然而鲁迅却调皮地对她说:"好久不见,好久不见。"这样的鲁迅,是不是真的有些憨态可掬呢?

又比如萧红倡议并做的韭菜合子和荷叶饼,虽然并不成功,"可是鲁迅还是在桌上举着筷子问许先生:'我再吃几个吗?'"

鲁迅先生曾经说过:"时间就是性命。无端的空耗别人的时间,其实是无异于谋财害命。"鲁迅先生也说过:"哪里有天才,我是把别人喝咖啡的工夫都用在了工作上了。"不用说,鲁迅先生的时间是宝贵的,然而却有很多的青年人给他写信,而且有些信件还很潦草。

"青年人写信,写得太草率,鲁迅先生是深恶痛绝之的。

"'字不一定要写得好,但必须得使人一看了就认识,年轻人现在都太忙了……他自己赶快胡乱写完了事,别人看了三遍五遍看不明白,这费了多少工夫,他不管。反正这费了工夫不是他的。这存心是不太好的.'

"但他还是展读着每封由不同角落里投来的青年的信,眼睛不济时,便戴起眼镜来看,常常看到夜里很深的时光。"

通过作者的描述,这个戴着眼镜读"潦草"的信件到深夜的鲁迅先生的形象,顿时令我们肃然起敬,甚至没齿难忘。

鲁迅先生的休闲时间很少,他几乎没有时间逛公园,然而说到公园,他说:"公园的样子我知道的……一进门分做两条路,一条通左边,一条通右边,沿着路种着点柳树什么树的,树下摆着几张长椅子,再远一点有个水池子。"

实话说,读完这寥寥几句对"公园"的定义,我有些明白先生之所以被称为"伟大的思想家"了。

而忙碌的鲁迅先生的休息又是什么样子的呢?也许你会好奇,让我们听听作者怎么说:"鲁迅先生的休息,不听留声机,不出去散步,也不倒在床上睡觉,鲁迅先生自己说:'坐在椅子上翻一翻书就是休息了。'"

鲁迅先生是不信鬼的,也是不怕鬼的。鲁迅先生讲他三十多年前在绍兴的鬼故事,结尾说:"鬼也是怕踢的,踢他一脚就立刻变成人了。"

鲁迅先生做人很有原则,他的走过两万五千里长征的"战友"来看他,纵然面对的对象是非常熟识的萧红,他依然很谨慎地说:"这是位同乡,是商人。"而当他的商人同乡已经安全离开之后,他才很有些调皮地在地板上绕了两个圈子,然后问萧红说:"你看他到底是商人吗?"也就是说,直到他的"朋友"走后,他才告诉萧红,朋友的身份和实情。

鲁迅先生是个文学家、大作家,然而"鲁迅先生的原稿,在拉都路一家炸油条的那里用着包油条,我得到了一张,是译《死魂灵》的原稿，写信告诉了鲁迅先生。鲁迅先生不以为希奇，许先生倒很生气。"

客人到鲁迅先生家里吃饭，"吃到半道，鲁迅先生回身去拿来校样给大家分着。客人接到手里一看，这怎么可以？鲁迅先生说：'擦一擦，拿着鸡吃，手是腻的。'"这是多么的超脱和淡然啊。

鲁迅先生生活非常节俭，他喜欢吃北方饭，却不愿意请一个做北方饭的厨师，因为觉得太贵了。而说到鲁迅先生抽的烟，作者写道："鲁迅先生备有两种纸烟，一种价钱贵的，一种便宜的。便宜的是绿听子的，我不认识那是什么牌子，只记得烟头上带着黄纸的嘴，每五十支的价钱大概是四角到五角，是鲁迅先生自己平日用的。另一种是白听子的，是前门烟，用来招待客人的，白听烟放在鲁迅先生书桌的抽屉里。来客人鲁迅先生下楼，把它带到楼下去，客人走了，又带回楼上来照样放在抽屉里。而绿听子的永远放在书桌上，是鲁迅先生随时吸着的。"

鲁迅先生宅心仁厚，因为他家的保姆都非常老了。在这里，作者写道："我问许先生为什么用两个女佣人都是年老的，都是六七十岁的？许先生说她们做惯了，海婴的保姆，海婴几个月时就在这里。

"正说着那矮胖胖的保姆走下楼梯来了，和我们打了个迎面。

"'先生，没吃茶吗？'她赶快拿了杯子去倒茶，那刚刚下楼时气喘的声音还在喉管里咕噜咕噜的，她确实年老了。"

鲁迅先生是不贪图享乐的，因为"鲁迅先生家里，从楼上到楼下，没有一个沙发。鲁迅先生工作时坐的椅子是硬的，到楼下陪客人时坐的椅子又是硬的。"

之后，作者又浓墨重彩地叙述了鲁迅先生平时的工作习惯和环境，直到先生患病……

鲁迅先生病了，喘得厉害，而许先生，则非常的忙，至于海婴，却是孩子般的天真：

"海婴在玩着一大堆黄色的小药瓶,用一个纸盒子盛着,端起来楼上楼下地跑。向着阳光照是金色的,平放着是咖啡色的,他招集了小朋友来,他向他们展览,向他们夸耀,这种玩艺只有他有而别人不能有。他说:

"'这是爸爸打药针的药瓶,你们有吗?'

"别人不能有,于是他拍着手骄傲地呼叫起来。"

鲁迅先生的病反反复复,这反复的过程令人难过、令人心焦,当"鲁迅先生以为自己好了,别人也以为鲁迅先生好了"的时候,当人们预备着在冬天要庆祝鲁迅先生工作三十年的时候,鲁迅先生的病却又发作了,又开始气喘起来。

终于,这一次,先生的病没有再反复,一九三六年十月十九日的下半夜,鲁迅先生的身体衰弱到了极点。然后,"他休息了。"

人世间有什么痛苦,能超过人与人之间的生离死别?作者却用了一个很平淡的"休息了"来描述鲁迅先生的逝世和离开,这样的笔触,似乎少了撕心裂肺的号啕之痛,却给我们带来了更加绵长悠远而又挥之不去的忧伤和悲愁……

有人根据这篇文章暗自揣摩,认为萧红跟鲁迅之间,可能有一些男女暧昧的情愫在里面。

实话说,我不是当事人,对于这样的事情照理也就没有发言权。然而总归来说,我也会有我的看法和想法。具体到鲁迅和萧红之间,我倒觉得,鲁迅对萧红的感情很像是一种长辈对晚辈的爱护。而至于萧红对鲁迅有没有发自心底的喜欢,这个自然要去问她。纵然有,那也是一种充满着尊重、敬佩的热爱之情,而这样的热爱,任何人都无权诟病。

曾经,鲁迅影响了我们几代人。如今,鲁迅的影响正在被慢慢削减,而关于鲁迅本人的评论和说法,也似乎是冰火两重天。

王朔写过一篇有关鲁迅的文字,评价大致客观,其中说到鲁迅没有长篇一事,并对此表示了自己的遗憾。实话说,这一点上,我也有些认同王朔的观点。

想象一下,如果鲁迅能够多活几年,以他的幽默、深邃和文采,若能给我们留下一部长篇,那我们的精神世界不知道将会富饶多少!然而,这个令人遗憾的缺憾,无人能补,无人能圆。

我是喜欢鲁迅的,这可能跟我从小接受的教育有关。而现在的年轻一代,不知道还有几个人愿意静下心来读鲁迅。

爱也罢,不爱也罢;喜欢也罢,不喜欢也罢。鲁迅就是鲁迅,一样的爱憎分明,一样的笑声爽朗,一样的直言不讳,一样的勇往直前,而至于我们这些外人对于他的爱或不爱、喜欢或不喜欢,跟先生又有什么相关呢?

有人因为爱鲁迅,把他请上了神坛;有人因为爱鲁迅,把他送入了人间。我是更喜欢散发着人间烟火味、走下神坛的真实鲁迅的。

2014 年 8 月

《黄金时代》的伟大友谊

喜欢王小波,最初是缘于他的短篇杂文。那些俏皮、那些幽默、那些睿智、那些思索、那些嬉笑怒骂、那些肆意挥洒、那些粗口、那些随性的潇洒,不能不令我折服,令我赞叹。

读他的杂文,心境每每就会变得复杂。一方面,被他的文字逗得哈哈直乐,另一方面,却又会因为老天对他的残忍而心中充满悲怆和遗憾。

在我看来,王小波是个天才。只可惜老天爷赐予他的时间,只有区区四十五年。这个的确,太短暂、太残酷……

我的悲怆,是为着他的早逝;我的遗憾,是因为没有了他,好多问题,只能成为问号一般的存在。

小波的杂文,是犀利的,更是快乐潇洒的;挥洒自如之间,让人忍俊不禁、不由不乐。多年以后,人到中年的我,读他的杂文,依然会爱不释手,依然能通宵达旦;而相比之下,案头的另一本书,虽然也是鲁迅、冰心奖的获得者,而我阅读的速度,却无论如何也"展"不起来。

当然,不同的作品走的是不同的路线,不同的作者有着不同的风格。我的这一番比较,也不见得就公平和科学,然而对我而言,小波的文章,的确更加有趣、更加好看,读起来更加快乐。

那么，有趣，可能也算是小波自己所追求的一种写作风格吧？因为他在自己的一篇叫作《文明与反讽》的文章里，就有着这么一句话："我总觉得文学的使命就是制止整个社会变得无趣……"

关于"文革"，有不少作家写过不少的著作，回顾那段历史，大多凄惨甚至血淋淋，而王小波的《黄金时代》，背景同样是"文革"，但是比起其他人的作品，似乎就少了些凄楚。当然，也并非就不凄楚，这正如笑着流出的眼泪，它其实依然是眼泪一样。

据此，有人评价说《黄金时代》是一部让人感觉温暖的作品。而实话说，多年前初读《黄金时代》，我的感觉是生理上的晕眩，之所以会有这种生理上的感觉，是因为我觉得自己难以真正的读懂它；而今天重读，我的最大感受，则是笑颜之下的心酸。

在这阴雨连绵的秋夜，我在属于我一个人的自由舒展的空间里，再次地、研读小波的《黄金时代》。而对于我的阅读，之所以称之为研读，是因为我正在认真地、翻来覆去地读，而我也很想通过我的逐字逐句的认真，我的翻来覆去的探究，能真正地走进小波，走进这部作者本人最为满意的著作。

我读了一遍、又读一遍，然而我真的读懂他了吗？我真的明白他了吗？实话说，我绝不敢做出斩钉截铁的回答。

别人说从《黄金时代》里读出了温暖，而我却似乎因为这部作品，让灵魂漂泊到了云南的冰露冷雾里。

不管作者是用了倒叙还是插叙的写作手法，也或者调侃打趣的叙事方式；不管这个年代是"文革"，还是大炼钢铁。在我看来，文章的主人公无非两个：一个是被人们称为"破鞋"的陈清扬，一个是来自北京的知青王二。而贯穿这部三万多字的在一九九一年获第十三届《联合报》文学奖中篇小说大奖并在《联合报》副刊上连载的中篇小说始终的，其实只是一场"伟大的友谊"。

那个年代，人们之间太缺乏信任了；那个年代，孤独的王二太渴望友谊了。关于友谊，小说里有这么一段描写："除了这些人，猪场里的猪也喜欢我，因为我喂猪时，猪食里的糠比平时多三倍。然后就和司务长吵架，我说，我们猪总得吃饱吧。我身上带有很多伟大友谊，要送给一切人。因为他们都不要，所以都发泄在陈清扬身上了。"

王二身上有很多伟大友谊，可惜没人相信，没人愿意要，只有同样孤单的陈清扬，半信半疑地部分相信和接受了他的友谊之说："在我看来，义气就是江湖好汉中那种伟大友谊。水浒中的豪杰们，杀人放火的事是家常便饭，可一听说及时雨的大名，立即倒身便拜。我也像那些草莽英雄，什么都不信，唯一不能违背的就是义气。只要你是我的朋友，哪怕你十恶不赦，为天地所不容，我也要站到你身边。那天晚上我把我的伟大友谊奉献给陈清扬，她大为感动，当即表示道：这友谊她接受了。不但如此，她还说要以更伟大的友谊还报我，哪怕我是个卑鄙小人也不背叛。"于是二十一岁的王二，趁机对陈清扬说明了他的想法："我听她如此说，大为放心，就把底下的话也说了出来：'我已经二十一岁了，男女间的事情还没体验过，真是不甘心。'她听了以后就开始发愣，大概是没有思想准备。说了半天她毫无反应。我把手放到她的肩膀上去，感觉她的肌肉绷得很紧。这娘们随时可能翻了脸给我一耳光，假定如此，就证明女人不懂什么是交情。"

二十六岁的陈清扬毕业于名牌大学医学专业，人长得漂亮，却又单纯地与那个时代格格不入。当军代表要调戏她的时候，她扇了对方一个大嘴巴。然后就被派发到十五队当队医。那里的水是苦的，而且也没有菜吃。自然，骚扰过她的男人并非军代表一个，所以作者说"这女人打人耳光出了名，好多人吃过她的耳光"。

这样的陈清扬，堪称冰清玉洁。然而在那个"大家都说你是破鞋，你就是破鞋，没什么道理可讲。大家说你偷了汉，你就是偷了汉，这也没什么道理可讲"的年代，陈清扬，只能无辜地做了一个从来没有偷过汉子的"破鞋"。

在那个颠倒黑白、没有道理可讲的年代里,王二带着他的"伟大友谊"来到了陈清扬面前。你可以说,他的友谊不够纯洁,你也可以说他的友谊充满肉欲。然而,为了"那些像咒语一样让她着迷的话",陈清扬心甘情愿为着这份"伟大友谊"而丧失自己的一切。而至于王二的伟大友谊,究竟有多么的伟大,王二这样说:"其实伟大友谊不真也不假,就如世上一切东西一样,你信它是真,它就真下去;你疑它是假,它就是假的。我的话也半真不假。但是我随时准备兑现我的话,哪怕天崩地裂也不退却。"读到这里,从那个表面吊儿郎当、似乎玩世不恭的王二身上,我们是不是看到了一个更本真、更善良的他?因为纵然生活在一个疯狂的没有是非观的世界里,我们的男主人公王二对于他的"伟大友谊"依然随时准备兑现,而且即使天崩地裂也不退却。

《黄金时代》这篇小说里有着大量的可以说是赤裸裸的性描写。曾经一度因为这个原因,小说最初的出版困难重重,然而,性描写固然是真实存在的,但王小波,却显然并非媚俗。

王小波在自己的一篇谈小说艺术的短文里,曾经这样说到他的《黄金时代》:"这本书里有很多地方写到性。这种写法不但容易招致非议,本身就有媚俗的嫌疑。我也不知为什么,就这样写了出来。现在回忆起来,这样写既不是为了招致非议,也不是想要媚俗,而是对过去时代的回顾。众所周知,六七十年代,中国处于非性的年代。在非性的年代里,性才会成为生活主题,正如饥饿的年代里吃会成为生活的主题。"

据王小波自己讲,《黄金时代》这篇小说,他"从二十岁时就开始写,到将近四十岁时才完篇,其间很多次的重写。现在重读当年的书稿,几乎每句话都会使我汗颜,只有最后的定稿读起来感觉不同。这篇三万多字的小说里,当然还有不完美的地方,但是我看到了以后,丝毫也没有改动的冲动。这说明小说有这样一种写法,虽然困难,但还不是不可能。这种写法就叫作追求对作者自己来说的完美。"可见，对于这篇小说，作者的确是花费了很大心血，也可以说是他的一部得意之作。

《黄金时代》里虽然有着大量的性描写，但小说的主题却是对人的生存状态的反思。无辜的陈清扬，被大家称为"破鞋"；二十一岁的王二，有着好多奢望，想爱、想吃，还想在一瞬间变成天上半明半暗的云；面对队长的无端指责，他只能保持沉默，然而沉默之后，也会"有所作为"；面对军代表令人生厌的滔滔不绝，他则情愿甘当哑巴，然后在哑巴之后，索性选择逃跑。

即使时代是令人无可奈何的，这些"黄金时代"里的年轻人，并不选择逆来顺受。他们以自己的方式对抗着那个时代；他们以自己的形式证明着各自的存在。所以当"慰问团"来的时候，已经"不存在"的我忽然出现在会场。然而这令人迷惑的时代，对于自己究竟应该存在还是不存在，主人公其实又充满着深深的矛盾和纠结，所以有时候，他又觉得："用不着去证明自己是存在的，从这些体会里我得到一个结论，就是永远别让别人注意你。北京人说，不怕贼偷，就怕贼惦记。你千万别让人惦记上。"

我存在，还是不存在呢？我究竟是想存在，还是情愿不存在呢？虽然他们身处各自的黄金时代，但实际上他们的确非常纠结，所以对于存在还是不存在的问题，他们的答案，也就不住摇摆……

在他们的黄金时代里，没有自由、没有浪漫，有的只是压抑、只是是非颠倒。这样的黄金时代自然是悲催的，然而天生具有"黑色幽默"的王小波，却总能化沉重为轻松，化悲痛为笑容。

王小波自己曾说："我小说里的人总是在笑，从来就不哭，我以为这样比较有趣。喜欢我小说的人总说，从头笑到尾，觉得很有趣……"

其实就我而言，读小波杂文的时候笑的要比小说多。虽然说《黄金时代》里作者也充分地发挥着他与生俱来的黑色幽默，一次次地让我发笑，然而那种说不清道不明的发自骨子里的寂寞，还是深深地触动着我,以至于让我的笑容里少了份发自肺腑的快乐。

《黄金时代》最初出版的时候,因为小说里有着大量的性描写,曾经被一些人斥责为格调不高,王小波对此不以为然,他说:"作为作者,我知道怎么把作品写得格调极高,但是不肯写。对于一件愚蠢的事,你只能唱唱反调。"现在,就让我简单地截取小说中的几处性爱镜头:

镜头一

"陈清扬对此的反应是冷冰冰的。她的嘴唇冷冰冰,对爱抚也毫无反应。等到我毛手毛脚给她解扣子时,她把我推开,自己把衣服一件件脱下来,叠好放在一边,自己直挺挺躺在草地上。

"陈清扬的裸体美极了。我赶紧脱了衣服爬过去,她又一把把我推开,递给我一个东西说:'会用吗?要不要我教你?'"

当我们将这样的性爱镜头,跟那些或浪漫或情窦初开或欲罢不能的各色性爱镜头放在一起时,你一准会发现,这里的陈清扬,没有激情、没有欲望,她理性而冷漠。可以看出,这样的她,的确是用她的身体,维护那个令她着迷的"伟大友谊"。

镜头二

"陈清扬说,在章风山她骑在我身上一上一下,极目四野,都是灰蒙蒙的水雾。忽然间觉得非常寂寞,非常孤独。虽然我的一部分在她身体里磨擦,她还是非常寂寞,非常孤独。"

我想,对女人来说,性与爱始终应该是一对结合体。特殊的年代,使得陈清扬"她不想爱别人,任何人都不爱。"而这种无爱的性,又使得我们的女主人公感到孤独和寂寞。

然而爱,正如春天的嫩芽,给它几滴春雨、几缕微风,它还是会在不经意间慢慢勃发。当王二亲吻她的脚心、她的肚脐的时候,这爱情,不经意间逐渐发芽。而在湿滑的山路上,王二那重重的两巴掌,则让陈清扬"在那一瞬间爱上了我,而且这件事永远不能改变。"

那么，这对被斗争多年的"狗男女"，原来是有爱的了？只可惜在那时的陈清扬眼里，这爱，其实正是她的罪孽。多年以后，九十年代的他们久别重逢后在酒店里再次做爱，陈清扬说："我们在干的事算不上罪孽。我们有伟大友谊，一起逃亡，一起出斗争差……所以就算是罪孽，我也不知罪在何处。"只可惜，当她这么说的时候，他们已经共同失去了曾经的黄金时代。

而至于文章中那小波式的招牌幽默，作为一大亮点，自然也不能不说：

一、关于"破鞋"

虽然所有的人都说她是一个破鞋，但她以为自己不是的。因为破鞋偷汉，而她没有偷过汉。虽然她丈夫已经住了一年监狱，但她没有偷过汉。在此之前也未偷过汉。所以她简直不明白，人们为什么要说她是破鞋。如果我要安慰她，并不困难。我可以从逻辑上证明她不是破鞋。如果陈清扬是破鞋，即陈清扬偷汉，则起码有一个某人为其所偷。如今不能指出某人，所以陈清扬偷汉不能成立。

二、关于针头

我们队医务室那一把针头镀层剥落，而且都有倒钩，经常把我腰上的肉钩下来。后来我的腰就像中了散弹枪，伤痕久久不褪。就在这种情况下，我想起十五队的队医陈清扬是北医大毕业的大夫，对针头和勾针大概还能分清……

三、关于传闻

可是陈清扬又从山上跑下来找我。原来又有了另一种传闻，说她在和我搞破鞋。她要我给出我们清白无辜的证明。我说，要证明我们无辜，只有证明以下两点：

1. 陈清扬是处女；2. 我是天阉之人，没有性交能力。

这两点都难以证明。所以我们不能证明自己无辜。

四、关于案子

我写了我们住在后山上的事。团领导要人保组的人带话说，枝节问题不要讲太多，交代下一个案子罢。听了这话，我发了犟驴脾气：妈妈的，这是案子吗？陈清扬开导我说：这世界上有多少人，每天要干多少这种事，又有几个有资格成为案子。我说其实这都是案子，只不过领导上查不过来。她说既然如此，你就交代罢。所以我交代道：那天夜里，我们离开了后山，向作案现场进发。

在一个怪异无性的时代里，王二和陈清扬让他们的各种姿势的性爱充斥于生活的角角落落，这究竟意味着什么？在我看来，这，正是他们的一种反叛。

每个人都有自己的黄金时代，每个人也都有属于自己的各色友谊。而至于王二和陈清扬，他们的黄金时代正值"文革"，故而，他们之间的"伟大友谊"，也就有些怪异、有些奇特。

2014 年 9 月

那些为地坛而飞的泪

《我与地坛》这篇文章,写成于一九八九年五月,之后经过修改,定稿与一九九〇年一月,然后又用了一年左右的时间,史铁生才决定把它拿出来发表。

时隔二十多年,回忆我的一九八九,在那年的那个春天,我又在做什么呢?可以说,一九八九年的春天,对国家来说,是多事之秋,而作为个人的我,也住了人生中的第一次院。

在那一年的春光明媚的某一天,早上起床后的我突然晕倒,医生检查后,说我患了严重的胸膜炎,需要住院治疗。

那时的我虽说人在医院,但心情并不郁闷;那时的我,大脑空空,甚至也还并不知道有个作家叫史铁生。

多年以后,我曾经很多次有机会走近史铁生的作品。然而多年以来,我犹如一个不会游泳却永远漂浮在水面的漂浮物,在水流的指引下漂到他的面前,还没有来得及真正地走近他、抓住他,又被水流按照它愿意行进的方向,冲向了完全相反的另一面。

多年以后读史铁生,我明白,想读史铁生,是不能浮躁的。我也同时明白了,为什么这么多年的我,有那么多次,似乎就站在他的面前,而又为什么,却只能与他擦肩。

《我与地坛》这篇文章,我很久以前就见过,此处之所以用了"见过"而不是"读过",是因为当时的我心浮气躁,看起文章来一目十行,好多时候,对文章的真实意境,把握得实在很不透彻。

相对于我阅读的走马观花,史铁生又是怎样写文章的呢?据史铁生的朋友徐晓讲,史铁生对自己的写作要求很严格,"他写作的速度很慢,一个短篇有时得写几个月,一个句子不满意,他能翻来覆去修改一天,写了上万字的稿子,只要不满意,撕了他也不觉得可惜。"多年以后,当我读到这段文字的时候,在对史铁生表示钦佩的同时,我也再一次的,为自己的肤浅浮躁而汗颜。

而至于我又如何最终走近了他,说起来,实在算是一桩巧合。

同样是春天,只不过这个春天的镜头,一下子拉伸到了公元二〇一四年。一个春日的午后,百无聊赖地走在公园小径上,有个跟史铁生有关的声波,突然间震动了我的耳膜。

耳边的声音正在朗读一篇文章,那是史铁生的《我与地坛》。自然,这是我曾经"见"过的一篇文章,说起来,我和它之间并不陌生。然而那一天的我,却如在水面漂浮多日并最终学会自己掌握航向的游泳者,一下子,我抓住了那个近在眼前的目标。于是,这一次,幸运地,我没有再被水流随意嬉戏和作弄,我走进了我曾路过多次而却从来没有真正走近的"地坛"。

"地坛"里面,有太多的温馨场面,有太多的哲理情思,而我,跟随那美丽的语调和语句,时而微笑、时而感动,甚至不时,有亮晶晶的液体蓄进我的眼窝。

那一刻的我很有些诧异。因为一直以来,我的泪腺实在是萎缩得紧。好多时候,我更愿意把眼泪留在自己的心底,而不大舍得将它拿出来跟别人分享。

然而那个春日的午后,我在一种似乎很惬意的心境中,如无知无觉的被温水煮着的青蛙,为曾经的地坛、曾经地坛里陌生的一群人、曾经在地坛里东张西望六神无主的那位母亲,慷慨大方地贡献出了我的一向吝啬的眼泪。

《我与地坛》这篇文章,是一篇哲思抒情散文,全文总共一万三千余字。记录了一个人十多年的生活和生命历程。

精彩之所以能成为精彩,自然有它的不可复制的道理。我始终相信,世间真正的精彩,很少能一蹴而就。

如今的人普遍浮躁,总想一口吃成个大胖子,他们总爱谈天才,他们恨不能孩子一生下来,就立刻跟哪吒似的能运动、会说话。

现代人面对考试,喜欢各种"速成班";现代人读书,喜欢各种"缩略版"。现代人,渊博而又肤浅,知之甚多而又万事不求甚解,但是这一切,与史铁生无关。

你可以说上帝残忍,因为他让二十一岁后的史铁生再也没有能够站立一天。你也可以说上帝仁慈,因为他让史铁生没有受到现代人的各种浸染。所以,他把更多的时间用来思索。他为了一个不满意的句子,能够翻来覆去地修改一天。如果他长袖善舞脚下生风,他还哪里有思考的冲动?他又哪里会为了一个句子,如唐朝的傻子贾岛一样地仔细推敲?

那时的他,一定忙着谈朋友,忙着去郊游,忙着做生意,忙着搞应酬,而好端端地,谁会像个神经病似的,去考虑什么生与死的问题?

所以,上帝是残忍的,但也是仁爱的。上帝在给人们关上了一扇门的同时,又一定会给他们打开一扇窗。只是,在伸手不见五指的漆黑里,好多人穷其一生也没有找到那扇窗的位置。很明显,史铁生幸运地找到了他的窗户,那就是写作,而《我与地坛》,则描述了他寻找窗户的心路历程。

那时的园子荒芜冷落得如同一片野地,这被人废弃的荒园,就是作品中的地坛。

年轻的史铁生在"最狂妄的年龄上忽地残废了双腿",他"找不到工作,找不到去路,忽然间几乎什么都找不到了"。于是他就总喜欢摇了轮椅去到地坛。一天到晚耗在园子里,跟上班下班一样。

作者的遭遇是凄惨的，心境自然也不会很好，然而也许是上帝的眷顾吧，所以在作者的眼里，就总能看到我们一般庸人难以看到的景色，"蜂儿如一朵小雾稳稳地停在半空；蚂蚁摇头晃脑捋着触须，猛然间想透了什么，转身疾行而去；瓢虫爬得不耐烦了，累了祈祷一回便支开翅膀，忽悠一下升空了；树干上留着一只蝉蜕，寂寞如一间空屋；露水在草叶上滚动，聚集，压弯了草叶轰然坠地摔开万道金光。"通过这段描写，你能感觉到园子的衰败吗？显然，这荒芜的园子，它其实生机勃勃。

　　而在这荒芜但其实充满生机的大部分时间都很安静的园子里，作者则开始尽情而又认真的思考生与死的问题。"我一连几小时专心致志地想关于死的事，也以同样的耐心和方式想过我为什么要出生。这样想了好几年，最后事情终于弄明白了：一个人，出生了，这就不再是一个可以辩论的问题，而只是上帝交给他的一个事实；上帝在交给我们这件事实的时候，已经顺便保证了它的结果，所以死是一件不必急于求成的事，死是一个必然会降临的节日。"

　　《我与地坛》这篇文字由七个小节串联起来，作者充满思辨的生死观是此文的第一小节。在第二小节里，作者重点叙述了对母亲和地坛的组合记忆。这一小节的描写文字朴实，却令人眼眶发热。"我那时脾气坏到极点，经常是发了疯一样地离开家，从那园子里回来又中了魔似的什么话都不说。母亲知道有些事不宜问，便犹犹豫豫地想问而终于不敢问，因为她自己心里也没有答案。她料想我不会愿意她陪我一同去，所以她从未这样要求过，她知道得给我一点独处的时间，得有这样一段过程。她只是不知道这过程得要多久，和这过程的尽头究竟是什么。每次我要动身时，她便无言地帮我准备，帮助我上了轮椅车，看着我摇车拐出小院；这以后她会怎样，当年我不曾想过。"

　　有一回，匆忙出门的史铁生因为想起一件事于是就返身回来，却发现"母亲仍站在原地，还是送我走时的姿势，望着我拐出小院去的那处墙角,对我的回来竟一时没有反应……"那个心事重重、翘首望儿的母亲的形象,一下子鲜活、生动地浮现在读者面前,怎能不让我们心中升腾起一股无法言说的心酸?

儿子出外究竟想做什么、会做什么?母亲想问而又不敢问,而母亲的心里,其实早已是一团乱麻,然而母亲却表现得很镇静、很淡然,她说:"出去活动活动,去地坛看看书,我说这挺好。"读到这句,我的眼泪再也忍不住地喷涌出来。这句话递给我们的信息是什么?是母亲的狡黠,还是她的自说自话?是母亲对儿子的暗示,抑或是母亲对自己的安慰呢?母亲这话是对儿子说的,但显然,更是对另一个自己说的。母亲说:"我说这挺好。"这话听起来似乎是在跟别人争论,而这个别人,正是母亲的另一面。

面对儿子的现状,母亲的心早已碎掉。而作为母亲的她,不能不学会伪装。当她的儿子一人"发了疯一样地离开家",母亲的内心怎么能不感到其中的不妥和凶险,然而现实中无能为力的她,只能安慰自己说,儿子出去活动活动,看看书,有什么不好呢?这就是母亲,这就是伟大的母爱啊!

当作者在写作上终于取得了一点成绩,当他的文章终于印成了铅字,甚至获了奖,他的母亲却已经无缘跟儿子一起分享这份快乐了,这令作者再次哀怨,再次想不通,而这时候的作者,只能再次来到地坛。

地坛不说话。然而最终地坛还是用它的方式再次帮助了作者。因为作者通过在地坛的苦苦思索,为母亲在四十九岁就离开他的问题找到了令他欣慰的答案:"我坐在小公园安静的树林里,闭上眼睛,想,上帝为什么早早地召母亲回去呢?很久很久,迷迷糊糊的我听见了回答:'她心里太苦了,上帝看她受不住了,就召她回去。'我似乎得了一点安慰,睁开眼睛,看见风正从树林里穿过。"

很明显,就连地坛的风,也是睿智而又善解人意的。因为它无意之间,再次地解脱了我们的作者。

母亲走了，她的确走了，她再也不能偷偷摸摸而又六神无主地一趟趟来这地坛寻找曾经倔强羞涩的作者，而那次并非是恶作剧也并非是捉迷藏的记忆，留给作者本人的，就永远只是追悔。"有一回我坐在矮树丛中，树丛很密，我看见她没有找到我；她一个人在园子里走，走过我的身旁，走过我经常待的一些地方，步履茫然又急迫。我不知道她已经找了多久还要找多久，我不知道为什么我决意不喊她——但这绝不是小时候的捉迷藏，这也许是出于长大了的男孩子的倔强或羞涩？但这倔只留给我痛悔，丝毫也没有骄傲。我真想告诫所有长大了的男孩子，千万不要跟母亲来这套倔强，羞涩就更不必，我已经懂了可我已经来不及了。"

在第三节文字里，作者用尽自己的各色形容、各种笔墨，淋漓尽致地描写了地坛的春夏秋冬。同时也用这种笔墨写了自己对地坛的深深热爱。"如果以一天中的时间来对应四季，当然春天是早晨，夏天是中午，秋天是黄昏，冬天是夜晚。如果以乐器来对应四季，我想春天应该是小号，夏天是定音鼓，秋天是大提琴，冬天是圆号和长笛。要是以这园子里的声响来对应四季呢？那么，春天是祭坛上空漂浮着的鸽子的哨音，夏天是冗长的蝉歌和杨树叶子哗啦啦地对蝉歌的取笑，秋天是古殿檐头的风铃响，冬天是啄木鸟随意而空旷的啄木声。以园中的景物对应四季，春天是一径时而苍白时而黑润的小路，时而明朗时而阴晦的天上摇荡着串串扬花；夏天是一条条耀眼而灼人的石凳，或阴凉而爬满了青苔的石阶，阶下有果皮，阶上有半张被坐皱的报纸；秋天是一座青铜的大钟，在园子的西北角上曾丢弃着一座很大的铜钟，铜钟与这园子一般年纪，浑身挂满绿锈，文字已不清晰；冬天，是林中空地上几只羽毛蓬松的老麻雀。以心绪对应四季呢？春天是卧病的季节，否则人们不易发觉春天的残忍与渴望；夏天，情人们应该在这个季节里失恋，不然就似乎对不起爱情；秋天是从外面买一棵盆花回家的时候，把花搁在阔别了的家中，并且打开窗户把阳光也放进屋里，慢慢回忆慢慢整理一些发过霉的东西；冬天伴着火炉和书，一遍遍坚定不死的决心，写一些并不发出的信。还可以用艺术形式对应四季，这样春天就是一幅画，夏天是一部长篇小说，秋天是一首短歌或诗，冬天是一群雕塑。以梦呢？以梦对应四季呢？春天是树尖上的呼喊，夏天是呼喊中的细雨，秋天是细雨中的土地，冬天是干净的土地上的一只孤零的烟斗。"

　　文章中的第四节重点描述了地坛中的人。一对从中年到老年，天天按时按点逆时针在地坛散步的夫妻；一个热爱唱歌，天天在公园角落练歌的年轻小伙；一个独一无二的好饮老头；一个捕鸟而又似乎永远也捕不到鸟的中年汉子；一个"我"脑海中想象出来的优雅的中年女工程师；还有那个因为在"文革"中出言不慎而坐了几年牢后就终生再也跑不出自己生命怪圈的喜欢跑步的朋友。而关于那个美丽而又弱智的女孩，作者更是用了一个小节的篇章重点述说，而且发生在小姑娘身上的事件，引发了作者对生命对人生的另一番深邃思考："谁又能把这世界想个明白呢？世上的很多事是不堪说的。你可以抱怨上帝何以要把诸多苦难给这人间，你也可以为消灭种种苦难而奋斗，并为此享有崇高与骄傲，但只要你再多想一步你就会坠入深深的迷茫了：假如世界上没有了苦难，世界还能够存在么？要是没有愚钝，机智还有什么光荣呢？要是没了丑陋，漂亮又怎么维系自己的幸运？要是没有了恶劣和卑下，善良与高尚又将如何界定自己又如何成为美德呢？要是没有了残疾，健全会否因其司空见惯而变得腻烦和乏味呢？我常梦想着在人间彻底消灭残疾，但可以相信，那时将由患病者代替残疾人去承担同样的苦难。如果能够把疾病也全数消灭，那么这份苦难又将由（比如说）相貌丑陋的人去承担了。就算我们连丑陋、连愚昧和卑鄙和一切我们所不喜欢的事物和行为，也都可以统统消灭掉，所有的人都一样健康、漂亮、聪慧、高尚，结果会怎样呢？怕是人间的剧目就全要收场了，一个失去差别的世界将是一条死水，是一块没有感觉没有肥力的沙漠。"

只是，"由谁去充任那些苦难的角色？又由谁去体现这世间的幸福，骄傲和快乐？只好听凭偶然，是没有道理好讲的。"在这里，再一次的，我们能体味出作者对所有失去健康的人们的深深惋惜和遗憾，同时，还有那份深入骨髓的无奈和凄怆。

二十一岁毕竟还太过年轻，让如此年轻的作者接受无法站立的双腿，显然是极难的。所以多年以来，在作者的脑海中，"死"是频繁出现的字眼。以至于在地坛里的作者曾经一度，总是被三个问题交替着骚扰。"第一个是要不要去死？第二个是为什么活？第三个，我干吗要写作？"

当明白死是每个人的必经之路时，死，对作者而言，成了一件不必急于求成的事。而至于为什么要活，作者给出的最初说法是："为什么要活下去试试呢？好像仅仅是因为不甘心，机会难得，不试白不试，腿反正是完了，一切仿佛都要完了，但死神很守信用，试一试不会额外再有什么损失。说不定倒有额外的好处呢是不是？我说过，这一来我轻松多了，自由多了。为什么要写作呢？作家是两个被人看重的字，这谁都知道。为了让那个躲在园子深处坐轮椅的人，有朝一日在别人眼里也稍微有点光彩，在众人眼里也能有个位置，哪怕那时再去死呢也就多少说得过去了。"

然而当写作到了一定程度，又有了新的接踵而至的烦恼，怕文思枯竭，怕没有素材，最终，地坛的思索告诉作者："活着不是为了写作，而写作是为了活着。"世界上还有更多更好的事情，比如爱情，比如价值感等等，而人活着，也一定不能只是为了写作。

关于地坛，作者的故事还有很多，然而"要是有些事我没说，地坛，你别以为是我忘了，我什么也没忘，但是有些事只适合收藏。"在文章的最后一个小节里，作者再次用思辨的语言阐述到生与死的命题："当牵牛花初开的时节，葬礼的号角就已吹响。"这样的情绪之间，是不是有一丝宿命的悲观？然而，谁又能说他说错了呢？

　　生与死，正如太阳的升起与降落，其实只是生命的两种不同形式吧？"太阳，他每时每刻都是夕阳也都是旭日。当他熄灭着走下山去收尽苍凉残照之际，正是他在另一面燃烧着爬上山巅布散烈烈朝辉之时。那一天，我也将沉静着走下山去，扶着我的拐杖。"

　　如今，我们的作者确实已经扶着他的拐杖走下山去了。而他与地坛的故事却依然在蔓延，而那些因为他与地坛的故事而洒落的泪滴，也恰如窗外连绵不绝的秋雨，年年岁岁，飘洒不息。

2014年9月

永远的萧红

与《落红萧萧》相遇的时候,正是我特别渴望读书的中学时代。那时对书的欲望,可以说是"如饥似渴";似乎任何一部作品,都能令我迷醉其中。那时的我,还不知道萧红是谁,也从未读过她的一篇作品,然而一部叙说她生平的《落红萧萧》,却能深深地吸引住我。

灯光下,大家正在晚自习,我却津津有味地在读一本借来的泰国小说。小说内容跟一个牙医有关,我呢,则读得正欢。老师在我的斜前方大概已经注视了好一会,我却浑然不觉。于是常常,或者被老师骂,或者我的书被没收。书多是借来的,如果被没收,一定会硬着头皮去找老师索要。大多数时候,再一次被老师训斥几句后,书也就完璧归赵了。

高中时期还读过不少琼瑶的小说,大多是趴在硬床板上就着蜡烛读的。无一例外的是,这些书都是借来的,也包括那本曾经深深打动我的《落红萧萧》。

那时的我还是一个"不识愁滋味"的小小少年,《落红萧萧》这本书却在不经意间,将太多的凄迷、痛苦,沉淀在了我的心底。

一晃,少年溜出了我的生命,我再也不用为无书可读而犯愁。可惜,当我有书可读的时候,我却常常无心去读。

《馨香一缕寄云边》是萧红的一本散文集，而这一本不算厚的散文集，我已经读了小半年。当我读这本书的时候，我是已经看过以萧红为原型的电影《黄金时代》的，所以读这本集子的时候，我的脑袋里不时会浮现出汤唯扮演的鲜活的萧红。

无疑，萧红是民国时期最有才华的女作家之一，然而她的人生却悲凉凄惨，在她的散文里，饥饿，更是出现频率很高的一个词。

萧红写的《回忆鲁迅先生》，我最喜欢。因为的确，这一篇不算很长的回忆文章，让我们看到了一个活生生的惹人喜爱的真实鲁迅。

关于文章之美，众说纷纭。在我看来，有情的文章才是最美。拿萧红的这篇回忆文章来说，通篇没有华丽的辞藻，然而句句却都满溢真情。

当我的写作到了一定的阶段，文章的体裁问题曾经深深地困惑着我。因为好多时候，我感觉自己会将小说和散文混淆在一起，读萧红的《呼兰河传》，却有茅塞顿开的感觉。实话说，如果单从文体上说，《呼兰河传》这篇文章，算作小说有些牵强。因为整篇文章里面，作者大多是非常自然的散文化笔触，然而抛开体裁的问题不讲，这样的文章，读来一样让我震撼，让我的心灵有诸多收获。而这，比起文章的体裁来，应该才算是真正的灵魂吧。

当我用了将近半年时间，断断续续地在我的书房读着萧红的散文和小说时，我感觉自己犹如踩在厚厚的含着霜气的满地黄叶上，我的四周，空旷无人；我的脚下，不断发出鞋与树叶摩擦后的"沙沙"声。而这种安静和孤寂，也才真正的能让我在某个时刻，感觉到与她的灵魂相触。

儿童时期的萧红是善感的。当她出于调皮将祖母的纸窗户用手一次次的戳破后，她受到了来自她的有着洁癖的祖母的严厉惩罚。祖母在她又一次准备戳窗户纸的时候，早早拿了一根粗粗的针等在窗户外面，于是萧红这一次的顽皮，收获到了指尖上的疼痛。

为此，她不喜欢祖母，尽管后来祖母也好多次的，给她好吃的。

她去参加一个姑娘的婚礼，看到婆家对这个女子的冷漠和虐待，大为不平，回家对她的母亲大声嚷嚷，说："她可真是好脾气，要是我啊，我可不会那么做……"

她的伯伯听到了她的话，用冷峻的神色训斥她："以后不要这样说，是你怎么样？你以为你一定比别人好吗？是你说不定还不如人家……"

纵观萧红的生平，可不真的，被她的伯伯说中了吗？

不过话虽这么说，当我想到那时的她其实不过是个十多岁的小姑娘的时候，还是为着她的伯伯的那份理智的冷漠，无端的为那个名叫萧红的女子而心痛。

当然，伯伯不娇惯也没关系，毕竟她还有父亲。遗憾的是在我的阅读记忆里，小时候的她和父亲，有的只是那飞起的一脚。彼时的她头上盖着个沉而大的石盖子，正在四处转悠着找她的祖父。她的父亲看见了，狠狠地踢了她一脚，差点将她踢到火堆里。到了她的少年时期，父亲，则是宁愿让她在家病死也不愿送她去上学的一副尊容。

不过这个不幸的女子生命中也有温暖，也有难以忘怀的美好记忆，而这些记忆，大多来自她的祖父。只可惜，当她长到十八岁左右的时候，她的祖父也走了，从此，她成了一个没有家的流浪儿。

对她而言，家庭冷若冰窟，于是叛逆的她离开了家。无着无落的她在大街上游荡。街头偶遇弟弟，弟弟不断地劝她回家，然而，倔强的萧红却选择了永不回头。

萧红去世的时候只有三十一岁，然而三十一年里，她却有过好几个男人。就有一些人，对于这样的萧红，非常的感兴趣。

在我看来，善感的萧红，她首先是真挚的。面对每一份"爱情"，她都是那么的饥饿，那么的义无反顾，可以说，感情面前的她,有着飞蛾扑火的勇猛。

她爱过有妇之夫,她有过未婚先孕的经历,所以我们不得不说,这个看似柔弱的女子,她的灵魂深处,其实非常的藐视传统、渴望自由。

她太缺少爱了,也太想得到爱了;她太没有安全感了,也太想找个可以依靠的臂膀了。可惜当她开始爱的时候,她其实并不真正地懂得爱情。

她的第一场感情,以私奔开头,以失败告终;她的第二场感情,落了个未婚先孕而后被抛弃的下场;与萧军的爱情,应该是萧红人生中最浓墨重彩的一笔。然而大男人萧军,毕竟太过多情,而这种多情带给萧红的,除了伤害又能是什么呢?所以最终,他们也只能一拍两散;如果萧红生活在和平年代,也许能够跟端木蕻良收获幸福,可惜,纷乱的战火,让这个胆小懦弱的男子,几乎吓破了胆,所以好多时候,他根本无心怜香惜玉,根本无暇顾及萧红……

说到萧红,有一个名字不能不说,他不是别人,正是鲁迅。

鲁迅生前对萧红多有爱怜,这爱怜的原因,多半是因为她的文学才华;鲁迅死后,萧红满含真情的纪念文字,更是让一些"思想"丰富的人不住的产生猜测。而萧红临终之际的遗言里,要求葬在鲁迅墓旁的要求,更是让一些人想入非非,浮想联翩。

萧红不傻。

萧红不呆。

如果她真的跟鲁迅先生有着一些人臆测中的那种朦胧,临死之际的她,何来这份坦荡,何来这份潇洒?

长者鲁迅,在萧红的心底深处,有着"祖父"一样的温暖,而她对鲁迅先生的感情里,更是有着一种仰望着的尊重和发自心底的依恋。

萧红的遗言里曾说"半生尽遭白眼冷遇",而在这多如牛毛的白眼冷遇里，鲁迅，显然是极少的一个例外。对于这样的鲁迅，萧红怎能不感激？怎能不爱戴？

鲁迅死后，日本的一些压根不了解鲁迅的留学生，在人群中信口雌黄。说鲁迅"为人刻薄"，萧红从那人的身边走过，她发现那人是个歪鼻梁，她说她很想走上前去，将那人的鼻梁扭扭正。

你理解这样的萧红吗？作为女人，我是能体味她的那份心境的。

萧红的生命尽头，陪伴在她身边时间最久的，是一个叫作骆宾基的男人。据说，他在她的病榻边，陪伴了四十多天。

三十一岁的萧红，按理是不该死的。不幸的是，她遇到了一个庸医，庸医将她误诊为喉瘤，而这喉管上的一刀，最终要了她的命。

萧红的一生充满颠簸，这颠簸跟时代有关，也跟她的个性有关。她像是一叶迫切想要找根的浮萍，她不住地漂啊漂，最终，却也没有找到真正属于她自己身体和心灵的家。

她快要死了，可是她多么渴望能够高高地飞翔啊？她如一只满怀梦想却被折断了翅膀的雄鹰，想要高飞，却被狠狠地摔进泥土里。从此，她只能静止地匍匐进湿冷的泥土，满心不甘地遥望着碧海和蓝天。

萧红短暂的一生里，遭遇过无数白眼和冷遇，可谓凄惨。然而当我们细细咀嚼她的《呼兰河传》，她的《生死场》，我们又不能不说，她的生命，是永恒而灿烂的。

萧红的肉体倒下了，她的名字以及她的作品却绵长地存在于人们的视野和记忆之中。所以她看似死了，其实还活着；她貌似消失了，却其实还在……

2015年6月

悲欣交集话《落红》

《落红》的开头有些骇人。如果你只读开头,你可能会以为,这是一部描写情爱的"庸俗"小说。

其实情爱本不庸俗,比如我们看《红楼梦》,看宝玉和黛玉、和宝钗、和袭人、和晴雯,和他真心喜欢的许多男男女女在一起,我们绝不会有庸俗之感。然而《落红》的开头就是一段婚外情,不管这婚外之情,多真多美,人们也绝不会将它视为纯情,而不纯洁的情爱,大概只能说它庸俗。

"落红"二字,原意指女子初夜落下的血,显然,那血代表着一个女子的贞洁。"落红"也指落花落叶,如《西厢记》里的名句"落红成阵",龚自珍的"落红不是无情物,化作春泥更护花"等。说到《落红》的命名,更可能与文中那条"被"消失掉的美丽的红纱巾有关,个中缘由,颇多意味,值得咀嚼。

主人公唐子羽,是个有点品味又有点色的中年男人。围城内的婚姻对他已失去魅力,一个偶然的机会,他结识了美丽温柔的梅雨妃,于是,他的生命,因此而变得摇曳多姿。

不得不说,作者方英文是营造意境的高手。因为直到小说结尾,唐子羽也没有跟他的情人梅玉妃有过真正意义上的鱼水之欢,然而通过作者高妙的文字演绎,在读者的眼里,又似乎他们已经"爱"

过很多回。

《落红》这部小说，我是一口气将它读完的。当我最后读完，时针已指向午夜两点，合上电脑的那一刻，耳边万籁俱寂，心内悲欣交集。

实话说，读完这部小说，我有些不能准确地定位它。你说它是写情场，写官场的，似乎都对，又似乎都不准确。小说里有写情场的部分，更有写官场的部分，除此之外，作者的视角其实更广，因为他也在写环境、写教育、写人性，写社会上林林总总的事和物。

《落红》的第一主角是唐子羽，透过他，我们看到了他的情人、家人、朋友、朋友的朋友，而这些所有的人全部登场后，我们看到了唐子羽身处的社会、环境，看到了他的无奈、纠结。

唐子羽是个善良人，甚至有时候善良到没有原则。比如他的情人梅雨妃，并没有跟他发生真正的性关系，却说怀了他的孩子，他虽然诧异，也竟能默默接受。

唐子羽很清高，他虽然也是个"官"，但开会的时候，却永远不坐在主席台上。他不看重这个官，对写学习材料的态度漫不经心，所以最终闹了笑话，而这个小笑话，葬送了他的"仕途"。当他知道他的妻子居然以为他会为此而自杀，不禁满腹怒气。显然，这样的妻子，即使天天跟他睡在一张床上，即使夫妻生活和谐美好，却并不真正地懂得他。

唐子羽是孤独的。表面看来，他的妻子贤惠，他的情人貌美，他的朋友贴心，然而，他却是多么的孤独，以致小说中，作者多次写到死，写到墓地。文章结尾，唐子羽站在一群墓碑前，为不相干的人儿流着泪，那一幕场景，令人心碎。

小说一开头，在读者们面前亮相的中年男人唐子羽，形象并不高大，这个男人利用中午时间，抓紧跟他的老婆做爱，却是为了另一场做爱做准备。

这场预备做爱，让我想起多年前高考的预选制度来了。不同之处在于，对当年的学子们来说，预选是必不可少的，而唐子羽抓紧时间跟妻子做爱，却是出于一种善良的补偿心理。诚如作者所说，有一些相遇，比如婚外情，"在人性上是美好的，在道德上是肮脏的"。唐子羽爱梅雨妃，不过对于这种爱，他自己在道德上其实也并不完全认可。

唐子羽是纯情的。十一岁的他，爱上了他的已到婚龄的音乐老师，而音乐老师的结婚，让他大病一场。可惜，他的爱，没有人能理解，甚至包括他所爱的对象。音乐老师为了安慰他，送给他一条红纱巾。他将那条纱巾包裹了好几层，放在办公室箱子的最底层。当他决意去见他生命中的"最爱"梅雨妃的时候，他专程回了趟办公室，特意带上了那条红纱巾。他本想将纱巾送给她，然而一个小小的误会，却让那条靓丽的红纱巾永远消失在了唐子羽的生命里。

是的，纱巾被梅雨妃扔掉了，只是我不知道，随纱巾一起飘走的，有没有唐子羽的纯情。梅雨妃认为爱着纱巾的唐子羽，一定是勾搭上了另一个女人，而她不知道的是，纱巾里满溢着的，恰恰是一份人世间最最美好浓郁的纯情。

唐子羽是可悲的。他的妻子当着他的面用梅雨妃送他的烟斗砸核桃，他不敢吭声；他的情人当着他的面扔掉那条他内心非常珍重的红纱巾，他也不能多说什么。

说起来，也似乎都有爱。他的妻子操持他的一日三餐，他的情人最爱对他说"我错了，我改"，他的音乐老师送了他漂亮的红纱巾……看起来，她们也都在乎他，然而这一个个的爱，其实又都有着深深的伤害。而唐子羽在这些爱与伤害面前，只能越活越孤单，孤单到只能去墓园为不该流泪的人流泪，同不能开口的死人说话，靠挠痒痒让自己快乐……

这部小说，以轻松的形式开头，文中也不乏让读者有捧腹之乐的幽默语言，然而，静下心来，你会觉得，这其实是一部让人心酸的小说，而且你会发现，越往后，越心酸。而这，是不是也意味着人生的一种宿命？

小说里有一个段子，名叫《绝望》。纵然你没有幽默细胞，读完你也一定不会不笑，只是笑完后，你又似乎感到绝望。

绝　望

甲：张三写了一部长篇小说。

乙：写了长篇小说又能怎样？写过长篇小说的人太多了。

甲：张三的长篇小说出版了。

乙：出版了能咋？说不定是自费出版的呢？

甲：差矣！张三的长篇印了四万册，稿酬加版税，赚了五万元。

乙：赚了五万元能咋？一本书赚了伍拾万元的作家我也见过，能咋？

甲：张三可是一炮走红，名利双收了，由一个下岗工人，径直调进作家协会，还当上了第十三副主席。

乙：当了副主席能咋？

甲：据权威评论家预测，下届茅盾文学奖，张三是少不了的。

乙：获茅盾文学奖能咋？即使得了诺贝尔文学奖又能咋？

甲：确实不能咋。问题是一个作家，活着的意义，就是要不断地写作呀！

乙：不断地写作又能咋？

甲：不能咋。但至少证明这个作家还活着吧！

乙：活着能咋？

甲：你的意思是人活着不能咋，只有死了才好？

乙：死了又能咋？

甲：你这个狗杂种！无论他人干什么，你都要问一个"能咋"，请问你这么做，又能咋？

乙：？

甲：不能这样嘛，这样就陷入悲观主义，虚无主义了嘛。

乙：你今天把我问得无话可说了，能咋？

《绝望》曾被南开大学选作研究生考题，非常精彩，然而如果你去告诉文中的"乙"，他一定会说：选作研究生考题，又能咋？

是啊，能咋？又能咋？这样的对话进行下去，你一定会越来越觉得人生的无聊、绝望，那么人生，就真的这么虚无，这么令人绝望吗？

显然不是。

拿主人公唐子羽来说，他的所爱其实很多，比如他爱雨、爱自然、爱人，当然也就爱生活。而唐子羽的妻子，她爱自己的孩子，也似乎爱着自己的老公，但她最爱的，却是做官。

唐子羽虽然曾经做过"官"，但他不爱官，而对于他的官迷妻子，他内心很反感。对于妻子一而再再而三的请他求同学办事的行径，他也并不配合，他甚至说，宁可妻子得性病，也不愿让她做官。

读着这些具象的生活碎片，你会觉得，虽然人生不见得那么完美，但起码，也并不那么绝望。一个人，不管在爱着什么，只要还有爱，一切也就还好，还不致那么绝望。

的确，在我看来，唐子羽不是一个绝望着的人，但有的时候，站在他的立场，你又会觉得，他妈的这生活有什么意思，似乎，也还真的有些令人绝望。

比如说，没有人能真正地懂得他。

妻子是患难与共的妻子，不能说他们之间没有感情，然而最深的遗憾，是缺乏"懂得"；朋友是"仆人"样的朋友，可惜他们之间，同样缺乏真正的"懂得"；至于情人，同样内心隔膜。

虽然有句话说，孤独是可耻的。不过也许，孤独，有时候是人无从选择的一种生活。

世界这么大，人儿这么多，寂寞的唐子羽，难道只能去他将来的墓地消解寂寞吗？然而，墓地周边的繁华，又让他决意放弃这块墓地了。

冷飕飕的寒冬中的墓地，以及墓地里的唐子羽，让读者的心一片冰凉。而人只要还活着，还没有躺进最终属于各自的那块墓地，就一定还会不断寻找，寻找归属、寻找温暖，而唐子羽的归属和温暖，又在哪里呢？

不能不说，唐子羽这一人物形象，塑造得非常成功。我也似乎觉得，这样的唐子羽，就生活在我周边的生活里，他们或许并不完美，但他们的身上，并不缺少善良和大爱的人性之光。比如，让唐子羽的同学念念不忘的"饭票"资助；比如，为着朱大音的事业和前途，他四处奔波……

不过，正如"有一千个读者，就有一千个哈姆莱特"一样，在我的这篇文章即将发表之际，无意中读到别人写的有关《落红》的文字，我惊讶地看到，别人眼里的唐子羽，竟然是个多余的废人，这样的看法，让我唏嘘了很久。

而又至于，唐子羽究竟是好人还是废人，是值得同情还是该当唾弃，读读这部笑中带泪，轻松中满含心酸的《落红》，你也就知道了。

2015 年 11 月